AF398582

Geboren in der Kleinstadt Soltau, lebt **Jennifer Eilitz**, die unter dem Pseudonym Jennifer Lillian ihre Romane veröffentlicht, auch heute noch mit ihrem Freund und ihrem gemeinsamen Sohn in der Lüneburger Heide. In ihrer Freizeit widmet sie sich gerne Büchern verschiedener Genres und schreibt seit 2017 selber Romane. Ihr Debütroman erschien 2017 im bookshouse-Verlag. Weitere folgten 2018 bei Edel Elements und Knaur/Feelings.

JENNIFER LILLIAN

KLEINES Cottage, GROSSES Glück

NEUBEGINN AM MEER

Erstausgabe September 2024

Copyright © 2024 dp Verlag, ein Imprint der
dp DIGITAL PUBLISHERS GmbH
Made in Stuttgart with ♥
Alle Rechte vorbehalten

Kleines Cottage, großes Glück

ISBN 978-3-98998-633-6
E-Book-ISBN 978-3-98998-380-9

Covergestaltung: Anne Gebhardt
Umschlaggestaltung: ARTC.ore Design

Unter Verwendung von Abbildungen von
shutterstock.com: © mapman, © George Trumpeter, © Pawel
Kazmierczak, © ian woolcock, © s_oleg
Lektorat: Astrid Rahlfs
Satz: dp DIGITAL PUBLISHERS GmbH
Druck und Bindung: Books on Demand GmbH, Norderstedt

*Für alle, die ihrem Herzen folgen – glaubt an euch
und ihr könnt Großartiges erschaffen!*

Prolog

Es war das sanfte Vibrieren ihres Smartphones, was Annie daran erinnerte, dass es Zeit war, ihren Laptop herunterzufahren und endlich den Feierabend einzuläuten. Nachdem sie ihren Schreibtisch sorgsam aufgeräumt und ihre Tasche gepackt hatte, erhob sie sich mit einem Ächzen vom Bürostuhl und streckte sich ausgiebig. So modern das Großraumbüro auch war, die Bürostühle mussten dringend ersetzt werden. Vielleicht hätte man auf den ganzen teuer aussehenden Schnickschnack wie die Designervasen oder den kleinen Erholungstempel für die Mitarbeiter eine Etage über ihr verzichten und das Geld lieber in ordentliche Stühle investieren sollen. Aber je höher die Etage, desto größer der Stress. Jedenfalls waren das immer die Worte von Jeff, Annies Freund und gleichzeitig auch Vorgesetztem.

Einige ihrer Kollegen um sie herum tippten noch fleißig und hatten die Köpfe über ihre Bildschirme gesteckt, um ihre jeweiligen Artikel noch vor Redaktionsschluss abschicken zu können. Sie atmete bei dem Gedanken, dass sie ihr Soll des Tages bereits erfüllt hatte erleichtert durch und lächelte stolz vor sich hin. Der Artikel über die richtige Pflanzzeit von Tulpenzwiebeln war schon gegen Mittag online gegangen und heute Nachmittag hatte sie sich den frühlingshaften Gartentipps für Kleingärten gewidmet. Ja, auch wenn es jedes Jahr dasselbe war, worüber sie schrieb, sie saugte sich doch immer noch wieder etwas Neues aus den Fingern. Ihrer Leserschaft gefiel es jedenfalls, denn die positiven und dankbaren Kommentare unter ihren Artikeln sprachen für sich.

„Annie!", hörte sie plötzlich die schrille Stimme ihrer Lieblingskollegin und besten Freundin und blickte sich fragend um. Joyce hetzte auf hochhackigen Schuhen an den Schreibtischen des Büros vorbei und grinste breit. Annie bewunderte ihre Freundin dafür, dass sie sich ihre Füße auf diesen meterhohen Dingern nicht brach und beobachtete sie mit erhobenen Brauen.

„Gut dass ich dich noch erwische", schnaubte Joyce außer Atem und entlockte Annie ein Kichern.

„Was gibt es denn so Dringendes? Sag mir nicht, dass die Kaffeemaschine mal wieder die Kantine geflutet hat."

Es wäre nicht das erste Mal gewesen und tatsächlich war es eines der wenigen Highlights gewesen, das hier in der Redaktion passiert war. Zumindest auf der Etage, auf der Annie seit etwa fünf Jahren für das Onlinemagazin *The Best of Living* arbeitete.

Joyce schüttelte ihre schulterlangen blonden Locken und zupfte sich ihren schwarzen Rock zurecht, der ihre schlanken Beine mindestens doppelt so lang wie normal erscheinen ließ. „Nein, ich wollte dich nur an heute Abend erinnern. Louisa feiert doch heute ihren

Hochzeitstag und hat uns alle eingeladen. Du hast mir versprochen mitzukommen. Es wird sterbenslangweilig und allein überstehe ich den Abend nicht. Du weißt doch, wie es letztes Mal war."

„Du meinst bei der Hochzeit? Ich erinnere mich gut daran", kicherte Annie leise und erinnerte sich, wie sich Louisas Pudel Mr Snuggles auf die Hochzeitstorte gestürzt hatte. „Also langweilig fand ich es nicht gerade."

„Mal abgesehen von ihrem Pudel Mr Struggel."

„Mr Snuggles."

Joyce schüttelte den Kopf. „Wie auch immer. Mich würde interessieren, was er dieses Mal anstellt. Vielleicht vergreift er sich ja am Toupet ihres Großvaters. *Das* wäre wirklich mal was Aufregendes", sinnierte sie.

Annie setzte ein entschuldigendes Gesicht auf. „Es tut mir leid, aber ich kann nicht. Ich hatte vor, Jeff gleich oben abzuholen und ihn mit einem Abendessen bei seinem Lieblingsitaliener zu überraschen. Ich habe uns einen Tisch reserviert und vorher wollte ich einen romantischen Spaziergang im Hyde Park machen."

„Ach, wie süß ihr doch seid. Aber du glaubst doch nicht ernsthaft, dass dein geliebter Jeff sich von seiner Arbeit loseisen wird."

Annie lächelte zuversichtlich und setzte sich in Richtung Fahrstuhl in Gang, während Joyce ihr folgte.

„Jeff ist völlig überarbeitet und kann eine Pause dringend gebrauchen. In letzter Zeit war er ein wenig nachdenklich und distanziert. Ich denke schon, dass er sich über die kleine Abwechslung freuen wird. Du weißt, er liebt italienisches Essen und Spaziergänge", entgegnete sie in Richtung ihrer Freundin, die mit ihr durch das überfüllte Büro eilte.

„Und er liebt das viele Geld und seine Arbeit noch ein bisschen mehr", hörte sie Joyce leise vor sich hin brabbeln. Doch Annie ignorierte sie gekonnt.

Ja, manchmal war es schon etwas nervig, wie Jeff sich auf der Arbeit verhielt. Immerhin machte er kein Geheimnis aus seinem Verdienst in der Redaktion und dass er in seiner Position als Vorgesetzter für die Abteilung, in der Annie arbeitete, komplett aufging, wusste auch jeder. Zu Hause jedoch war Jeff ein ganz anderer Mensch, humorvoll und entspannt.

„Und wenn du nachkommst?", schlug Joyce schließlich vor.

Annie blieb vor dem geschlossenen Lifteingang stehen. Sie betätigte den Knopf, der sie in die oberste Etage des Hochhauses bringen sollte und schaute ihre Freundin aufmunternd an. „Ja, vielleicht tue ich das sogar. Ich könnte Jeff ja mitbringen."

Über Joyces Gesicht huschte ein kleiner Schatten. Sie senkte ihre Stimme. „Natürlich könntest du das, aber wenn wir mal ehrlich sind: Jeff ist immer noch der Chef und na ja, würdest du mit deinem Boss feiern wollen? Irgendwie bin ich mir nicht sicher, ob Louisa das wirklich wollen würde. Nachdem er sie neulich vor versammelter Mannschaft so angegiftet hat. Ist ja nicht böse gemeint, aber ..."

„Louisa hat auch wirklich wilde Sachen auf dem Drucker getrieben", rief Annie ihr in Erinnerung und schmunzelte insgeheim über die Situation, in der diese mit ihrem Mann Ernesto im Druckerraum in flagranti erwischt worden war.

„Ja und seitdem sind keine Partnerbesuche der Angestellten mehr erlaubt. Komisch, dass diese Regel für euch beide nicht gilt", setzte Joyce mit erhobener Braue hinzu. „Jedenfalls ... was ich damit sagen möchte, ist, dass der Chef auf einer Feier nicht gern gesehen ist. Schon gar nicht, wenn er dem Mann der Angestellten Hausverbot erteilt hat."

„Ich weiß, du hast ja recht", knickte Annie schließlich ein.

„Ein Chef ist eben immer noch ein Chef. Vermutlich ist es keine gute Idee, wenn ich ihn mitbringe. Er wird das schon verstehen. Vermutlich hat er sowieso keine Lust." Annie beobachtete, wie der Lift vor ihr zum Stehen kam. „Okay, pass auf: Ich gehe mit Jeff heute Abend nett essen und wenn es nicht zu spät wird, komme ich nach, in Ordnung? Ich schreibe dir dann, wenn ich mich auf den Weg mache, ja?"

Joyces Blick erhellte sich etwas und sie nickte schließlich. „Na gut, dann will ich dich und deinen heißen *Boss* mal besser in Ruhe lassen. Je früher ihr hier wegkommt, desto eher kannst du nachkommen." Sie stieß Annie zwinkernd in die Seite, ehe sie sich abwandte und wieder an ihren Platz am anderen Ende des Stockwerks stolzierte.

Annie schaute ihr noch einen Moment nach, ehe ein schrilles *Pling* sie daran erinnerte, dass ihr Fahrstuhl bereit für sie war.

Sie freute sich auf den Abend. Allein schon aus dem Grund, weil Jeff und sie in den letzten Monaten wenig Zeit miteinander verbracht hatten. Diese ganzen Überstunden, die er schieben musste ... Seitdem sie nun zwei Jahre lang ein Paar waren, damals war sie 27 gewesen, war es für sie noch immer etwas unangenehm, dass ausgerechnet sie die Freundin des Vorgesetzten war, doch inzwischen hatten sich nach ein paar Tuscheleien auch die Kollegen daran gewöhnt. Mochte auch daran liegen, dass Annie aus dieser Beziehung keinen arbeitstechnischen Profit geschlagen hatte und immer wieder betonte, dass sie mit ihrer Stelle als Online-Redakteurin absolut zufrieden war. Sie wollte nicht aufsteigen, sondern verfolgte ganz eigene Ziele. Solche, von denen noch nicht einmal Jeffrey Genaueres wusste. Vielleicht war heute Abend ein guter Zeitpunkt, um mit ihm ein bisschen darüber zu sprechen.

Sie trat in die leere Kabine und hing ihren Gedanken nach. Dabei warf sie einen flüchtigen Blick in die verspiegelte Wand hinter ihr und glättete sich ihre langen braunen Haare und den Bleistiftrock, den Jeffrey ihr vor einigen Wochen geschenkt hatte. Wenn sie ehrlich war, konnte sie dieses graue Stück Stoff nicht ausstehen, da er ihr viel zu eng und zu kurz erschien, aber heute wollte sie ihrem Freund eine kleine Freude machen.

Im obersten Stockwerk angekommen war ihr, als würde sie sich in einem komplett anderen Gebäude befinden. Von dem lauten Tippen auf den Tastaturen und dem Stimmengewirr der Mitarbeiter war hier nicht mehr viel zu hören. Selbst das gedimmte Licht sorgte für eine gemütliche Atmosphäre. Alles war ruhig. Hier hatten die Leute ihre eigenen Büros und einen elegant eingerichteten Speisesaal. Ganz sicher mussten die Mitarbeiter hier oben nicht um einen freien Platz oder eine halbwegs ausreichende Portion kämpfen oder darum, überhaupt noch etwas abzubekommen. Aber all das störte sie nicht, denn sie liebte ihren Job, das Gefühl, dazuzugehören und etwas zu tun, was anderen Menschen Hilfestellung gab. Wie eben das richtige Anlegen von Kleingärten oder Gemüsebeeten. Doch noch mehr liebte sie die Idee, endlich mit ihrem eigenen Blog über Do-it-yourself-Tipps für das Renovieren von Häusern und Gärten zu begeistern. In ihrer Freizeit bereitete sie gerne alte Möbel auf, pflegte den kleinen Garten vor ihrem Reihenhäuschen, in dem sie mit Jeff seit einem Jahr gemeinsam lebte, und probierte immer wieder neue Wandfarben und Ideen aus, die ihre vier Wände gemütlicher erscheinen ließen. Zumal sie wirkliches Talent darin bewiesen hatte, was selbst Jeff, der lieber sämtliche Firmen für die Renovierung beauftragt hätte, lobend anerkennen musste. Und irgendwann, ja irgendwann, würde sie ihren eigenen erfolgreichen Blog haben und ihre Liebe für Möbel und Pflanzen in die Welt hinaustragen und wertvolle Tipps und Tricks an ihre Leserschaft weitergeben. Sie musste nur noch einen guten Einstieg in die Selbstständigkeit finden und ... nun ja, alles andere, was man für einen erfolgreichen Blog brauchte. Vielleicht hatte Jeff als Redaktionschef die zündende Idee, ihr bei ihrem Vorhaben zu helfen.

1

„Darf ich reinkommen?“ Annie steckte ihren Kopf durch die Tür und schaute in Jeffs konzentriertes Gesicht. Erst einen Moment später blickte er auf.

„Ach hey, du bist es. Ja, komm doch rein.“

Etwas skeptisch betrat Annie den Raum, in dem große dunkle Bücherregale standen. Es war, im Gegensatz zu der restlichen Aufmachung in diesem Stockwerk, ein altmodischer Raum, doch Jeffrey liebte es so ... extravagant. Allerdings entging ihr nicht dieser ernste Ausdruck, der über sein Gesicht huschte, als er sie ansah.

„Ist alles okay? Ich wollte dich zum Essen abholen. Ich habe uns beim Italiener einen Tisch reserviert und ...“

„Liebes, setz dich doch“, unterbrach Jeff sie, was Annie einen Moment stocken ließ.

Während sie seiner Aufforderung nachkam, fuhr er sich angespannt durch die dunkelblonden, nach hinten gekämmten Haare und vermied weiteren Blickkontakt. Er wirkte müde.

„Was ist denn los, Jeff?“ Sie nestelte nervös an ihren Nägeln und rutschte unruhig auf ihrem Stuhl vor seinem Schreibtisch hin und her. Irgendetwas stimmte hier gar nicht. Das hatte sie schon in der ersten Sekunde beim Betreten des Büros erkannt. Und sie kannte Jeff. Wann immer er seinen ernsten Blick aufgesetzt hatte, ging es um das Geschäft.

„Nun …“, begann er und rückte sich die Krawatte zurecht, als würde sie ihm die Luft zum Atmen abschnüren, „... es ist so: Du weißt, dass die da oben …“, er deutete mit einem Kopfnicken an die Decke und meinte damit seine Chefs, „... letzten Endes das letzte Worte haben. Am längeren Hebel sitzen. Die Entscheider sind …“

„Ich weiß schon, was du mir verdeutlichen möchtest“, warf Annie ein und spürte ein unwohles Gefühl in ihrer Brust.

Jeff räusperte sich kurz und begann wahllos ein paar Unterlagen auf seinem Schreibtisch hin und her zu sortieren. „Die Sache ist die: *Home and Living* soll eingestampft werden. Also dein Bereich.“

Eine Weile sagte niemand etwas. Weder Jeff, der sich immer wieder nervös mit einer Hand seinen Nacken rieb, noch Annie, die die Worte im ersten Moment kaum realisierte. Es dauerte eine gefühlte Ewigkeit, bis ihr schließlich die Tragweite seiner Offenbarung bewusst wurde. Sie fraß sich in ihren Gehörgang wie ein krank machender Parasit.

„Bitte was?“, fragte sie daher ungläubig, war sich aber tief im Innersten bewusst, dass sie ganz genau verstanden hatte.

„*Home and Living* wird es ab jetzt nicht mehr geben. Die Sparte wirft einfach zu wenig Geld ab. Die Leserschaft ist zurückgegangen und …“

„Die Leserschaft ist nicht zurückgegangen!", widersprach Annie empört und spürte ihren erhöhten Puls. „Ich kenne die Zahlen besser als jeder andere hier. Immerhin bin ich diejenige, die sich um das Monitoring und die Analyse kümmert. Also das Argument, dass die Leser abspringen, zieht leider nicht. Da muss eine Verwechslung vorliegen. Vielleicht meinst du *Food and Living* oder *Travel and Living* ..."

Doch Jeffs Gesichtsausdruck machte deutlich, dass es kein Irrtum war. „Schatz, sieh mal, die Leserschaft ist jung und will einfach mehr vom Leben, als einfach nur wissen, wie man Tomaten pflanzt. Sie will reisen, was erleben, Trendfood entdecken zum Beispiel und daher wollen *die da oben* sich auf was anderes konzentrieren und deine Sparte einstampfen."

„Und ...", begann sie mit bebendem Herzen, „... was wird meine neue Aufgabe sein?"

Jeff schwieg einen Moment, lehnte sich in seinem Chefsessel zurück und schaute sie traurig an.

Annie wurde übel, da sie bereits ahnte, was er ihr gleich sagen würde. „Es wird für dich keine neue Aufgabe geben, Schatz."

Mit großen Augen schoss Annie vom Stuhl hoch, der gefährlich ins Wanken geriet. Sie ebenso, konnte sich aber hastig fangen. „Was willst du damit sagen? Bin ich ... bin ich etwa gefeuert?"

Wieder ein Schweigen ihres Freundes.

Kopfschüttelnd stand sie da und blickte auf Jeff herab. „Und du lässt es zu? Wieso kann ich nicht einfach in einem anderen Bereich schreiben? Ich habe meine feste Leserschaft und das weißt du. Das wissen auch *die da oben*." Sie deutete mit einer wilden Geste über sich an die Decke. „Ich bin gut in dem, was ich mache." Fast schon flehentlich stützte sie sich anschließend mit den Händen auf seinem Schreibtisch ab.

„Ich weiß, dass du gut bist, das musst du mir nicht sagen. Aber was meine Vorgesetzten sagen, ist nun mal Gesetz."

Kopfschüttelnd trat sie einen Schritt zurück. „Und was ist mit Clarice, die eigentlich auch gehen sollte, für die du dich aber so vehement eingesetzt hast? Sie durfte bleiben", rief sie ihm in Erinnerung.

„Clarice ist ein ganz anderer Fall", ereiferte sich Jeff und erhob sich ebenfalls von seinem Platz.

„Clarice hat ein Jahr lang den Snackautomaten geplündert, ohne dass es einer gemerkt hat!"

„Sie hat sich entschuldigt", nahm Jeff seine Sekretärin weiterhin in Schutz, während Annie sich aufraffte und fassungslos die Stirn rieb. „Also für eine diebische Elster mit schlechter Ernährungsgewohnheit kannst du dich einsetzen, aber nicht für deine eigene Freundin?"

Jeff kam mit langsamen Schritten um den Schreibtisch herum und glättete dabei seinen makellosen grauen Anzug. „Weißt du Schatz, manchmal sind solche Beziehungen, wie wir sie haben, bei der Arbeit gar nicht so sinnvoll. Verstehst du, was ich sagen möchte?"

„Ja, dass du gerade mit mir Schluss machst", folgerte Annie und trat atemlos einen Schritt zurück.

Jeff lächelte sanft. „Nein, ich denke nur, dass du vielleicht woanders besser aufgehoben wärst. Mr Prescott, mein ... unser Vorgesetzter, hat es ein wenig durchklingen lassen, dass es meiner Karriere ... ich meine unserer beider Karrieren vermutlich nicht dienlich ist, wenn der Boss mit der Angestellten ... na ja, du weißt schon.

Gerade nach dem Fall mit Louisa und ihrem Mann ... Immerhin gibt es Gerede unter den Kollegen."

Schnaubend wandte Annie sich ab und blickte sich hilfesuchend um. Dabei fiel ihr Blick aus dem Fenster zu ihrer Rechten, durch das sie einen großen Teil Londons überblicken konnte. Es herrschte geschäftiges Treiben auf den Straßen unter ihr. Jeder war mit sich selbst beschäftigt und niemand nahm Notiz von dem Gespräch, das hier oben, einige Meter über den Köpfen der Menschen, stattfand. Und plötzlich dämmerte es ihr.

„Jetzt verstehe ich", sagte sie mehr zu sich selbst und nickte wissend.

Jeff atmete erleichtert aus. „Ich wusste, dass du es einsehen würdest. Ich meine ... ich habe es schon so weit gebracht und du natürlich auch ...", beeilte er sich noch zu sagen, „... nur wenn Mr Prescott seine Bedenken so durch die Blume äußert, dann besteht für mich natürlich Handlungsbedarf. So schwer es mir auch fällt. Aber wenn du es verstehst, bin ich natürlich umso erleichterter." Er wollte gerade auf sie zugehen, doch Annie rückte immer weiter von ihm ab.

„Ja, Jeff, ich verstehe tatsächlich. Ich verstehe, dass du deinen eigenen Hintern retten möchtest und lieber deine Freundin aus dem Unternehmen wirfst, damit du besser in deinem Job dastehst. Das ist nämlich das, was hier vor sich geht. Und nicht, dass meine Leserzahlen zurückgegangen sind." Tränen traten Annie in die Augen, aber sie würde sich hüten, ihnen freien Lauf zu lassen.

„Schatz, nein! Das verstehst du völlig falsch."

„Nein", blockte sie ab. „Ich habe begriffen, dass dir deine Karriere wichtiger ist als unsere Beziehung und vor allem auch wichtiger als mein Wohlergehen. Dass die Leute darüber reden, dass wir zusammen sind, das war einmal. Keine meiner Kolleginnen und Kollegen verliert noch ein Wort darüber."

„Aber *meine* Kollegen schon. In der Chefetage sieht man das nicht gerne. Ach komm schon, du findest ganz schnell was Neues. Außerdem schau doch mal, wie hart ich für all das hier gearbeitet habe." Er breitete die Arme aus und schloss somit sein mit dunklen Möbeln überfülltes Büro ein.

„Stimmt. Da gebe ich dir recht. Währenddessen habe ich für das hier ...", sie deutete mit dem Finger zwischen Jeff und sich hin und her, „... hart gearbeitet. Aber ich sehe schon, *meine* Arbeit war umsonst." Mit bebendem Herzen wandte sie sich um und marschierte zur Tür.

„Nun sei nicht so, Schatz. Du wusstest doch, dass mein Herz so sehr für die Arbeit brennt. Ich will es mal nach ganz oben schaffen ..."

„Und dabei werde ich dir nicht mehr im Weg stehen, Jeffrey", unterbrach sie ihn, öffnete die schwere Bürotür und ließ sie mit einem lauten Knallen hinter sich ins Schloss fallen.

Als sie schließlich mit tränennassen Augen auf dem Flur stand und sich hilflos umblickte, rang sie nach Atem. Was sollte sie jetzt tun? Noch einmal über Jeffreys Worte nachdenken und mit ihm reden? Nein, er hatte sie verletzt. Er hatte sie mit seinem Handeln so sehr gekränkt, dass sie sich deutlich bewusst war, dass er nur seine Arbeit liebte – und nicht sie. Ihre Gedanken rasten und ihr schwirrte der Kopf. Alles wirbelte durcheinander und überhaupt fühlte sich der Moment völlig unreal an. Ihr Herz schlug ihr bis zum Hals, in dem sich zu allem Übel ein übermächtiger Kloß breitmachte, der ihr die Luft zum Atmen nahm. Noch einmal blickte sie sich im menschenleeren Korridor um und tat, was sie in diesem Moment für richtig hielt: Sie ergriff die Flucht.

2

„Bitte? Was sagst du da?" Joyce sah ihre beste Freundin ungläubig an, die mit tränenverschmiertem Mascara und bebenden Schultern vor ihr stand und laut schluchzte.

Annie war nach dem Gespräch mit Jeff schnellstmöglich in die ihr vertraute Etage gefahren, in der sie nach ihrer Freundin gesucht, diese geradezu panisch am Arm gepackt und mit sich gezogen hatte. Joyce war ihr auf den hohen Schuhen meisterhaft gefolgt. Jetzt standen sie draußen auf dem Parkplatz des riesigen Gebäudes und schüttelten sprachlos die Köpfe.

Annie zitterte am ganzen Körper, hatte ihren leichten Frühlingsmantel eng um sich geschlungen und starrte betreten zu Boden. Die Gedanken an Jeff, der sie einfach für seinen Job hatte gehen lassen, machten sie fassungslos.

Joyce blickte ihre Freundin an, fing immer wieder an zu reden, beendete aber keinen einzigen Satz, da ihr die Worte dazu fehlten. „Aber was ... wie kann er ... bist du sicher?"

„Natürlich bin ich sicher", schniefte Annie und wischte sich wenig damenhaft über die Nase. „Er hat mich einfach rausgeschmissen. Mir meinen Job genommen, den ich so sehr liebe. Und gleichzeitig hat er mich gehen lassen. Er hätte mich aufhalten können, aber das hat er nicht. Ihm ist seine blöde Arbeit einfach wichtiger als unsere Beziehung."

Joyce schaute ihre Freundin mitfühlend an und reichte ihr ein Taschentuch. „Und deine Sparte soll einfach geschlossen werden?"

Schulterzuckend schaute Annie sich um und vergewisserte sich, dass sie allein auf dem Parkplatz waren. Gar nicht auszudenken, wenn jemand ihr Gespräch mitbekam. Immerhin arbeiteten sie in einer Redaktion mit zahlreichen Mitarbeitern, die von Natur aus ein übertriebenes Gespür für Klatsch und Tratsch hatten.

„Scheinbar schon. Angeblich sind die Leserzahlen zurückgegangen. Was gar nicht stimmt. Weißt du, was ich glaube? Dass er von Mr Prescott angesprochen wurde, dass es nicht gut für die Firma ist, wenn er mit seiner Angestellten zusammen ist. Und diesen Grund hat er nur vorgeschoben, um besser dazustehen. Verdammt, das kann doch alles nicht wahr sein!"

Traurig und mit bebenden Lippen sah sie ihre Freundin an und wünschte sich, dass sie sich das alles nur eingebildet hatte. Ein schlechter Traum vielleicht oder ein dummes Missverständnis, das sich auf ganz natürliche Art wieder aufklären ließe. Doch sie wusste es besser. Tief in ihrem Herzen war in dieser Sekunde der Teil in tausend Scherben zersplittert, der für Jeff so sehr geschlagen hatte. Und jetzt stand sie da, mitten auf einem Parkplatz, und weinte sich vor lauter Kummer die Augen aus. In einem hässlichen Rock, den sie nicht leiden konnte und nur ihm zuliebe angezogen hatte. Nur wenige Meter von dem Büro entfernt, in dem ihr Jeff sich gerade wieder ganz normal an die Arbeit machte. Vielleicht hakte er sie gerade in seinem Aufgabenprogramm als erledigt ab.

Joyce zog sie in ihre Arme und drückte sie fest. „Ganz ruhig, Annie. Das bekommen wir schon wieder hin." Zärtlich strich sie ihr über den Rücken. Endlich begann Annie wieder zu einer normalen Atmung zu finden. Sie schloss fest die Augen und ließ sich von ihrer Freundin beruhigen, die mit sanfter Stimme auf sie einredete.

„Das alles ist echt verdammt großer Mist, wenn du mich fragst. Aber wir bekommen das wieder hin. Ich bin für dich da. So ein Schwein hat dich ganz sicher nicht verdient, hörst du?" Langsam ließ Joyce von ihrer Freundin ab, legte ihr die Hände auf die Schultern und lächelte mitfühlend.

Annie nickte schließlich und wischte sich mit ihrem Ärmel die Tränen aus dem Gesicht. „Wieso habe ich nichts geahnt?"

Joyce verzog ihren rot geschminkten Mund zu einem schmalen Strich. „Manchmal will man manche Dinge einfach nicht wahrhaben, obwohl sie vor der eigenen Nase passieren. Gib dir bloß nicht die Schuld daran." Sie reichte Annie eine Packung Taschentücher.

Wie benommen nahm sie diese entgegen und starrte drauf, ehe sie Joyce wieder mit großen Augen anblickte. „Was soll ich denn jetzt machen? Soll ich wieder zurückgehen und ihn zur Rede stellen? Was mache ich jetzt, Joyce?"

„Ich würde sagen, dass wir zu mir fahren. Du bleibst erst mal bei mir. Ich habe genug Wein für die nächsten fünf Tage."

„Und was mache ich, wenn Jeff mich sucht?"

Joyce überlegte einen Moment und schaute sich um, als könnte sie die Antwort irgendwo auf dem Parkplatz finden. „Ich lasse mir was einfallen. Am besten, du wartest hier und ich hole eben von oben meine Tasche. Wenn ich zurück bin, habe ich eine Idee, in Ordnung?"

Annie nickte lahm und schniefte in ihr Taschentuch.

„Keine Sorge", beruhigte Joyce ihre Freundin und legte ihr eine Hand auf den Arm. „Ich bin für meine guten Ideen bekannt. Gib mir fünf Minuten."

Erneut nickte Annie und dachte daran, wie schlecht Joyces Vorschläge in Wirklichkeit immer waren. Immerhin hatte sie ihrem damaligen Freund eine Detektivin an den Hals gehängt, als dieser fremdgegangen war. Dumm nur, dass besagte Detektivin eine Bekannte von Joyce war, die auch Lawrence, ihren Ex-Freund, gut kannte. Jedenfalls hatte die Beziehung in einem großen Streit geendet und sie hatten bis heute kein Wort mehr miteinander gesprochen. Betrogen hatte er sie allerdings nie. Und von der Idee, sich einen streunenden Straßenhund anzuschaffen, der es auf ihren Kanarienvogel abgesehen hatte, wollte Annie lieber gar nicht erst sprechen. Dennoch war sie gespannt, was Joyce sich jetzt überlegte, um ihr in dieser Situation zu helfen. Alles war jedenfalls besser, als mit Jeff zu sprechen. Geschweige denn ihm in die Augen zu sehen.

Nur wenige Minuten und etwa drei vollgeschnäuzte Taschentücher später war Joyce wieder bei ihr. Auf ihren Lippen lag ein gewinnendes Lächeln, als sie an dem Hochhaus hinaufschaute, wo sie das Büro von Jeff vermutete.

„Und?", hakte Annie unsicher nach.

„Wir hinterlassen ihm einen Brief."

Fragend zog Annie eine Braue in die Höhe. „Einen Brief? Und was soll ich da reinschreiben? Ein Gedicht? Rosen sind rot, Veilchen sind blau, mein Freund steht nicht zu seiner Frau?"

Joyce versuchte sich ein Lachen zu verkneifen und schüttelte den Kopf. „Nein, nicht so einen Brief. Wir hinterlassen ihm einfach eine Nachricht, in der du ihm schreibst, dass du nicht mehr nach Hause kommst. Soll sich der Idiot doch den Kopf zerbrechen, was er getan hat. Dann schaltest du dein Handy aus und bleibst vorerst bei mir."

Annie überlegte einen Moment, starrte über den Parkplatz, über den sie von Weiten ein paar ihrer Kollegen aus dem Gebäude marschieren sah, und nickte schließlich. „Hast du Zettel und Stift in deinem Auto?"

3

„Wie fühlst du dich jetzt?" Joyce reichte Annie ein Glas eiskalten Weißweins und setzte sich ihr gegenüber auf die cremeweiße Couch.

Diese nahm es dankend entgegen und leerte in nur wenigen Zügen bereits die Hälfte. „Ganz ehrlich? Ich weiß es nicht."

Joyce seufzte und hörte ihrer Freundin genau zu, als sie wieder zum Sprechen ansetzte.

„Es ist einfach alles so unwirklich. Ich meine … eben noch renne ich mit dem Gedanken durch die Gegend, dass alles in bester Ordnung ist und dann schmeißt mein eigener Freund mich aus der Firma, nur um seinen eigenen Hintern zu retten. Aber ich frage mich einfach die ganze Zeit, *was* genau ich übersehen habe. Ich dachte, wir lieben uns. Habe ich ihn irgendwie von mir gestoßen, ohne es zu wissen?"

„Oh Süße", seufzte Joyce, während sie sich von ihrem Platz erhob und sich neben sie setzte. Vorsichtig legte sie ihren Arm um ihre bebenden Schultern und reichte ihr erneut ein Taschentuch. „Du darfst dich auf keinen Fall verrückt machen. Das ist Jeff nicht wert! Wer seine

Freundin so verletzt, dem sollte keine Träne nachgeweint werden."

Betreten schaute Annie auf ihr Tuch, an dem sie nervös zupfte. „Ob er den Brief schon gelesen hat?"

„Wenn er inzwischen Feierabend gemacht hat, dann wird er ihn zu Hause wohl schon entdeckt haben", mutmaßte Joyce und band sich ihre Haare zu einem unordentlichen Knoten.

Annie malte sich inzwischen aus, wie er auf diese wenigen Zeilen, die sie ihm auf einem Zettel auf dem Küchentresen hinterlassen hatte, reagieren würde.

Danke, dass du mir die Augen geöffnet hast, Jeff. Du brauchst mich nicht zu suchen, denn ich werde nicht mehr nach Hause kommen.

Mehr hatte sie nicht geschrieben. Es waren nur wenige Worte nach den beiden Jahren Beziehung, die sie als so stabil wahrgenommen hatte. Wie blind sie gewesen war!

Mit einem verächtlichen Schnauben warf sie ihr Taschentuch auf den Couchtisch. Es gesellte sich zu einer bereits ansehnlichen Sammlung. Sie trank ihr Glas leer. „Ich weiß nicht, auf wen ich mehr wütend bin ... auf ihn oder auf mich, weil ich nicht bemerkt habe, dass er so egoistisch ist. Außerdem hat er dafür gesorgt, dass meine Nase vom vielen Heulen schon ganz wund ist!"

„Du solltest definitiv wütend auf ihn sein. Wir alle kennen ihn, Ann. Jeff ist ein unnahbarer Mann. Dir kam er vielleicht nicht so vor, aber wir anderen haben schon immer gesehen, dass er jemand ist, der auf

Karriere versessen ist und nach außen hin immer das perfekte Bild abgeben will."

Annie schwieg einen Moment und versuchte sich immer wieder gewisse Anhaltspunkte vor Augen zu rufen, dass sie womöglich etwas übersehen haben könnte. Aber da war nichts. Außer dem Glauben, dass sie dachte, Jeff würde sie genauso lieben wie sie ihn. Aber wenn man jemanden liebte, dann tat man so etwas nicht. Man hinterging den Partner nicht und tat zu Hause so, als wäre alles in bester Ordnung. Dieses verdammte Schwein!

„Diese Beziehung ist sowas von vorbei!", schimpfte Annie schließlich laut und schenkte sich ein weiteres Glas Wein ein. Joyce beobachtete das mit großen Augen. Sie war sich bewusst, dass das am nächsten Morgen in einem übermächtigen Kater enden würde, wollte ihrer Freundin aber nicht noch den letzten Trosttropfen nehmen.

„Wenn du mit ihm sprichst, dann aber bitte nicht mehr heute. Du solltest dieses Glas noch austrinken und dich dann ein bisschen schlafen legen. Morgen siehst du vielleicht einiges schon ein bisschen klarer."

„Und es ist wirklich in Ordnung, dass ich hierbleibe?"

„Also das ist wohl eine ziemlich dumme Frage! Natürlich, du bist meine Freundin und ich werde dir bei allem helfen, hörst du?"

Annie lächelte dankbar und lehnte sich auf der Couch etwas zurück. „Ob er schon versucht hat, mich anzurufen?"

„Vielleicht findest du es lieber morgen heraus. Lass das Handy aus und ihn schön zappeln."

„Und wenn er hier auftaucht? Er könnte sich sicherlich denken, dass ich bei dir bin.“

„Dann machen wir ihm einfach nicht auf“, flötete Joyce und entlockte ihrer Freundin ein Lächeln.

Deren Augen waren rot unterlaufen, funkelten durch die Tränen, die darin standen und drohten sich jeden Moment erneut über ihrem Gesicht zu verteilen. Für jede Träne hasste Annie ihn mehr und mehr.

„Danke dir. Ich weiß das wirklich zu schätzen.“

„Weißt du, was ich zu schätzen weiß?“

„Na?“

Joyce grinste hinterhältig und setzte ihr Glas an die Lippen. „Wenn du diesem verdammten Mistkerl noch einmal so richtig in den Hintern trittst.“

Der nächste Morgen versprach einen herrlichen Frühlingstag. Die Sonne schien durch die heruntergelassenen Jalousien in Joyces schickes Wohnzimmer und strahlte schadenfroh auf Annies Gesicht. Völlig übermüdet rappelte sie sich auf der Couch auf und wischte sich die wirren Haare aus dem Gesicht. Sie hatte einen faden Geschmack im Mund und überhaupt brummte ihr Schädel, als wäre jemand mit einem Lastwagen darübergefahren. Stöhnend rieb sie sich die Augen und versuchte ihre Umgebung zu erfassen. Es dauerte einen quälenden Moment, ehe sie realisierte, was eigentlich am Abend zuvor passiert war. Und plötzlich übermannte sie alles wie eine eiskalte und schwere Lawine. Jeff hatte sie rausgeworfen. Ihr Freund. Ihre große Liebe. Mit klopfendem Herzen suchte sie die Couch nach ihrem Smartphone ab und schaltete es ein. Kurz horchte sie, ob sie ihre Freundin schon irgendwo in der Wohnung hörte, doch diese schien noch zu schlafen. Nachdem sie ihr Telefon angeschaltet hatte, ploppten auch schon unzählige Nachrichten auf ihrem Bildschirm auf.

Wo bist du, Schatz? Was ist das für ein lächerlicher Brief?

Ist das ein Scherz?

Jetzt übertreibst du es aber ganz schön, findest du nicht?

Denk doch auch mal an meine Karriere und nicht nur an deine!

Geh bitte ans Telefon!

Beklommen starrte sie auf die Nachrichten und spürte eine aufkeimende Wut in sich. Neben dem Kater, den sie dummerweise selbst verschuldet hatte, war da ein Gefühl von ungeheurer Wut, die sich nach all den gestrigen Tränen nun Bahn brach. Was bitte konnte man an ihrem Brief nicht verstehen? Er wusste doch, was er falsch gemacht hatte und jetzt noch das Unschuldslamm zu mimen, machte sie einfach nur noch wütender. Etwas wackelig auf den Beinen erhob sie sich von der Couch, hielt sich ein paar Sekunden an der Lehne fest und drückte sich stöhnend eine Hand auf die schmerzende Stirn. Dann wankte sie zum Badezimmer, um sich eine ausgiebige heiße Dusche zu gönnen, nur um eine Stunde später bei ihrem Ex-Freund aufzuschlagen und ihn endlich zur Rede zu stellen.

4

Die Augen von Jeff waren weit aufgerissen, als Annie plötzlich im Wohnzimmer ihres gemeinsamen Reihenhäuschens stand und ihn finster anfunkelte. Jeff war gerade dabei, seinen Anzug zuzuknöpfen und auf dem Weg zur Arbeit. Ganz der Geschäftsmann, dachte Annie verärgert. Na immerhin hatte er seinen Job noch. Während sie die Nacht kaum geschlafen und nun auch noch einen mordsmäßigen Kater hatte, hatte der Verursacher für ihren Frust nicht die geringste Falte oder auch nur den kleinsten Augenring vorzuweisen, was sie nur noch wütender machte.

„Annie, Schatz, da bist du ja! Wo warst du und mein Gott, warum siehst du so mitgenommen aus? Doch nicht etwa wegen des kleinen blöden Streits gestern? Ich dachte, du verstehst mich."

Er marschierte auf sie zu, doch Annie wich einen Schritt zurück und hob abwehrend die Hände. „Wage es nicht, mir zu nahe zu kommen."

„Aber Schatz." Jeff legte die Stirn in Falten und machte sich wieder daran, den letzten Knopf seines Anzugs zu schließen.

„Es hat sich ausgeschatzt!", herrschte sie ihn an. „Glaubst du etwa, ich bleibe noch mit dir zusammen, wo du mir deutlich gezeigt hast, was du von unserer Beziehung hältst?"

Augenblicklich hielt Jeff inne und ließ endlich von seinem dämlichen Knopf ab. Er seufzte schuldbewusst und schaute Annie durch seine vollen Wimpern hindurch an. „Ach Schatz, es tut mir so leid. Ich wusste nicht, dass dich das so mitnimmt. Aber ich bin nun mal derjenige, der das Geld mit nach Hause bringt und wenn Mr Prescott …"

„Ja ja, wenn er furzt, kriechst du auf ihn zu und wenn er pfeift, dann wirfst du einfach deine Freundin aus dem Unternehmen. Mit vorgeschobenen Gründen, die gar nicht stimmen. Wie hinterhältig bist du eigentlich?"

Mit einer unwirschen Handbewegung tat Jeffrey das Ganze ab, als wäre es nichts weiter als ein kleiner ärgerlicher Fleck auf seinem Anzug.

In Annie stieg Übelkeit auf. Sie funkelte ihn mit zornverhangenem Gesicht an, aber er räusperte sich bloß.

„Annie, ich muss jetzt erst einmal los. Im Büro geht heute alles drunter und drüber. Lass uns bitte heute Abend darüber reden, ja? Es tut mir wirklich leid. Ich helfe dir auch gerne bei der Jobsuche. Wir kriegen das hin." Er wollte gerade auf sie zugehen und ihr einen Kuss geben, so wie er es jeden Morgen getan hatte, doch Annie wich kopfschüttelnd zurück. „Wir werden über gar nichts mehr sprechen, Jeff. Außer vielleicht über die Aufteilung der Möbel unseres Hauses."

Jeff wollte sich gerade zum Gehen aufmachen, als er stutzig innehielt. „Wie meinst du das? Du kannst nicht einfach gehen."

„Oh und wie ich das kann“, beharrte sie und verschränkte die Arme vor der Brust.

Er wollte etwas sagen, hielt aber inne, überlegte kurz und wandte sich dann kopfschüttelnd ab. „Du weißt ja nicht, was du da anrichtest, Annie. Schmeiß wegen so einer Kleinigkeit doch nicht alles hin.“ Dann öffnete er, ohne noch etwas zu sagen, die Tür, nur um sie kurz darauf lautstark zuknallen zu lassen.

„Es war genau richtig, was du gemacht hast.“ Joyce starrte auf die Taschen und Rucksäcke, die sich in ihrem Wohnzimmer türmten.

„Ich habe keine Ahnung, wer dieser Mann vorhin war“, seufzte Annie, die sich unter dem Berg der Reisetaschen befand und sich müde übers Gesicht wischte. Dann fummelte sie an mehreren Reißverschlüssen herum und warf immer wieder einen suchenden Blick in ihre Taschen.

„Wie meinst du das? Was genau hat er denn gesagt und wonach suchst du da überhaupt?“ Joyce setzte sich zu Annie auf den Boden und versuchte zu erschließen, was sie da trieb.

Diese pustete sich eine verirrte Haarsträhne aus dem Gesicht. „Ich suche mein Tablet, damit ich mir eine Wohnung suchen kann. Immerhin kann ich dein Wohnzimmer hier nicht ewig einnehmen ... schon gar nicht mit meinen ganzen Sachen. Am liebsten wäre mir, ich finde etwas weit weg von London“, murmelte sie.

Kurz darauf atmete sie erleichtert auf, als sie ihr kleines Tablet aus dem Nebenfach ihrer gelben Reisetasche zog. Sie hatte, nachdem Jeff sie allein gelassen hatte, alle Taschen zusammengesucht, die sie im Haus hatte finden können, und alles hineingestopft, was ihr gehörte und ihr wichtig war. Anschließend hatte sie ihr Auto mit allen Dingen beladen, an denen ihr Herz hing. Das war unter anderem das Besteck ihrer Großmutter – sollte Jeff sein Luxussteak doch mit Plastikbesteck essen – und die antike Uhr, die auf dem Kaminsims einen Platz hatte. Zudem war da noch ein kleiner Beistelltisch, ihr erstes DIY-Projekt, den sie eigenhändig restauriert hatte, nachdem sie ihn auf einem Trödelmarkt für ein paar Pfund erstanden hatte. Ferner ein paar

Bilder in antiken Rahmen – ebenfalls von einem

Trödelmarkt. Dann war sie ins Schlafzimmer geeilt und hatte ihren gesamten Kleiderschrank leergeräumt und akribisch darauf geachtet, dass sie keine Sachen einpackte, die Jeff ihr einst geschenkt hatte. Den

kurzen grauen Bleistiftrock hatte sie extra auf das Bett geworfen, von dem sie noch ihr Kuschelkissen genommen hatte. Dann hatte sie das Schlafzimmer hastig wieder verlassen, ohne noch einmal einen Blick auf das gemeinsame Bett zu werfen. Anschließend war sie aus dem Haus geflüchtet und in ihrem vollbeladenen dunkelblauen Peugeot mit etwas überhöhter Geschwindigkeit zu Joyces Wohnung gefahren.

„Aber Annie, du kannst so lange hier wohnen, wie du willst, das weißt du hoffentlich." Joyce erhob sich vom Boden und warf einen Blick auf ihre Armbanduhr. „Ach Mist, ich muss los. Aber bitte, tue nichts Überstürztes, ja? Bleib einfach hier, schaue in Ruhe nach Wohnungen und wenn du nichts findest, dann ist das eben so. Ich bringe dir nachher deine Sachen aus dem Büro mit. Dann musst du nicht mehr hinfahren."

Auch Annie erhob sich und nickte dankbar. „Du bist die Beste, Joyce, weißt du das eigentlich?"

„Ja", entgegnete sie und entlockte ihrer Freundin doch tatsächlich ein Lachen. Dann ging sie auf Annie zu und zog sie in ihre Arme. „Ich sehe zu, dass ich heute früher Feierabend mache, in Ordnung?"

„Ich koche uns was. Das ist das Mindeste, was ich tun kann, jetzt, wo ich keinen Job mehr habe."

5

Lonely, I'm Mr. Lonely, I have nobody for my own, trällerte das Radio in Joyces Küche, als diese gerade die Wohnung betrat. Annie war dabei, Gemüse zu schnippeln, in eine zischende Pfanne zu geben und schniefte gelegentlich.

Als Joyce jedoch das Radio kommentarlos ausschaltete, sah diese erschrocken auf.

„Oh, du bist schon da?"

„Ja, und ich glaube, dass ich genau richtig komme, bevor hier noch die große Selbstmitleidsparty startet." Joyce trat auf Annie zu und beäugte sie akribisch.

Die hatte ihre langen Haare fahrig zu einem Knoten gebunden und trug ein schlabbriges graues T-Shirt und eine schwarze Jogginghose. Normalerweise war das Annies Standardoutfit, wenn sie krank war. Doch Jeff sollte nicht so eine Macht über sie haben, dass sie sich derart krank fühlte, dachte Joyce traurig.

„Geht's dir gut?"

„Ja", entgegnete Annie ein wenig zu schrill und Joyce wusste genau, dass das nicht stimmte. Natürlich nicht, denn wer wäre an ihrer Stelle nicht auch so am Boden. Daher freute Joyce sich darauf, ihrer Freundin ein paar gute Neuigkeiten zu übermitteln, nachdem sie das Radio ausgeschaltet hatte.

„Okay, ich glaube dir zwar nicht, aber ich habe trotzdem gute Nachrichten."

„Hat sich Jeff aus dem Hochhaus gestürzt?" Annie schlug sich mit einer Hand erschrocken auf den Mund. „Entschuldige bitte, so was hat selbst er nicht verdient. Gott, Joyce, ich stehe komplett neben mir." Sie rührte in der Pfanne herum, als hegte sie einen Riesenhass auf die armen Zucchinistückchen.

Joyce legte ihr beschwichtigend eine Hand auf den Arm. „Ist doch klar, dass du dich schlecht fühlst und Jeff die Pest an den Hals wünschst."

„Hast ... hast du ihn auf der Arbeit gesehen?", hakte Annie leise nach.

„Nein. Das ist vermutlich auch besser so, sonst hätte ich ihm meine Meinung gegeigt und wäre nun ebenfalls arbeitslos. Apropos arbeitslos, Ann. Ich habe da eine supergute Idee."

„Und? Erzählst du mir von deiner guten Idee?" Die beiden Frauen saßen am Esstisch, der in Joyces kleinem Wohnzimmer stand, vor jeder von ihnen ein volles Glas Weißwein, welches Annie immer wieder missmutig beäugte. Immerhin hatte sie ihren Kater gerade erst hinter sich gelassen und fühlte sich, zumindest körperlich, ein wenig besser.

„Also ...", begann Joyce und malträtierte gerade ein Stück Zucchini mit der Gabel, welches ziemlich bissfest war und gab den Kampf kurzerhand auf, „... habe ich dir jemals von meiner Tante erzählt?"

Annie stocherte ebenfalls lieblos in ihrem Essen herum, seufzte kurz und ließ das Besteck auf den Teller sinken. Joyce wusste, dass sie eigentlich ausgezeichnete Kochkünste besaß, doch an diesem Gericht hatte sie mehr oder weniger ihren Frust ausgelassen, anstatt Liebe ins Essen zu stecken.

„Du hast mir vor ein paar Monaten erzählt, dass sie gestorben sei. Oder hast du noch eine andere Tante?“

Joyce schüttelte den Kopf und widmete sich lieber dem Wein vor ihrer Nase. „Nein, genau die meine ich. Tante Rosemary. Wir hatten gar nicht viel Kontakt gehabt, nur als ich ein Kind war, aber ich war ihre einzige Nichte und Kinder hatte sie keine. Jedenfalls hat sie mir nach ihrem Tod ein kleines Cottage vermacht. Es steht schon seit Ewigkeiten leer und soweit ich weiß, hatte sie es auch schon lange nicht mehr bewohnt, da sie vor Jahren in einem Heim untergekommen war.“

Annie machte große Augen. „Soll das heißen, dass du Eigentümerin eines eigenen Cottage bist?“

„Sozusagen, ja.“

„Warum hast du mir das nie erzählt?“, fragte Annie und schob ihren Teller ein Stück von sich. Das Essen würde an diesem Abend niemanden mehr glücklich machen.

Joyce spielte an ihrem Weinglas und zuckte nachdenklich mit den Schultern. „Gute Frage. Irgendwie war das Thema in meinem Kopf nicht richtig präsent. Ich meine … ich habe mir das Haus einmal angesehen, kurz nachdem ich davon erfahren hatte … letzten Winter. Es ist ziemlich heruntergekommen und renovierungsbedürftig. Ich werde dort ohnehin nicht einziehen und durch die Renovierungsarbeiten dauert es sicherlich noch eine ganze Weile, bis überhaupt jemand darin wohnen kann. Ich hatte es mir immer wieder vorgenommen, mich darum zu kümmern, aber schiebe es seitdem ständig vor mir her. Außerdem liegt es in Shanty Coast."

„In Shanty Coast?" Interessiert schaute Annie ihre Freundin an. „Davon habe ich noch nie gehört."

Joyce lachte kurz auf und schüttelte den Kopf. „Das glaube ich dir gerne. Immerhin ist das so ein kleines verträumtes Fischerdörfchen mit wenigen Einwohnern, dass es kaum nennenswert ist. Ich war als Kind ein paarmal da, aber es gab dazu nie einen richtigen Bezug für mich ... bis auf die wenigen Besuche bei meiner Tante."

„Und was hat das Ganze jetzt mit deiner Idee zu tun?", hakte Annie nach und griff nach ihrem Wein. Er schmeckte tatsächlich wieder.

Joyce räusperte sich und beugte sich ein wenig vor. Ein breites Lächeln legte sich auf ihre Lippen, denn sie empfand ihre Idee nicht nur als perfekt für Annie, sondern ebenso für sich. „Also, wie du nun weißt, steht das kleine Cottage in Shanty Coast leer und braucht unbedingt eine Renovierung. Und wer kennt sich besser mit Möbeln und Modernisierungen aus als du?"

„Als ich?" Annie deutete mit einem Finger auf sich selbst. „Lass mich überlegen. Jeder Handwerker, Klempner, Dachdecker, Schreiner, Innenarchitekt ... soll ich weiter machen?"

„Okay, schon gut, schon gut", schlichtete Joyce und überlegte, wie sie am besten anfangen sollte. „Gut, noch einmal von vorne: Ich habe es mir ganz genau überlegt. Du liebst doch das Restaurieren von Möbeln, die

Handarbeit und das Anlegen von Gärten. Außerdem liebst du das Schreiben und träumst doch schon lange davon, eines Tages deinen eigenen DIY-Blog zu launchen."

„Ja natürlich, das stimmt. Aber was hat das mit deinem Haus zu tun? Ich kann das doch unmöglich renovieren. Es ist viel zu weit weg und ich kenne mich zwar mit kleinen Möbeln und so weiter aus, aber doch nicht mit dem Sanieren."

„Weißt du, meine Idee ist folgende: Du gehst für eine Weile nach Shanty Coast und schaust dir das Cottage genauer an. Für alle größeren Reparaturen ziehst du dir natürlich einen Fachmann hinzu. Aber alles andere kannst du mindestens genauso gut. Ich weiß doch, wie du deine Wohnung ..." Joyce räusperte sich kurz und warf ihr einen entschuldigenden Blick zu. „Tut mir leid, ich meine Jeffs Wohnung ..."

Doch Annie wiegelte es mit einem Handbewegung ab. „Schon gut, es war ja mal meine Wohnung und ja, sie war traumhaft schön."

„Genau und das hast alles *du* allein gemacht. Das Gleiche schaffst du auch in dem Cottage. Und nebenbei kannst du das alles für deinen Blog nutzen. Du kannst dich dort komplett austoben und den ganzen Stoff für deinen Webauftritt nehmen, wie es dir passt. Leg dir zusätzlich einen Instagram-Account an. Mach tolle Fotos und zeig den Leuten, wie es geht. Du brauchst das verdammte Online-Magazin gar nicht. Du kannst viel mehr. Und ich denke, dass das Cottage eine großartige Chance für dich und auch für mich wäre. Ich schaffe es nicht nach Shanty Coast und kann mich dort um nichts kümmern. Aber du hast gesagt, dass du von dieser Stadt am liebsten eine Auszeit nehmen würdest und Abstand brauchst."

Annie überlegte einen Moment und schaute zu ihrer Linken aus dem Fenster. Die Idee eines eigenen Blogs schwebte ihr schon so lange im Kopf herum und vielleicht hatte Joyce ihr soeben die erste Tür dafür geöffnet. Doch sie konnte nicht so einfach alle Zelte hier in London abbrechen. Immerhin musste sie sich um eine eigene Wohnung und um einen neuen Job kümmern. Sie hatte nicht genügend Geld, um ein paar Wochen oder gar Monate einfach so von ihrem Ersparten leben zu können.

„Ich weiß nicht, das kommt ganz schön überstürzt, findest du nicht? Und so verlockend es klingt, aber ich fürchte, ich kann mir das alles gar nicht leisten. Ich muss mich nach einer neuen Arbeit umsehen und brauche eine Wohnung."

„Und hier kommt meine Lösung", grinste Joyce, als hätte sie nur auf Annies Anmerkung gewartet. „Ich bezahle dich natürlich dafür. Als ich das Haus geerbt habe, hat mir Tante Rosemary noch genug Geld vererbt, damit ich es auf Vordermann bringen kann. Und ich habe es bis heute nicht angerührt, weil ich nicht sicher war, ob sie vielleicht aus dem Jenseits mitbekommt, wenn ich ihr Geld für andere schöne Dinge verschleudern würde."

Annie kicherte. „Wow, als so verantwortungsvoll hätte ich dich gar nicht eingeschätzt."

„Leg dich niemals mit Geistern an, sage ich dir. Da habe ich schon viele unheimliche Geschichten drüber gehört. Einmal hat mir eine Freundin meiner Mutter erzählt, dass ..."

„Joyce", unterbrach Annie den Redefluss ihrer Freundin und schmunzelte.

Diese hob entschuldigend eine Hand. „Entschuldige, also das Geld, was sie mir gegeben hat, reicht auf jeden Fall für die Renovierung. Und wenn du es machst und ich somit auf einen Teil der Firmen verzichten kann, dann kann ich das übrige Geld nehmen und dir damit eine Art Gehalt bezahlen. Somit kommst du gut über die Runden, möbelst das Haus auf und kannst deinen Blog in Fahrt bringen. Und am Ende gehen wir beide als Siegerinnen aus der Sache. Ich werde das Haus vermieten oder sogar verkaufen können und du wirst mit deiner Seite berühmt!" Joyce wurde bei jedem Wort lauter und beendete ihren Satz mit weit aufgerissenen Augen, was Annie zum Lachen brachte.

„Du bist doch verrückt."

„Genial würde es besser beschreiben."

„Aber was, wenn sich herausstellt, dass ich zwei linke Hände habe?", streute sie Zweifel und trank einen Schluck.

Doch Joyce schüttelte heftig mit dem Kopf. „Die hast du garantiert nicht. Du hast Talent! Und jetzt auch noch ein Haus, worin du dich austoben darfst und einen ordentlichen Karriereschub bekommst. Was will man mehr?"

„Okay, das leuchtet mir ein. Allerdings sagtest du, dass es heruntergekommen ist. Ich würde dort unmöglich schlafen können."

„Das stimmt. Ich würde dir die erste Zeit genügend Geld geben, damit du dir ein Zimmer in einem Bed & Breakfast leisten kannst. Ich weiß, dass es dort ein kleines niedliches Häuschen gibt, nicht weit weg vom

Cottage. Und wenn es soweit ist, dass du im Haus leben kannst, ziehst du einfach dort ein."

„Nur wird das sicherlich Wochen dauern", gab Annie zu bedenken und sah vor ihrem geistigen Auge schon die Unsummen an Geld, die das verschlingen würde. „Das kann wirklich ziemlich teuer werden."

„Ich habe es dir doch erklärt, das Geld wird reichen", versicherte Joyce ihr und lehnte sich zufrieden zurück.

„Und ...", begann Annie schließlich, griff zur Gabel und überlegte kurz, ob sie dem Essen, das mittlerweile abgekühlt war, noch eine Chance geben sollte, entschied sich allerdings doch dagegen und legte das Besteck wieder auf den Teller, „ ... wie lange glaubst du, wird es dauern, bis ich das Haus auf Vordermann gebracht habe?"

„Vielleicht sechs Monate?"

Annie fielen beinahe die Augen aus den Höhlen. „Sechs Monate? So lange kann ich doch nicht weggehen! Ich hatte an zwei gedacht."

„Zwei Monate für eine komplette Haussanierung?"

Schulterzuckend entschloss sich Annie anstelle des Essens lieber den Wein zu nehmen und angelte nach ihrem Glas. „Ja, jetzt wo du es sagst, sind zwei Monate tatsächlich zu wenig. Aber ein halbes Jahr? Das kommt mir ewig vor."

„Dennoch hättest du genug Zeit für deinen Blog. Und du kommst aus dieser Stadt raus. Weg von Jeff und alldem, was dir nicht guttut", fügte Joyce mit sanfter Stimme hinzu und legte ihrer Freundin ihre Hand auf die ihre.

In Annies Kopf hingegen ratterte es wie in einem Uhrwerk. Sechs Monate waren eine verdammt lange Zeit und all das, was zwischen ihr und Jeff passiert war, war noch so frisch. Konnte sie da überhaupt schon so eine weitreichende Entscheidung fällen?

6

Annie trommelte gedankenverloren auf das Lenkrad ihres kleinen Peugeot, während sie ihr gefühlt ganzes Leben hinter sich ließ. Die Bilder in ihrem Rückspiegel wurden immer kleiner, als würde ihre eigene Welt, die sie kannte, ebenfalls schrumpfen. Hastig wandte sie den Blick wieder nach vorn auf die Landstraße und atmete laut aus. Was tat sie hier eigentlich? Ganz klar, sie verließ Hals über Kopf ihr altes Leben, um etwas Verrücktes zu tun. Um ihr schmerzendes Herz zu heilen. Um einen Neuanfang zu starten. Einen, für den sie etwa ein halbes Jahr Zeit hatte. Schmerzlich erinnerte sie sich an den Abschied von ihrer besten Freundin, die ihr bis zu dem Moment, in dem sie in ihr Auto gestiegen war, gut zugeredet hatte. „Ach Annie, das wird toll! Ich wünschte, ich könnte mit dir tauschen."

„Dann tun wir es. Du fährst an meiner Stelle", hatte Annie vorgeschlagen, doch anhand von Joyces weit aufgerissenen Augen, hatte sie sofort erkannt, dass es nur eine leere Floskel gewesen war.

„Du weißt, ich kann das nicht. Ich habe zwei linke Hände und meinen ..."

„Deinen Job."

Joyce hatte leicht verschämt genickt und Annie die Hand auf die Schulter gelegt. „Tut mir leid, manchmal bin ich so ein Trampel. Aber glaub mir, das wird ganz bestimmt toll. Du kannst dich ganz nach deinen Wünschen ausleben und wirst sicherlich ein traumhaftes Häuschen daraus zaubern. Genieß die Zeit. Genieße deine Freiheit!"

Während Annie in ihr Auto gestiegen war, hatte sie tief in sich gespürt, dass sie das Richtige getan hatte. Doch jetzt, in ihrem Auto, den Blick auf die verschlafene Landstraße geheftet, die Bilder ihres alten Lebens immer kleiner werdend, war sie sich mit einem Mal nicht mehr so sicher. Ihr Herz begann zu hämmern, wenn sie daran dachte, wie Jeff wohl reagieren würde, wenn er von ihrem Aufbruch erfuhr. Seit ihrer letzten Begegnung hatten sie sich weder gesehen noch gesprochen. Annie war lediglich in die Wohnung geschlichen und hatte ein paar ihrer letzten Sachen geholt, wenn er bei der Arbeit war. Und er hatte sie nicht einmal angerufen. Wie ein Stück Müll hatte er die Beziehung einfach weggeworfen. Und wofür? Für einen Job! Wobei das noch nicht einmal gänzlich stimmte. Immerhin hatte er seinen ja.

Schnaubend schüttelte Annie den Kopf, spürte eine Träne in ihrem rechten Augenwinkel aufsteigen und umfasste das Lenkrad noch fester. Wie mechanisch trat auch ihr Fuß etwas kräftiger auf das Gaspedal. Nein, sie würde nicht umdrehen. Das, was sie hier tat, war genau richtig. Eine Auszeit von ihrem alten Leben, mit sämtlichen Utensilien für die Renovierung eines Cottages auf der Rückbank ihres Autos und mit Ed Sheerans zärtlicher Stimme im Radio, die ihr sagte, wie perfekt sie war, war genau das, was sie wollte. Jeff war Geschichte und irgendwann würde sie es schaffen, dieses Buch zu schließen, ganz tief im hintersten Teil eines Bücherregals zu verstauen und nie wieder zu öffnen.

Nach guten vier Stunden, die sie nun im Auto verbracht hatte, passierte sie eine kleine niedliche Stadt namens Briggham, die in Annie eine gewisse Vorfreude auf ihr neues Leben aufsteigen ließ. Sie sah eng aneinandergereihte Häuschen aus einfachem Backstein mit zauberhaft angelegten Gärten und spielenden Kindern in den Straßen, kleine Geschäfte und Cafés, die rege besucht waren. Die Sonne schien und lockte die Einwohner auf die Straßen, was in Annie ein gewisses Gefühl von Heimat aufkommen ließ. Das Szenario erinnerte sie an ihre Kindheit, in der sie mit ihren Eltern in einem Dorf, etwa eine Stunde von London entfernt aufgewachsen war. Sie hatte eine unbeschwerte Kindheit gehabt und auch heute hatte sie nach wie vor ein gutes Verhältnis zu ihren Eltern. Doch über ihren überstürzten Aufbruch hatte sie die beiden noch nicht informiert. Sofort beschlich sie ein schlechtes Gewissen, als sie an einer Ampel stand und eine Familie beobachtete, die ausgelassen in eine Fußgängerzone bog. Ein Hupen hinter ihr riss sie aus ihren Gedanken und sie begriff erst einen kurzen Moment später, dass die Ampel längst Grün zeigte. „Entschuldigung", murmelte sie und fuhr hastig weiter.
Ihr Navi zeigte ihr noch etwa eine zwanzigminütige Fahrt an. Es war ein herrlicher Frühlingstag, der ihr ihren Aufbruch ein wenig erleichterte. Tristes Wetter hätte ihre zwiespältigen Gefühle nur noch befeuert,

doch mit kräftigen Sonnenstrahlen, die durch ihr Fenster schienen, war ihr die Abreise etwas leichter gefallen.

Die Landschaft wurde dichter und bewaldeter. Einen Moment fragte Annie sich, ob sie hier wirklich richtig war, denn weit und breit waren weder ein Mensch noch ein bewohnbares Haus zu sehen. Lediglich eine alleinstehende Lagerhalle stand verlassen da, während sie von Weiten ein kleines Ortschild erkannte. Sie war da. Ihr Herz klopfte wild, als sie die Buchstaben auf dem Schild entzifferte: *Willkommen in Shanty Coast.*

„Sie haben Ihr Ziel erreicht", schallte es aus Annies Smartphone. Sie betrachtete das Gerät skeptisch. Schließlich konnte das nicht sein. Zu ihrer Rechten befand sich ein Waldabschnitt mit einem breiten Sandstreifen, auf dem sie ihr Auto parkte, und links von ihr standen zwei Cottages. Während das Rechte davon in einem Topzustand war und Annie für sich ausschließen konnte, dass das Haus irgendeine Art von Pflege benötigte, wagte sie es kaum, das erste Haus anzusehen. Sie hatte Angst, dass es allein von ihrem Blick in sich zusammenfallen könnte. Ein wuchernder Garten, dessen Gräser bereits höher standen als der schief geneigte Gartenzaun, winkte ihr im sanften Wind träge entgegen. Hinter dem Gestrüpp konnte sie das Cottage ausmachen, dessen Dach den Anschein machte, als könnte das kleinste Lüftchen es wegwehen und ... ragte da etwa ein kleines Bäumchen aus dem Schornstein?

Mit bebendem Herzen stieg Annie aus dem Auto. Eigentlich hatte sie sich das Ankommen in ihrem neuen Leben ein bisschen anders vorgestellt. Ein bisschen filmreifer vielleicht. Dass sie aus dem Auto aussteigen, eine leichte Brise ihre braunen offenen Haare zum Wehen bringen würde und sie, ein Lächeln auf den Lippen, zuversichtlich in ihre Zukunft blicken könnte. Doch stattdessen trat sie beim Aussteigen in ein kleines Loch, sodass sie kurz davor war, aus dem Auto zu stürzen. Sie konnte sich nur mit Mühe an der Tür festhalten, die dabei ein knackendes Geräusch von sich gab. Als sie sich einigermaßen gefangen hatte, schaute sie sich rasch um, aber es schien sie niemand gesehen zu haben. Zumal es scheinbar nur ein Nachbarhaus in der Gegend gab. Aber immerhin gab es eines.

Sie schloss die nun knarzende Autotür hinter sich und sog die salzige Luft in ihre Lungen. Das Meer konnte nicht weit sein, denn nicht nur der herrliche Duft, sondern auch das Kreischen der Möwen schlugen ihr entgegen, was sie einen Moment diese Bruchbude vor ihr vergessen ließ.

Kurz schloss sie die Augen, atmete ein paarmal tief ein und überquerte die schmale Landstraße zum

Cottage. Dabei angelte sie in ihrer Handtasche nach ihrem Smartphone und überprüfte noch einmal die Adresse, die ihr Joyce gegeben hatte. Doch der rostige Briefkasten mit der ausgeblichenen Zahl Eins machte ihr deutlich, dass sie richtig war. Herzlich willkommen in Bruchbudenhausen.

7

„Bist du dir sicher, dass du nicht noch irgendwo ein anderes geerbtes Haus hast?", überfiel Annie Joyce am Telefon.

„Was meinst du?", hakte diese nach, doch Annie entging der kleinlaute Unterton in Joyces Stimme nicht.

„Was ich meine? Ich meine, dass du gesagt hast, hier würde ein Haus auf mich warten, das ich renovieren und sanieren soll. Nicht dass ich es komplett abreißen und neu aufbauen müsste."

Ein kurzes Schweigen machte sich bemerkbar und Annie hatte fast die Befürchtung, dass Joyce einfach aufgelegt hätte.

„Bist du noch dran?", fragte sie daher und versuchte mit einer Hand das Gartentor zu öffnen, dessen Riegel kaum zu verschieben war.

„Ja, ich bin noch dran, entschuldige, ich bin auf der Arbeit und gerade ist hier die Hölle los."

Annie spürte einen kleinen Stich im Herzen, als sie an den Alltag in der Redaktion dachte, schüttelte den Gedanken jedoch schnell wieder ab. „Also, was hast du zu deiner Verteidigung zu sagen? Bitte sag, dass du noch eine andere Tante hast, deren Haus du geerbt hast.“

„Ist es wirklich so schlimm?“

„Schlimmer als das“, ächzte Annie, während sie sich mit der Hüfte gegen das Tor stemmte, welches sich nun endlich öffnen ließ. „Das Dach sieht aus, als würde es ins Haus reinregnen. Ehrlich Joyce, ich habe Angst, da reinzugehen. Wer weiß, wie es drinnen aussieht. Und der Garten ...“, sie schaute sich in dem wild wuchernden Insektenparadies kopfschüttelnd um, „das ist keiner. Vielmehr ein Forschungszentrum für seltene Krabbeltiere. Ich bin sicher, dass es hier die eine oder andere Spinnenspezies gibt, die bisher nicht erforscht wurde. Und ich wollte eigentlich nicht die Erste sein, die sie zu Gesicht bekommt.“

„Damit könntest du reich werden“, kicherte Joyce in den Hörer.

„Das ist nicht lustig!“, zischte Annie und sie verstummte augenblicklich. „Okay, es tut mir leid. Ich wusste, dass es in keinem guten Zustand ist, aber so wie du es beschreibst, hört es sich wirklich noch schlimmer an.“

„Warst du tatsächlich jemals hier, um das Haus zu besichtigen?“

„Ja.“

Wieder trat ein Schweigen ein und Annie stutzte. Sie schob einen alten gusseisernen Eimer mit dem Fuß beiseite und bahnte sich den Weg durchs hohe Gras in Richtung Cottage.

„Joyce? Sag mir bitte die Wahrheit. Hast du das Haus jemals in echt gesehen?“

„Hab ich.“

„Und wieso sprichst du dann so zögerlich? Wir sind zwar viele Meilen voneinander entfernt, aber ich höre es dir an, wenn etwas nicht stimmt. Also sag mir bitte, ob du das Haus jemals besichtigt hast."

Joyce schnaubte kurz und da ahnte Annie bereits, dass sie die Wahrheit vermutlich nicht verkraften würde.

„Ich habe mir das Haus angesehen", begann Joyce schließlich. „Aber es war Winter. Überall lag Schnee und daher war der Garten auch nicht so überwuchert, wie du ihn gerade beschreibst. Löcher im Dach konnte ich bei dem ganzen Schnee natürlich nicht sehen."

Annie schloss einen Moment lang die Augen und atmete ein paarmal ein und wieder aus. „Und der Zustand im Haus?"

Joyce schwieg erneut.

„Joyce!"

„Meine Tante hatte es als bewohnbar beschrieben, als sie es ins Testament aufgenommen hatte", verteidigte sie sich und Annie glaubte beinahe in Ohnmacht zu fallen.

„Du warst also nie drinnen? Hast es nur von Weiten bei Schnee betrachtet?"

„Und es sah echt gut aus. Außerdem ... warum sollte meine Tante lügen?", setzte Joyce trotzig wie ein kleines Mädchen nach.

Ungläubig schaute Annie sich um und erschrak, als sich ein Käfer brummend auf ihrer Schulter niederließ. Ein leiser Schrei entwich ihr und sie machte Bewegungen wie ein Ninja, ehe sie sich auf die Steinstufe rettete, die zur Haustür führte.

„Annie!", rief Joyce. „Ist alles okay?"

„Nein. Nichts ist okay. Ich stehe hier vor einem Haufen Bauschutt und wurde gerade von einem rattengroßen Käfer angefallen", jammerte Annie und rang nach Atem.

Eigentlich hatte sie doch auf einen Neuanfang gehofft. Insgeheim hegte sie die Befürchtung, dass dieses Projekt für sie nicht machbar wäre und sie sich auf den Rückweg machen würde.

Ein Seufzen erklang durch das Smartphone. „Okay, wenn es wirklich so schlimm ist, wie du sagst, dann tut es mir leid, Annie. Wirklich. Dann brechen wir das Ganze am besten einfach ab. Du kannst erst einmal bei mir wohnen und dann sehen wir zu, dass wir einen richtigen Job für dich finden."

Annie beruhigte sich allmählich von ihrem Käferschreck und ließ sich ermattet auf der Steinstufe nieder. Sie dachte darüber nach, wie es wäre, nun wieder den ganzen langen Weg zurückzufahren, ihre Sachen bei Joyce auszupacken, nur um dort zu wohnen und nach einem neuen Job zu suchen, während ihre beste Freundin ihr von ihrem Arbeitsalltag in der alten Redaktion erzählte. Jeffs Gesicht erschien vor ihrem inneren Auge und sie erschauderte. Was er ihr angetan hatte, schien sich wie eine dunkle Gewitterwolke über London gelegt zu haben. Auch wenn sie dachte, dass sie die Stadt über alles liebte, gerade fühlte sie sich dort nicht sonderlich zu Hause. Ihr Blick glitt über den wuchernden Garten. Überall summte und brummte es. Frischer Blumenduft stieg ihr in die Nase und eine sanfte Brise wehte ihr eine Haarsträhne ins Gesicht. Wenn sie ganz genau hinhörte, konnte sie das Kreischen von Möwen ausmachen. Diese Ruhe war wie

Balsam für ihre geschundene Seele und allein der Gedanke, wieder zurück in das gewitterwolkenbehangene London zu fahren, in dessen Straßen sie Jeffs arrogantes Lachen hören würde, ließ ihren Magen unangenehm rumoren. Entschlossen schüttelte sie den Kopf. „Nein, ich bleibe. Ich werde das hier durchziehen. Auch wenn man mich irgendwann begraben unter einem Berg voller Bauschutt vorfinden wird, dann ist das immer noch besser, als Jeff über den Weg zu laufen. Was habe ich schon zu verlieren?“

Am anderen Ende der Leitung hörte sie ein erleichtertes Aufatmen. „Ich wusste, dass du dich nicht unterkriegen lässt.“

„Wer weiß, wie meine Motivation morgen aussieht, aber jetzt gerade denke ich, ich kann es zumindest versuchen. Ich werde mir das Haus einmal von innen ansehen und dann schaue ich nach dem B&B, was du mir genannt hast“, erklärte sie, sog noch einmal die frische Blumenluft tief in ihre Lungen und erhob sich. „Falls ich mich bis morgen nicht gemeldet habe, würde ich dir raten, einen Suchtrupp loszuschicken. Wer weiß, wer oder was mich da drin erwartet. Wenn die Insekten hier schon im Garten utopisch groß sind, will ich nicht die Größe der Ratten im Keller wissen“, setzte Annie noch hinzu und vernahm Joyces leises Kichern.

„Ich bin sicher, du wirst das meistern. Außerdem gibt es dort keinen Keller.“

„Na immerhin.“

Sie verabschiedeten sich voneinander und ehe Annie den Schlüssel ins Türschloss schob, bemerkte sie im Augenwinkel eine Regung. Erschrocken schaute sie nach rechts auf das Nachbargrundstück. Es lag ruhig da, sah gepflegt aus und das Haus wirkte wesentlich stabiler als das, welches sie gleich betreten würde. Dann erkannte sie einen Mann, der gerade im Haus verschwand. Sie konnte gerade noch eine kräftige Statur und dunkles Haar erkennen. Am liebsten hätte sie ihn angesprochen, doch da war er schon verschwunden. Aber vielleicht würde sie ihn bald schon kennenlernen können, was aus praktischer Sicht vermutlich auch sinnvoll wäre. Immerhin wusste sie nicht, ob sie hier überhaupt passendes Werkzeug oder eine Leiter finden würde. Da konnte eine gute Nachbarschaft viel wert sein.

Gespannt lauschte Annie dem Klicken, als sie den Schlüssel im Schloss herumdrehte und schob ganz vorsichtig die Tür auf. Dunkelheit empfing sie und dazu noch ein muffiger Geruch, der ihr sagte, dass sie am besten lieber gleich umdrehen sollte.

8

„O mein Gott", flüsterte Annie und trat einen Schritt zurück. Der Mief überkam sie wie eine Rauchwolke, die sie beinahe taumeln ließ. Sie gab der Tür einen kräftigen Stoß, betete dabei inständig, dass diese nicht aus den Angeln fiel und tat zwei weitere Schritte nach draußen. „Hier muss ich erst mal frische Luft reinkriegen", murmelte sie verzweifelt und blickte kurz zum Nachbargrundstück herüber. Die Nachbarn mussten ja nicht gleich mitbekommen, wie unbeholfen sie war oder wie sie sich hier im Garten übergab.

Nachdem sie ein paar Minuten gewartet hatte, betrat sie schließlich das Haus. Nicht aber, ohne ihre Nase mit dem Ärmel ihres roséfarbenen Shirts zu überdecken. Kurz darauf fand sie sich in einem dunklen Flur wieder. Vor ihr befand sich eine enge hölzerne Treppe, der sie mit großer Furcht entgegenblickte. Im Geiste sah sie sich schon mit einem Fuß in den Stufen stecken bleiben. Rechts von ihr ging es in einen größeren Raum, der scheinbar einmal ein Wohn- und Esszimmer gewesen sein musste. Immerhin war das dunkle zerschlissene Sofa ein eindeutiges Indiz dafür. Vorsichtig setzte sie einen Fuß vor den anderen, lauschte gebannt den knarzenden Dielen unter ihren Füßen und blieb auf der Türschwelle zum Wohnzimmer stehen. Die Fenster waren mit Vorhängen bedeckt. Sie zog sie auf. Eine Staubwolke schlug ihr entgegen und Annie musste laut husten. Doch solange sie noch von Mut gepackt war, wagte sie es sogar, das Fenster sperrangelweit zu öffnen, um endlich diesen widerlichen Geruch aus dem Haus zu lassen. Sofort erstrahlte der Raum in schimmerndem Sonnenlicht. Staubpartikel stoben durch das Zimmer, aber plötzlich wirkte das Cottage nicht mehr ganz so bedrohlich. Annie ging mit langsamen Schritten tiefer in den Raum und ließ ihren Blick schweifen. Zu ihrer Rechten musste einmal ein großes Regal gestanden haben. Zumindest konnte man das anhand des hellen Abdruckes erahnen. Der Rest der vergilbten Tapete war ein paar Töne dunkler. In der Mitte des Wohnzimmers stand das Sofa und nun erkannte Annie auch die dunkelgrüne Farbe des samtenen Stoffes. Vor ein paar Jahren musste das Möbelstück einmal sehr schön gewesen sein. Gegenüber von ihr befand sich eine Steinwand aus gelb-weißem Backstein, in die ein riesengroßes Fenster eingelassen war und scheinbar auf den hinteren Teil des Gartens zeigte. Sie trat näher heran und zog auch hier die alten grauen Vorhänge beiseite. Dieses Mal jedoch war sie auf den Staubtornado gefasst und hielt dabei die Luft an.

„Wow!", entfuhr es ihr, als sie die traumhafte Aussicht in den Garten freigaben. Zwar wucherte dieser genauso wie vor dem Haus, grenzte aber an einen Waldrand. Sofort traten ihr Bilder vor die Augen, wie sie eines Abends draußen sitzen würde und den herrlichen Blick auf den gemähten Rasen und die sauber angelegten

Blumenbeete genoss. Aber bevor sie wirklich von genießen sprechen konnte, musste sie zuerst die anderen Räume sehen. Also wandte sie sich ab und ging zurück in den Flur. Gegenüber vom Wohnzimmer musste die Küche sein. Vorsichtig, als könnte sie jemanden erschrecken, betrat sie den Raum und lächelte zaghaft in sich hinein. Die Küche war genau so, wie sie es sich vorgestellt hatte. Auf eine Weise traumhaft schön, denn auch hier war der hintere Teil von einer Steinwand derselben Farbe wie des Wohnzimmers umgeben, die pure Idylle versprach, aber auf der anderen Seite eine Menge Arbeit bedeutete. Sie entdeckte neben sich an der Wand einen Lichtschalter, den sie todesmutig betätigte. Doch anstelle von Licht knallte es einmal laut in der Mitte des Raumes. Annie erschrak heftig. Die Glühbirne hatte den Geist aufgegeben, als hätte sie keinen Sinn mehr darin gesehen, dieses alte Haus zu erleuchten. Nachdem sie wieder zu Atem gefunden hatte, zog sie die Vorhänge über der Spüle in der Einbauküche beiseite und riss auch hier die Fenster bis zum Anschlag auf. Die Sonne preschte in den Raum, als hätte sie nur darauf gewartet, endlich hineingelassen zu werden. Jetzt konnte Annie die Küchenmöbel genauer inspizieren. Sie hatte bereits die Befürchtung, dass sie diese komplett würde ersetzen müssen. Einige Schranktüren hingen schief und überhaupt schien sich eine klebrige Schicht auf den Oberflächen gebildet zu haben. Mit gerümpfter Nase trat sie einen Schritt zurück und betrachtete den hinteren Teil der Küche. Eine hölzerne Tür mit brüchigen Glasscheiben führte nach draußen in den Garten. Annie ruckelte einige Male an dem Knauf, doch er ließ sich nicht öffnen. Sie fingerte in ihrer Hosentasche nach dem Schlüsselbund und nach ein paar Versuchen fand sie schließlich den Richtigen. Die Tür ließ sich quietschend öffnen und gab den Weg auf eine süße, mit Grünspan überzogene hölzerne Veranda frei. Ein Lächeln stahl sich auf Annies Lippen. Ihre Vorstellung, abends hier zu sitzen, gemütlich einen Wein zu trinken und die Ruhe zu genießen, nahm immer mehr Gestalt an.

Das restliche Haus versprühte allerdings weniger Charme. Das Bad war so alt und von Spinnweben übersäht, dass sie sich kaum herein traute und nur einen flüchtigen Blick hineinwarf. Es war zudem ein Wunder, dass sie es über die Treppe unbeschadet nach oben geschafft hatte, denn bei jedem ihrer Schritte war Annie in Schweiß ausgebrochen.

Das obere Stockwerk hatte lediglich drei kleine Zimmer. Bei den Schrägen hatte Annie das Gefühl, jede Sekunde gegen einen Balken zu laufen und zog instinktiv den Kopf ein, als sie ein kleines Schlafzimmer betrat. Der Anblick auf das alte Metallbett mit vergilbter Rosendruck-Bettwäsche ließ sie erschaudern. Nein, dafür hatte sie definitiv zu viele Horrorfilme gesehen.

Hastig schloss sie die Tür wieder und warf einen Blick in den Raum neben dem Schlafzimmer, welcher den Namen nicht verdient hatte. Es war vielmehr eine Kammer, in der sich eine kleine Dusche, ein schief hängendes Waschbecken und eine schmutzige Toilette befanden. Das Fenster gegenüber von ihr, was kaum größer als ein Blatt Papier war, traute sie sich nicht anzufassen. Das Zimmer auf der anderen Seite des Flures war da schon angenehmer. Es war so groß wie das Schlafzimmer und die Kammer daneben zusammen und wurde ursprünglich wohl als Abstellraum genutzt, wie die vielen Regale und Kartons verrieten. Ihr Blick fiel auf eine Nähmaschine, die in einer der Ecken stand und von Spinnweben und Staub überwuchert wurde. Ihr Herz machte bei diesem nostalgischen Anblick einen Satz und sie dachte daran, wie ihre Großmutter immer an so einem Gerät gearbeitet hatte. Es war auf jeden Fall ein Hingucker und sie machte sich im Geiste die Notiz, die Nähmaschine aufzubereiten.

Wenig später verließ Annie das Cottage wieder und sog draußen gierig die frische Luft ein. Nun, das Haus mochte ja total brüchig und heruntergekommen sein, aber zumindest würde sie es nicht abreißen lassen müssen. Das war die erste positive Nachricht des Tages, wie sie fand.

Kurz darauf fand Annie sich in ihrem Auto wieder und machte sich auf den Weg ins Zentrum des Dorfes. Sie war der ruhigen Straße vom Cottage ein Stückchen weiter gefolgt und wenig später hinter einem kleinen Waldabschnitt nach rechts abgebogen, wo sich die Natur ein wenig gelichtet hatte und einen schönen Blick auf ein Dorf freigab. Sie befuhr eine Straße, die rechts und links von kleinen Holzhäuschen gesäumt war. Die Fassaden der Häuser waren von der rauen Seeluft teilweise abgeblättert und doch machte es genau das heimische Flair aus, das sie von diesem Ort erwartet hatte.

Annie spürte inzwischen ihren knurrenden Magen und erst jetzt fiel ihr ein, dass sie den Tag über kaum mehr als eine Banane gegessen hatte. Die Pfefferminzbonbons, die sie während der langen Anreise verputzt hatte, konnte man wohl kaum als vollwertige Mahlzeit betrachten. Sie beschloss, ihren Wagen in einer kleinen

Parkbucht abzustellen und zur Promenade zu gehen, die sie ohnehin nur zu Fuß erreichen konnte. Irgendetwas würde es dort sicherlich zu essen geben, bevor sie ins B&B fuhr.

Als sie aus dem Auto stieg, schlug ihr eine wohltuende Brise entgegen und das Kreischen der Möwen war inzwischen um einiges lauter. Sie konnte nicht mehr weit vom Wasser entfernt sein. Die salzige, nach Fisch riechende Luft war ebenfalls ein eindeutiges Zeichen dafür. Annie schnappte sich ihre Handtasche und folgte dem Schild *Promenade*, was auf einem alten Holzschild nach links durch eine Häuserreihe hindurch deutete. Die Luft war angenehm warm und die Sonne schien unerbittlich auf sie herab. Sie folgte einem kleinen Pfad aus Kopfsteinpflaster, ehe sich kurz darauf das Meer vor ihr auftat. Das glitzernde Wasser schwappte in sanften Wellen ruhig vor sich hin.

Annies Herz schlug ein wenig schneller. Wie schön der Anblick war und vor allem, welche Ruhe hier herrschte. Als würde die Zeit hier anders ticken. An diesem Ort war nichts vom Stress und dem Trubel Londons zu spüren. Hier schaukelten lediglich ein paar Boote auf dem Meer, die neben den zahlreichen Fischkuttern wie kleine Beiboote wirkten.

Annie stellte sich direkt an die Mauer, die sie vom Meer trennte, und atmete tief ein und aus. Für ein paar Sekunden schloss sie die Augen und spürte eine innerliche Zufriedenheit. All das Chaos, das sie in London hinter sich gelassen hatte, war vergessen. Selbst über das brüchige Cottage dachte sie in diesem Moment nicht nach. Aber ihr gnadenloses Magenknurren holte sie schneller in die Realität zurück als ihr lieb war.

Wehmütig wandte sie sich vom Wasser ab und blickte die Promenade entlang. Auch wenn sie sich anfangs unter diesem Wort etwas anderes vorgestellt hatte, so war sie von der idyllischen Straße doch entzückt. Hier gab es einen Souvenirshop und ein Fischrestaurant, das sich wiederrum an einen Pub reihte. Weiter konnte sie nicht schauen und sie beschloss, dem Restaurant einen Besuch abzustatten. Leider wurde Annie lediglich von einem *Geschlossen*-Schild begrüßt und wie zum Protest knurrte ihr Magen erneut. Sie ging ein paar Schritte weiter und stand schließlich vor dem Pub, der auch ein paar wenige Speisen im Angebot hatte. Mit Erleichterung stellte Annie fest, dass er geöffnet hatte und blieb kurz vor dem Eingang stehen. Mit zusammengekniffenen Augen las sie das wettergegerbte Schild darüber: *Shanty Cove*. Sie marschierte entschlossen hinein.

Ihre Augen brauchten einen Moment, ehe sie sich an die hier herrschende Dunkelheit gewöhnt hatten. Nur einen Augenblick später vernahm sie ein hektisches „Ich komme gleich".

Annie nickte höflich, obwohl sie allein im Lokal zu sein schien und hielt Ausschau nach einem Platz.

Neben dem Tresen, der sich an der linken Seite des Ladens befand, konnte Annie klimpernde Geräusche ausmachen. Sie setzte sich an einen der freien Tische auf der gegenüberliegenden Seite und verschnaufte, als sie sich auf der dunkelrot gepolsterten Sitzbank sinken ließ.

„Verdammt nochmal!", schallte es plötzlich aus dem Raum neben dem Tresen.

Annie zuckte zusammen. Kurz darauf erschien eine junge dunkelhaarige Frau in der Tür, die entschuldigend die Hand hob. „Tut mir leid, hier herrscht gerade ein bisschen Chaos. Ich bin in einer Minute da."

„Schon okay", beschwichtigte sie und lächelte. „Ich habe alle Zeit der Welt", setzte sie murmelnd hinzu und griff nach der Speisekarte auf dem Tisch. Auf dem einseitigen eingeschweißten Papier gab es zwar nicht viele Speisen, dennoch lief Annie bei dem Gedanken an etwas Essbares das Wasser im Mund zusammen. Vermutlich hätte sie sich auch mit einer Scheibe trockenen Brotes zufriedengegeben, so ausgehungert fühlte sie sich inzwischen.

„So, entschuldige bitte."

Annie blickte auf und sah, wie die junge Frau auf sie zumarschierte und sich die Hände hektisch an ihrer schwarzen Schürze trocknete.

„Also heute ist so ein Tag, an dem das Universum mir den Mittelfinger zeigt", setzte sie hinzu.

Annie nickte wissend. „Oh ja, das Gefühl kenne ich."

„Auch einen schlechten Tag, was?"

Wieder nickte sie und versuchte, nicht an das Cottage zu denken, was inzwischen womöglich in sich zusammengefallen war.

„Na, dann wären wir schon mal zu zweit. Und lass mich raten: Du hast mächtigen Hunger und erwartest ein deftiges, zufriedenstellendes Drei-Gänge-Menü?", wollte die Dunkelhaarige mit hochgezogener Braue wissen und entlockte Annie ein Lachen.

„Also Hauptsache ist, dass ich satt werde. Mehr Anspruch habe ich derzeit nicht."

Die Kellnerin atmete erleichtert auf. „Gut, das beruhigt mich. Der Backofen ist nämlich gerade ausgefallen und ich habe nur noch eine funktionierende Fritteuse. Sind Fish & Chips also ausreichend?"

Annie lächelte breit. „Das klingt traumhaft."

„Und was möchtest du trinken?"

„Hast du einen funktionierenden Kühlschrank?", hakte Annie scherzend nach und erntete ein stolzes Nicken.

„Gut, dann hätte ich gerne eine eiskalte Cola."

„Kein Problem. Ich bin übrigens Laura oder Süße oder Püppchen."

Annie kicherte über die offene Art der jungen Frau und war dankbar für dieses angenehme Gespräch. Endlich etwas Normalität. „Also wenn es in Ordnung ist, würde ich lieber nicht Püppchen zu dir sagen."

„Laura reicht", grinste sie breit und warf sich ihre langen dunkelbraunen Haare hinter die Schultern. „Also eine eiskalte Cola und einmal Fish & Chips, kommt sofort." Damit machte sie mit einer schwungvollen Bewegung auf dem Absatz kehrt.

Annie lehnte sich entspannt zurück. Zwischendurch zückte sie ihr Handy und spürte einen traurigen Stich im Herzen, als sie keine weitere Nachricht von Jeff auf ihrem Display sah. Tja, aus den Augen, aus dem Sinn. Er schien dieses Sprichwort tatsächlich sehr wörtlich zu nehmen.

9

„Bitteschön, eine Cola und einmal Fish & Chips. Lass es dir schmecken." Mit einem herzlichen Lächeln reichte Laura Annie ihre Bestellung. Es duftete traumhaft, auch wenn das Essen lediglich aus einer fettigen Fritteuse stammte. Annie hätte inzwischen sogar das Fett daraus getrunken.

„Vielen lieben Dank. Es sieht wunderbar aus." Sie griff nach dem Glas Cola und trank einen tiefen Schluck. Der Zucker schien sich schlagartig in ihrem Körper auszubreiten und sie seufzte genüsslich. „Also die Cola ist schon mal sehr gut", scherzte sie.

Laura lachte und band sich nebenbei ihre Haare zu einem Knoten. „Tja, wenn mal alle so positiv gestimmt wären wie du." Ihr Gesicht wirkte plötzlich sehr ernst und sie ließ sich erschöpft auf die gegenüberliegende Sitzbank sinken. „Entschuldige, darf ich?", fragte sie, als ihr bewusst wurde, dass es Annie womöglich nicht in den Kram passen könnte, dass sie ihr einfach so Gesellschaft leistete.

Doch die nickte nur bestätigend, während sie sich gerade eine Pommes in den Mund schob. „Natürlich."

„Ich habe nur nicht oft Gäste wie dich hier in meinem Pub“, erklärte sie mit einem Achselzucken und rieb sich gedankenverloren die Augen.

Annie fielen ihre unsagbar langen Wimpern auf. Überhaupt war Laura eine bildhübsche Frau, die mit wenig Make-up und selbst mit fahrig zusammengebundenen Haaren unglaublich hübsch aussah.

„Gäste wie mich?“

„Na … so normal eben“, versuchte Laura zu erklären und grinste schief.

„Das ist aber weit gegriffen. Vermutlich bin ich alles andere als normal. Verrückt würde es wohl besser treffen“, setzte sie noch hinzu, als sie an den Grund dachte, weswegen sie eigentlich hier war.

„Erzähl schon …“, forderte Laura sie auf und ein interessiertes Lächeln stahl sich auf ihren vollen Lippen, „… was treibt so eine junge Frau wie dich in diesen verschlafenen Ort? In letzter Zeit verirrt sich eigentlich kaum jemand hierher. Schließlich gibt es in diesem Kaff nicht viel zu sehen. Bis auf die traumhafte Landschaft natürlich.“

Kurz dachte Annie darüber nach, wie viel sie Laura von sich erzählen wollte, doch irgendwie war sie dankbar für diese Offenheit, die ihr Gegenüber ausstrahlte und glaubte ihr in diesem Moment einfach alles erzählen zu können.

„Okay, ich versuche es mal mit der Kurzfassung“, begann sie daher zwischen zwei Bissen. „Mein Ex-Freund hat mich aus der Firma geworfen und damit ich zu Hause mal rauskomme und einen Neuanfang starten kann, hat mich meine beste Freundin hierher verfrachtet, um ihr Cottage zu renovieren. Wie sich aber herausstellte, ist der Begriff Renovierung reichlich untertrieben, denn vielmehr könnte ich das alte Haus besser abreißen und neu aufbauen.“

Laura blickte auf. „Ein altes Cottage? Du meinst doch wohl nicht etwa das alte Rosemary-Cottage, oder?“

Achselzuckend tunkte Annie ein Stück Fisch in ihre Remoulade. „Ich habe keine Ahnung, wie das Haus heißt. Aber die Tante meiner Freundin hieß Rosemary. Ich muss wirklich verrückt sein, dass ich mich auf das Ganze einlasse.“

„Liegt das Haus zufällig am Waldrand, ein wenig abseits?“

„Na ja, schon. Es gibt rechts davon lediglich ein weiteres Cottage, was im Gegensatz zu diesem ziemlich gepflegt wirkt.“

Laura grinste schelmisch. „Dann hast du Clay Dalton schon kennengelernt?“

Annie legte fragend den Kopf schief. „Wen? Ich habe bisher nur die Insekten vom Cottage kennengelernt und ein paar mies gelaunte Ratten im Dachstuhl gehört oder was auch immer das war. Aber jetzt, wo du es sagst, ja … da war ein Mann, ich habe ihn aber nur kurz gesehen.“

Kichernd setzte Laura sich auf. Scheinbar hatte Annie ihr Interesse geweckt. „Keine Sorge. Clay wirst du noch früh genug kennenlernen. Ist eigentlich ein ganz Netter. Bisschen mürrisch und ein Einsiedler, aber im Grunde total in Ordnung.“

„Na, das hört sich ja vielversprechend an“, seufzte Annie bei dem Gedanken an einen mürrischen Einsiedlernachbarn. So viel zum Thema: Nachbarn sind in

Sachen Hilfe Gold wert. „Und wieso heißt es *Rosemary-Cottage*? Ist es eine Art Berühmtheit hier?"

„Bis vor einigen Jahren hat die alte Rosemary Freyshield dort gewohnt, ehe sie ins Heim kam und nach ein paar Jahren dort verstarb. Das Haus war schon immer der Schrecken des Dorfes gewesen. Als Kinder haben wir uns häufig dort hingeschlichen und ihr Klingelstreiche gespielt. Eine ganz schön alte Krähe war sie, wenn du mich fragst. Entschuldige ...", schob sie eilig hinterher und hob die Hände, „... so sollte man eigentlich nicht über Tote sprechen, aber die alte Frau war wirklich ein zäher Brocken."

„So viel hat mir meine Freundin Joyce nicht von ihr erzählt", sagte Annie nachdenklich. „Kennst du Joyce zufällig? Ihre Nichte?"

Laura überlegte kurz, schüttelte aber den Kopf. „Ich glaube nicht. Ab und zu war dort, als ich klein war, ein Mädchen zu Besuch. Kann gut sein, dass sie das war. Aber richtig kennengelernt habe ich sie nie."

„Dann war sie das vielleicht", mutmaßte Annie und nahm sich vor, ihre Freundin später einmal danach zu fragen.

„Und was genau hast du mit dem Haus vor, wenn ich fragen darf? Du willst es renovieren?"

„Wollte ich eigentlich", seufzte Annie. „Aber nachdem ich es genauer betrachtet habe, glaube ich, dass ich das kaum schaffen werde. Jedenfalls habe ich etwa sechs Monate dafür Zeit."

„Sechs Monate?", wiederholte Laura staunend. „Das ist nicht viel Zeit für so viel Arbeit. Bricht es nicht bald zusammen?"

„Also sicher fühle ich mich nicht, wenn ich es betrete. Ich sollte mir besser noch einen Bauschutzhelm besorgen", überlegte Annie und schob kurz darauf den leeren Teller von sich. „Das Essen war übrigens ganz wunderbar. Danke, das habe ich gebraucht."

„Kein Problem. Immer wieder gerne."

„Was ist denn mit dem Restaurant nebenan? Warum hat es denn um die Mittagszeit geschlossen?"

Lauras Gesicht verhärtete sich. „Ich bin froh, dass die geschlossen haben. Haben mir nur die Kundschaft geklaut mit ihrem Schickimicki-Essen. Aber das Gesundheitsamt hat den Laden wegen unhygienischer Verhältnisse dichtgemacht. Genaueres weiß ich leider nicht, aber sie sollen angeblich die Hygienestandards nicht beachtet haben. Und gerade bei Fisch ist das ja so eine Sache ..."

Annie nickte wissend. „Und seitdem sie geschlossen haben, hast du wieder mehr Gäste?"

Mit einem schnaubenden Lachen schaute sich Laura demonstrativ um. „Sieht jedenfalls nicht danach aus. Das meiste Geld mache ich abends. Da ist hier immer gut was los. Aber gerade das Mittagsgeschäft habe ich mir hier immer erträumt. Es gibt zwar einen Imbiss, etwas weiter die Promenade entlang. Harry heißt der Betreiber. Ein super Typ. Er fährt morgens mit seinem Kutter raus und mittags bietet er in seiner Bretterbude seinen Fisch an. Wir verstehen uns sehr gut und führen auch keinen Konkurrenzkampf. Er hat den frischen Fisch und ich lediglich ein paar Fish & Chips. Dafür biete ich Speisen an, die er nicht hat. Und jetzt, wo ich die Möglichkeit gewittert habe und endlich meinen Mittagstisch anbiete, kommt keiner." Sie biss sich traurig auf ihre Unterlippe, während sie sich gedankenverloren im Laden umblickte. „Aber ist vermutlich auch besser so. Niemand würde es toll finden, in einem Lokal essen zu gehen, wo der Backofen nicht funktioniert."

„Ich bin mir sicher, du wirst das hinkriegen", versicherte Annie ihr. „Ich bin jedenfalls sehr zufrieden." Sie lächelte ihr aufmunternd zu und erntete ein dankbares Schmunzeln.

„Weißt du schon, wo du die Nacht unterkommst? In dem Cottage wirst du ja hoffentlich nicht schlafen."

Eilig schüttelte Annie den Kopf. „O besser nicht. Nein, meine Freundin nannte mir ein B&B ganz in der Nähe. Da werde ich so lange wohnen, bis ich in das Cottage ziehen und von da aus weiter renovieren kann."

„Dann meint sie sicherlich das *Shanty Coast Inn*. Ganz süßer Laden. Nur die Inhaberin ist ein bisschen wortkarg."

„Wenn ich das hier wirklich durchziehe, dann werde ich dort ohnehin nicht viel Zeit verbringen. Ein Bett, in das ich am Abend reinfallen kann und ein kleines Frühstück reichen mir völlig."

Plötzlich betrat ein älteres Paar den Pub und blickte sich neugierig um.

„Oh, hallo! Ich bin sofort bei euch", begrüßte Laura die beiden überschwänglich und erhob sich von ihrem Platz.

„Wollen wir mal hoffen, dass die beiden sich ebenfalls für Fish & Chips oder ein Sandwich entscheiden", flüsterte sie Annie verschwörerisch zu.

„Ich drücke dir die Daumen."

„Ach, und wenn du am Abend nicht weißt, wohin mit dir, dann komm jederzeit vorbei. Wie gesagt, abends ist hier immer gut was los. Es lohnt sich und die Leute hier sind echt lustig.“

Annie lächelte dankbar und war erleichtert über die Gastfreundlichkeit, die ihr entgegengebracht wurde. Hoffentlich setzte sich das bei der wortkargen Inhaberin des B&Bs fort.

„Das hört sich super an. Ich komme ganz sicher drauf zurück. Und danke für das Essen.“

„Sehr gerne. Leg das Geld einfach auf deinen Tisch.“

Sie verabschiedeten sich voneinander und Annie fühlte sich sichtlich wohler, als sie den Pub verließ. Die warme Sonne schlug ihr entgegen und sie wollte zunächst ihr Zimmer beziehen, ehe sie sich Gedanken um das Cottage machen würde.

10

„Sie wünschen?", ertönte eine raue weibliche Stimme hinter einem Empfangstisch. Annie brauchte einen Moment, um herauszufinden, wo diese herkam, aber dann erhob sich eine ältere Dame und tauchte hinter dem Tresen auf. Mit hochgezogenen Brauen bedachte sie Annie mit einem fragenden Blick. Sie fühlte sich augenblicklich in ihre Schulzeit zurückversetzt. Immerhin war die alte Frau so furchteinflößend wie die finstere Mrs Ruscoe, die nie ein gutes Haar an ihr gelassen hatte. Zudem überragte die Frau sie um mindestens einen Kopf.

„Ähm, mein Name ist Annie Birming. Meine Freundin Joyce Brown hat hier ein Zimmer für mich gebucht."

„Ach ja", sagte die alte Dame und ließ sich mit einem Ächzen auf ihren Stuhl zurückplumpsen. Annie beschlich die Sorge, dass die alte Frau hintenüberfallen könnte. „Sekunde."

Sie wartete geduldig und nutzte die Zeit, um sich kurz umzusehen. Das B&B war altmodisch eingerichtet, mit typischen Oma-Deckchen und alten Möbeln aus dunklem Holz. Rechts von ihr blickte sie in einen offenen Raum, der wohl der Frühstücksraum sein musste. Dort standen, kreuz und quer verteilt, etwa zehn Tische mit jeweils vier Stühlen. Insgesamt wirkte das Gebäude zwar düster, war aber liebevoll eingerichtet. Wenn auch altmodisch-liebevoll, dachte Annie mit einem Schmunzeln. Links von ihr erblickte sie ein Regal voller abgenutzter Bücher und einen gemütlich aussehenden Lesesessel. Augenblicklich fragte sie sich, ob sich überhaupt jemand traute, sich hier hinzuflätzen, während die herrisch blickende alte Dame unmittelbar in der Nähe saß.

„Ah, hier habe ich Sie", ertönte wieder die Stimme der Frau. „Sie haben Zimmer Nummer Zehn."

Sie schob Annie einen Schlüssel mit einem klobigen goldfarbenen Anhänger mit einer Zehn darauf über den Tresen und erhob sich wieder. „Wissen Sie schon, wie lange Sie gedenken zu bleiben?"

„Nun, ich fürchte, dass es eine Weile dauern wird, ehe ich das Cottage, das ich renovieren soll, beziehen kann. Daher kann ich es schlecht sagen, aber ein paar Wochen wird es wohl dauern", erklärte Annie vorsichtig.

„Na, mir soll das recht sein. Hauptsache Sie zahlen."

„Aber natürlich", wandte Annie hastig ein.

Die Dame bedachte sie mit einem prüfenden Blick und rückte ihre Brille, die ihr auf die Nasenspitze gerutscht war, zurecht. „Sagten Sie, dass Sie ein altes Cottage renovieren?"

Annie nickte bloß, denn sie traute sich schon beinahe nichts mehr zu sagen. Sie fühlte sich von der alten Frau mit deren Blick quasi in Grund und Boden gestarrt.

„Doch nicht etwa das Rosemary-Cottage?"

Wieder nickte sie und rang nach Worten. „Ja, genau das."

Plötzlich lachte die alte Dame schallend auf. Annie zuckte zusammen.

„Na, da haben Sie sich ja einen Klotz ans Bein gebunden. Wusste gar nicht, dass die alte Rosemary das Haus verkauft hatte."

„Sie hat es meiner Freundin vererbt und jetzt renoviere ich es für sie", erklärte Annie und trat von einem Fuß auf den anderen. Sie wusste ja, dass es sich bei Shanty Coast um ein kleines Dorf handelte, aber dass das alte Cottage so im Rampenlicht stand, hätte sie nicht erwartet.

„Das wird trotzdem kein Vergnügen. Soweit ich weiß, hat die alte Schachtel für das Haus keinen Finger krumm gemacht."

Das sieht man, dachte Annie sich und war gleichzeitig erschrocken über die Wortwahl der alten Frau.

„Ich werde sehen, was ich tun kann", faselte Annie daher und hoffte, dass die Frau sie bald endlich ihr Zimmer beziehen ließ.

„Es abzureißen scheint mir die beste Alternative. Aber ich will mich da nicht einmischen. Im Grunde geht es mich ja nichts an", winkte die Frau ab. „Jedenfalls bezahlt wird immer am Ende der Woche. Also am Freitag."

„Okay, ist gut."

„Und laute Partys auf den Zimmern und nächtlicher Besuch sind nicht erwünscht", fügte sie noch spitz hinzu und beäugte Annie skeptisch mit zusammengekniffenen Augen.

Beinahe hätte sie laut losgelacht. „Den werde ich sicherlich nicht haben."

„Hätte ich Ihnen auch ehrlich gesagt nicht zugetraut“, entgegnete die Frau ungerührt.

Annie stockte. Dass sie das als Lob auffassen konnte, glaubte sie kaum. Sie griff daher nach dem Schlüssel, der noch immer auf dem Tresen lag, und umfasste den Griff ihres rollbaren Koffers neben ihr. „Also, dann werde ich mal ...“

„Frühstück ist immer von sechs bis zehn. Ich hoffe, Sie sind nicht eine von denen, die erst kurz vor Schluss zum Frühstück kommen und dann noch erwarten, dass die Eier warm sind“, sprach die Frau weiter, als hätte Annie nichts gesagt.

„Nein, ich bin Frühaufsteherin“, erklärte sie, obwohl sie keinen Grund sah, sich rechtfertigen zu müssen.

„Gut, mein Name ist übrigens Maggie McNeill. Wenn Sie Fragen haben, dann wenden Sie sich an mich oder an meinen Neffen George, den nichtsnutzigen Kautz. Ab und zu läuft der hier mal rum, glänzt aber meistens mit Abwesenheit. Ist gerade mal sechzehn und hat nur Mist im Kopf“, schnaubte sie abschätzig.

Annie verzog erschrocken das Gesicht. Sicherlich hatte der sogenannte Nichtsnutz gute Gründe, hier nicht erscheinen zu müssen. Zur Schule gehen beispielsweise.

Doch Annie versuchte zu lächeln. „Gut, dann Sie oder der Nichtsnutz. Ich habe verstanden.“

„Zu Ihrem Zimmer geht es da lang.“ Sie deutete durch eine offen stehende Tür am Empfang vorbei. „Ach, und wenn Sie erst spätabends kommen, dann müssen Sie Ihren Schlüssel auf jeden Fall dabeihaben. Ab zehn ist der Laden hier nämlich zu. Ich will immerhin auch irgendwann mal Feierabend haben. Und schließen Sie die Tür unbedingt ab. Wer weiß, wer sich hier sonst nachts noch reinschleicht."

Niemand, dachte Annie inzwischen genervt. Niemand würde sich bei so einem Terrier von Frau hier je freiwillig reintrauen. Aber sie rang sich ein Lächeln ab und wünschte Mrs McNeill noch einen schönen Tag, ehe sie mit schnellen Schritten die Flucht ergriff.

Das Zimmer war genauso, wie Annie es erwartet hatte. Etwas düster und altmodisch, aber nett hergerichtet und sauber. Das Doppelbett inmitten des Raumes sah klobig aus, aber mit der Blümchenbettwäsche dennoch gemütlich. Am liebsten hätte sie sich einfach unter der Decke verkrochen und ein paar Stunden geschlafen, denn beim Anblick des Bettes überkam sie eine plötzlich heftige Müdigkeit. Aber sie besann sich eines Besseren. Immerhin hatte sie einiges zu tun. Sie wollte lediglich ihren Koffer loswerden, das Zimmer beziehen und sich erneut auf den Weg zum Haus machen. Sie würde sich eine Liste machen und genau notieren müssen, womit sie dort anfangen müsste. Außerdem brauchte sie eine Einkaufsliste und eine Übersicht über die Dinge, die sie selbst erledigen und für die sie eine Firma beauftragen konnte. Sie musste zudem herausfinden, wo es in der Gegend den nächsten Baumarkt gab. Daher fackelte sie gar nicht lange, entledigte sich schnell ihrer Kleidung und kramte in ihrem Koffer nach ihrer Arbeitshose, die sie sich extra eingepackt hatte: eine verschlissene Jeans, die sie immer anzog, wenn sie an einem Möbelstück arbeitete. Ferner streifte sie ein altes weißes T-Shirt über, welches ebenso von Farbflecken übersät war wie die Hose. Dann zog sie sich noch ihre bequemsten Sneaker über und band sich ihre Haare zu einem Pferdeschwanz. Zusätzlich bewaffnete sie sich mit ausreichend Wasserflaschen und ein paar Müsliriegeln und verließ ihr kleines Zimmer, das in den nächsten Wochen ihr neues Zuhause sein würde.

Die Pforte hakte noch genauso wie vor ein paar Stunden und Annie mühte sich mit einem Ächzen ab, sich dagegen zu stemmen. Als sie wieder fast auf das Grundstück fiel, nachdem sich das dämliche Tor endlich hatte öffnen lassen, blickte sie sich hastig zum Nachbarn um. Wie hieß er noch gleich? Ach ja, Clay. Und wie hatte Laura ihn noch beschrieben? Mürrisch? Einsiedlerisch? Na hoffentlich war er netter als die alte Mrs McNeill, was nicht unbedingt schwierig sein sollte.

Als sie sich durchs hohe Gras zur Haustür des Cottages kämpfte, bemerkte sie, wie die Tür des Nachbarhauses aufging und ein Mann heraustrat. Er trug ein rot-schwarzes Holzfällerhemd und hatte eine Cap tief ins Gesicht gezogen, sodass sie sein Gesicht nicht direkt sehen konnte.

„Hallo!", rief Annie schließlich.

Er blieb kurz stehen, schaute fragend auf und nickte ihr schließlich knapp zu. Kein *Hallo*, kein *Wie geht es Ihnen*, nicht einmal ein *Lecken Sie mich am Allerwertesten*. Einfach nur ein Nicken.

Allmählich überkam Annie das ungute Gefühl, dass Laura die einzig nette Person in ganz Shanty Coast war.

Ihr neuer Nachbar setzte seinen Weg fort, den Blick auf den Boden gerichtet und die Hände tief in seiner Jeans vergraben.

Mit offenem Mund starrte Annie ihm nach und schüttelte den Kopf. „Ein einfaches Hallo hätte mir schon gereicht", murmelte sie und schüttelte den Kopf. Dann marschierte sie zur Haustür. „Hallo!"

Erschrocken fuhr sie herum, doch der Mann hatte ihr den Rücken zugewandt und verließ ohne ein weiteres Wort sein Grundstück, ehe er links abbog und seinen Weg fortsetzte.

Annies Herz schlug sofort einen Schlag schneller. Hatte er sie etwa gehört? O Gott, wie peinlich! Hätte sie nicht einfach ihren Mund halten können? Verärgert über sich selbst schloss sie eilig die Tür des Cottages auf und schlüpfte hinein. Von wegen, Mrs McNeills Unfreundlichkeit war nicht zu überbieten ...

Das Erste, was sie tat, war alle Fenster aufzureißen, um frische Luft hereinzulassen. Dem Geruch nach musste hier irgendwo ein totes Tier liegen, dachte Annie schaudernd. Obwohl es wichtig wäre, dem Geruch auf den Grund zu gehen, finden wollte sie die Ursache eigentlich lieber auch nicht. Vielleicht würde sie direkt einen Kammerjäger anrufen und herbestellen. Hastig kramte sie in ihrer Tasche, zog einen Zettel und einen Stift hervor und setzte den Punkt unverzüglich auf ihre Liste: *Gestank orten – Kammerjäger beauftragen.*

Sie wanderte durch das Gebäude und schrieb sich alles auf, was ihr in den Sinn kam. Den Boden würde sie gut selbst abschleifen und erneuern können. Immerhin handelte es sich um schicke alte Dielen, die den Charme des alten Hauses auf jeden Fall aufrechterhielten. Das Badezimmer würde sie mit ein bisschen Glück selbst wieder herrichten können. Sie wagte einen Blick in das untere Badezimmer und betätigte mit langem Finger die Toilettenspülung. Plötzlich begann es laut zu rattern und braunes Wasser sickerte in die Kloschüssel. Erschrocken wich Annie zurück und hoffte, dass sich das Cottage nicht rächen würde, indem es nun die braune Suppe in ihre Richtung schleuderte. Doch wie durch ein Wunder geschah nichts dergleichen und die Spülung verstummte. Vielleicht würde sie nur oft genug spülen müssen, denn es konnte gut sein, dass sich lediglich Schmutzwasser in den alten Leitungen gesammelt hatte. Sie wurde neugierig und versuchte es am Wasserhahn. Doch sie bereute ihre Entscheidung schnell. Das Rattern der Rohre begann erneut durch die Wände zu hallen und der Hahn gab in spuckenden Abständen braune Brühe von sich, als würde er sich übergeben. Damit nicht genug. Das süffige Wasser landete in widerlichen Spritzern auf ihrem Shirt. Schnell schaltete sie den Hahn wieder aus und wischte sich mit angewidertem Gesicht über ihr Oberteil.

„Fabelhaft", murrte sie und ließ die Schultern hängen.

Sicher würde sie jemanden kommen lassen müssen, der die Rohre überprüfte. Sie schrieb *Klempner kontaktieren* auf ihre Liste und seufzte schwer. Annie betrachtete die gelb-grauen Wandfliesen und stellte fest, dass diese weder rissig noch völlig hoffnungslos waren. Mit etwas Farbe würde sie diese streichen können, um somit ein paar Kosten einzusparen. Ein kleiner Stich im Herzen machte sich bemerkbar, als sie sich daran erinnerte, wie sie damals mit Herzblut das kleine Gästebad in der Wohnung von Jeff und ihr ebenfalls gestrichen hatte. Es hatte ihr so viel Spaß gemacht und voller Stolz hatte sie nur einen Tag später auf ihr Werk geblickt. Jeff war hinter ihr aufgetaucht und hatte nur mit den Achseln gezuckt. „Ein Maler hätte dir die Arbeit sicher abnehmen können. Wir hätten uns aber auch gleich alles rausreißen und neu machen können. Ich verstehe nicht, dass du dir die ganze Arbeit aufgehalst hast", hatte er hinter ihr gemurmelt. Doch Annie hatte es genau so gewollt: selbstgemacht und ganz nach ihrer eigenen Vorstellung.

Kopfschüttelnd schob sie die Gedanken an Jeff beiseite und schloss die Badezimmertür. Um möglichst viel Abstand zwischen der Erinnerung und dem starken Herzklopfen, das sie inzwischen fühlte, zu bringen, setzte sie ihre Erkundungstour fort und begutachtete die Küche. Hier würde sie am meisten Spaß haben, dachte sie mit einer gewissen Vorfreude. Es würde ihr Spaß bereiten, die alte Küche auf Vordermann zu bringen. Schließlich steckte hier das meiste Potenzial. In den Betondecken waren traumhaft schöne Deckenbalken eingelassen, die Idylle pur versprachen. Auch die Einbauküche schien nicht ganz hoffnungslos in den Müll wandern zu müssen. Immerhin konnte man die Schränke wieder reparieren und die Oberflächen bearbeiten, sodass man aus dem alten Charme noch etwas herauskitzeln würde. Die alten elektronischen Geräte würde sie sicherlich austauschen, aber das Holz an sich war so gut in Schuss, dass sie es aufbereiten wollte. Sie stellte sich vor, wie hübsch der Raum werden könnte, wenn sie ihn mit hellen und freundlichen Farben streichen würde. In der Mitte des Zimmers könnte sie einen schicken Holztisch aufstellen, von dem aus man durch die Küchentür nach draußen in den Garten blicken konnte. Den Boden würde sie, wie im Wohnzimmer, allein aufbereiten.

Nickend stand sie da, ein Lächeln auf den Lippen, das bei dem Gedanken daran, wie viel Freude sie an diesem Projekt vielleicht doch haben würde, immer breiter wurde.

Sie angelte nach ihrem Smartphone, um einen Blick auf die Uhr zu werfen. Mittlerweile war es später Nachmittag. Sie beschloss, für heute Schluss zu machen, doch da kam ihr etwas in den Sinn: ihr neuer Blog. Heute Abend hätte sie genug Zeit, sich um ihren Social Media Auftritt zu kümmern. Also nahm Annie sich vor, noch ein paar Fotos vom Ist-Zustand des Hauses zu machen. Allein schon, um sie ihrer Freundin anschließend unter die Nase reiben zu können. Sie nahm noch einmal eine Route durch das Cottage, knipste hier und da ein paar Bilder und verschwand anschließend in den Garten, wo ihr grelles Sonnenlicht entgegenschien. Draußen war es noch angenehm warm und sie schloss für wenige Sekunden die Augen, um den Duft des Gartens, der sich mit dem des Meeres zu einem salzigen Aroma vermischte, in sich aufzunehmen und lauschte dem Brummen um sich herum. Es war wie Urlaub, wenn sie einmal davon absah, wie viel Arbeit eigentlich auf sie wartete. Dann öffnete sie auf ihrem Smartphone Instagram, setzte sich auf die kleine Stufe vor dem Eingang des Cottages und war fest entschlossen, die ersten Momentaufnahmen mit der Welt zu teilen. Schon auf dem Weg hierher hatte sie sich einen Namen für ihren neuen Account überlegt: *Annies Cottage-Diary*. Ein wenig farblos, aber er spiegelte das wider, was sie in den kommenden Monaten erwartete. Sie tippte den Namen in die vorgegebene Zeile und wartete eine halbe Ewigkeit, bis das Netz sich erbarmte und sie mit ihrem neuen Profil online gehen konnte. Um das Ganze so authentisch wie nur möglich zu machen, entschied sie sich, eine erste Story aufzunehmen, damit ihre künftigen Follower direkt wussten, was sie hier erwartete. Annie stapfte durch das hohe Gras in Richtung Gartenpforte und hielt ihr Smartphone so, dass es sie mit dem Haus im Hintergrund zeigte. Eine kurze Story, mehr würde sie vorerst nicht brauchen, aber diesen ersten Eindruck würde sie so einfach nicht nachstellen können. Immerhin sah man es ihrem Gesicht an, wie fix und fertig sie inzwischen war. Wie ein Schirmträger wedelte sie mit dem Handy in der Luft, um besseren Empfang zu bekommen. Das Internet war hier wirklich die reinste Hölle.

Plötzlich hörte sie ein lautes Quietschen neben sich und erschrak. Sie blickte zum Nachbargarten, wo der mürrische Typ sie im Vorbeigehen mit einem abschätzigen Blick bedachte und ohne ein Wort zu sagen zum Haus marschierte. Und ... schüttelte er etwa den Kopf?

Annie ließ den Arm sinken, nachdem ihr bewusst wurde, wie dumm sie ausgesehen haben musste und starrte ihm hinterher. Endlich hatte sie einen Teil seines Gesichts sehen können, denn die Cap saß dieses Mal nicht so tief und gab wenigstens das markante, leicht unrasierte Kinn frei.

„Ähm ... hallo!", rief Annie unvermittelt und wunderte sich über ihren plötzlichen Drang, ihn ansprechen zu wollen.

Kurz drehte er sich um und nickte knapp. Gerade wollte er sich wieder seiner Haustür widmen, da machte Annie ein paar Schritte in Richtung Gartenzaun. Auf seiner Höhe blieb sie stehen.

„Ich bin Annie und kümmere mich um das Cottage",
setzte sie hinzu und betrachtete ihn von der Seite.

Dann endlich hob auch er seinen Kopf und schaute
sie direkt an. Im selben Moment wünschte sie sich, sie
hätte ihn nie angesprochen.

11

„Hallo", war das Einzige, was dieser Kerl hervorbrachte. Den abschätzigen Blick hatte er auch noch nicht abgelegt. Die Situation wurde immer unangenehmer. Dieser Clay hatte absolut keine Lust auf ein Gespräch, das sah sie ihm an. Immer wieder wanderte sein Blick zum Smartphone in ihrer Hand und anschließend zurück zu ihr. Er hielt sie offenbar für ein verwöhntes kleines Stadtmädchen.

„Ich ... wie gesagt, ich bin hier, um das Cottage zu renovieren", erklärte sie dann und deutete mit dem Finger hinter sich.

Er schaute kurz an ihr vorbei zum Häuschen, dann wieder zu ihr. „Na dann ..." Mehr sagte er nicht.

„Dann noch einen schönen Abend", versuchte sie dieses miserable Gespräch höflich zu beenden und widmete sich hastig ihrem Telefon, nur um so zu tun, als sei sie schwer beschäftigt.

Dieser Typ, der sich nicht einmal persönlich vorgestellt hatte, verschwand wortlos in seinem Haus und schloss die Tür hinter sich.

Annie starrte ihm noch eine Weile nach. Lediglich das Zirpen der Grillen aus dem Gras hinter ihr war zu hören, als würden sie sich über Annie und ihren peinlichen Auftritt kaputtlachen.

„Na dann ...", murrte sie, „... lecken sie mich am Allerwertesten."

Kopfschüttelnd eiste sie sich vom Gartenzaun los, verriegelte die Haustür des Cottages und entschied sich ins B&B zu fahren. Für heute hatte sie genug. Erst der unerwartete Zustand des Hauses und dann noch dieser Typ, der zu allem Übel auch noch sehr attraktiv war, wie sie erst im Nachhinein festgestellt hatte. Es war zwar nur ein kurzer Moment gewesen, in dem sie endlich sein Gesicht hatte sehen können, nämlich als er an ihr vorbei zum Cottage gesehen hatte. Aber sie hatte festgestellt, dass er ziemlich gutaussehend war. Sein markantes Kinn war von einem dunklen Dreitagebart überzogen gewesen und seine braunen Augen hatten so abwesend gewirkt, dass sie ihn am liebsten gefragt hätte, ob alles in Ordnung war. Ob sie noch einmal zu ihm gehen und es mit einem kleinen Neuanfang versuchen sollte? Vielleicht hatte sie ihn auch nur auf dem falschen Fuß erwischt. Aber was konnte an einem *Hallo, ich bin Annie* schon falsch gewesen sein?

Kopfschüttelnd setzte sie sich in ihr Auto und warf einen schüchternen Blick zu seinem Haus. Es lag so ruhig da, wie auch er auf sie gewirkt hatte. Als wäre er mit der Ruhe des Gebäudes verschmolzen. Dann erinnerte sie sich an seine fade Antwort *Na, dann ...* und schüttelte erneut den Kopf. Sie hatte ihr Nötigstes getan. Immerhin war sie nett und freundlich gewesen – im Gegensatz zu ihm.

Annie startete den Motor und machte sich, ohne einen weiteren Gedanken an diesen Mann zu verschwenden, auf zu ihrem neuen vorübergehenden Zuhause.

„Es sieht schlimmer aus, als ich gedacht habe“, gab ihre Freundin Joyce am Telefon zu. Annie hatte ihr die Fotos des Cottages geschickt, nachdem sie im B&B angekommen war und endlich wieder Internetempfang gehabt hatte.

„Dachtest du etwa, ich übertreibe?“, hakte Annie skeptisch nach.

„Natürlich nicht“, beschwichtigte Joyce sie und seufzte. „Nochmal: Es tut mir ehrlich leid, Annie. Ich hätte ein bisschen offener zu dir sein sollen. Aber irgendwie hatte ich Angst, dass du womöglich Nein sagst.“

Annie lachte ungläubig auf. „Weil du wolltest, dass ich kostengünstig dein Cottage renoviere?“

„Nein!“, entgegnete Joyce erschrocken. „Das meinte ich so nicht. Ich meine nur, dass ich wollte, dass du gehst. Ich wusste, dass es dir nicht guttun würde, hier in London zu bleiben. So sehr, wie du an Jeff und deiner Wohnung gehangen hast ... es wäre dir nicht gutgegangen, wenn du jeden Tag mitbekommen hättest, wie ich zu der Arbeitsstelle gehe, die er dir genommen hat.“

Annie ließ ihre angespannten Schultern sinken und atmete schwer aus. Joyce hatte recht. Es wäre ihr damit nicht gutgegangen. Jeden Tag wären die Gedanken zu Jeff abgedriftet und allein der Büroduft, der immer selbst noch nach Feierabend in der Kleidung hing, wäre Annie tagein tagaus wie eine giftige Dampfwolke um die Nase geweht. Da hätte Joyce noch so viel Parfüm auftragen können. Aber dieser unverkennbare Geruch nach Kaffee, Leder und billigem Lufterfrischer, ließ sich nicht so leicht kaschieren.

„Ja, du hast womöglich recht", knickte Annie daher ein. „Entschuldige, dass ich so gereizt bin. Es war einfach nur ein langer Tag und irgendwie steht mein Leben gerade ziemlich auf dem Kopf. Ich denke, ich muss mich erst einmal daran gewöhnen, dass ich kein eigenes Zuhause mehr habe und vorerst auf dem Koffer und einer Baustelle lebe."

Sie blickte sich im Zimmer um und schaute auf ihren geöffneten Koffer, aus dem sie sich vor wenigen Minuten eine Jogginghose und ein sauberes grünes Shirt gefischt und beides nach einer heißen Dusche angezogen hatte.

„Wie ist denn das B&B?", wollte Joyce dann wesentlich heiterer wissen, doch auch diese Frage versetzte Annie einen Dämpfer. „Frag lieber nicht. Also das Zimmer ist vollkommen okay, aber die Hausherrin ist fürchterlich."

Joyce lachte auf. „Oje, das klingt nicht gut. Aber wenigstens musst du dir mit ihr kein Zimmer teilen."

„Nein, aber das Dach, das Frühstück und die übrige Luft zum Atmen in diesem Haus", kicherte Annie endlich und das Lächeln auf ihren Lippen fühlte sich befreiend an.

„Dann gehe ihr einfach aus dem Weg, wann immer du kannst."

Annie nickte. „Das werde ich. Die meiste Zeit bin ich ja ohnehin unterwegs, aber nach einem anstrengenden Arbeitstag will ich eigentlich nicht in ein mürrisches Gesicht schauen, was mich naserümpfend von oben bis unten über die Brille hinweg mustert." Zumal sie schon davor von ihrem Nachbarn mit ebensolchem Blick gemustert wurde. „Sag mal, kennst du den Typen neben dem Cottage?", wechselte Annie schließlich das Thema.

Kurz herrschte Stille und Annie dachte erst, dass die Verbindung unterbrochen wurde. „Joyce?"

„Bitte was? Entschuldige, ich bin gerade dabei, meine Einkäufe zu verstauen und mir ist eine Tütensuppe runtergefallen. Also wen kenne ich?"

„Den Nachbarn", wiederholte Annie, „neben dem Cottage. Ich glaube, er heißt Clay."

„Nein, ich kenne ihn nicht. Ich weiß nur, dass Tante Rosemary einen jungen Nachbarn hatte, der ihr manchmal im Garten geholfen hat. Du weißt schon, Rasen mähen und die Mülltonnen an die Straße stellen und so."

Annie dachte kurz daran, wie dieser Clay einer alten Dame bei der Gartenarbeit half und konnte sich das kaum vorstellen.

„Warum fragst du?", wollte Joyce dann wissen. „Hast du ihn kennengelernt?"

„Nicht wirklich", entgegnete sie knapp.

Sie wollte lieber nicht über die Begegnung sprechen, die gerade einmal eine Stunde her war. Für heute hatte sie genug Negativerfahrungen gemacht und wollte nur noch ihr Gurkensandwich, das sie sich von der Tankstelle auf dem Weg ins B&B mitgebracht hatte, verdrücken und erschöpft in die Kissen sinken. Daher verabschiedeten sie sich kurz darauf. Die Sache mit ihrem neuen Account verschob sie um einen Tag, da die Aufnahmen bisher nicht möglich gewesen waren.

Also machte sie es sich auf dem Bett bequem, streckte sich lang aus und wickelte das Sandwich aus. Während sie genüsslich abbiss, stoben ihre Gedanken rund um das Cottage umher. Morgen würde sie in aller Frühe aufbrechen und loslegen. Es kribbelte ihr unter den Nägeln, zu starten und zu schauen, was sie aus der alten Bruchbude würde zaubern können. Nur ... wo sollte sie anfangen?

12

Grelles Sonnenlicht schien durch die Vorhänge und strahlte Annie direkt ins Gesicht. Murrend drehte sie sich in ihrem Bett um und angelte auf dem kleinen Nachttisch nach ihrem Smartphone. Es war gerade einmal 06:30 Uhr und doch wusste Annie, dass sie keine Minute länger mehr würde schlafen können. Zu viel Arbeit wartete auf sie und wie schon am Vorabend wollte sie unbedingt loslegen. Sie warf die Bettdecke beiseite und reckte sich ausgiebig. Das Bett war sehr bequem und sie hatte tief und fest geschlafen. Nachdem sie sich frischgemacht und all ihre Sachen zusammengesucht hatte, machte sie sich auf zum Frühstücksraum, in dem eine angenehme Stille herrschte. Weit und breit war kein Gast zu sehen, auch die naseriimpfende Hausherrin ließ sich nicht blicken. Sie atmete erleichtert aus und nahm sich einen der Teller, die auf dem kleinen Büffettisch aufgestapelt waren, und häufte sich ein englisches Frühstück darauf. Sie setzte sich an einen kleinen Tisch an der Fensterfront. Das Essen schmeckte überraschend gut, besonders angetan war sie von den Baked Beans. Hastig schaufelte sie alles in sich hinein, immer darauf bedacht, schnellstmöglich hier rauszukommen. Sie hatte keine große Lust, ihre Euphorie von der alten Frau dämpfen zu lassen. Nachdem sie ihre Sachen aus dem Zimmer geholt hatte, machte sie sich auf den Weg nach draußen. Sie marschierte am Empfang vorbei, um zum Ausgang zu kommen, da ertönte diese raue Stimme vom Vorabend. „Na, sieh mal einer an. Sie sind aber früh wach."

Annie zuckte zusammen und wandte sich langsam um. Bemüht, ein unbeschwertes Lächeln aufzusetzen, zog sie den Gurt ihrer Handtasche etwas enger an sich. „Guten Morgen! Ja, ich habe tatsächlich viel vor heute."

Mrs McNeill zog eine Braue nach oben. „Ach, Sie meinen, Sie müssen zu dem alten Cottage. Ja, da haben Sie tatsächlich einiges vor. Aber ich gebe Ihnen einen Tipp: Lassen Sie es besser gleich abreißen."

Kurz war Annie versucht, der alten Dame entgegenzuschleudern, dass sie ja keine Ahnung habe, wie der Zustand tatsächlich war, doch besann sie sich eines Besseren und grinste verkniffen.

„Danke für den Tipp. Ich werde es mir merken ... für den Fall, dass ich nicht weiterkommen sollte. Und vielen Dank auch für das Frühstück. Es war sehr lecker", versuchte sie dann das Thema zu wechseln.

Mrs McNeill winkte mit einer Hand ab, als wäre das nichts. „Jede gute Hausfrau sollte es hinbekommen, ein anständiges englisches Frühstück auf die Beine zu stellen."

Annie entging der vorwurfsvolle Unterton in ihrer Stimme nicht und sie antwortete daher erneut mit einem zurückhaltenden Lächeln. „Ich wünsche Ihnen noch einen schönen Tag."

Dann wandte sie sich ab und lief schnellstmöglich aus dem B&B. Den Blick der alten Mrs McNeill spürte sie noch immer in ihrem Rücken, als sie endlich an der Straße angekommen war, wo sie ihr Auto geparkt hatte und hastig einstieg.

Das Erste, was Annie tat, nachdem sie das Cottage betreten hatte, war, wie schon am Vortag, alle Fenster sperrangelweit aufzureißen und gierig nach Luft zu schnappen. Bevor sie mit den ersten großen Schritten im Haus startete, wollte sie es allerdings noch einmal mit dem Internet hier versuchen. Sie brauchte dringend eine gute Story für den Einstieg in ihren Online-Auftritt. Sie tippte in ihren Einstellungen und sah, dass ihr ein starkes WLAN-Netzwerk vorgeschlagen wurde. Es war das einzige weit und breit und Annie ahnte bereits, von wem das Netzwerk war. Der Igel im Nachbarwald würde wohl kaum WLAN haben. Nachdenklich tippte sie mit ihrem Gerät auf ihrer Unterlippe und überlegte. Sollte sie ihren Nachbarn wirklich fragen, ob sie sein WLAN nutzen durfte? Nachdem sie gestern so einen unangenehmen Start hatten, war sie sich unsicher. Doch vielleicht war es eine gute Möglichkeit, mit ihm ins Gespräch zu kommen und womöglich war er ja gar nicht so wortkarg, wie er gestern schien. Konnte ja auch gut sein, dass er nur einen schlechten Tag gehabt hatte.

Sie fasste sich ein Herz und marschierte aus dem Haus. Ihr Plan war, eine einführende Insta Story zu drehen und ihren Kanal vorzustellen. Sollte ihr Nachbar sich, aus welchen Gründen auch immer entscheiden, ihr nicht zu helfen, dann würde sie ein normales

Video drehen und es am Abend posten, sobald sie im B&B war. Sie befürchtete nur, dass sie dann wieder viel zu müde sein würde, daher war jetzt der beste Zeitpunkt dafür.

An seinem Haus angekommen atmete sie einmal tief durch, prüfte kurz den Sitz ihres Pferdeschwanzes und glättete sich ihr schwarz-weißes Farbflecken-Shirt. Vielleicht war er ja auch gar nicht zu Hause, dann hätte sie sich umsonst Gedanken gemacht. Aber es half alles nichts, einen Versuch war es wert und womöglich konnte sie das Eis zwischen ihnen auf diesem Weg brechen.

Zögerlich klopfte sie an die Haustür und wartete einen Moment. Erst regte sich nichts, aber dann konnte sie Schritte hören. Es war eher ein Tapsen. Kurz darauf ertönte auch das Stapfen von schweren Schuhen und die Tür wurde aufgerissen. Gerade wollte Annie nach Luft schnappen und sich auf eine Begrüßung einstellen, da schoss ein schwarzhaariger Blitz an ihr vorbei. Erschrocken schrie sie auf und taumelte einen Schritt zurück. Hinter sich konnte sie das Ende der Stufe, die zur Veranda hinaufführte, spüren und wedelte panisch mit den Armen, um Halt zu finden. Nur eine Sekunde später packten sie zwei kräftige Hände an den Handgelenken und zogen sie wieder auf die Beine.

Mit klopfendem Herzen schaute sie Clay direkt in die Augen, der sie mit ausdruckslosem Gesicht betrachtete. Erst einen Moment später ließ er von ihr ab und Annie trat einen vorsichtigen Schritt zurück.

„O mein Gott", murmelte sie außer Atem und wischte sich ein paar lose Haarsträhnen aus der Stirn. „Vielen Dank, beinahe wäre ich ..." Sie deutete mit dem

Daumen hinter sich auf die Stufen, hielt jedoch inne, als sie nicht die kleinste Regung ihres Nachbarn bemerkte. Und plötzlich erkannte sie auch den Grund für ihren Beinahe-Sturz. Denn dieser schnupperte bereits an ihren Beinen und drückte sich an sie. Ein schwarzer kräftiger Schäferhund beschnüffelte sie, als wollte er sich bei ihr entschuldigen und wedelte freundlich mit dem Schwanz. Nachdem Annie wieder zu Atem gekommen war, beugte sie sich herunter und kraulte den Hund zaghaft hinter den Ohren.

„Ach, deinetwegen wäre ich also fast gefallen." Der Hund genoss die Streicheleinheit offensichtlich, bis

Annie wieder einfiel, weshalb sie eigentlich gekommen war.

„Entschuldigen Sie, einen lieben Hund haben Sie da."

Mittlerweile lehnte der Mann mit verschränkten Armen im Türrahmen und beobachtete das Geschehen durch seine braunen Augen, nickte aber nur zur Bestätigung. Doch hinter dieser harten Fassade erkannte Annie etwas in seinen dunklen Augen, was im Entferntesten ein Hauch von Belustigung hätte sein können. Außerdem hatte sich ein leichtes Lächeln auf seine Lippen gelegt.

„Weshalb ich gekommen bin: Ich wollte Sie fragen, ob ich mich womöglich einmal in ihr Internet einwählen könnte. Ich habe gesehen, dass Sie sehr guten Empfang haben und ich bräuchte dringend Netz. In dem Haus da drüben ist es miserabel und ..."

„Meines ist auch nicht besser. Ich fürchte, ich kann Ihnen nicht helfen", unterbrach er sie abrupt. Seine tiefe Stimme ging ihr durch und durch. Sein Lächeln war erloschen.

Annie stockte kurz. „Ähm … okay, verstehe."

Nein, eigentlich verstand sie überhaupt nicht. Hatte das Netzwerk nicht vorhin noch: *Netzwerkqualität hervorragend* angezeigt? Das konnte doch wohl nicht sein Ernst sein.

„Nun, dann entschuldigen Sie bitte die Störung. Wird ganz sicher nicht mehr vorkommen", versuchte sie höflich zu bleiben.

Wieder schwieg er. Er wartete offensichtlich darauf, ob sie noch etwas sagen wollte. Doch Annie entschied sich dagegen, ihm vorzuwerfen, wie unhöflich er sich verhielt. Stattdessen kraulte sie den Hund, der noch immer neben ihr saß und fröhlich hechelte, als erwartete er ein Leckerli von ihr, kurz hinter den Ohren. „War schön, dich kennenzulernen, Großer." Eigentlich wollte sie nicht unfreundlich sein, als sie sich nochmals zu Clay umdrehte. „Dann trotzdem danke. Auch fürs Auffangen … schönen Tag noch." Sie wandte sich ab, um Haltung bemüht, und verließ fluchtartig das fremde Grundstück.

„Das war ja ein großartiger Versuch, das Eis zu brechen", murmelte sie vor sich hin, als sie den Eingang ihres Hofes erreichte. Durch einen kurzen Seitenblick bemerkte sie, dass die Tür von ihrem Nachbarn längst wieder geschlossen war.

Kopfschüttelnd und auch ein wenig peinlich berührt flüchtete sie ebenfalls in ihr Haus und schloss die Tür hinter sich. Dennoch blieb nach der Berührung von diesem Clay irgendein ungewohntes Gefühl in ihr zurück, das sie für eine ganze Weile nicht loswurde.

„Darf ich vorstellen? Rosemary! Also, nicht *ich* heiße Rosemary, sondern das Cottage", trällerte Annie in die Kamera ihres Smartphones und drehte sich damit im Eingangsbereich einmal im Kreis. „Und wie ihr seht, sieht es nicht gerade einladend aus. Noch nicht jedenfalls. Denn meine Aufgabe wird es sein, aus diesem alten Kasten ein kleines Traumhäuschen zu zaubern. Wie sieht's aus? Habt ihr Lust, mich dabei zu begleiten?"

Annie marschierte mit der Kamera in der Hand von Raum zu Raum und sprach munter weiter. „Auf

meinem neuen Blog nehme ich euch mit und zeige euch Schritt für Schritt, wie ich das Haus wieder auf Vordermann bringe und damit meine ich von der Sanierung der Badezimmer bis hin zur Einrichtung des Hauses. Also ich habe auf jeden Fall Lust. Ihr auch?"

Das erste Video war gedreht und endlich konnte sich Annie ganz auf die Arbeit konzentrieren. Das Loch im Dach hatte sie von außen längst gesehen, daher wollte sie erst einmal herausfinden, ob und wie groß der Schaden dadurch im Haus war. Oben im ersten Stock bekam sie auch direkt ihre Antwort: Es war das Zimmer mit der Nähmaschine, was betroffen war. Annie erkannte es an dem dunklen, unübersehbar großen Fleck auf dem Fußboden in der Ecke des Raumes. Ihr war es gestern noch gar nicht aufgefallen, weil sie dafür erst einige Kartons hatte beiseiteschieben müssen. Wie sie missmutig feststellen musste, wölbten sich die Holzdielen bereits an den Seiten. Sie würde dringend handeln müssen, wenn sie den Schaden eingrenzen wollte.

„Oh nein!", entfuhr es ihr, als sie sich hinunterbeugte und den nassen Fleck begutachtete. Über ihr war die

Decke ebenso dunkel und feucht und sie erkannte ein paar lose Tropfen. Sie erinnerte sich, dass es in der Nacht ordentlich geregnet hatte und jetzt tröpfelte das Regenwasser durchs Reetdach. Sie zog ihren kleinen Notizblock und ihren Stift auf der Hosentasche und notierte sich:

Dachdecker – dringend informieren!

Für die Rohre im Haus würde sie ohnehin einen Klempner rufen müssen, damit er sich einmal alles genauer ansehen konnte und auch ein Elektriker musste her, wie sie durch die defekte Glühbirne am Tag zuvor festgestellt hatte. Seitdem traute sie sich nicht mehr, weitere Schalter zu betätigen. Zudem waren die Steckdosen völlig veraltet und sie wagte kaum daran zu denken, was passieren könnte, wenn sie eine davon nutzen würde. Wer wusste schon, ob sich nicht eventuell auch Feuchtigkeit in den Wänden gesammelt hatte und sie sich noch einen Stromschlag verpasste? Konnte das überhaupt passieren? Schließlich hatte sie keine Ahnung von solchen Sachen. Sie seufzte. Sie würde sich also gleich mehrere Fachleute heranziehen müssen. Und allen voran den Kammerjäger, denn der Gestank war unerträglich. Sie notierte sich alles und warf einen prüfenden Blick auf ihre Liste:

Gestank orten – Kammerjäger beauftragen
Elektriker suchen
Klempner kontaktieren
Dachdecker – dringend informieren!

Anschließend verließ sie den mit Kartons zugemüllten Raum wieder. In diese würde sie später unbedingt noch einen Blick werfen müssen.

Gerade wollte sie im Internet nach einem Dachdecker Ausschau halten, da fiel ihr wieder ihr altbekanntes Problem ein: kein Netz. Und den Nachbarn würde sie auf keinen Fall erneut fragen. Verloren stand sie mitten im Flur und überlegte. Erst würde sie eine weitere Bestandsaufnahme machen und dann zum Mittag in den Pub fahren. Dort würde sie eine Pause machen und Laura fragen, ob sie womöglich WLAN hatte, das sie nutzen konnte.

Die Zeit bis dahin verbrachte Annie damit, sich die einzelnen Zimmer anzusehen und zu notieren, welche Arbeiten hier anstanden und was sie alles aus dem Baumarkt benötigte. Das Schlafzimmer würde aller Voraussicht nach am wenigsten Zeit in Anspruch nehmen. Die alten Tapeten würde sie abreißen, den Fußboden abschleifen und neu aufbereiten und die Gardinenstangen, die schief aus der Wand hingen, entfernen. Eventuelle Unebenheiten in den Wänden würde sie verspachteln. Alles Arbeiten, die sie bestens allein erledigen konnte. Außerdem musste das alte Bett entsorgt werden. Der Rest war einfach: tapezieren, Gardinenstangen anbohren und putzen, nach Absprache mit Joyce Möbel kaufen. Aber wenn Annie hier wohnen sollte, während sie den Rest des Hauses renovierte, brauchte sie zumindest ein Bett.

Die Heizung sah noch intakt aus und auch die Steckdosen und die Lichtschalter wirkten harmlos. Dennoch würde sie vorerst den Elektriker hier entlang schicken müssen, ehe sie sich an die schönen Dinge machte.

So arbeitete sie sich Zimmer für Zimmer weiter. Nahm alles genauestens unter die Lupe, notierte sich, was sie selbst erledigen konnte und wo sie sich unsicher war. Die Liste der Besorgungen aus dem Baumarkt wuchs kontinuierlich und der Haufen Geld, den sie sich vor ihrem inneren Auge ausmalte, stieg rasant an. Auch ihr Hungergefühl steigerte sich und so machte Annie sich gegen Mittag auf den Weg zum Pub.

Doch davor wollte sie noch einen schnellen Abstecher in den Baumarkt machen. Mit ihrer Liste auf dem Beifahrersitz bog sie nur wenige Minuten später auf einen gekiesten Parkplatz und stellte ihren Wagen in eine Parklücke vor dem Gebäude ab. Für das kleine Fischerdorf hatte der Laden *Hardware store & more* eine beachtliche Größe. Annie schnappte sich ihre Einkaufsliste, anschließend einen Einkaufswagen vor dem Eingang und marschierte hinein. Drinnen herrschte angenehm kühle Luft und eine Gänsehaut legte sich auf ihre nackten Arme. Sie schob den Wagen durch die Gänge, verschaffte sich einen Überblick über die aktuellen Angebote und legte sich zwei Spachtel, ein Cuttermesser und einen Zollstock in den Korb. Ferner brauchte sie Lösungsmittel für die alten Tapeten und auch große Mülltüten waren vonnöten. Zudem hatte sie erst kürzlich einen Lifehack im Internet gesehen, womit man gut Fußleisten lösen konnte. Allerdings wusste sie nur nicht mehr genau, wo sie den Artikel gelesen hatte. War es auf Pinterest gewesen? Während sie den Wagen vor sich herschob, scrollte sie durch ihre Google-Suche, um herauszufinden, wo genau der Artikel über die Tipps nachzulesen war. Doch plötzlich stieß sie gegen etwas Hartes. Es schepperte laut, als ihr Wageninhalt durchgeschüttelt wurde, und sie keuchte erschrocken auf.

„Ah, verdammt!", ertönte im gleichen Moment eine tiefe dunkle Stimme. Mit offenem Mund starrte Annie ihren Nachbarn an, der ihren Blick mit zusammengepressten Lippen erwiderte und sich mit einer Hand sein linkes Bein rieb. Annie war mitten in ihn hineingerauscht.

„Oh, meine Güte, entschuldigen Sie bitte!", rief sie in erschüttert und machte Anstalten, auf ihn zuzugehen, doch er wehrte ab.

„Lassen Sie es gut sein, ist schon nichts passiert." Dann fiel sein Blick auf ihre Hand, mit der sie ihr Smartphone fest umklammerte. „Vielleicht sollten Sie Ihre Augen lieber geradeaus richten statt auf Ihr Telefon."

Annie schaute ebenfalls auf das Gerät in ihrer Hand. Ihr Mund klappte auf. „Ich habe nur nach etwas gesucht, ich …" Sie stockte. Warum musste sie sich überhaupt rechtfertigen? „Jedenfalls", atmete sie angespannt aus und straffte ihre Schultern, „tut es mir leid. Ich hoffe, dass ich Ihnen nicht wehgetan habe."

„Schon gut", murmelte Clay nur und wandte sich kopfschüttelnd ab, ehe er den Weg in Richtung Kasse einschlug. Annie starrte ihm noch eine Weile hinterher und brauchte einen Moment, um den Schrecken zu verdauen.

Als sie sich wieder gefangen hatte, umtrieben von der Frage, wie die Nachbarschaft bei einem solch schlechten Start in Zukunft überhaupt funktionieren konnte, war ihre Einkaufsfreude hinüber. Also schnappte sie sich die restlichen Sachen auf ihrer Liste, bezahlte zügig und war erleichtert, als sie sich auf den Weg zur Promenade machte. Dieses Mal bemerkte sie draußen vor dem Eingang von Lauras Pub auf jeder Seite zwei nett hergerichtete Tischgruppen. Waren die gestern auch schon da gewesen?

Beinahe wäre sie in eine hektische Laura hineingerasselt.

„Hoppla! Tut mir leid!", entschuldigte sich diese und machte einen Schritt zurück. Erst dann schien sie Annie zu erkennen und ihr Gesicht erhellte sich. „Ach, du bist es! Hab dich erst gar nicht erkannt. Schön, dich zu sehen."

„Geht mir genauso", entgegnete Annie und trat einen Schritt zur Seite, um Laura, die in den Händen einen Eimer mit Spülwasser und einen Putzlappen hielt, vorbeizulassen.

„Was führt dich hierher? Doch nicht etwa mein unglaubliches Essen?" Sie zwinkerte ihr zu und machte sich daran, draußen die Tische und Stühle zu putzen.

Annie folgte ihr. „Doch, tatsächlich habe ich echt Lust auf ein paar Fish & Chips."

Laura hielt beim Putzen inne und lächelte Annie fröhlich an. „Dann bist du die Erste, die unseren neuen Außenbereich testen kann. Hab ihn erst heute Morgen aufgebaut." Laura machte eine ausladende Geste und nickte sichtlich stolz.

Annie schaute sich kurz um. Es waren zwar nur vier Tische, doch das Areal wirkte hier, so nahe am Wasser, richtig heimelig. Die Terrasse wurde von zahlreichen Pflanzkübeln, in denen Buchsbäume frisch eingepflanzt waren, umzäunt und trennte dieses von der Promenade ab. In jeder Ecke stand jeweils eine große hölzerne Laterne, dessen Holz von der Seeluft schon leicht mitgenommen wirkte. Ganz der Shabby-Chic, wie Annie ihn liebte.

„Es sieht toll aus."

„Ich bin auch sehr zufrieden. Jetzt, wo ich Mittagessen anbiete, dachte ich, es wäre eine schöne Idee, die Mittagspause draußen zu verbringen. Abends ist das den Leuten egal, da ist ihnen nur wichtig, möglichst nahe an der Theke zu sitzen. Aber mittags hat das nochmal einen ganz anderen Stellenwert", erklärte Laura und wischte sich ein paar lose Haarsträhnen aus der Stirn.

„Also, ich teste es gerne", entschied Annie freudestrahlend.

Auch Laura schien überglücklich über ihren neu gewonnenen Gast und putzte eifrig ihren Tisch, damit Annie sich setzen konnte.

„Was darf ich dir außer Fish & Chips bringen?"

Annie streckte erschöpft ihre Beine aus. „Eine eiskalte Cola, bitte."

„Du scheinst dich ja richtig ausgewogen zu ernähren", scherzte Laura und machte sich daran, den Nachbartisch zu säubern.

„Nächstes Mal nehme ich einen Salat und Wasser, versprochen. Aber heute brauche ich noch mal etwas Handfestes. Ach, und sag mal, hast du zufällig WLAN hier, das ich nutzen kann? Ich muss dringend etwas recherchieren und im ganzen Cottage gibt es nicht einen Funken gutes Netz."

„Willkommen in Shanty Coast. Aber kannst du nicht Clay fragen? Ich meine, natürlich gebe ich dir den

Zugangscode zum WLAN, aber wenn du im Haus bist, kannst du doch sicherlich seines nutzen."

Beinahe hätte Annie laut aufgelacht. „Ich glaube, eher hackt er sich eine Hand ab, als dass er mir hilft. Irgendwie hatten wir zwei nicht den besten Start und außerdem habe ich ihn schon gefragt. Er sagt, sein Empfang sei miserabel."

Skeptisch hob Laura eine Braue. „Merkwürdig. Eigentlich ist er immer ein ganz netter Typ. Hilfsbereit auf jeden Fall."

„Wenn man ihn nicht gerade mit einem Einkaufswagen anfährt ...", äußerte Annie mit Bedauern.

Überrascht riss Laura die Augen auf und kicherte. „Oh, oh! Das hört sich gar nicht gut an. War er so fies zu dir, dass du ihn direkt attackiert hast?" Sie lachte amüsiert, hielt aber rasch inne, als sie in Annies verzweifeltes Gesicht schaute. „Ach, sei's drum. Mach dir bloß nicht zu viele Gedanken, der kriegt sich schon wieder ein. Er ist wirklich nett."

Irgendwie gefiel Annie die Vorstellung nicht, dass er angeblich allen anderen gegenüber hilfsbereit und nett sein sollte, nur bei ihr einen ganz anderen Ton anschlug. Zumal er ja vorhin zumindest mal gelächelt hatte ... wenn auch nur für wenige Sekunden. Aber nach dem Crash im Baumarkt rechnete sie nicht einmal mehr damit, dass er ihr ein Mundwinkelzucken schenkte.

Laura tat das Ganze mit einer kurzen Handbewegung ab, nachdem Annie lediglich ein Seufzen zustande brachte. „Du wirst sehen, womöglich habt ihr euch nur auf dem falschen Fuß erwischt."

„Das wage ich zwar zu bezweifeln, aber immerhin war sein Hund gut auf mich zu sprechen", wandte Annie ein und entlockte Laura ein heiteres Lachen. „O, du hast Balou schon kennengelernt? Er ist traumhaft süß."

Annie nickte zustimmend. „Oh ja, das ist er. Nachdem er mich fast von der Veranda gestoßen hat, hat er sich direkt bei mir entschuldigt."

„Wer, Clay?"

„Nein, der Hund."

Wieder ein Lachen von Laura, das Annie mitzog.

„Also gut, dann will ich dich mal nicht verhungern lassen. Ich mache dir eben dein Essen und ... Moment ..."

Laura verschwand mit schnellen Schritten im Pub und kam nur Sekunden später mit einem Zettel wieder zurück. „Hier ist der Netzwerkschlüssel. Log dich ruhig ein und wenn du Fragen hast, sag einfach Bescheid."

Dankend nahm Annie ihn entgegen. „Dich schickt der Himmel. Jetzt kann ich mich wenigstens auf die Suche nach einem Dachdecker, einem Elektriker und einem Klempner machen. Ach, und ich brauche, glaube ich, einen Kammerjäger. Ich habe die miese Vorahnung, dass sich irgendwo ein totes Tier im Haus befinden muss. Es riecht fürchterlich."

„Also einen Elektriker kann ich dir empfehlen. Mein Cousin John ist einer. Ich kann ihn gerne mal bei dir vorbeischicken, wenn du magst."

Annie schaute Laura mit großen Augen an. „Wirklich? Das wäre ja wunderbar!"

„Kein Problem. Aber ein anderes wirst du haben." Laura bedachte sie mit einem mitfühlenden Blick.

„Wieso? Welches?“ Annie richtete sich kerzengerade auf und machte sich auf eine unschöne Nachricht gefasst.

„Der Dachdecker hier im Ort wohnt direkt bei dir nebenan.“

13

Gestank orten – Kammerjäger beauftragen
Elektriker suchen – heute 14 Uhr
Klempner kontaktieren – übermorgen um 9 Uhr
Dachdecker – dringend informieren! (Oder am besten-
selbst das Dach reparieren? Lebensgefahr!)

Schon zwei wichtige Punkte auf der To-Do-Liste konnte Annie etwa eine halbe Stunde später abhaken. Der Elektriker, Lauras Cousin, hatte direkt für den frühen Nachmittag zugesagt. Der Klempner hatte sich für den übernächsten Tag angemeldet. Jetzt fehlte noch der Anruf, den sie großzügig vor sich herschob.

Wieder im Cottage angekommen hatte sie sich schnell nach drinnen verzogen, ohne auch nur einen Blick auf das Nachbargebäude zu werfen. Vermutlich stand dieser Clay ohnehin hinter dem Vorhang und beobachtete sie mit abschätzigem Blick. Mit ihrem Smartphone in der Hand tippte sie sich nachdenklich an die Lippe, starrte aus dem Küchenfenster in den Vorgarten und überlegte, wie sie das Gespräch am besten beginnen sollte. Vielleicht würde sie ihm ja gar nicht genau sagen müssen, dass sie die Nachbarin war.

Genau! Das war eine gute Idee. Schließlich war sie neu hier, kannte keine Namen und erst recht keine Firmen. Sie würde sich dumm stellen und Clay ganz ahnungslos anrufen, ihre Adresse und ihren Nachnamen nennen, immerhin kannte er diesen nicht, und zügig auflegen.

Sie tippte die Nummer ein, die sie sich vorhin im *Shanty Cove* eingespeichert hatte und wartete mit klopfendem Herzen. Warum war sie eigentlich so aufgeregt?

Nach etwa sechsmaligem Tuten verlor Annie fast schon die Geduld, doch da erklang am anderen Ende der Leitung ein verräterisches Knacken.

„Dachdeckerei Dalton, was kann ich für Sie tun?"

Annies Herz rutschte sofort eine Etage tiefer. Hoffentlich würde er sie nicht an ihrer Stimme erkennen. Sie räusperte sich kurz und versuchte so gelassen wie möglich zu antworten. „Guten Tag, ich bräuchte einen Dachdecker."

Noch im selben Moment hätte sie sich am liebsten in den Hintern getreten. Da wäre er ja wirklich niemals allein drauf gekommen ...

„Und was genau kann ich für Sie tun?", hakte er nach.

Annie erkannte im Hintergrund laute Geräusche: Hämmern, Männerstimmen und ein Rattern. Es klang so, als befände sich Clay mitten auf einer Baustelle.

„In meinem Dach ist ein Loch und jetzt ist es auch schon bis in das Zimmer darunter durchgetropft, vermutlich auch vom Regen vergangene Nacht. Es wäre schön, wenn Sie sich das einmal ansehen könnten."

„Jimmy! Du sollst warten, bis Bradley da ist! Der soll die Leiter festhalten, sonst brichst du dir das Genick, das habe ich dir neulich schon gesagt!", brüllte Clay plötzlich etwas abseits des Hörers, sodass Annie erschrocken die Augen aufriss.

„Entschuldigen Sie bitte", sagte er dann wieder in geschäftlichem Ton. „Also, Sie sagten, es tropft bei Ihnen durchs Dach?"

„Ja. Könnten Sie sich das bitte einmal ansehen?"

„Natürlich. Ich könnte morgen Nachmittag kurz vorbeikommen. Dann schaue ich es mir mal an und wir besprechen alles Weitere. Passt es Ihnen morgen um 15 Uhr?"

Annie nickte, besann sich aber, dass Clay sie gar nicht sehen konnte. „Ja, das passt wunderbar."

„Gut, verraten Sie mir bitte noch Ihren Namen und Ihre Adresse?"

Einen Moment lang stockte Annie und schluckte kurz. „Mein Name ist Ms Birming."

„Okay, Ms Birming und wo kann ich Sie finden?"

Wieder überlegte Annie, aber ohne Adresse würde er nicht vorbeikommen können. Und ohne Dachdecker würde sie das Haus nicht renovieren können, also musste sie in den sauren Apfel beißen. Sie sog einen Moment die Luft ein und nannte ihm die Adresse.

Am anderen Ende der Leitung wurde es unverzüglich still. Nur noch die Hintergrundgeräusche der Baustelle waren zu hören und Annie dachte, dass es zwei Möglichkeiten gab: Entweder er machte sich gerade Notizen und antwortete deshalb nicht oder – und das war wohl wahrscheinlicher – er dachte darüber nach, einfach aufzulegen. Doch als sie beinahe befürchtete, dass sie gleich ein Tuten hören würde, vernahm sie seine Stimme.

„Gut, Ms Birming. Ich komme morgen vorbei." Seine Tonlage wirkte etwas schroffer. Oder bildete Annie sich das nur ein? Sie konnte sich kaum Gedanken darüber machen, da hatte Clay schon aufgelegt.

Das Klingeln der Tür ließ Annie aufschrecken. Sie war gerade dabei, mit einem Spachtel die Tapeten von den Wänden im Schlafzimmer zu entfernen, da ertönte ein schrilles Piepen. „Auweia, die Klingel kommt dann besser auch mal auf meine Liste …", murmelte sie, während sie über einen Haufen von zerrissenen Tapetenresten stieg und die Treppe hinuntereilte.

Sie wusste nicht sicher, wen sie erwartet hatte, aber als sie in ein freundlich lächelndes Gesicht blickte und Wärme in den Augen erkannte, atmete sie erleichtert auf.

„Hey! Sie haben einen Elektriker bestellt?" Lauras Cousin strahlte sie an und hob, um seine Frage noch einmal zu bekräftigen, seinen Werkzeugkoffer ein wenig in die Höhe.

„Schön, dass Sie da sind. Ich kann Sie hier dringend gebrauchen", strahlte Annie zurück und ließ ihn eintreten.

„Ich bin übrigens John", stellte sich der grinsende Mann, der kupferrotes Haar hatte, vor und reichte ihr eine Hand, die Annie lächelnd ergriff.

„Freut mich! Ich bin Annie."

Glücklich über diese Freundlichkeit, die von John ausging, schloss sie die Tür.

John wanderte ein paar Schritte in den Flur, sah sich um und pfiff anerkennend durch die Vorderzähne.

„Wow, und Sie haben das alte Rosemary-Cottage gekauft?“

Annie hob hastig die Hände. „Oh nein, nein. Gekauft habe ich es ganz sicher nicht.“ Sie lachte und ging voran ins Wohnzimmer. „Meine Freundin hat es von ihrer Tante geerbt und mich sozusagen beauftragt, es wieder herzurichten.“

John machte große Augen und staunte. „Dann sind Sie Innenausstatterin von Beruf, oder was machen Sie genau?“

„Eigentlich bin ich Online-Redakteurin.“ Sie grinste etwas verschämt, denn vermutlich fragte sich John in diesem Moment, was genau sie dann hier eigentlich wollte.

„Aber derzeit bin ich arbeitslos und liebe es, alte Möbel zu restaurieren. Tja und irgendwie glaubt meine Freundin, dass ich nicht nur ein Händchen für solche Dinge habe, sondern gleich für ganze Häuser.“

Anerkennend nickte John und besah sich die alten Wände. „Ziemlich mutig von Ihnen, aber ich kann mir vorstellen, dass Sie das Haus hier wieder auf Vordermann bringen werden.“

Seufzend atmete Annie aus und marschierte ziellos durch den Raum. „Erst dachte ich, dass ich meine Sachen wieder nehmen und schleunigst nach London zurückkehren sollte, aber jetzt, wo ich mir das alte Cottage genauer angesehen habe, habe ich bereits so viele Bilder vor Augen, wie es einmal aussehen könnte.“

„Und jetzt wollen Sie nicht aufgeben, richtig?“ John grinste und sein warmer Gesichtsausdruck schenkte Annie ein wenig Zuversicht.

„Es kommt ein bisschen drauf an, was Sie jetzt sagen.
Ich meine, wenn die Leitungen hin sind und ich das
Haus besser abreißen lassen sollte, dann ist das ein Zeichen für mich, dass ich mich in mein Auto setze und
den Heimweg antrete.“

John lachte kurz und schüttelte den Kopf. „Den Zahn
kann ich Ihnen gleich ziehen. So schlimm wird das
nicht sein. Wissen Sie, ich kenne das Rosemary-Cottage.“

„Waren Sie schon einmal hier drin?“

„Na klar! Das war zwar noch in meiner Ausbildungs-
zeit, damals bei meinem Dad, aber ich erinnere mich,
dass wir hier alles neu gemacht haben. Ist etwa sechzehn Jahre her. Mein Dad hat immer Wert darauf gelegt, möglichst so zu arbeiten, dass es langfristig hält
und unsere Kunden nicht nach einem Jahr schon wieder Probleme haben. Klingt zwar nicht sehr geschäfts-
tüchtig, aber so ist er nun mal. Ihm liegen die Leute hier
am Herzen, daher wollte er sie nicht über den Tisch ziehen.“

„Das hört sich nach einem sehr gutherzigen Menschen an.“

John nickte bestätigend und ging vor einer Steckdose
in die Hocke. „Vermutlich werde ich einige Steckdosen
austausche und ich werfe sicherheitshalber mal einen
Blick auf die Leitungen dahinter.“

„Das wäre wunderbar“, atmete Annie erleichtert auf.
Das waren immerhin schon mal ein paar gute
Nachrichten.

Etwa eine Stunde später herrschte reges Treiben im
kleinen Cottage. John wanderte von Raum zu Raum,

tauschte alle Steckdosen aus und kümmerte sich auch um die kaputten Glühbirnen. Annie zerrte währenddessen wieder an den Tapeten im Schlafzimmer und kümmerte sich nebenbei um Kaffee. Glücklicherweise hatte sie sich auf dem Weg nach Shanty Coast in einem Discounter eine billige Kaffeemaschine und einen Wasserkocher gekauft, um auf das Nötigste vorbereitet zu sein. Wenn sie eines wusste, dann dass man auf einer Baustelle immer genügend Kaffee- oder Teevorrat haben sollte. Wenig später, nachdem die schwarze Brühe mit lautem Knattern in die Kanne gesickert war, schenkte sie zwei Pappbecher voll und reichte John einen davon, während der gerade in der Küche werkelte.

„Ich muss sagen, du bist gut vorbereitet." Er nahm das Getränk dankbar entgegen und atmete den Duft des Kaffees tief ein.

„Eine Baustelle ohne Kaffee ist keine Baustelle, richtig? Brauchst du Milch oder Zucker?"

„Wenn du Milch hast?"

„Ist Kaffeeweißer auch okay?", fragte Annie und hielt ein Gläschen davon in die Höhe.

„Perfekt."

Kurz darauf saßen sie auf der kleinen Stufe vor dem Haus und machten eine kurze Verschnaufpause. Die Sonne strahlte und eine leichte Brise wehte wunderbar duftende Blumenluft aus dem wuchernden Garten zu ihnen herüber.

„Und du hast also meine Cousine Laura kennengelernt?", wollte John nach einer Weile wissen.

Annie hielt ihren Becher mit beiden Händen fest und schmunzelte. „Oh ja, sie ist echt wunderbar. Als ich sie kennengelernt habe, da war ich eigentlich nicht so guter Dinge. Aber sie hat mir ein gutes Gefühl gegeben, dass das hier womöglich doch das Richtige ist."

John nickte, als wüsste er genau, wovon sie sprach. „Das kann sie wirklich gut. Laura ist jemand, der andere inspiriert, das zu tun, was sie wirklich wollen."

„Tut sie das nicht auch mit ihrem Pub?"

Johns Miene wurde etwas ernster und er schaute besorgt. „Tja, der Pub ... Manchmal glaube ich, sie übernimmt sich damit."

„Läuft es denn nicht so gut? Zumindest hat Laura es ein bisschen durchklingen lassen."

John trank einen Schluck und zuckte mit den Schultern. „Sagen wir mal so: Es läuft so gut, dass sie sich am Ende des Monats ihre Miete leisten kann. Nicht mehr und nicht weniger."

Annie verstand. „Es ist also harte Arbeit für wenig Luxus."

„Laura ist kein Mensch, der viel Wert auf Luxus legt, aber immer nur das Nötigste zu haben und sich keine Auszeiten zu gönnen, kann auch nicht das Wahre sein."

„Ist der Pub denn nicht der einzige hier in Shanty Coast?", wollte Annie wissen und nahm einen tiefen Schluck aus ihrem Becher. Dabei hörte sie das laute Summen einer Hummel, die sich gerade im verwilderten Blumenbeet neben ihr auf eine Hortensienblüte setzte.

„Doch, aber ihr Bier können die Leute auch zu Hause trinken."

„Aber geht es in einem Pub nicht vielmehr auch um das Gesellschaftliche?"

John nickte. „Auf jeden Fall und abends ist die Hütte auch immer voll. Nur sind das lediglich die Ein-heimischen. Shanty Coast hat kaum Tourismus und somit verirrt sich auch tagsüber selten jemand in den Pub.“

„Schade, dabei hat Laura doch gerade erst den Außenbereich so schick hergerichtet“, bedauerte Annie.

„Wer weiß, vielleicht lockt das ja den einen oder anderen Gast an. Meine Cousine lässt sich immer wieder was Neues einfallen. Sie wird das Ruder schon rumreißen“, erklärte John und sein Gesicht hellte sich wieder etwas auf.

„Woher hat sie den Pub denn?“, wollte Annie dann wissen.

„Hat ihn vor ein paar Jahren dem ehemaligen Besitzer für einen Appel und ein Ei abgekauft. Laura hat mal Hotelfachfrau gelernt und Jahre in einem Hotel, ein paar Minuten außerhalb von Shanty Coast, gearbeitet. Wenn du mich fragst, war es ein super Job, aber sie wollte schon immer etwas Eigenes haben. *Die Karre aus dem Dreck ziehen*, hatte sie mal dazu gesagt. Na ja, dass sie ständig an der Karre ziehen muss, hat sie sich wohl nicht vorgestellt.“

Annie fühlte mit Laura. Sie konnte sich bestens vorstellen, wie es sein musste: immer dieser Druck, der einen nicht hundertprozentig glücklich werden ließ, aber von dem man auch die Finger nicht lassen konnte.

„Mit mir als Mittagstisch-Gast hat sie jedenfalls einen neuen Kunden dazugewonnen“, sagte sie dann euphorisch und entlockte John ein Lachen.

„Da bin ich froh. Ich sehe auch zu, dass ich meine Pausen regelmäßig dort verbringe. Und auch den Jungs trichtere ich es immer wieder ein, dass sie mittags dort nun essen gehen können.“

„Sind das alles deine Mitarbeiter?“, fragte Annie interessiert.

„Sozusagen. Meinem Dad gehört die Firma, er kann sich aber noch nicht ganz lösen, obwohl er sich seinen Ruhestand längst hart erarbeitet hat. Aber ich werde den Laden mal übernehmen, das steht jedenfalls fest.“ Er grinste breit und schlug sich schließlich mit einer Hand aufs Bein. „Apropos Arbeit: Ich habe noch ein paar Aufgaben auf meiner Liste.“

Es war bereits halb fünf, als John ins Schlafzimmer kam und den Kopf durch den Türspalt steckte. „Ich wäre dann so weit.“

Überrascht ließ Annie von ihrem letzten Tapetenstück ab. „Wow, das ging aber schnell. Ich bin mit diesem Raum auch gleich fertig. Nur noch diese eine Reihe. Hoffentlich gehen die anderen Zimmer auch so einfach.“ Sie legte ihren Spachtel, mit dem sie die Tapeten abriss, auf die Fensterbank links neben sich und folgte John durchs Haus.

„Ich zeige dir mal eben, was ich alles gemacht habe. Wie gesagt, so viel Arbeit war das nicht. Neben den Steckdosen habe ich mir auch die besagten Lichtschalter angesehen. Im Badezimmer unten funktionierte das Licht gar nicht, das habe ich ebenfalls ausgetauscht. Du kannst ruhigen Gewissens alles anschalten, ohne Gefahr zu laufen, dir einen Stromschlag zu holen.“ John lachte, während er ihr am Lichtschalter unten in der Küche demonstrierte, dass sie nun Licht hatte. „Das sind zwar nur Baustellenlampen, aber immerhin kannst du jetzt am Abend auch etwas sehen."

„Wow, ich danke dir! Das ist großartig."

„Wenn du dir die Deckenlampen ausgesucht hast, dann sag mir Bescheid, dann bringe ich sie dir an. Überhaupt ... melde dich, falls du noch was brauchst."

Annie strahlte übers ganze Gesicht. „Das ist superlieb, ich bin dir sehr dankbar. Du ahnst nicht, wie du mir damit geholfen hast. Und vor allem hast du mich beruhigt", setzte sie hinzu. „Ich habe mich tatsächlich nicht getraut, hier irgendeine Steckdose zu benutzen."

„Das Haus mag alt wirken, was es natürlich auch ist. Aber es ist im Großen und Ganzen noch gut in Schuss. Es mangelte die letzten Jahre nur ordentlich an Pflege, aber das wirst du hinbekommen."

John räumte seinen Werkzeugkoffer auf dem Küchentresen ein und legte das Werkzeug sorgsam hinein. Als er ihn schloss, lächelte er zufrieden. „Freut mich, wenn ich helfen konnte. Ach ... und bevor ich es vergesse: Ich habe oben auf dem Dachboden einiges an Mardermist weggemacht. Außerdem waren da noch ein paar unschöne Reste einer ehemaligen Maus."

„Oh, dich schickt echt der Himmel! Ich hatte schon befürchtet, dass ich einen Kammerjäger brauchen werde." Annie legte sich erleichtert eine Hand aufs Herz.

„Den brauchst du nicht. Kann aber sein, dass der Marder wiederkommt. Im Baumarkt findest du aber Fallen oder einen Marderschreck, damit das nicht passiert."

„Danke für den Tipp! Schickst du mir dann die Rechnung?"

„Lasse ich dir zukommen", erklärte er, während er sich auf den Weg zum Ausgang machte. Draußen angekommen wandte er sich nochmal um. „Und komm unbedingt mal abends ins *Shanty Cove*. Da ist, wie gesagt, immer gut was los. Solltest du dir ansehen."

Annie begleitete John noch bis zum Gartentor.

„Das mache ich auf alle Fälle. Und danke nochmal für deine Hilfe."

Nachdem sie ihn verabschiedet und er wieder in seinen Transporter gestiegen und losgefahren war, wandte Annie sich zum Cottage um. Im Augenwinkel erkannte sie, wie auf dem Nachbargrundstück im selben Moment die Haustür geschlossen wurde. Mit klopfendem Herzen lief sie wieder zum Haus zurück.

14

Mir ist heute ein Licht aufgegangen

Im wahrsten Sinne des Wortes! Neben den ersten handwerklichen Arbeiten wie Tapeten zu reißen (für viele ein Graus, für mich eher eine Beruhigungstherapie), wurde hier im Cottage die Elektrik geprüft. Allerdings nicht von mir, denn davon sollte man, wenn man kein Fachmann ist, unbedingt die Finger lassen! Das Gute ist: Es gab nicht viel, was gemacht werden musste, außer ein paar Steckdosen zu überprüfen und die Leitungen zu checken. Und, ach ja, habe ich schon erwähnt, dass ich keine Angst mehr haben muss, das Licht einzuschalten? Während hier im Haus also alles strahlt, könnten sich einige Leute in meinem Umfeld – mein neuer Nachbar beispielsweise – daran ein Beispiel nehmen, aber das ist ein anderes Thema. Darüber werde ich vielleicht mal mehr berichten, sobald ich einen Artikel über Benimmregeln im Baumarkt verfasse. Seid gespannt!

Jedenfalls kommen hier jetzt einmal ein paar Tipps, wie ihr mit kleinen Tricks auch die hartnäckigste Tapete von der Wand bekommt ...

Annie war zufrieden mit ihrem ersten richtigen Blogeintrag, den sie am nächsten Morgen von ihrem B&B-Zimmer aus online gestellt hatte und wartete nun ganz gespannt auf die ersten Reaktionen. Gutgelaunt hatte sie sich anschließend den Vormittag über damit beschäftigt, alte Tapetenfetzen vom Vortag in einen Müllsack zu stopfen, als es an der Tür klingelte. Das schrille Geräusch ließ sie auch dieses Mal zusammenzucken. Aber es war nicht nur die Klingel, die Annie ein heftiges Herzklopfen bescherte, sondern vielmehr auch der Gedanke, dass sie gleich ihrem mürrischen Nachbarn entgegentreten würde. Den Tag über hatte sie es bisher bestens verdrängt, dass der Termin mit dem Dachdecker bevorstand.

Während sie die Treppe hinuntereilte, überlegte sie sich fieberhaft, wie sie ihm begegnen würde. Am besten wäre es, wenn sie so überrascht wie nur möglich täte, denn am Telefon hatte sie sich schließlich als unwissend ausgegeben. Genau das wäre wohl die beste Verhaltensweise, sagte sie sich im Stillen und atmete noch einmal tief durch, bevor sie die quietschende Tür öffnete.

Clay stand da, wie sie es bereits erwartet hatte: ausdruckslos und ablehnend. Einzig sein Hund Balou, der neben ihm saß und sie schwanzwedelnd anstarrte, wirkte erfreut, sie zu sehen.

„Ach, hallo", bemühte sich Annie fröhlich zu sagen und kramte tief in ihrem Innersten nach ihren schauspielerischen Künsten. „Sagen Sie bloß, dass Sie der

Dachdecker sind, den ich angerufen habe." Ihr Lachen wirkte so aufgesetzt, dass nicht einmal Balou es ihr abkaufte.

„Was für eine Überraschung", murmelte Clay und nickte ihr zur Begrüßung knapp zu. „Also, Sie haben angerufen? In Ihrem Dach ist ein Loch?"

Annie nickte und trat einen Schritt zur Seite, um ihn hineinzulassen. Er marschierte an ihr vorbei in Richtung Treppe und wandte sich zu ihr um. Annie entging nicht der gute Duft, den er hinter sich herzog: Sandelholz. Diesen hatte sie an Männern schon immer gemocht und hatte ihn Jeff damals mehrmals versucht anzudrehen, doch der hatte sich vehement dagegen gewehrt. „Hau mir ab mit deinem komischen Duft. Echte Männer stehen auf sportliche Parfums. Nicht dieses nach Wald riechende Zeugs."

Annie schüttelte kurz den Kopf, um die unschöne Erinnerung an ihren Exfreund beiseitezuschieben und räusperte sich. „Ja, genau. Man kann es auch von außen ganz gut sehen", erklärte sie und streichelte kurz über das schwarze Fell von Balou, der sich begeistert an ihre Beine schmiegte. „Das Wasser ist bereits bis auf den Fußboden durchgesickert."

„Ich sehe es mir an. Brauche ich einen Schutzanzug oder haben Sie dieses Mal nicht vor, mich mit einem Einkaufswagen anzufahren?"

Annie lachte unsicher auf. „Ach das ... ja, entschuldigen Sie bitte. Wissen Sie, ich war so vertieft in ..."

„... Ihr Smartphone. Ja, ich weiß, das habe ich gemerkt." Weder lächelte er noch machte er Anstalten, seinen Satz auch nur ansatzweise humorvoll klingen zu lassen.

Annie seufzte und wollte gerade eine erneute Entschuldigung hervorbringen, da wandte er sich schon in Richtung Treppe.

„Komm, Balou", pfiff er seinen Hund zu sich, der sich nur schweren Herzens von Annies streichelnden Händen löste. Mit zusammengepressten Lippen folgte sie den beiden und fragte sich, warum in aller Welt dieser Mann nur so unfreundlich zu ihr war. Was hatte sie ihm bloß getan? Wenn man den Unfall im Baumarkt mal außer Acht ließ.

„Es ist das Zimmer auf der rechten Seite", versuchte Annie es in neutralem Ton und kam sich dabei ziemlich dämlich vor.

Clay antwortete nicht, sondern gab nur einen leisen, undefinierbaren Laut von sich und betrat schließlich den Raum, den sie ihm genannt hatte.

Eine Weile besah er sich die Stelle, blickte über sich und begutachtete den dunklen Fleck an der Decke. Balou saß folgsam neben ihm und verhielt sich ruhig. Einen Moment lang erlaubte Annie sich Clay ein wenig zu mustern. Mit seinem rot-weiß-kariertem Holzfällerhemd und dem Dreitagebart sah er auffällig gut aus. Einzig sein ernster Blick machte ihn älter, als er vermutlich war. Wie er wohl aussah, wenn er lachte? Sicherlich würde dieses Ereignis bei ihm niemals eintreten.

„Und?", durchbrach Annie kurz darauf die unerträgliche Stille. „Ist es sehr schlimm?"

Endlich sah Clay sie direkt an und zuckte vage mit den Schultern. „Dafür muss ich einmal auf den Dachboden und auf das Dach. Aber ich denke, es ist halb so wild."

„Okay", sagte sie nur und deutete hinter sich in den Flur. „Zum Dachboden geht es hier entlang." Sie zeigte ihm die Dachluke, die er anschließend mit einer Stange öffnete und eine klapprige Leiter ausfuhr. Kurz darauf war er durch ebendiese Öffnung verschwunden und Annie wartete geduldig mit Balou, der sich wieder einmal von ihr verwöhnen ließ. Eine Weile verstrich und um nicht nutzlos herumzustehen, setzte Annie einen Kaffee auf und checkte ihre Liste.

Gestank orten – Kammerjäger beauftragen
Elektriker suchen – heute 14 Uhr – Check!
Klempner kontaktieren – übermorgen um 9 Uhr
Dachdecker – dringend informieren! (Oder am bestenselbst das Dach reparieren? Lebensgefahr!)
Beobachten, ob Dachdecker auch lachen kann

Der Kaffee war durchgelaufen. Vielleicht würde eine gemeinsame Tasse das Eis zwischen ihnen ja brechen. Doch gerade, als sie ihn die Treppe hinunterkommen hörte und fragen wollte, ob er auch etwas trinken mochte, war er schon aus dem Haus gegangen. Mit offenem Mund stand sie da, schaute kurz auf Balou, der ihm mit gemächlichem Schritt folgte, und schüttelte den Kopf. Dieser Mann war ein Buch mit sieben Siegeln. Völlig undurchschaubar.

Sie verließ seufzend ebenfalls das Haus und fragte sich, ob Clay seine Arbeit schon beendet hatte, da erkannte sie, wie er eine Leiter aus seinem Garten holte. Als er wieder zu ihr kam, setzte sie einen fragenden Blick auf.

„Und? Können Sie mir schon irgendwas sagen? Wenn Sie irgendwelche Leichen auf dem Dachboden gefunden haben, dann möchte ich es lieber nicht wissen. Mich interessiert nur das Dach", scherzte sie.

Doch da, war das etwa ein zuckender Mundwinkel in seinem Gesicht? Konnte das womöglich ein Lächeln gewesen sein?

„Ich schaue mir eben das Dach von außen an und dann kann ich mehr sagen", erklärte er jedoch nur und platzierte die Leiter am Dach.

„Möchten Sie vielleicht einen Kaffee?", probierte es Annie dann ein wenig hoffnungsvoll, doch auch dieser Versuch wurde durch ein knappes Kopfschütteln zunichtegemacht. „Nein, danke."

Na immerhin ein Danke.

Plötzlich klingelte ihr Smartphone und sie angelte in ihrer Hose danach. Ein Blick aufs Display verriet ihr, dass ihr Dad am anderen Ende der Leitung war. Oh nein, ihre Eltern wussten noch nicht einmal, dass sie gar nicht mehr in London war. Der Berg an Erklärungen wäre einfach zu groß gewesen: weshalb sie nicht mehr mit Jeffrey zusammen war, was mit ihrem Job passiert ist. Sicherlich würde ihr Dad es für eine Schnapsidee halten, wenn sie ihm erzählte, was sie gerade tat. Dennoch, sie würde sich dem stellen müssen. Aber nicht jetzt. Sie steckte das Smartphone zurück in die Tasche und nahm sich vor, das Gespräch am Abend nachzuholen.

„Also, es scheint nur ein kleines Loch zu sein. Sollte nicht so viel Aufwand bedeuten. Ich kann das an einem Nachmittag reparieren", erklärte Clay wenig später, als er von der Leiter stieg.

Annie atmete erleichtert auf. „Gott sei Dank, ich hatte schon Schlimmeres erwartet. Und was wird mich das Ganze kosten?"

Clay überlegte kurz. „Ich werde das Reet auffüllen müssen und wenn Sie wollen, schaue ich mir das Dach nach weiteren undichten Stellen an. Das sollte nicht so teuer werden. Vielleicht um die 200."

Annie nickte beruhigt. 200 Pfund Sterling wären im Budget auf jeden Fall drin, sie hatte mit deutlich höheren Kosten gerechnet. Gerade als sie anfing, sich in Clays Gegenwart etwas zu entspannen, hörte sie, wie ihr Smartphone erneut in ihrer Tasche klingelte. Sie versuchte das mit einem Lächeln zu überspielen. *Nein Dad, jetzt nicht!*

„Wenn Sie das machen würden, wäre das wunderbar", sagte sie daher und hoffte, dass das Telefon endlich ruhig wäre.

„Wollen Sie nicht rangehen?" Er nickte zu ihrer Hosentasche und wieder hatte Annie das Gefühl, als würde er dieses Gerät, an dem sie irgendwie ständig in seiner Gegenwart zugange war, verteufeln.

Gelassen winkte sie ab. „Nein, schon gut. Ist nicht so wichtig."

„Gut, ich komme am Donnerstag um neun. Passt Ihnen das?"

Einen Moment überlegte Annie und zog ihr Smartphone dann doch hervor, das im selben Moment das Klingeln einstellte. Sie öffnete die Kalender-App und entdeckte dort einen Eintrag: *WLAN Anschluss!* Das hatte sie beinahe vergessen. Als sie am Morgen bei Laura im Pub gesessen und ihre To-Do-Liste abgearbeitet hatte, hatte sie zusätzlich einen Termin mit einem

Internetanbieter vereinbart, der ihr aus der WLAN-Misere helfen würde. Sie hatte ganz vergessen, den Eintrag ihrer Liste hinzuzufügen. „Hm, am Donnerstag kommt jemand und richtet mir das Internet ein."

„Wow", entgegnete Clay, „das Haus ist die reinste Baustelle, aber WLAN sollte es haben."

Annie stockte einen Moment und starrte ihn argwöhnisch an. „Nun ja, ich brauche das für meine Arbeit, also …"

„Schon okay", unterbrach er sie schließlich. „Im Grunde geht mich das ja nichts an. Also, steht der Donnerstag, oder störe ich Sie hier dann beim Arbeiten?"

Völlig perplex schüttelte Annie den Kopf. „Nein, natürlich stören Sie nicht. Ich hatte lediglich laut gedacht und hoffe, dass es *Sie* nicht stört, wenn ich zwischendrin beim Internet-Fachmann anfasse."

Noch ehe Annie es ausgesprochen hatte, fiel ihr die ungünstige Wortwahl auf und Clays zynischem Grinsen nach zu urteilen, erkannte sie, dass sie sich ziemlich zweideutig ausgedrückt hatte. „Also …", japste sie auf, „… ich meinte natürlich, wenn ich mit anfasse beim …"

„Sie können mit dem Fachmann machen, was Sie möchten. Ich muss nur ins Haus und aufs Dach kommen."

Annie spürte die Hitze in ihrem Gesicht und hoffte, dass es nur dem frühlingshaften warmen Wetter

geschuldet war. „Nein, ich meinte nur, dass … natürlich können Sie ins Haus. Ich bin Donnerstag da", seufzte sie ergeben.

„Gut", entgegnete Clay, griff nach seiner Leiter und pfiff nach Balou, der in den dschungelartigen Gräsern des Gartens seine Runden zog, „dann bis Donnerstag."

„Bis Donnerstag", murmelte sie und flüchtete sich schnellstmöglich in die muffigen Räume des Cottages. Sie schloss die Haustür hinter sich und lehnte sich laut ausatmend dagegen.

„Oh Gott, Annie. Du bist eine wahre Meisterin darin, neue Bekanntschaften zu machen", schalt sie sich und schüttelte den Kopf.

15

Annie hatte sich dafür entschieden, den Arbeitstag nach Clays Aufbruch zu beenden. Doch der Gedanke daran, wieder einsam und verlassen in ihrem B&B Zimmer zu sitzen, war in etwa so reizvoll wie ein Insekt zu essen. Und auch der bevorstehende Anruf bei ihren Eltern war nicht besonders angenehm. Daher entschied sie sich, den Abend im *Shanty Cove* bei Laura zu verbringen. Und auch wenn sie dort allein in einer Ecke sitzen würde, es würde sie bestens von ihren kreisenden Gedanken ablenken. Immerhin war ihre To-Do-Liste noch immer kilometerlang und auch die Begegnung mit ihrem Nachbarn ließ sie nicht in Ruhe. Diese miesen Blicke und diese zynische Art, mit ihr zu sprechen, konnte Annie einfach nicht richtig deuten. Warum hatte er bloß so ein Problem mit ihr? Auf dem Weg zu ihrem Auto warf sie einen flüchtigen Blick in Richtung ihres Nachbarn, doch das Haus lag ruhig da. Sie konnte nicht sagen, ob er zu Hause war oder nicht und nahm sich vor, keine weiteren Gedanken an diesen Mann zu verschwenden. Schließlich würde er immer nur derjenige sein, der neben dem Haus wohnte, was sie renovierte. Und solange er ihr Dach deckte und sie danach mit ihm kein Wort mehr würde wechseln müssen, war doch alles in bester Ordnung.

Im Auto wählte sie die Nummer ihrer besten Freundin, um sie auf den neuesten Stand zu bringen. Es tutete ein paarmal, ehe Joyce abnahm und die Lautsprechanlage fröhlich ihre Stimme wiedergab.

„Hey, Annie, wie geht es dir? Steht das Haus noch?"

Annie lächelte beim Klang ihrer Stimme und ein Stück Heimweh durchflutete sie.

„Hallo, Joyce. Ja, ich kann dich beruhigen, das Cottage steht noch. Nur mit besseren Steckdosen und weniger Tapeten."

„Klingt gut. Also scheinst du voranzukommen. Aber sag mir bitte nicht, dass du die Steckdosen selbst ausgetauscht hast."

Annie lachte kurz auf, während sie auf die Landstraße fuhr und sich in Richtung Dorfmitte aufmachte. „Ich denke, wenn ich das selbst gemacht hätte, würden wir dieses Telefonat nicht führen. Nein, nein, ich habe einen sehr hilfsbereiten Elektriker dagehabt. Erinnerst du dich an die Barbesitzerin Laura, von der ich dir erzählt habe? Er ist ihr Cousin und war sofort bereit, mir zu helfen. Und ich kann dir sagen, dass die Elektrik in dem Cottage besser ist als erwartet."

„Das beruhigt mich." Joyce freute sich. „Dann scheint es doch gar nicht so schlecht auszusehen."

„Na ja, bis auf das kleine Loch im Dach, aber auch darum wird sich gekümmert. Mein ach so toller Nachbar ist nämlich der Dachdecker", erklärte Annie und öffnete das Autofenster auf der Fahrerseite, um ein wenig Luft zu erhaschen. Im Auto hatte sich über den Tag eine unerträgliche Hitze angestaut und die Klimaanlage arbeitete leider nicht mehr so, wie sie es eigentlich sollte.

Auf der anderen Seite der Leitung hörte Annie ein diabolisches Kichern. „Lass mich raten, du trittst in ein Fettnäpfchen nach dem anderen und dabei sieht der Typ noch unverschämt gut aus, richtig?"

Annie blinzelte ein paarmal ungläubig. „Hast du etwa irgendwo eine versteckte Kamera? Ich habe das Gefühl, bei diesem Mann sage ich alles falsch, was man nur kann. Irgendein Problem scheint er mit mir zu haben und ich komme einfach nicht dahinter, was es sein könnte."

„Und habe ich mit seinem Aussehen auch recht?"

Annie konnte sich den Gesichtsausdruck ihrer Freundin nur zu gut vorstellen: ein breites Grinsen auf den Lippen und eine hochgezogene Augenbraue.

„Er sieht nicht schlecht aus", gab sie zu und versuchte sich auf die Straße und nicht auf Clays hübsches Gesicht zu konzentrieren. Kurz darauf bog sie in die Dorfmitte ein, folgte einem kleinen Weg, ehe sie den Parkplatz erreichte, von dem aus sie zu Fuß zum Pub laufen würde.

„Gib es zu!", rief Joyce in den Hörer, „er sieht umwerfend aus, richtig?"

„Joyce, das ist doch völlig unwichtig. Hauptsache, er repariert mir das Dach. Erzähl mir lieber, was es bei dir so Neues gibt", versuchte Annie das Thema zu wechseln und schaltete den Motor ab.

„Ach nichts Neues eigentlich. Heute Abend treffe ich mich mit zwei Kolleginnen. Du kennst doch noch Nicole aus der Buchhaltung und Sandra aus der Personalabteilung? Jedenfalls sind wir in den letzten Tagen öfter ins Gespräch gekommen und sie hatten mir von einer neuen Cocktailbar erzählt, die ich unbedingt mal ausprobieren sollte. Und da sie selbst heute dorthin wollen, haben sie mich gefragt, ob ich nicht mit möchte. Tja, und meine beste Freundin ist nun mal nicht da, also muss ich mir andere Beschäftigungen suchen", scherzte Joyce.

Annie spürte einen leichten Stich im Herzen. Wie gerne würde sie selbst gerade mit ihrer Freundin etwas trinken gehen. Sie vermisste Joyce und das Wissen, dass sie jetzt in Shanty Coast war und im Prinzip keine Freunde hier hatte, machte sie ganz schön traurig.

„Ich bin mir sicher, dass du einen schönen Abend haben wirst", sagte sie daher, um Joyce ihre Traurigkeit nicht anmerken zu lassen. „Und sonst? Wie ist die Arbeit so?" Sie warf diese Frage unterschwellig ein. Insgeheim hoffte Annie auf ein paar Hinweise darauf, wie es Jeff derzeit ging. Die Vorstellung, dass er mit fettigen Haaren und traurigem Gesichtsausdruck durch die Redaktion lief, war ziemlich verlockend.

„Derzeit läuft es irgendwie drunter und drüber. Jef... also die da oben strukturieren gerade die Abteilungen um und so richtig durchsetzen will sich das alles nicht. Niemand mag sich gerade bereiterklären, seine Sparte zu wechseln. Ich übrigens auch nicht und das werde ich auch nicht. Niemand kennt sich so gut mit Kosmetik und Modetipps aus wie ich."

Annie nickte zustimmend und blickte vor sich auf den Kopfsteinpflasterweg, der zur Promenade führte. „Da hast du recht, niemand kann dir dahingehend das Wasser reichen. Und was ist mit ..." Annie führte ihre Frage nicht zu Ende und doch erkannte sie, wie sich

Joyces Stimme leicht veränderte. „Ehrlich gesagt ist ihm nichts anzumerken, falls du darauf hinauswillst. Aber mit Sicherheit kann ich nichts sagen, da ich ihn ohnehin kaum sehe."

„Okay", antwortete Annie und schluckte. Was hatte sie auch erwartet? Immerhin redeten sie hier von Jeff.

„Bitte, Annie, quäl dich nicht mit dem Gedanken an diesen Schmierlappen! Du bist jetzt in Shanty Coast und baust deinen eigenen Blog auf. Nur das zählt. Apropos Blog: Wie läuft es denn damit?"

Annie seufzte, denn auch dieses Thema stieß ihr übel auf. Schließlich hatte sie noch nicht viel dafür gemacht, bis auf die wenigen Beiträge und Instagram-Posts. Sie wusste, dass sie sich bald würde an die Arbeit machen müssen, wenn sie damit erfolgreich sein wollte. „Reden wir besser auch nicht darüber."

„Ach, das wird schon alles. Du bist doch erst ein paar Tage da. Also mach eines nach dem anderem."

„Das mache ich, danke. Ich werde jetzt noch ein Feierabendbier trinken. Mit Freunden, die ich nicht habe."

„Dann tun wir beide ja das Gleiche", bestärkte Joyce ihre Freundin. „Nur dass ich Cocktails trinke und kein Bier."

Nachdem die beiden sich voneinander verabschiedet hatten, machte Annie sich auf den Weg zum Pub.

16

Im *Shanty Cove* war bereits einiges los, als sich Annie den Weg nach drinnen bahnte. Das sogenannte After Work-Bier lockte die Gäste an, bei denen es sich, so wie John es ihr erklärt hatte, jedoch nur um die Einheimischen handelte. Dennoch, sie war gespannt, wie die Atmosphäre hier abends war und freute sich darauf, endlich ein Bier trinken und ihre müden Glieder ausstrecken zu können. Außerdem hatte sie vor, ihre Story auf ihrem Instagram Kanal zu veröffentlichen. Nachdem sie für ihr Eröffnungsvideo zwar nur ein paar Likes und Follower gewonnen hatte, war sie dennoch aufgeregt, was die Zuschauer zu ihrem neuesten Fortschritt sagen würden. Immerhin hatte das Schlafzimmer keine Tapeten mehr und wirkte plötzlich viel heller und größer.

„Hey, Annie!", hörte sie beim Betreten des Pubs ihren Namen und lächelte breit, als sie erkannte, dass Laura sie entdeckt hatte und nun an den Tresen winkte. „Schön, dich hier heute Abend zu sehen!", rief sie ihr entgegen, als Annie sich auf einen der wenigen freien Barhocker setzte.

„Schön, dass ich nun weiß, wo ich abends mein Feierabendbier bekomme", entgegnete diese und seufzte erleichtert auf, als sie sich das erste Mal an diesem Tag richtig locker fühlte.

„Hier bekommst du das beste Bier, glaub mir. Ich habe die Brauerei meines Vertrauens und meine Gäste lieben es.“

„Klingt super, nehme ich.“

Während Laura sich an die Arbeit machte, blickte Annie sich im vollen Pub um. Überall saßen Leute zusammen, lachten, tranken und lauschten der lauten Musik aus den Lautsprechern. Sie konnte sich kaum vorstellen, dass es so schlecht um den Pub stand, doch wie John schon gesagt hatte, konnte so eine Kneipe nicht von ein paar ausgeschenkten Bieren am Abend leben. Wenn sich am Tag kaum jemand zu Laura verirrte, dann waren das erhebliche finanzielle Einbußen. Der Tourismus fehlte.

Sie begutachtete die zahlreichen Bilder von verschiedenen englischen Shanty-Bands und Biermarken an den Wänden und begann sich richtig wohlzufühlen. Annie hatte solch urige Bars schon immer mehr gemocht als die edlen Nobelschuppen, in die Jeff sie immer mitgeschleift hatte. Sie liebte die ausgelassene Stimmung, das laute Stimmengewirr und die Heiterkeit, die auch dann noch herrschte, wenn ein Tablett mit Gläsern zu Boden fiel. In den Weinbars, die Jeff immer so geliebt hatte, durfte nicht einmal eine Serviette herunterfallen, ohne dass manche Gäste missbilligende Blicke auf den Verursacher warfen. Ganz zu schweigen von der leisen Hintergrundmusik. Dass hier laute Shanty-Songs liefen, gefiel Annie daher umso mehr.

„Hier bitteschön, hast du dir verdient“, trällerte Laura, die sich angestrengt eine Haarsträhne aus dem

Gesicht pustete und Annie ein volles Glas mit dunklem Bier vor die Nase stellte.

„Vielen Dank. Das kann ich jetzt wirklich gut gebrauchen", bedankte Annie sich und trank einen großen Schluck. Einen Moment ließ sie den Geschmack des malzigen Bieres auf sich wirken und schloss kurz die Augen. So fühlte sich also ein Feierabend nach langer körperlicher Arbeit an. Bisher hatte sie immer gedacht, dass die Büroarbeit anstrengend wäre, doch ein Haus zu renovieren war etwas ganz anderes. Bevor sie jedoch gänzlich abschalten konnte, wollte sie zumindest noch den täglichen Insta Post und eine Story, die sie zuvor im Cottage aufgenommen hatte, hochladen.

„Und? Kommst du gut voran?", wollte Laura durch die Lautstärke wissen, während sie das nächste Bier zapfte.

Annie nickte, während die Beiträge online gingen. „Ja, und nochmals danke, dass du mir deinen Cousin empfohlen hast. Er ist wirklich super."

„Ist er, oder? Johnny ist einfach ein Herz. Ich liebe ihn wie meinen eigenen Bruder. So eine liebe Seele und vor allem hilfsbereit, wenn man ihn braucht. Er hat mir schon so manches Mal aus der Patsche geholfen und auch jetzt schickt er seine Männer regelmäßig zum Biertrinken und Essen her." Sie schüttelte den Kopf, als könnte sie gar nicht glauben, dass sie so einen tollen Menschen an ihrer Seite hatte. „Apropos", sagte sie dann und nickte zum Eingang. „Wenn man vom Teufel spricht ..."

Annie folgte ihrem Blick und entdeckte John, wie er sich gerade den Weg zur Bar bahnte.

„Dass ich dich so schnell wiedersehe, hätte ich ja nicht gedacht", rief er freudestrahlend und ließ sich auf den Hocker neben Annie sinken.

„Hast du auch endlich Feierabend?"

Er nickte müde. Seine roten Haare standen wirr in alle Richtungen und Annie malte sich im Geiste aus, wie er aus Versehen in eine Steckdose gefasst haben musste, dass sie dieses Bild abgaben.

John musste ihren Blick bemerkt haben. Er lachte. „Keine Sorge, normalerweise sehe ich besser aus. Es war wirklich ein langer Tag."

Annie fühlte sich ertappt und wurde rot. „Entschuldige, aber du erfüllst gerade das typische Klischee eines Elektrikers. Du siehst nämlich aus, als hättest du in eine Steckdose gefasst." Sie kicherte.

John lachte laut auf. „Könnte man meinen, ja." Er nahm das Bier entgegen, das Laura ihm über den Tresen schob. „Du weißt einfach, was ich brauche", nickte er ihr zu und leerte sein Glas in nur einem Zug bis zur Hälfte.

„Und? Bist du heute gut vorangekommen?", fragte er sie dann. Annie nickte fahrig. Sie erklärte, was sie alles geschafft hatte, ließ aber Clays Besuch und vor allem den unangenehmen Abschied aus. Ihr wurde direkt wieder ganz anders, als sie an den Nachmittag dachte. Na, eigentlich konnte es ihr auch egal sein, wenn er glaubte, dass sie irgendwelche Dinge mit dem WLAN-Fachmann trieb. Sie schüttelte den Gedanken an ihn schnell ab.

„Im Großen und Ganzen komme ich gut voran, würde ich sagen. Bald bekomme ich sogar WLAN", erklärte sie ihm.

John nickte anerkennend. „Hört sich gut an."

Erst wollte sie fragen, ob er es seltsam fand, dass sie so schnell Netz im Haus haben wollte, um Clays Reaktion nachzuempfinden, aber Johns neutraler Blick reichte ihr als Bestätigung, dass daran überhaupt nichts Verwerfliches war.

„Hier in Shanty Coast ticken die Uhren vermutlich anders als in der Großstadt. Die Leute haben schneller Zeit und überhaupt muss man hier niemandem um Mithilfe hinterherbetteln."

Annie nickte bestätigend. Das hatte sie auch schon bemerkt. „Frag bloß nicht, wie das in London läuft. Da musst du schon Wochen vorher wissen, wann die Waschmaschine den Geist aufgibt, um rechtzeitig einen Klempner oder Elektriker zu buchen."

Lachend erhob John sein Glas und stieß mit ihr an. „Auf die Hilfsbereitschaft in den Dörfern."

Nachdem sie beide einen Schluck getrunken hatten, stützte er sich mit beiden Armen auf dem Tresen ab. „Hast du denn schon ein paar Leute kennengelernt?"

Annie verkniff sich bei dem Gedanken an Mrs McNeill und Clay ein hämisches Lächeln.

John schien ihr Blick nicht zu entgehen. „So schlimm?"

„Wenn man mal von meiner B&B-Gastgeberin und meinem Nachbarn absieht, dann sind Laura und du die Einzigen, die mich hier freundlich empfangen haben."

„Mrs McNeill? Oh ja, mit der macht man hier nicht den besten Start", lachte er. „Aber im Grunde ist sie nett. Und Clay? Was hat er dir getan? Eigentlich ist er ganz in Ordnung."

„Dann habe ich ihn wohl nur ein paarmal auf dem falschen Fuß erwischt. Ich weiß einfach nicht, was er für ein Problem mit mir hat. Er ist ziemlich unfreundlich, wenn du mich fragst. Im Gegensatz zu seinem Hund."

„Sein Hund ist super", bestätigte John und trank einen weiteren Schluck, woraufhin er Laura zu verstehen gab, dass er Nachschub wollte. „Möchtest du auch noch eines?"

Annie schüttelte den Kopf. „Nein, aber vielen lieben Dank. Ich bin mit dem Auto hier und sollte deshalb nichts mehr trinken."

„Also eigentlich kann ich dir sagen, dass hier alle sehr liebenswert sind." John deutete mit dem Kopf in die Sitzecke ganz rechts in der Bar. „Siehst du die Gruppe da? Das sind William, Ed, Robert und Charlie."

Annie folgte seinem Blick und entdeckte eine Gruppe mit älteren Männern, die ihre Köpfe auf Karten gerichtet hatten, die sie jeweils in den Händen hielten.

„Sie kommen immer her und spielen Bridge. Kannst du Bridge?"

Annie schüttelte den Kopf. „Mein Dad hat immer wieder versucht, es mir beizubringen, aber ich habe mich als lernresistent entpuppt."

„Ist eigentlich ganz einfach. Jedenfalls gehören die vier hier schon zum Inventar. Und dann dort drüben ..." Er nickte an Annie vorbei. Sie entdeckte eine Gruppe mit drei Frauen, etwa in ihrem Alter.

„Das sind Grace, Isla und Ava. Sie arbeiten im Café *Shanty Dream* auf der Promenade. Am Tag verkaufen sie Tee, Kaffee und Törtchen und abends trinken sie hier ihr Feierabendbier. Lustige Truppe, wenn du mich fragst, aber auch ein bisschen gierig auf Klatsch und

Tratsch. Wenn du also etwas über jemanden hier wissen möchtest, dann frag am besten die drei." Er lächelte breit und Annie hatte das Gefühl, dass er die blonde hübsche Frau, die in der Mitte saß, etwas länger anschaute als die anderen. Dann wandte er seinen Blick wieder ab und grinste erneut, als er auf das andere Ende der Theke deutete.

Als Annie ihren Blick dorthin richtete, zuckte sie kaum merklich zusammen. Sie starrte auf Clay, der sich mit einem anderen Mann unterhielt und sogar lächelte. Er lächelte! Annie hatte kaum noch daran geglaubt, dass er das tatsächlich konnte.

„Deinen freundlichen Nachbarn muss ich dir ja nicht weiter vorstellen, richtig?"

Annie entging Johns schiefes Grinsen nicht. Sie schüttelte den Kopf. „Nein, vielen Dank. Ich sehe ihn ja oft genug."

„Mach dir keinen Kopf. Clay ist handzahm. Nur ein bisschen zurückhaltend in den letzten Jahren."

„Was meinst du damit?" Annie wurde neugierig.

John winkte ab. „Ach, halb so wild. Seine Freundin hatte ihn damals einfach so, von heute auf morgen, sitzenlassen. War eine echt harte Zeit für ihn und seitdem ist er ziemlich in sich gekehrt. Clay war noch nie der Typ, der den Entertainer gemacht hat, aber seitdem sie ihn verlassen hat, ist er noch ruhiger geworden."

Annie warf ihrem Nachbarn einen verstohlenen Blick zu, um herauszufinden, wie er jetzt, nachdem sie diese Hintergrundinformation zu ihm erhalten hatte, auf sie wirkte. Dumm nur, dass er im selben Moment ebenfalls aufschaute und sie direkt ansah.

Hastig wandte Annie sich ab und drehte sich weiter in Johns Richtung. „Tut mir leid für ihn", versuchte sie so beiläufig wie möglich zu erwähnen. Ihr Herz hämmerte ungewöhnlich schnell, daher trank sie einen kräftigen Schluck. Anschließend suchte sie nach einem anderen Thema und fragte John, ob er schon einmal in London gewesen war. Ein Fahrwasser, in dem sie sich wesentlich wohlerfühlte als über Clay zu sprechen.

Während der Abend immer weiter voranschritt, fühlte sie sich zunehmend wohler. John brachte sie mit seinen Witzen ständig zum Lachen und auch die Stimmung der anderen Gäste steckte sie an. Irgendwann wurde aus dem lauten Stimmenwirrwarr und Gelächter fröhliches Tanzen. Einige Gäste hatten sich in der Mitte des Pubs zusammengefunden und tanzten eine Art Line Dance. Annie hatte diese Art von Tanz schon häufiger im Fernsehen gesehen, nicht aber live. Die Tanzschritte der lachenden Leute wirkten wie einstudiert und es machte Annie Spaß, ihnen dabei zuzusehen.

Auch John wandte sich zur improvisierten Tanzfläche um und strahlte. Er nickte Annie zu und grinste sie an. „Super, oder? Die Leute lieben diesen Tanz hier. Ist was ganz Besonderes in dieser Bar. Gerade dieser Song hat es allen angetan."

Annie lauschte dem Lied, nein, es war ein Medley, wie sie heraushören konnte. Sie beobachtete, wie sich einige Frauen und Männer im Kreis drehten, klatschten und die Richtung wechselten. Als auch der Song schneller wurde, wurden auch die Schritte zügiger. Annie kam aus dem Staunen gar nicht mehr heraus und bemerkte, wie ihr eigener Fuß im Takt mitwippte.

„Das ist wirklich toll!“, rief sie John zu.

„Willst du auch?“, fragte er sie und deutete mit einem Kopfnicken zu der tanzenden Meute.

Sie machte große Augen. „Was, ich? Nein, ich kenne den Tanz ja gar nicht.“

Sie strich sich verlegen die Haare hinter die Ohren. Sie hatte ewig nicht mehr getanzt. Das letzte Mal hatte sie das mit Jeff getan, das war etwa ein halbes Jahr her. Genauer gesagt hatten sie nicht gemeinsam getanzt, sondern gegenüber, voreinander, in einer Gruppe von Leuten, die sie kaum kannte, in einer noblen Diskothek. Einen solchen Tanz zu tanzen, wie die Leute es hier taten, wäre für Jeff das Allerletzte gewesen. Schnell verdrängte sie die unangenehmen Gefühle, die in ihr aufstiegen.

„Das ist überhaupt nicht schlimm. Das meiste kommt wie von selbst. Wenn du jemanden hast, der gut führt, dann kannst du dich mitziehen lassen.“

Annie lachte. „Das glaube ich gerne, aber dafür brauche ich womöglich noch ein Bier mehr.“

„Lässt sich einrichten“, scherzte John. Er wollte Laura gerade ein Zeichen geben, ein weiteres vorzubereiten, doch Annie schritt ein.

„Oh, bitte nicht. Ich muss morgen wieder früh raus und mich an die Arbeit machen. Aber nächstes Mal, das verspreche ich dir, bin ich auf jeden Fall dabei.“

Sie hoffte nur, dass John ihr Versprechen bis zum nächsten Mal vergessen hatte. Doch der deutete mit dem Zeigefinger auf sie. „Ich nehme dich beim Wort!“

17

Annie knabberte an ihrem Daumennagel, während sie angespannt darauf wartete, dass der Klempner ihr ein Feedback gab. Er war gerade dabei, sich die besagten Stellen im Haus genauer anzusehen und sie lehnte abwartend am Küchentresen und trank einen großen Becher schwarzen Kaffee. Der Abend war gestern doch ziemlich lang gewesen und sie hatte sich eisern an Wasser gehalten. Dennoch war sie an diesem Morgen hundemüde gewesen, als der Wecker um acht Uhr geklingelt hatte. Zudem war da immer wieder ein merkwürdiges Gefühl, das sie beschlich. Und zu ihrem Bedauern hatte es mit ihrem Nachbarn Clay zu tun. Der Blick, den er ihr gestern zugeworfen hatte ... Mit seinem Kumpel hatte sie ihn gestern lachen sehen, doch seine Miene hatte sich schlagartig verändert, als er sie gesehen hatte. Und je unfreundlicher er ihr gegenüber war, desto mehr zweifelte Annie daran, ob sie die Zeit hier in den nächsten Monaten ertragen konnte. Gerade nach der Trennung von Jeff hatte sie sich vorgenommen, sich nie wieder schlecht von einem Mann behandeln zu lassen. Und kaum war sie hier in Shanty Coast, geriet sie an den nächsten! Auch wenn ihr die Arbeit hier großen Spaß machte und sie von ihren heimischen Problemen ablenkte, so bescherte Clay ihr täglich aufs Neue einen bitteren Beigeschmack. Ihr zartes Nervenkostüm war dafür derzeit einfach nicht gemacht.

In ihre Gedanken vertieft bemerkte Annie gar nicht, wie der Klempner – Carl Morrison – in die Küche kam und ein entschuldigendes Schulterzucken von sich gab. „Es tut mir leid, aber das wird mich einiges an Arbeit kosten."

Annie brauchte einen Moment, um wieder im Hier und Jetzt anzukommen und blinzelte einige Male. Vor ihr stand ein großgewachsener, schlaksiger Mann, dessen dünne Beine in einer Latzhose steckten. Sein bärtiges Gesicht wirkte freundlich. Endlich tauchte Annie wieder aus ihrem Gedankenstrudel auf. „Entschuldigen Sie bitte ... was?"

„Ich sagte, dass das ganz schön viel Arbeit für mich wird. Das werde ich nicht so nebenbei schaffen. Ich muss einige Rohre in den Badezimmern erneuern. Im Waschbeckenrohr habe ich eine große rostige Stelle gefunden, die sicherlich bald den Geist aufgeben wird. Außerdem muss ich mir die Heizungsanlage genauer anschauen. Der Heizkessel verliert Wasser, da wird es eine undichte Stelle geben. Auch das Ventil muss ausgetauscht werden, da es sonst zu ungleicher Hitzeverteilung kommen kann. Außerdem müssen alle Heizkörper im Haus entlüftet werden, was allerdings kein großer Aufwand sein wird. Aber von den Badezimmern fange ich lieber gar nicht erst an, die Rohre sollte ich dringend erneuern und das Waschbecken oben muss ebenfalls neu."

Annie atmete schwer aus und hörte im hintersten Teil ihres Kopfes schon das Klingeln einer Kasse. „Und wie viel wird mich das kosten?"

Achselzuckend wischte Carl sich die Hände an seiner Latzhose ab. „Das kann ich so pauschal gar nicht genau sagen, da ich mir jetzt nur einen groben Überblick verschafft habe. Ich werde noch einmal wiederkommen müssen und dann kann ich einen Kostenvoranschlag machen."

Sie vereinbarten einen weiteren Termin und als Carl sich verabschiedete, schrieb Annie sich genau auf, was er ihr an Reparaturen genannt hatte. Sie würde Joyce darüber informieren müssen und auch für ihren Blog war diese Information wichtig. Sicherlich würde die Arbeit von Carl einiges an Geld kosten. Ob das Budget das hergab, konnte sie nicht sagen. Vermutlich würde sie dadurch an vielen anderen Ecken sparen müssen.

Wenig später stürzte sie sich in die Arbeit und machte sich daran, die nächsten Räume von alten Tapeten zu befreien. Dazu schloss sie ihr Smartphone an eine von ihrer mitgebrachte Box an und spielte ihre Lieblingsplaylist auf Spotify ab ... wohlbemerkt im Offlinemodus. Zur Musik arbeitete es sich zügig und angenehm und Annie versank geradezu im Arbeitsmodus. Das Reißen der Tapeten gab ihr ein ungeahntes Gefühl von Freude und sie sang lautstark zu ihrem Lieblingssong *Thorn* mit. Mit jedem Fetzen, den sie von der Wand riss und jedem Ton, den sie mitsang, befreite sie das alte Rosemary-Cottage von den vergilbten Resten und ein Stück weit auch sich selbst von negativen Gedanken an Jeff. Glücklicherweise ließen sich die meisten Tapeten gut lösen, denn Annie hatte zuvor die Wände mit Tapetenlöser besprüht und ordentlich eingeweicht.

Gegen Mittag hatten sich schon vier volle Säcke im Flur angesammelt, die sie alle nach und nach in den Garten wuchtete, um diese dort zu stapeln. Sie würde einen Anhänger brauchen, dachte sie sich prustend, um das ganze Zeug zu einer Mülldeponie zu fahren. Also Anhänger mieten. Ab auf die Liste damit.

Ein kurzer Blick zum Nachbargelände versetzte ihr einen kleinen Schrecken, denn sie schaute direkt auf Clay, der gerade auf dem Weg zu seinem Haus war. Als er sie erblickte, nickte er ihr knapp zu.

„Hallo", entgegnete sie ebenso kurz angebunden. Dass dieser Mann nicht einmal imstande war, ihr freundlich zu begegnen und mal ein Hey oder Ähnliches hervorzubringen. Allmählich begann dieser Typ sie zu nerven.

Während sie sich innerlich noch immer über diesen ungehobelten Kerl aufregte, war der schon längst im Haus verschwunden.

Kopfschüttelnd wuchtete sie den Müllsack, den sie noch immer in den Händen hielt, auf den großen Stapel vor der Hauswand und lief mit zusammengepressten Lippen wieder ins Cottage.

Nur wenige Stunden später war Annie zufrieden mit ihrer Arbeit. Sie hatte inzwischen das gesamte obere Geschoss von alten Tapeten befreit und war dankbar, dass ein großzügiger Teil lediglich gestrichen war. Jetzt hatte sie nur noch das Wohnzimmer und den Eingangsbereich vor sich. Die Küche würde sie sich zum Schluss vornehmen, da sie hier lediglich eine einzelne Wand von Tapete befreien musste. Die oberen Räume wirkten auf einmal viel heller und jungfräulicher und im Geiste kamen erste Ideen auf, wie sie die einzelnen Zimmer streichen und tapezieren wollte. Ihr Herz klopfte bei dem Gedanken daran, dem alten Schlafzimmer eine hübsche Rosentapete zu verpassen, sofort schneller. Dafür musste sie zuerst noch Spachtelmasse auf die rohen Wände auftragen, um Unebenheiten zu entfernen. Sie schrieb es sich direkt auf die Einkaufsliste.

Anschließend suchte Annie nach ihrem Smartphone und machte einige Fotos der nun leeren Räume. Außerdem besah sie sich die Holztreppe und notierte sich, dass sie noch Aufbereitungsmaterial aus dem Baumarkt besorgen müsste, um diese ebenfalls zu neuem Leben zu erwecken. Doch das würde sie erst ganz am Ende der Renovierungsarbeiten tun, da sie die Treppe dafür noch viel zu oft würde nutzen müssen. Da wäre es nur zu schade, wenn sie die frisch bearbeiteten Stiegen immer wieder beschädigen würde.

Das Wohnzimmer war zu einem kleinen Teil von Tapeten befreit und Annie hatte sämtliche Essensvorräte für den Tag aufgebraucht. Zeit für den Feierabend, dachte sie erschöpft. Nachdem sie sich im Badezimmer ein wenig kaltes Wasser, das endlich keine braune Farbe mehr hatte, ins Gesicht spritzte und einen Blick in den kleinen Spiegel warf, erschrak sie. Sie sah schrecklich aus. Ihre Haare hingen kreuz und quer und ihr Gesicht war völlig verschmutzt. Außerdem befanden sich ein paar kleine Tapetenschnipsel auf ihrem Kopf ... von ihrer roten Gesichtsfarbe ganz zu schweigen. So gut es ging, wusch sie sich den Schmutz von den

Wangen und richtete ihre Haare. Beim erneuten Blick in den Spiegel jedoch lächelte sie. Warum machte sie sich Gedanken darüber, wie sie aussah? Schließlich konnte es allen Menschen egal sein und zudem zeigte es nur, dass sie wirklich hart gearbeitet hatte. Augenblicklich fragte sie sich, wann sie das letzte Mal so stolz auf etwas gewesen war. Sie war allein hier in einem süßen Fischerdorf, weit weg von ihrem Zuhause und erschuf etwas Großartiges. Ganz allein. Mit ihren eigenen Händen. Nein, sie musste sich ganz sicher nicht für ihr Aussehen schämen!

Kurz darauf ließ Annie sich laut seufzend auf der Stufe vor dem Cottage nieder und streckte ihre Beine weit von sich. Die Sonne gab die letzten Strahlen des Tages ab. Sie schloss erschöpft die Augen und atmete einige Male tief ein und wieder aus. Anschließend griff sie nach ihrer Wasserflasche und trank den Rest darin in einem Zug leer. Morgen würde sie sich im Supermarkt um die Ecke dringend neue Vorräte kaufen müssen.

Ein Bellen riss sie aus ihrem feierabendlichen Sonnenbad. Sie schreckte auf. Schließlich bemerkte sie Balou, wie er fröhlich in Clays Garten auf und abrannte. Ihr Blick wanderte weiter zu Clay und ihr Herz sackte bei dessen Anblick plötzlich eine Etage tiefer. Er trug nämlich ein weißes Muskelshirt und dieses ließ wenig Spielraum für Fantasie. Darunter zeichneten sich deutlich die Bauchmuskeln ab und auch seine Arme waren so kräftig gebaut, dass Annie kurz der Mund aufklappte. Als er aufschaute, wandte sie hastig den Blick ab. Hoffentlich hatte er nicht gesehen, dass sie ihn angestarrt hatte. Aber sie hatte einfach nichts dagegen tun können. Nicht nur, dass sie ihn sowieso extrem attraktiv fand, jetzt hatte er auch noch einen so göttlichen Körper unter seinen Holzfällerhemden, die er bisher immer getragen hatte. Um nicht unhöflich zu sein, schaute sie wieder zu ihm und nickte nur. Clay erwiderte das Nicken und widmete sich wieder seinem Hund, dem er immer wieder einen Ball entgegenwarf.

Beinahe hätte Annie laut aufgelacht, denn wenn man mal bedachte, wie ihre Konversationen bisher verlaufen waren ... sie bestanden eigentlich hauptsächlich aus gegenseitigem Zunicken, grimmigen Blicken, Grummeln oder missbilligenden Kommentaren. Gott, wie konnte Laura allen Ernstes behaupten, dass dieser Typ nett war?

Schnaubend versuchte Annie sich auf ihren Garten vor sich zu konzentrieren und doch glitt ihr Blick immer wieder zum Nachbargrundstück. Balou war einfach ein Traum von einem Hund. Eine schwarze Schönheit, wie sie fand. Fröhlich und verspielt und vor allem sportlich, denn er fing jeden Ball in der Luft und brachte ihn in rasendem Tempo jedes Mal zurück zu seinem Herrchen. Sie hätte den beiden stundenlang zuschauen können. Dabei huschten ihre Blicke immer wieder verstohlen zu Clay, der mindestens genauso sportlich wirkte wie sein Hund. Wäre er doch nur halb so fröhlich wie Balou, dachte Annie bei sich. Gerade warf er erneut den Ball, da schaute er kurz zu ihr. Sie wandte sich mit erhitzten Wangen hastig ab und starrte auf eine eingegangene Schwertlilie vor sich. Gott, wie oft hatte Clay eigentlich in den vergangenen Tagen mitbekommen, dass sie ihn angestarrt hatte?

Vermutlich genauso oft, wie sie sich gegenseitig zunickten ...

Zügig erhob sie sich von ihrem Platz und konnte es kaum erwarten, ihren langersehnten Feierabend zu zelebrieren. Gerade war sie dabei, sämtliche Fenster im Cottage zu schließen, da sah sie, wie Clay in seinen Transporter stieg und davonfuhr. Kurz danach trat sie nach draußen, brachte noch ein paar Mülltüten auf den inzwischen meterhohen Berg und marschierte noch einmal hinein, um ihre restlichen Sachen zu

holen. Nachdem sie die Tür hinter sich abgeschlossen hatte, atmete sie bei dem Gedanken daran, sich gleich eine ausgiebige Dusche zu gönnen erleichtert auf.

18

Für Annie war es eine Wohltat, aus den Arbeitsklamotten zu steigen und ihre müden Glieder unter dampfend heißem Wasser zu entspannen. Nachdem sie frisch geduscht in ihre kurze Schlafhose und ihr enges graues Rüschentop geschlüpft war und sich anschließend mit einem Gurkensandwich aus dem Supermarkt aufs Bett gesetzt hatte, seufzte sie genüsslich. Diesen Moment würde ihr niemand nehmen können. Anschließend kramte sie ihren Laptop unter dem Bett hervor und lehnte sich mit dem Rücken an das Kopfteil des Bettes. Bevor sie sich schlafen legen wollte, musste sie unbedingt noch einen Artikel verfassen. Sie schaute nebenbei zu den Vorhängen, die durch eine angenehm kühle Brise von draußen hin und wieder aufgebauscht wurden. Sie legte ihre Finger auf die Tastatur ihres Laptops, als sie plötzlich wildes Stimmengewirr vor ihrer Zimmertür hörte. Sie wunderte sich, da sie annahm, dass sie der einzige Gast in diesem B&B war und horchte auf. Schließlich erkannte sie eine der Stimmen. Ganz klar Mrs McNeills. Annie konnte die Worte nicht verstehen und wusste auch nicht, worüber sie sprach, schälte sich jedoch aus dem Bett und schlich zur Tür.

„Und dann bitte ich Sie, wieder zu gehen, haben Sie das verstanden?“

„Ja, ich habe garantiert nicht vor, länger zu bleiben“, hörte Annie dann und ihr gefror das Blut in den Adern. Clay?

Erschrocken riss sie die Tür auf, ohne auch nur eine Sekunde darüber nachzudenken, was sie gerade anhatte. Erst nachdem sie in seine finsteren Augen schaute, die sie flüchtig musterten, wurde sie sich ihrer knappen Kleidung bewusst.

„Ähm, kann ich irgendwie helfen?“, fragte sie etwas zu schrill und da zeterte Mrs McNeill auch schon los. „Habe ich Ihnen nicht gesagt, dass hier am Abend kein Männerbesuch gestattet ist?“

„Männerbesuch? Was? Ich habe keine Ahnung, worum es hier geht. Was machen Sie hier?“, wollte Annie dann an Clay gewandt wissen, der die Arme fest vor der Brust verschränkt hielt.

„Ist Ihnen eigentlich bewusst, dass Sie meinen Hund bei sich im Cottage eingesperrt haben?“

„Bitte was?“ Annie schüttelte verstört den Kopf.

„Meinen Hund“, wiederholte Clay, als wäre sie begriffsstutzig. „Er ist in Ihrem Haus eingesperrt.“

„Aber ... wieso das denn?“

Ungläubig lachte er auf. „Das frage ich Sie!“

Annies Blick huschte kurz zu der alten Dame, die dem Gespräch mit hoch interessiertem Gesichtsausdruck folgte. Von ihrer Bestürzung darüber, dass Clay ihr *verbotener* Herrenbesuch sein könnte, war in diesem Moment nichts mehr zu sehen.

„Das muss ein Versehen gewesen sein. Ich hatte keine Ahnung, dass Ihr Hund mir ins Haus gefolgt ist“, verteidigte Annie sich.

„Nun, als ich nach Hause kam, habe ich ein lautes Winseln gehört. Bis ich gemerkt habe, dass das Geräusch aus Ihrem Cottage kam, habe ich ihn durch das Fenster dort sitzen sehen. Würden Sie sich also bitte in Bewegung setzen und meinen Hund freilassen?“ Clays Ton machte deutlich, dass es sich nicht um eine Frage handelte. Er war sichtlich aufgebracht.

Wie benommen nickte Annie bloß und zeigte kurz hinter sich. „Ich … ich bin sofort da. Ich ziehe mir nur eben etwas über.“

Mrs McNeill machte keine Anstalten, die beiden allein zu lassen und schüttelte nur mit dem Kopf. „Ich sag's ja immer wieder: Mit Haustieren hat man nur Ärger.“

Annie entging nicht, dass Clay scharf die Luft einsog, der alten Frau aber nichts entgegenpfefferte, so wie er es üblicherweise bei ihr tat.

Nachdem sie sich hastig eine lange Hose und eine Strickjacke übergezogen hatte, trat sie aus ihrem Zimmer. Der Gang war inzwischen leer und sie vermutete, dass er draußen auf sie wartete. Doch auch als sie zu ihrem Auto ging, war der Parkplatz bis auf ihren Wagen leer. Er war schon vorgefahren.

Nur wenige Minuten später traf Annie beim Cottage ein und suchte hastig nach dem Schlüssel, während sie den Weg zur Haustür entlangeilte. Clay stand schon dort, die Arme abwartend vor der Brust verschränkt, und beobachtete sie dabei, wie sie mit zitternden Fingern die Tür aufschloss. Noch in derselben Sekunde schoss Balou aus dem Haus und sprang an seinem Herrchen hoch.

„Hey, mein Großer, da bist du ja!" Clay kraulte das Tier hinter den Ohren.

Annie seufzte. „Hören Sie, es tut mir ehrlich leid. Ich hatte keine Ahnung, dass …"

„Passen Sie das nächste Mal einfach besser auf", murmelte er jedoch nur und wandte sich schon zum Gehen.

Da holte Annie tief Luft und spürte, wie Zorn in ihr aufstieg. „Ich sollte besser aufpassen? Was ist denn mit Ihnen? Hätten Sie nicht darauf achten sollen, dass Ihr Hund das Grundstück nicht verlässt?"

Clay blieb auf halbem Wege stehen und drehte sich zu ihr um. „Normalerweise bleibt mein Hund auf meinem Grundstück, doch ist er durch die hintere Pforte bei Ihnen im Hof durchgekommen."

„Welche hintere Pforte?"

Clay lachte kurz auf. „Sie wissen nicht mal, dass Sie hinten im Garten noch einen Eingang haben? Haben Sie sich hier überhaupt mal umgesehen?"

„Natürlich habe ich das!", wehrte Annie sich und Hitze stieg ihr ins Gesicht. „Und wissen Sie was? Ich habe es satt, dass Sie sich so aufspielen, als wären Sie Mister Allwissend. In meinen Augen sind Sie einfach nur ein mürrischer Typ, der vergessen hat, wie man lacht und freundlich zu seinen Mitmenschen ist!"

Clay stockte kurz und Annie dachte schon, dass sie ihn mit ihrer Aussage womöglich getroffen hatte, doch dann wurde sein Blick wieder so undurchdringlich wie immer. „Und Sie? In meinen Augen haben Sie keine Ahnung, was Sie hier eigentlich tun, außer Chaos zu stiften. Was machen Sie denn hier genau? Soll das Ihr Job sein? Sind Sie Innenarchitektin, Innenausstatterin? Sie fuchteln hier am Haus rum und spielen die ganze Zeit nur am Smartphone herum. Vielleicht sollten Sie Ihre Jobwahl noch einmal überdenken."

Kaum merklich zuckte Annie zusammen. Dachte sie eben noch, dass sie Clay mit ihrer Aussage gekränkt haben könnte, so hatte sie es doppelt zurückbekommen. Was wusste er schon von ihrem Job?

Mit mahlendem Kiefer knallte sie die Haustür von außen zu, schloss sie ab und marschierte mit erhobenem Kopf an ihm vorbei. Ihre Tränen, die sich in ihren Augen bemerkbar machten, versuchte sie zu verbergen, doch es gelang ihr nicht. Das Schimmern in ihren Augen war zu auffällig gewesen. Schließlich bemerkte sie, wie sich Clays Gesichtsausdruck veränderte. Beinahe glaubte sie so etwas wie Reue darin zu sehen. Er öffnete den Mund und seine Stimme war auf einmal ganz ruhig. „Hören Sie, es tut mir ..."

Doch noch bevor er weitersprechen konnte, schnitt Annie ihm das Wort ab: „Wissen Sie was? Sie können mich mal!"

Wieder im Auto, krallte sie ihre Hände so fest um das Lenkrad, dass ihre Knöchel weiß hervortraten. Dieser verdammte Idiot! Was bildete der sich überhaupt ein? Er hatte keine Ahnung, was sie bisher durchgemacht und inzwischen erreicht hatte.

Während sie fuhr, wischte sie sich einzelne Tränen aus dem Gesicht. Was machte sie hier eigentlich? Wollte sie nicht einen Neuanfang? Weg von Männern, die nur sich selbst im Kopf hatten und keinen Blick für ihre Mitmenschen? Vielleicht, dachte Annie, war das

das Zeichen, dass dieser Ort nicht der richtige für einen Neustart war ...

19

Manche Mauern bröckeln, wenn man zu stark an ihnen rüttelt

Eigentlich war ich erleichtert, als ich gehört habe, dass es wirklich nur schmutziges Wasser war, das sich in den Rohren gesammelt hatte – nichts anderes. Dafür gibt es jedoch eine ganze Reihe von Reparaturen, die in der nächsten Zeit im Haus anstehen. Keine Angst, das wird ein Fachmann übernehmen. Doch manche Dinge lassen sich nicht so leicht reparieren. Wie beispielsweise das eigene Ego. Und wenn dann auch noch ein gemeiner Nachbar darauf herumtrampelt, werden die Bruchstellen immer größer. Wie ich diese in Zukunft reparieren werde, weiß ich gerade nicht. Aber wenn ich eine Lösung dafür habe, werde ich selbstverständlich einen ausführlichen Artikel darüber schreiben ...

Was ich euch aber heute gerne zeigen möchte ist, wie ihr ganz sauber die Wände verspachtelt, ohne unschöne Rillen dabei zu hinterlassen.

Bevor Annie am nächsten Morgen mit gemischten Gefühlen ins Cottage fuhr, hatte sie noch ein paar Dinge zu erledigen. Das Wichtigste jedoch war der Anruf bei ihren Eltern. Gerade nach dem gestrigen Abend, der sie kaum hatte einschlafen lassen, hätte sie das Gespräch am liebsten weit von sich geschoben, aber sie war es ihren Eltern schuldig. Sie ließ sich auf ihrem Bett nieder und wählte die Nummer. Es tutete einige Male, ehe ihr Vater abnahm. Sie vernahm ein lautes Rascheln. Sicherlich hatte ihr Dad den Hörer wieder beinahe fallen lassen, wie es ihm nur zu oft passierte.

„Hallo?", brummte er, denn er hasste es, zu telefonieren.

„Dad? Ich bin's."

„Annie!" Sofort hellte sich seine Stimme auf. „Meine Güte, wir dachten schon, du wärst ausgewandert. Warte, ich stelle dich laut. Deine Mutter ist auch hier. Krank vor Sorge übrigens."

Annie zuckte zusammen und atmete bei dem Gedanken daran tief durch, dass sie ihren Eltern gleich offenbaren würde, dass sie mit der Annahme, sie wäre ausgewandert, gar nicht so danebenlagen. Und die Schuldgefühle machten es nicht unbedingt besser.

„Annie?", rief ihre Mum laut aus dem Hintergrund.

„Ich kann dich hören, Mum, du bist auf Laut", erinnerte Annie sie mit einem Schmunzeln.

„Wo um Himmels Willen steckst du denn? Wir haben ewig nichts von dir gehört!"

Annie sammelte ihre Kraft und schloss einen Moment die Augen. „Ich muss euch da etwas sagen …", begann sie und hörte, wie ihre Mum nach Luft schnappte.

„Du bist doch nicht etwa schwanger?", warf ihr Vater besorgt ein.

„Na, das wär's ja noch", konnte Annie ihre Mutter leise hören.

Sie seufzte. „Nein, nein, bin ich nicht."

„Du kannst da offen und ehrlich mit uns sprechen, Annie Liebes."

„Nein, Dad. Ich bin wirklich nicht schwanger. Und selbst wenn, wäre ich in dem Alter, in dem ..."

„Hast du ein Problem mit Drogen?", schrillten bei ihrem Vater alle Alarmglocken.

„Gott, ich wusste es!", rief ihre Mum.

Annie stöhnte verzweifelt auf. Die beiden waren einfach hoffnungslos.

„Nun hört mir doch bitte einmal zu!"

„Entschuldige, Liebes", kam es von ihrem Dad. „Also, was möchtest du uns sagen?"

„Ich habe mich von Jeff getrennt."

Endlich war es raus.

Auf der anderen Seite der Leitung wurde es kurz still und Annie war sich nicht sicher, wie ihre Eltern es aufnehmen würden.

„Gott sei Dank!", prustete dann ihre Mum.

Annie stutzte. „Was meinst du damit? Mochtet ihr Jeff etwa nicht?"

„Überhaupt nicht", erklärte sie. „So ein gelackmeierter Schnösel. Ich bitte dich, Annie, der hat doch absolut nicht zu dir gepasst. 32 Jahre alt und hat nur die Arbeit im Sinn. Was ist mit Familienplanung?"

Annie machte große Augen. Sie war entsetzt. „Aber ihr habt mir doch gesagt, dass ihr ihn mochtet und ..."

„Wir wollten dich nicht enttäuschen", schaltete sich ihr Vater ein.

„Das tut ihr aber gerade. Warum wart ihr denn nicht ehrlich?"

„Wir …", sagte ihre Mum zögerlich, „… dachten, dass es ohnehin nichts für die Ewigkeit sein würde."

„Und wenn doch?", rief Annie schockiert aus.

„Nun, wir lagen ja richtig", entgegnete sie.

Annie schluckte, besann sich aber, ihre Geschichte weiterzuerzählen. „Na ja, jedenfalls habe ich auch meinen Job verloren und …"

„Also doch Drogen", hörte sie dann ihren Dad, wie er scheinbar zu ihrer Mum sprach.

„Dad! Ich kann dich hören!"

„Entschuldige. Sprich bitte weiter."

Kopfschüttelnd suchte Annie nach den richtigen Worten. „Jedenfalls bin ich derzeit nicht in London, sondern in Shanty Coast. Ich habe hier ein kleines Cottage, das ich für Joyce renoviere und in ein paar Monaten komme ich wieder zurück." *Oder früher, wenn der Nachbarschaftskrieg mich weiterhin so zermürbt …*

„Du bist bitte wo? Wo ist denn Shanty Dust?"

„Coast!"

„Shanty Coast", korrigierte ihre Mutter sich. „Wo soll das denn sein?"

„Etwa vier Stunden von London entfernt."

„Und womit verdienst du deinen Unterhalt? Wovon lebst du?", wollte ihr Dad dann wissen.

„Von Drogen", erlaubte sich Annie zu scherzen, nahm aber ihre Worte sofort wieder zurück, als sie hörte, wie ihre Mum Schnappatmung bekam. „Nein, natürlich nicht. Joyce bezahlt mich … und die Kosten, die für das Haus anfallen."

Ihr Dad räusperte sich kurz. „Und warum hast du uns das nicht erzählt?"

„Weil ich …", begann Annie und schaute auf ihre Finger, „… weil ich noch nicht bereit war, über Jeff zu sprechen und dann hätte ich alles erzählen müssen."

„Na wenigstens bist du von diesem Schnösel weg", hörte sie ihre Mum erneut über Jeffrey schimpfen.

Annie lächelte. „Ja, das bin ich. Hört zu, ich werde euch alles noch einmal im Detail erzählen, aber jetzt habe ich einiges zu tun. Ihr braucht euch wirklich keine Sorgen zu machen, okay?"

„Na gut", schnaubte ihre Mum. Sie schien nicht zufrieden zu sein. Annie hatte schon immer ihren eigenen Kopf gehabt und ihre Eltern hatten sich mit der Zeit damit arrangiert.

Als sie sich voneinander verabschiedet hatten, schnaufte Annie erleichtert aus. Eine Sorge weniger. Dennoch lächelte sie breit. Sie liebte ihre Eltern so wahnsinnig, auch wenn sie immer vom Schlimmsten ausgingen.

Als sie sich wieder gesammelt und von dem Gespräch erholt hatte, startete sie den Arbeitstag und erledigte noch ein paar Einkäufe. Zuerst brauchte sie Proviant, um durch den Tag zu kommen. Außerdem benötigte sie noch ein paar Sachen aus dem Baumarkt. Nachdem sie sich Schleifmaterial für die Treppe und die Küchenmöbel besorgt hatte und noch Holzpflege in ihrem Wagen verstaute, warf sie einen Blick auf ihre Uhr. Großer Gott, schon so spät! Der Installateur für ihren WLAN-Anschluss würde bald da sein!

Zügig fuhr sie zum Cottage. Als sie dort angekommen auf ihre Liste schaute, fiel ihr ein, dass nicht nur der

Fachmann für ihr Internet heute auf der Matte stehen würde, sondern auch Clay. Sie hatte ganz vergessen, dass er sich ebenfalls für heute angemeldet hatte! Wenn er nach dem Streit gestern Abend überhaupt noch kommen würde ...

Als sie gerade ihre Einkäufe in dem alten Kühlschrank verstaute, schrillte die Klingel. Erschrocken fuhr Annie herum und marschierte zur Haustür. Vor ihr stand jedoch nicht Clay, wie sie erleichtert feststellte, sondern eine jüngere Version von George Clooney. Ein gutaussehender Typ, der schätzungsweise sechs oder sieben Jahre jünger war als sie und zudem extreme Ähnlichkeit mit dem Schauspieler hatte. Sie erinnerte sich an die ersten Folgen von *Emergency Room*.

Er lächelte schief, als er sich vorstellte. „Guten Morgen, ich soll hier WLAN einrichten."

„Schönen guten Morgen, gut dass Sie da sind", begrüßte sie den jungen Mann. „Ja, ich hatte einen Termin mit Ihnen vereinbart."

Sie trat einen Schritt beiseite und bemerkte den markanten Duft von *Hugo Boss*. Sofort schlich Jeff sich in Annies Gedanken und sie verzog das Gesicht.

„Ich bin übrigens Will", stellte er sich vor und reichte Annie die Hand. Sie erwiderte den Handschlag freundlich, bemerkte jedoch, dass Will ihre Hand ein wenig zu lange festhielt und ihr tief in die Augen blickte.

Etwas zu schnell entzog sie sich seinem Griff und lächelte höflich. „Freut mich, Will. Also, das Internet ...", begann sie und breitete die Arme aus, „... wo sollte es am besten installiert werden?"

„Ich muss schauen, wo sich die Netzwerkdose befindet, und dann sehen wir weiter. Ich würde sagen, dass wir den Router möglichst in der Nähe installieren, wo Sie den besten Empfang haben möchten. Haben Sie ein Büro geplant?“

Seine Stimme war kräftig und laut. Annie fragte sich, ob er womöglich etwas mit den Ohren hatte und daher so laut sprach.

„Also ich renoviere das Haus nur und habe nicht vor, hier zu wohnen“, erklärte sie.

„Oh und wo wohnen Sie dann?“, wollte er schließlich wissen und zog fragend eine Braue in die Höhe.

Annie war ein wenig aus dem Konzept geraten. „Ähm … ich komme eigentlich aus London. Ich richte das Haus nur für eine Freundin her.“

„Ah, verstehe“, sagte er dann und schaute sich schließlich im Flur um. „Gut, ich mache mich dann mal an die Arbeit.“

„In Ordnung.“

Nur wenige Minuten danach klingelte es erneut und Annies Herz machte einen Satz. Das war sicherlich Clay. Sie stolperte zur Tür und da stand er.

„Wow, Sie sind tatsächlich gekommen“, begrüßte sie ihn erstaunt und trat zur Seite, um ihn hereinzulassen.

„Ich mache nur meinen Job“, erwiderte Clay kurz angebunden. Annie riss sich zusammen, ihm nicht etwas entgegenzuschleudern und atmete tief durch.

Sie schloss die Tür hinter ihm. Im Flur begegneten sich die beiden Männer. Wills Blick verfinsterte sich leicht, als er Clay sah. Als hätte er nun eine unerwartete Konkurrenz.

„Morgen, Will“, sagte Clay beiläufig und deutete, an Annie gewandt, mit einem Kopfnicken nach oben. „Ich mache mich an die Arbeit.“

„Ist gut. Kaffee?“

„Noch nicht, danke.“

„Ich würde einen nehmen“, plapperte Will dazwischen und Annie hatte eine Sekunde lang beinahe vergessen, dass er überhaupt da war.

„Sehr gerne“, antwortete sie und verschwand mit glühenden Wangen in der Küche. Wieso nur musste das mit Clay alles so gründlich schieflaufen? Annie schüttelte den Kopf. Das brauchte sie nicht zu interessieren. Sollte er einfach seine Arbeit machen und wieder verschwinden.

Nur ein paar Augenblicke später herrschte geschäftiges Treiben im Cottage. Während Will sich an die Arbeit machte und auch Clay da oben rumpelte, nahm Annie die ersten Spachtelarbeiten an den Wänden im Wohnzimmer vor.

Etwa eine Stunde später befand sie sich am Boden, um eine unschöne Rille auszugleichen, als sie einen Schatten vor sich an der Wand bemerkte. Erschrocken fuhr sie herum und entdeckte Will hinter sich, wie er lässig an die Wand gelehnt dastand und sie beobachtete.

„Sie machen eine wirklich gute Figur beim Arbeiten, wussten Sie das?“

„Nein, ich schaue mir selbst so selten dabei zu“, antwortete sie etwas forsch und erhob sich. „Sind Sie fertig?“

Will löste sich von der Wand und machte sich auf den Weg in den Flur. Annie folgte ihm zähneknirschend. Wie lange hatte er sie bitte schon beobachtet?

„Es ist alles fertig. Sie sollten jetzt Internet haben. Am besten wählen Sie sich direkt mal mit Ihrem Smartphone ein. Ich gebe Ihnen den Netzwerkschlüssel. Den finden Sie hinter dem Router.“

Annie holte sich ihr Telefon aus der Küche und tippte die Zahlen ein, die er ihr nannte.

„Es funktioniert!“, strahlte sie dann und freute sich, dass sie nun endlich ihre Storys vor Ort hochladen und ihren Blog vorantreiben konnte.

Nur wenige Augenblicke danach hörte sie, wie Clay die Treppe herunterkam.

„Wenn Sie möchten, kann ich Ihnen auch direkt meine Nummer geben“, bot Will mit einem schiefen Lächeln an.

Annie kam ins Stammeln. „Also, ich ...“

Clay marschierte an ihnen vorbei. Sein Blick sprach Bände. Er sagte jedoch nichts, öffnete die Haustür und war einfach verschwunden.

Annie schaute ihm einen Moment lang nach, ehe sie sich besann und wieder zu Will schaute. Dieser hatte fragend die Brauen nach oben gezogen und wartete offenbar noch auf ihre Antwort.

„Sie meinen, damit ich Sie erreiche, falls etwas mit der Verbindung nicht stimmt?“

Will räusperte sich. „Ich meinte eigentlich ...“

In dem Moment sprang die Haustür wieder auf und Clay lief an ihnen vorbei in Richtung Treppe.

„Sie rufen mich einfach mal abends an, falls Sie nicht wissen, was Sie unternehmen sollen. Ich kenne hier ein paar interessante Ecken."

Annies Augen weiteten sich und sie zuckte zusammen, als sie das laute Knallen der Tür im Obergeschoss hörte.

„Sie wollen mit mir was trinken gehen?", schlussfolgerte sie ungläubig.

Sie war komplett durcheinander. Schließlich lief da ständig Clay hinter ihr hin und her, was sie ohnehin schon nervös machte und dann war da dieser George Clooney-Verschnitt, der offensichtlich mit ihr flirtete.

„Na ja, warum denn nicht?", lachte Will, ziemlich von sich überzeugt.

„Ja … also, ich … ähm …" Annie fand einfach nicht die richtigen Worte.

Wieder hörte sie die Schritte von Clay, wie er erneut die Treppe herunterlief.

„Super, dann gebe ich Ihnen meine Nummer", grinste Will.

Verdammt, schnaubte Clay im Vorbeigehen da gerade hinter ihr? Wieder flog die Haustür auf und zu und langsam war Annie wirklich genervt. Musste er denn so stark mit den Türen knallen, die ohnehin schon aus den Angeln zu fallen drohten?

„Also, wie sieht es aus?", drängte Will weiter und deutete auf Annies Smartphone in ihrer Hand.

„Wie bitte … was?" Annie konnte allmählich nicht mehr. Nicht nur, dass Clay mitbekam, wie Will mit ihr flirtete, sondern dieser an sich brachte sie zusätzlich aus dem Gleichgewicht.

Schließlich wurde ihr alles zu viel. Sie verstaute verzweifelt ihr Smartphone in ihrer Gesäßtasche.

„Es tut mir wirklich leid, aber ich glaube, Sie haben da etwas falsch verstanden. Ich bin derzeit nicht auf der Suche, also, ich meine ...“

Will lachte schallend auf. „Schon gut, schon gut, halb so wild. Ich dachte nur, ein Getränk würde nicht schaden, wo Sie doch sicherlich nur wenige Leute hier kennen.“

„Eigentlich habe ich schon einige Bekanntschaften gemacht“, hielt sie dagegen. Sie musste ja nicht

unbedingt erwähnen, dass zu diesen Bekanntschaften auch Mrs McNeill und der Klempner Carl gehörten.

Wills Gesicht wirkte plötzlich ein wenig traurig, doch fing er sich schnell wieder. Sicherlich war er es nicht gewöhnt, einen Korb zu kriegen. Aber sei's drum, dachte Annie. Erst einmal wäre er ihr sowieso etwas zu jung und außerdem würde er sich sicherlich schnell woanders trösten – bei Frauen, die seinem Alter eher entsprachen.

„Na gut, war immerhin einen Versuch wert“, gab er gelassen von sich und sammelte seine Sachen zusammen.

Annie war froh, als er endlich das Haus verließ, doch genau in dem Moment, als er sich verabschiedete, tauchte Clay wieder auf.

„Viel Spaß mit Ihrem Internet. Und sollten Sie doch mal einen einsamen Abend haben, dann erreichen Sie mich hier.“ Er reichte ihr eine Visitenkarte, die sie mechanisch annahm. Dabei entging ihr nicht Clays abschätziger Blick, den er ihr von der Seite her zuwarf, ehe er anschließend wieder nach oben verschwand.

Als Will verschwunden war, schnaufte Annie erleichtert auf. Auf einen Flirt war sie absolut nicht aus und viel schlimmer fand sie vor allem, dass Clay vermutlich dachte, dass sie darauf eingegangen war.

Ich hatte lediglich laut gedacht und hoffe, dass es Sie nicht stört, wenn ich zwischendrin beim Internet-Fachmann anfasse, kam es Annie wieder in den Sinn. Sie seufzte laut bei der Erinnerung an das Gespräch mit Clay vor wenigen Tagen.

Sie können mit dem Fachmann machen, was Sie möchten. Seine Stimme geisterte in ihrem Kopf umher und sie biss sich beinahe in den Hintern. Nicht nur, dass sie eine zweideutige Bemerkung gemacht hatte ... jetzt sah es für ihn auch noch so aus, als würde sie ihre Bemerkung wahrmachen. Gott, hoffentlich waren diese Renovierungsarbeiten bald vorbei!

Gegen Nachmittag war Clay schneller verschwunden als Balou bellen konnte und Annie war sich sicher, dass sie nie wieder ein Wort miteinander wechseln würden. Es sei denn, sie verletzte ihn mit einem Einkaufswagen oder verbarrikadierte seinen Hund in ihrem Haus. Er hatte ihr, kurz bevor er mit der Arbeit fertig gewesen war, nur kurz erklärt, dass die Reparaturen am Dach abgeschlossen waren und er zudem das Bäumchen aus dem Schornstein entfernt hatte (was Annie als freundliche Geste wertete) und die Rechnung in wenigen Tagen eintreffen würde.

Das Türenknallen hatte er sich bei seinem Abgang jedoch nicht verkneifen können, aber Annie zuckte schon gar nicht mehr zusammen. Wann immer er ein- und austrat, hatte sie sich schon auf ein Scheppern eingestellt und schüttelte irgendwann nur noch mit dem Kopf.

Aber immerhin, nun war sie endlich allein im Haus und genoss die angenehme Ruhe. Das Wohnzimmer war inzwischen ebenfalls von den Tapeten befreit und der Stapel schwarzer Säcke im Vorgarten hatte eine beachtliche Höhe angenommen. Eigentlich hätte sie eine gewisse Vorfreude auf die nächsten Schritte im Haus empfinden müssen, aber gerade fühlte sie sich einfach nur erschöpft und leer.

20

Ein standhaftes Haus

Während die Türen im Haus dem größten Türknaller überhaupt standhalten, kann ich nun verkünden, dass ich endlich Internet habe – und ein Date-Angebot von George Clooney! Aber das ist wieder einmal ein anderes Thema ... Ich freue mich auch, dass die ersten Klempnerarbeiten schon kleine Fortschritte gebracht haben. Schließlich ist das Ventil an der Heizung erneuert, der Heizkörper verliert kein Wasser mehr und alle weiteren wurden entlüftet. Immerhin etwas. Jetzt geht es für den Klempner mit den Badezimmern weiter. Ich kann es kaum erwarten, die ersten Handgriffe dort zu erledigen. Bis dahin muss ich mich aber noch etwas gedulden, mich mit meinem unhöflichen Nachbarn herumschlagen und zeige euch jetzt die ersten Spachtelergebnisse ...

Die ersten zwei Wochen waren um. Annie konnte kaum glauben, dass sie tatsächlich so lange durchgehalten hatte, nachdem sie zu Beginn dieses Abenteuers noch daran gezweifelt hatte, dass das Haus überhaupt noch stehen würde, sobald sie die Tür öffnete. Aber jetzt, wo alle Räume von Tapeten befreit und die ersten handwerklichen Arbeiten abgeschlossen waren, ging es weiter mit dem Renovieren. Und auch ihr Blog und Instagram Account verzeichneten erste Erfolge. Immer wieder zeigte sie Vorher-Nachher-Aufnahmen, die von ihren Zuschauern geliked und mit Komplimenten kommentiert wurden. In ihrem Blog, in dem sie die einzelnen Arbeitsschritte und Arbeitstage wie eine Art Tagebuch beschrieb, steigerten sich die Followerzahlen. Annie war zufrieden und ihre kleine Fangemeinde war es ebenfalls.

Wow, du hast schon richtig viel in dieser einen Woche geschafft!

Die Räume wirken schon jetzt viel größer. Bin gespannt, wie sie aussehen, wenn sie fertig sind. Und die Nummer von George Clooney darfst du mir gerne schicken, falls du sie nicht willst.

Sieht nach viel Arbeit aus, aber ich freue mich auf das Endergebnis und hätte gerne ein Autogramm von George!

Annie freute sich über jeden der Kommentare, die sie erreichten. Doch das Gefühl des Glücklichseins stellte sich einfach nicht ein. Der Nachbarschaftsstreit mit Clay ging ihr ziemlich nahe, was gut daran liegen konnte, dass sie eigentlich gehofft hatte, nach Jeff endlich ihre Ruhe zu haben. Es gab sogar Momente, in denen sie sich Sätze zurechtbastelte, wie sie Joyce mitteilte, dass sie sich ab jetzt jemand anderen für das Cottage würde suchen müssen. Doch bisher brachte sie das nicht übers Herz. Schließlich hing ihr eigenes inzwischen zu sehr an diesem Häuschen. Abends, wenn die beiden Frauen telefonierten, schilderte Annie Joyce haarklein, was sie geschafft und welche Ausgaben sie gehabt hatte. Alles lief so, wie sie es sich vorgestellt hatte. Nur emotional leider nicht. Wann immer sie an London dachte, dachte sie an Jeff, an die Arbeit im Büro und an all das, was in den vergangenen Wochen so gründlich schiefgelaufen war. Vor allem, nachdem Clay ihr vorgeworfen hatte, dass sie sich einen anderen Job suchen sollte, geriet Annie erst recht ins Zweifeln. Hatte er womöglich recht?

Heute war sie dabei, das Gästezimmer vom Teppichboden zu befreien. Sie schwitzte und prustete, als sie ihn endlich von den Dielen gelöst hatte. Unter großer Anstrengung rollte sie ihn auf und wuchtete ihn die Treppe hinunter. Dabei musste sie aufpassen, dass sie nicht darüber fiel und mit dem Teppich wie auf einem Schlitten die Stufen hinabrutschte. Unten an der Haustür angekommen stemmte sie ihre Hände in den unteren Rücken und drückte ihn stöhnend durch. Danach wischte sie sich ihre Haare aus dem Gesicht und angelte wieder umständlich nach dem Monstrum.

Draußen schien die Sonne strahlend auf sie herab, was ihrer Röte im Gesicht nicht gerade zugutekam. Sie schnaufte einige Male, ehe sie sich bückte und am Ende der Teppichrolle zog. Dumm nur, dass dieses Biest sich an einem Nagel auf der Veranda verfing und Annie noch so viel Kraft anwenden konnte – das Ding rührte sich nicht. Sie stieß einen genervten Schrei aus und rupfte umständlich an der Stelle, bis er sich vom Nagel löste. Dabei verlor sie das Gleichgewicht und taumelte ein paar Schritte nach hinten. Glücklicherweise fing sie sich im richtigen Moment und atmete laut aus. Dann griff sie wieder nach dem alten Stoff und hievte ihn die Stufe vor dem Eingang herunter. Mit ein paar kräftigen Zügen wollte sie den Teppich in Richtung Müllsäcke ziehen, die sie inzwischen im Garten gesammelt hatte, da spürte sie plötzlich eine enorme Erleichterung. Als sie neben sich sah, erblickte sie Clay, wie er den Teppich mit lockeren Handgriffen an sich nahm, um ihn auf den Müllhaufen zu befördern. Dabei streifte er

Annie mit seinem Oberkörper an ihrem Arm und sofort breitete sich ein Kribbeln an dieser Stelle aus. Sie war überrascht, wo er auf einmal herkam, aber auch etwas erleichtert über die Hilfe, die er ihr bot.

Als würde der Teppich nichts wiegen, verfrachtete Clay ihn auf den Haufen und klopfte sich kurz die Hände an seiner Hose ab.

Annie rang um einen neutralen Ton. „Vielen Dank, ich habe mich mit diesem Ding echt abgemüht.“

Clay winkte ab. „Keine große Sache. Ich war sowieso gerade auf dem Weg in die Werkstatt und dachte, ich packe kurz mit an. Also dann ...“, verabschiedete er sich.

Annie starrte ihm nach, wie er mit schnellen Schritten durch ihren Vorgarten verschwunden war. Obwohl er nur so kurz angebunden gewesen war und wie gewohnt kein Lächeln zustande gebracht hatte, musste sie schließlich lächeln.

Am Nachmittag war Annie damit beschäftigt, im Gästezimmer, in dem Clay das Dach repariert hatte, die letzten Reste des Teppichklebers zu beseitigen. Als die Wärme im Raum jedoch unerträglich wurde, beschloss sie, das schräge Dachfenster zu öffnen. Dabei bemerkte sie leider zu spät, dass sich die Gardinenstange mit der kleinen vergilbten Häkelgardine vom Fensterrahmen gelöst hatte und nun aus dem Fenster aufs Dach fiel. Das Stück Stoff hatte sich direkt an der Kante des Reetdaches verfangen und wehte nun fröhlich vor sich hin.

„Oh Mist", murmelte Annie und eilte aus dem Haus, suchte im hinteren Garten im kleinen Schuppen nach einer Leiter und wuchtete sie nach vorne, um die Gardine vom Dach zu entfernen. Sie musste sie in ein kleines ungepflegtes Beet stellen und bemerkte dabei, dass sie etwas wackelig war. Als sie annahm, dass die Leiter sie schon halten würde, stieg sie vorsichtig hinauf und blickte auf das Stück Stoff. Sie musste bis zur letzten Sprosse hochklettern und ihren Arm weit ausstrecken, um daran zu kommen. Dabei geriet die Leiter ein wenig ins Wanken und Annie krallte sich umständlich am Dach fest. Ihr entfuhr ein erschrockener Laut und sie atmete einige Male tief durch, um ihr aufgescheuchtes Herz zu beruhigen. Vorsichtig trat sie eine Sprosse nach unten, um besseren Halt zu finden, jedoch wankte die Leiter noch immer.

„Verdammt!", rief sie etwas zu laut aus. Sie wagte sich kaum zu bewegen, geschweige denn einen Blick nach unten zu werfen. Sicher, sie würde bei einem Sturz weich landen, aber die Rosendornen wollte sie lieber nicht an ihrem Körper spüren. Einen Moment schloss sie die Augen und überlegte, was sie nun tun sollte, da spürte sie plötzlich das Vibrieren ihres Smartphones in ihrer Hosentasche. Umständlich kramte sie danach, um es auszuschalten, denn das laute Klingeln machte sie zusätzlich nervös. Gerade als sie den Anruf – es war ihr Dad – ablehnen wollte, bemerkte sie, dass die Leiter festeren Halt bekam. Mit einem ängstlichen Auge schielte sie nach unten und entdeckte Clay, wie er die Leiter mit beiden Händen festhielt.

„Wenn es Ihnen nichts ausmacht, würde ich lieber nicht sehen, wie Sie die Leiter runterfallen."

Erleichtert atmete Annie auf. „Ach Gott sei Dank, Sie schickt der Himmel! Ich wollte nur die Gardine vom Reetdach entfernen."

„Na, dann würde ich sagen, machen Sie schnell und kommen vorsichtig da runter."

Annie nahm noch einmal all ihren Mut zusammen, steckte das Smartphone weg, stieg auf die letzte Sprosse und angelte nach dem Stoff. Schließlich ergriff sie das vergilbte Teil und kletterte vorsichtig wieder herab. Unten angekommen war sie froh, wieder festen Boden unter den Füßen zu haben und hielt triumphierend die Stange mit der Gardine in die Höhe. „Mission erfolgreich."

„Hätte auch anders ausgehen können", maßregelte Clay sie und deutete auf die unteren Füße der Leiter. „Sie wissen schon, dass eine Leiter immer einen festen Stand haben sollte? Und verdammt nochmal, was fummeln Sie da hoch oben an Ihrem Telefon herum?"

Annie fühlte sich plötzlich wie ein kleines Schulmädchen und kratzte sich verlegen im Nacken. „Na ja, ich dachte ..."

„Sicherlich haben Sie überhaupt nicht nachgedacht."

„Entschuldigen Sie bitte, aber sind Sie nicht langsam mal fertig mit Ihren Sticheleien? Ich meine, Sie bekommen kaum ein freundliches Wort mir gegenüber heraus und überhaupt ... wenn ich Sie so störe, dann hätten Sie mich auch einfach die Leiter runterfallen lassen können!“

„Hätte ich, aber so unfreundlich bin ich dann doch wieder nicht“, entgegnete er schroff und wollte sich gerade kopfschüttelnd zum Gehen wenden, da schnitt Annie ihm den Weg ab.

„Wissen Sie was? Mischen Sie sich doch bitte nicht mehr in meine Angelegenheiten ein. Wenn ich das nächste Mal vom Dach stürze oder das Haus über mir zusammenfällt, dann lassen Sie mich bitte einfach dort liegen. Von so einem unhöflichen Menschen wie Ihnen möchte ich keine Hilfe mehr annehmen.“ Clay hob abwehrend eine Hand. „Gut, ich werde es mir merken. Wenn Sie mich dann bitte entschuldigen, ich habe zu tun.“

„Sie sind einfach unglaublich“, brummte sie hinter ihm, doch Clay schien das geflissentlich zu ignorieren.

Eigentlich hatte sie dankbar sein wollen, dass er ihr in dieser brenzligen Situation geholfen hatte, doch in diesem Moment wäre es ihr lieber gewesen, wenn sie mit den Rosendornen Bekanntschaft gemacht hätte.

„Idiot!“, murrte sie schließlich und schüttelte den Kopf.

Einen Moment beobachtete sie, wie er ihren Garten verließ und auf der anderen Seite in seinen Transporter stieg, ehe er davonfuhr.

21

Höllische Nachbarn im idyllischen Küstendorf

Nachdem ich durch das Erklimmen einer Leiter eine bessere Sicht auf die Dinge hatte, sehe ich nun einiges klarer: Manche Menschen sind durch und durch unhöflich. Jedenfalls, lasst euch sagen: Geht niemals fahrlässig mit einer Leiter um – oder mit den Hunden anderer Menschen. Es könnte sein, dass die Besitzer bissiger sind als ihre Tiere ...
Aber ich will mich jetzt nicht weiter über meinen nervigen Nachbarn aufregen, denn neben den ständigen Zankereien passieren durchaus schöne Dinge im Cottage: Die ersten Teppiche sind rausgeflogen und nun sieht man auch die Schönheit, die sich darunter verbirgt. Der traumhafte Holzfußboden wartet nur darauf, wieder aufbereitet zu werden und ich zeige euch heute ein paar Tricks, wie ihr die lästigen Teppichreste gut entfernen könnt ...

„Manchmal würde ich gerne mit dir tauschen." Laura stand auf der anderen Seite des Tresens und hatte verträumt ihren Kopf auf ihren Händen abgelegt. „Ich meine ... einfach mal von Neuem anfangen. Das muss echt schön sein."

„Du meinst, von deinem Exfreund aus dem Büro geworfen zu werden, anschließend die Stadt zu verlassen und ein Haus zu renovieren, weil einem kaum andere Möglichkeiten bleiben? Ja, du hast recht. Ich bin echt zu beneiden", kicherte Annie spöttisch und erntete ein Lachen von Laura.

„So wie du das ausdrückst, klingt das schon wieder so negativ. Sieh doch mal die guten Seiten. Du kannst einem alten Haus komplett neues Leben einhauchen."

Annie dachte kurz nach, trank einen andächtigen Schluck von ihrem Bier und nickte schließlich. „Da gebe ich dir recht. Es macht echt viel Spaß und derzeit lenkt es mich von meinen eigentlichen Problemen ab."

„Und scheinbar lenkt es auch meine Cousine ab, denn sie vergisst hier gerade, dass ich ein durstiger Gast bin", schaltete sich John in ihr Gespräch ein.

Die beiden saßen nebeneinander an der Bar und tranken ihr inzwischen schon gewohntes Feierabendbier. Aus den ersten zwei Wochen hier waren inzwischen drei geworden und mit jedem Tag liebte Annie das Dorf immer mehr. In Laura und John hatte sie gute Freunde gefunden und war froh, wenn sie an manchen Abenden nach getaner Arbeit hier alles hinter sich lassen konnte. Heute hatte sie sogar ihr Auto am B&B abgestellt und war zu Fuß hergekommen, um nicht nach einem Bier sofort wieder auf Wasser umsteigen zu müssen. Zudem hatte ihr der viertelstündige Fußmarsch in der frühlingshaften Abendluft sehr gutgetan. Die salzige Luft, das Rauschen des Meeres und das Kreischen der Möwen – sie könnte sich wirklich gut daran gewöhnen. Wenn sie nur nicht immer aufpassen müsste, dass sie mit Clay aneinandergeriet.

„Es tut mir leid, dass ich dich schon nicht mehr als Gast sehe, sondern vielmehr als zum Inventar gehörend", gab Laura ihrem Cousin zurück, grinste aber breit, während sie sich ans Zapfen machte.

„Du solltest mich langsam mal besuchen kommen, damit du auch den Vergleich zu vorher noch siehst. Vor allem sieht man endlich wieder etwas vom Haus, nachdem ich den ganzen gesammelten Müll endlich in einen Container werfen und abholen lassen konnte", erzählte Annie Laura, die eifrig nickte.

„Ich muss wirklich mal dringend vorbeischauen, das stimmt. Tut mir leid, dass ich es noch immer nicht geschafft habe. Aber die Tage komme ich ganz sicher vorbei, versprochen."

„Apropos versprochen", nahm John den Faden auf, als er sein Getränk entgegennahm. „Hast du mir nicht neulich etwas versprochen?" Er schaute Annie herausfordernd an.

Es dauerte eine Weile, ehe sie verstand, was er von ihr wollte. Ihr Blick glitt zur Tanzfläche, auf der schon wieder ein paar Gäste heiter zur Musik wippten.

„Oh John, ich glaube, das ist keine so gute Idee. Ich kann diese Tänze hier doch gar nicht."

Laura lachte neben ihr. „Die musst du auch nicht können. Du musst dich nur gut führen lassen."

Annie runzelte die Stirn. „Habt ihr euch etwa abgesprochen?"

„John ist der perfekte Tanzpartner", ignorierte Laura Annies Frage und wandte sich dann an die anderen Gäste, die sich um den Tresen versammelt hatten.

„Also?" Johns Augen wurden kugelrund und auf seine Lippen stahl sich ein gewinnendes Grinsen.

Resigniert hob Annie die Hände. „Na gut, schön, du hast gewonnen."

John klatschte und erhob sich von seinem Hocker. Er nahm Annies Hand und schleifte sie hinter sich her. Sie war dankbar, dass sie sich für ihre bequeme Jeans entschieden hatte, bevor sie zum *Shanty Cove* gekommen war und sich so nicht zu eingeschnürt fühlte, um zu tanzen.

Aus den Boxen erklangen die ersten Klänge von dem Shanty Song, den sie schon einige Male hier gehört hatte. Das Medley zog noch mehr Leute auf die Fläche und irgendwie schien jeder zu wissen, was er oder sie machen musste.

John fasste Annie an beiden Händen, nachdem sie ihre lockere grüne ärmellose Bluse gerichtet hatte und begann sie zum ersten Lied zu führen. Sie versuchte sich zu konzentrieren. Zu Beginn schien es gar nicht so schwierig zu sein. Sie erkannte die Schritte, die sie schon in den vergangenen Wochen immer wieder verfolgt hatte, und ließ sich schließlich auf Johns Führungskünste ein.

„Ist doch ganz einfach, oder?", rief er strahlend über die Lautstärke hinweg und Annie stimmte ihm zu. „Es ist tatsächlich gar nicht so schwer."

Er drückte sie ein wenig von sich und zog sie wieder an sich. Das Ganze wiederholte er dreimal und wenig später schaffte Annie sogar die eingebaute Drehung. Als das Lied schneller wurde, wurden auch die Schritte anders. Sie erinnerten Annie an ihre Kindheit, als man sich gegenseitig unter den Armen einhakte und im

Kreis tanzte. Lachend warf sie den Kopf in den Nacken, als sie unbeholfen gegen John stieß und schaute sich anschließend um, wie die anderen sich so anstellten. Sie blickte in einige fröhliche Gesichter, die ihre ersten Tanzversuche mit anerkennendem Nicken quittierten oder ihr den Daumen nach oben zeigten. Auch Ava aus dem Café, die mit Isla, wie Annie sich inzwischen merken konnte, tanzte, lachte ihr zuversichtlich entgegen. Dabei entging ihr jedoch nicht, wie sie John immer wieder ein paar flüchtige Blicke zuwarf. Sie schmunzelte in sich hinein. Sie hatte so viel Spaß wie lange nicht mehr und je länger sie mit John tanzte, desto sicherer wurde sie. Seine fröhliche Art machte es ihr umso leichter.

Gerade drehte er sie hinter seinem Rücken, da fiel Annies Blick auf den Mann an der Bar, der den Blick auf sie gerichtet hatte. Ihr Herz sackte eine Etage tiefer, als sie erkannte, dass Clay sie beobachtete. Sie lächelte knapp und versuchte sich hastig wieder auf John zu konzentrieren, der sie darauf vorbereitete, dass das Lied noch etwas schneller wurde. Annie bemühte sich Schritt zu halten und als John sie gerade in eine große Drehung führte, bemerkte sie beim nächsten Liedwechsel plötzlich, dass sie etwas fester am Arm gepackt und an einen größeren Körper gezogen wurde. Ehe sie verstand, was gerade geschah, war sie schon bei Clay, der sie mit galanten Tanzschritten über die Fläche weiterführte, als wäre so ein Partnerwechsel völlig normal.

Erschrocken blickte sie zu ihm auf und sah anschließend kurz zu John, der nur mit unterdrücktem Lachen zu ihr schaute. Kurz darauf tanzte er auch schon mit Ava. Von ihm konnte sie also keine Hilfe erwarten.

Clay schob sie gelassen von einer Stelle zur nächsten, führte sie in eine Drehung und zog sie wieder an sich. Dabei blickte er, als wäre dieser Tanz selbstverständlich, über ihren Kopf hinweg. Die Nähe zu ihm machte Annie ganz wirr. Sein inzwischen vertrauter Duft stieg ihr in die Nase. Seine Brust unter ihrer Hand fühlte sich fest an, ganz so, wie sie es sich schon einmal heimlich vorgestellt hatte. Seine Hand hingegen war zart. Mit einem geschickten Handgriff drehte er Annie so, dass sie plötzlich in gleicher Richtung eng nebeneinander tanzten. Einen Arm hatte er dabei fest um sie geschlungen, mit der anderen hielt er sie an der Hand. So tanzten sie ein paar Schritte geradeaus und wieder zurück, ehe er sie erneut drehte, sodass sie sich wieder gegenüberstanden. Annie war schon völlig außer Atem und versuchte, mit Clay Schritt zu halten. Ihr Blick glitt dabei immer wieder nach unten auf ihre Füße, damit sie ihn nicht versehentlich trat, doch dann spürte sie, wie er ihr Kinn leicht anhob, sodass sie wieder nach oben blicken musste. Als sie sich traute, ihm ins Gesicht zu sehen, bemerkte sie ein leichtes Lächeln auf seinen Lippen. Doch sein Blick glitt immer an ihr vorbei. Nie sah er sie direkt an. Als das Lied auf seinen Höhepunkt zulief, zog er sie noch ein Stückchen enger an sich, drückte ihr erneut vorsichtig das Kinn nach oben, damit sie nicht wieder zu Boden schaute.

Annie hatte das Gefühl, dass ihr Herz bald kollabierte. Diese Nähe fühlte sich ... irgendwie gut an. Zu gut sogar und sie wusste, dass sie dieses Gefühl nicht zulassen durfte. Schließlich standen die beiden auf Kriegsfuß. Aber Clays Körper so dicht an ihrem zu spüren, ließ einfach nicht zu, dass sie etwas anderes empfand als dieses kribbelnde Gefühl in ihrem Bauch. Und dann war da noch der Blick auf seine vollen Lippen und seinen sexy Dreitagebart. Gott, sie musste sich zusammenreißen, nicht so offensichtlich darauf zu starren. Doch auf ihre Füße durfte sie auch nicht schauen, denn Clay hob immer wieder ihr Kinn in die Höhe.

Die letzten Takte des Liedes wurden eingeläutet und noch einmal drehte Clay Annie um ihre eigene Achse. Dabei sah sie, wie Laura hinterm Tresen lachend zu ihr sah. Noch ehe sie ihrer neugewonnenen Freundin einen hilflosen Blick zuwerfen konnte, zog Clay sie noch einmal ganz dicht an sich, sodass ihre Gesichter nur noch wenige Zentimeter voneinander entfernt waren.

Das Lied war vorbei und noch einen winzig kleinen Moment lang schauten die beiden einander an, bevor er seinen Griff langsam lockerte und einen Schritt zurücktrat.

„Vielen Dank für den Tanz und … es tut mir leid, was ich alles zu Ihnen gesagt habe. Ich habe mich wie ein Vollidiot benommen", murmelte er leise, lächelte knapp und verschwand zwischen den tanzenden Gästen zurück an seinen Platz.

Atemlos schaute Annie ihm hinterher und wankte schließlich zurück zum Tresen. Dort wurde sie von Laura mit einem strahlenden Lächeln empfangen und auch John tauchte neben ihr auf und knuffte sie in die Seite. „Na, ein kleiner Tanz unter Nachbarn?"

„Ach hör bloß auf", schnaufte Annie, noch immer nach Atem ringend.

„Was war denn da los?", wollte Laura wissen und durchbohrte sie mit einem neugierigen Blick.

„Gar nichts war los“, verteidigte Annie sich, wusste aber eigentlich selbst keine Antwort auf diese Frage. Was war da gerade passiert? Clay hatte sich tatsächlich bei ihr entschuldigt.

Sie trank hastig etwas aus ihrem Glas und schüttelte benommen den Kopf. „Ich wusste gar nicht, dass Clay überhaupt tanzen kann.“

„Oh, da täuscht du dich“, entgegnete John und erntete ein zustimmendes Nicken von Laura, die das Wort ergriff. „Früher war er regelmäßig mit seiner Freundin hier, als ich diesen Pub noch nicht hatte. Da waren häufig Tanzabende und Clay erwies sich als ein sehr guter Tänzer.“

Annie schaute kurz zu ihm herüber. Er saß am anderen Ende des Tresens und unterhielt sich mit seinem Sitznachbarn.

„Aber seitdem die beiden sich getrennt haben, habe ich ihn nicht mehr tanzen sehen. Du musst also Eindruck auf ihn gemacht haben, wenn er dich zum Tanzen auffordert.“

Ungläubig blinzelte Annie John an. „Zum Tanzen auffordern? Na, er hat mich vielmehr dazu gezwungen.“

„Und du hast nicht gerade Anstalten gemacht, ihn von dir zu stoßen“, rief Laura ihr mit hämischem Grinsen in Erinnerung.

„Ich war ja auch ein bisschen überrumpelt“, verteidigte Annie sich kleinlaut und spielte nervös an ihrem Glas.

„Und auch ein bisschen schüchtern und rot angelaufen und unbeholfen und ...“

„Hey!“, rief sie in Johns Richtung. „Auf wessen Seite bist du überhaupt?“ Sie erkannte, dass er sich ein Lachen verkneifen musste.

„Ich finde nur, dass ihr beide sehr gut zusammen aussaht.“

„Und ich finde, dass du zu viel getrunken hast“, schoss Annie zurück, musste aber ebenfalls ein Lachen unterdrücken. „Außerdem hast du ja schnell einen Ersatz für mich gefunden“, neckte sie John, der sofort knallrot anlief.

„Ava ist eine alte Schulfreundin von mir und ab und zu tanzen wir zusammen.“

Annie verkniff sich einen weiteren Kommentar, da sie ahnte, dass mehr hinter Johns Schulfreundin-Geschichte stecken musste. Sie verschonte ihn jedoch mit weiteren Fragen. Sie warf nur kurz Laura einen Blick zu, die nur schulterzuckend Gläser polierte und dabei vor sich hin grinste.

Wenig später wagte Annie einen Blick in Clays Richtung und bemerkte, dass der Platz neben ihm frei geworden war. Als wäre sie fremdgesteuert, nahm sie sich ihr Glas und ging auf den Platz zu. Unbemerkt schob sie sich auf den Hocker. Was sie hier tat, konnte sie selbst nicht sagen.

„Ich wusste gar nicht, dass Sie so gut tanzen können.“

„Und ich hätte nicht gedacht, dass Sie so schlecht tanzen“, entgegnete Clay, als er sie von der Seite anschaute.

Annie öffnete empört den Mund, doch dann grinste er plötzlich. So herzlich hatte er sie noch nie angesehen und sie verstand, dass es als Scherz gemeint war.

„Ich bin nun mal nicht so vertraut mit dieser Art Tanz“, erklärte sie dann. „In London tanzen wir anders.“

„Sie meinen, Sie zappeln in den Clubs?“ Er schaute wieder geradeaus.

„Waren Sie überhaupt mal in London?“, wollte Annie dann wissen.

Er nickte. „Ja, schon ein paarmal. Ich werde aber nicht warm mit der Stadt.“

Annie wusste nicht so recht, was sie sagen sollte. Stattdessen trank sie einen Schluck. „Dann haben Sie vermutlich einen völlig falschen Eindruck von der Stadt“, mutmaßte sie dann.

Achselzuckend griff Clay zu seinem Bier und leerte es mit einem Zug. „Manchmal braucht es eine Weile, bis man den richtigen Eindruck von etwas hat, meinen Sie nicht?“ Sein Blick, den er ihr zuwarf, war eindringlich und Annie bemerkte ein merkwürdiges Gefühl in ihrem Bauch.

„Ja sicher“, sagte sie dann nachdenklich.

„Entschuldigen Sie mich.“ Clay räusperte sich, schob sein leeres Bierglas weg und erhob sich von seinem Hocker. „Ich sollte nach Hause gehen. Einen schönen Abend noch.“

Wie vor den Kopf geschlagen, schaute Annie ihm nach, wie er sich durch die Menschenmenge den Weg nach draußen bahnte, ohne dass sie noch etwas sagen konnte.

22

Ich tanze von einer Baustelle in die nächste ...

Kennt ihr das, wenn ihr nach getaner Arbeit einfach ein bisschen Ablenkung braucht? Da kann ein guter Gesprächspartner Gold wert sein. Dumm nur, wenn dieser sich so rätselhaft verhält, dass man verwirrt zurückbleibt. Ja, ich rede mal wieder von meinem Nachbarn. Allmählich könnte ich ihm einen eigenen Blog widmen ...

Aber ihr Lieben, ich will euch nicht langweilen, sondern viel lieber erzählen, was es Neues aus dem Cottage gibt. Heute vertreibe ich mir zur Abwechslung meine Zeit einmal draußen, da ich drinnen nicht viel tun kann. Denn ich muss auf die Reparaturarbeiten des Klempners warten. Heute und morgen wurde mir das Wasser abgestellt, was ich für das Anrühren meiner Spachtelmasse dringend bräuchte. Und jetzt bitte keine Tipps, dass ich doch meinen Nachbarn nach Wasser fragen könnte (ich bin mir sicher, in dem Moment wäre ihm rein zufällig das Wasser ausgegangen).

Egal, denn ich nutze heute das gute Wetter und entferne den Grünspan von der hinteren Veranda. Ich

*freue mich jetzt schon auf den Vorher-Nachher-Effekt!
Ihr wollt wissen, was ihr dafür alles braucht? Dann
zeige ich es euch ...*

„Du scheinst dich hier inzwischen ja schon richtig wohlzufühlen." Irgendetwas in Lauras Gesichtsausdruck verriet Annie, dass sie einen konkreten Hintergedanken hatte. Ihre rechte Augenbraue war bis zum Anschlag hochgezogen und ihr schiefes, leicht anzügliches Grinsen tat sein Übriges.

„Du meinst hier im Dorf?"

„Ja, und vor allem bei deren Einwohnern." Lauras Blick glitt hinüber zum Nachbargebäude.

Die beiden Frauen hatten sich in der Mittagssonne auf die Stufe vor dem Cottage gesetzt, nachdem Annie mit ihrer neuen Freundin eine kleine Tour durch das Haus gemacht hatte.

Sie folgte Lauras Blick und schüttelte den Kopf. „Also wenn du Clay meinst, dann kann ich dich nur enttäuschen. Wir beide werden wohl niemals miteinander warm. Der Typ ist einfach nur merkwürdig."

Laura lachte amüsiert auf. „Das sah gestern Abend aber noch ganz anders aus."

„Du meinst, weil wir miteinander getanzt haben? Tja, ich war mindestens genauso überrascht wie du."

„Dass Clay noch einmal mit jemandem tanzt ..." Laura schüttelte den Kopf. „Seitdem er von seiner Ex sitzengelassen wurde, hätte ich nicht gedacht, dass er überhaupt noch einmal das Tanzbein schwingt. Also muss er ja irgendetwas an dir finden." Erneut zog sie kokett eine Braue in die Höhe und brachte Annie damit zum Lachen.

„Ich glaube, der findet mich einfach nur furchtbar. Aber das soll mir egal sein, denn wenn das Projekt hier fertig ist, bin ich sowieso wieder verschwunden und gehe zurück nach London."

Laura seufzte. „Das wäre wirklich schade. Ich bin echt froh, dich kennengelernt zu haben. Auch das, was du aus dem Haus machst ... ich denke, das wird wirklich wunderbar werden." Sie deutete mit dem Daumen auf das Gebäude hinter sich.

Annie winkte ab. „Ach, so viel habe ich noch gar nicht geschafft."

„Aber das, was du geschafft hast, ist großartig. Ich bin gespannt, wie es wird, wenn du fertig bist."

„Ich auch", stimmte Annie zu und reckte ihr Gesicht der Sonne entgegen.

Heute war bisher ein richtig schöner Tag gewesen und sie genoss die kleine Mittagspause vor dem Haus, zumal für die nächsten beiden Tage Regen angesagt war. Daher hatte sie sich für den morgigen Tag vorgenommen, die kompletten Küchenfronten abzuschleifen. Auch dem Fußboden wollte sie schon bald an den Kragen und ihn ebenfalls abschleifen, sodass sie ihn im nächsten Schritt bearbeiten konnte. Die alten Dielen würden sicherlich wunderbar zu der neu aufbereiteten Küche passen. Annie hatte es genau vor Augen und freute sich bereits jetzt auf das Endergebnis. So langsam fühlte sie sich besser, denn nach Clays gestriger Entschuldigung war ihr das Betreten des Cottages wesentlich leichtergefallen.

Nachdem Laura sich irgendwann verabschiedet hatte, dachte sie noch eine Weile über deren Aussage nach. *Also muss er ja irgendetwas an dir finden.*

Je öfter sie sich den gestrigen Tanz vor Augen hielt, desto mehr fragte sie sich, warum er sie überhaupt aufgefordert hatte. Sie konnte es sich beim besten Willen nicht erklären. Auch am Abend, als sie endlich die letzten Handgriffe tat, ging ihr die Szene mit Clay nicht aus dem Kopf. Die Nähe zu ihm machte es zudem nicht besser. Wann immer sie das Cottage verließ, schweifte ihr Blick herüber zu seinem Haus. Gott sei Dank lag es still da. Er schien arbeiten zu sein ... oder mürrisch in die Gegend zu starren. Was auch immer, Annie war heilfroh, dass sie ihm nicht begegnete. Ihren Feierabend nutzte sie daher, um vor dem Haus die letzten Sonnenstrahlen einzufangen und sich über ihre Zettelwirtschaft herzumachen. Sie schrieb sich die To-Dos für den kommenden Tag auf und hakte ab, was sie bereits alles erledigt hatte.

Für morgen:
Fronten der Küchenschränke abschleifen
Fußboden im Wohnzimmer
Nicht zum Nachbarn schauen oder mit ihm sprechen
Wasser aus dem B&B mitbringen
Einen Tanzkurs belegen

Sie war so vertieft in ihre Unterlagen gewesen, dass sie erschrocken zusammenzuckte, als sie das Klimpern von Flaschen neben sich hörte. Als sie aufblickte, sah sie in Clays Gesicht, der sich neben sie setzte und ihr ein Bier hinhielt. Skeptisch griff sie danach. Ihr Herz klopfte eine Spur zu schnell, wie sie fand.

„Wie sind Sie denn hierhergekommen?", wollte sie von ihm wissen, da sie ihn eigentlich hätte kommen sehen müssen, und verstaute hastig ihre Zettel neben sich.

Er deutete mit einem Kopfnicken hinter sich. „Schon vergessen? Die Verbindungspforte. Ich habe der Vorbesitzerin früher hin und wieder im Garten geholfen und sie hatte darauf bestanden, dass ich einen kürzeren Weg in ihren Garten bekomme."

Annie nickte.

„Hören Sie", begann er dann und streckte seine Beine weit von sich, den Blick starr auf seine Flasche gerichtet, „das mit den Streitereien und gestern Abend tut mir leid. Ich wollte Sie nicht einfach so dort sitzenlassen. War vielleicht einfach nicht mein Abend."

„Vermutlich auch nicht Ihr Nachmittag oder Ihre Woche. Und ich dachte schon, es läge an mir", merkte Annie sarkastisch an, freute sich aber insgeheim über seine Entschuldigung.

„Nicht unbedingt", gab Clay zurück und sein Mundwinkel zuckte leicht.

Dann schaute er sie an. Länger als normalerweise. Er hob seine Bierflasche, um mit ihr anzustoßen. „Ich bin Clay und wäre dankbar für einen kleinen Neustart."

„Ich bin Annie und ein Mensch, der an Neuanfänge glaubt." Sie lächelte matt, denn darin hatte sie in der letzten Zeit wirklich viel Routine entwickelt.

Sie tranken einen Schluck und schauten eine Weile schweigend auf den Garten.

„Du scheinst dich ja tatsächlich mit dem Renovieren von Häusern auszukennen", durchbrach er irgendwann die Stille.

Annie prustete kurz. „Besser als ich tanzen kann."

Clay lachte und Annie dachte beinahe, sich verhört zu haben. Wie schön er sich anhörte, wenn er lachte. Das musste er definitiv häufiger tun. Schließlich musste sie ebenfalls lachen. In diesem Moment änderte sich etwas. Es war, als ob die Spannung zwischen ihnen an Kraft verloren hätte.

„Nein wirklich, ich sehe ja, wie du dich abmühst und bin ehrlich beeindruckt. Erst dachte ich ..."

„Was dachtest du? Dass ich das hier nicht schaffen würde? Ich bin ja ohnehin nur mit meinem Smartphone beschäftigt und sollte mir lieber einen anderen Job suchen."

Achselzuckend schaute er auf das meterhohe Gras. „Irgendwie dachte ich das schon, ja."

„Na herzlichen Dank."

„Nein, das meine ich ja nicht böse, nur ... ich weiß auch nicht. Ich glaube, dass ich dich falsch eingeschätzt habe. Manchmal bin ich ein echter Idiot und habe Probleme damit, mal über den Tellerrand zu schauen. Ich hätte dich nicht so abstempeln sollen und das tut mir leid."

„Dann ist das jetzt also die offizielle Entschuldigung?" Annie sah ihn misstrauisch an.

„Ja, ich dachte, ich versuche es mal. Vielleicht bin ich ja im Entschuldigen besser als im Smalltalk."

„Nun, ich muss sagen, das hat doch schon ganz gut funktioniert", scherzte sie und knibbelte mit ihrem Daumennagel am Etikett ihrer Flasche. „Mir tut es auch leid. Ich hätte dich nicht so anfahren dürfen – im wahrsten Sinne des Wortes. Und auch das mit deinem Hund wollte ich wirklich nicht."

„Schon gut." Er trank einen Schluck und plötzlich wirkte seine Körperhaltung etwas entspannter. „Wie kommt es, dass du das Haus renovierst?"

„Meine Freundin hat es geerbt und ich ..." Sie hielt einen Moment inne. Was genau wollte sie eigentlich von sich preisgeben? Die ganze Geschichte? Sicherlich interessierte es Clay nicht, dass Jeff sie aus dem Unternehmen geworfen und somit ihre Beziehung aufs Spiel gesetzt hatte. Und sicherlich interessierte es ihn auch nicht, dass sie das Haus als Startschuss für ihren eigenen Blog nutzte. Jedenfalls schätzte sie ihn nicht so ein, dass er sich für Blogs und soziale Medien interessierte – so wie er auf diese verteufelten Smartphones schimpfte. Daher überlegte sie einen Moment.

„Ich war in ihren Augen die Richtige, um das Cottage wieder auf Vordermann zu bringen. Und inzwischen macht es mir wirklich richtig viel Spaß. Am Anfang hatte ich gedacht, dass ich das niemals schaffen könnte, aber jetzt sehe ich Fortschritte und glaube, dass es tatsächlich funktionieren wird."

„Ich finde es jedenfalls schön, dass sich jemand um das alte Haus kümmert. Rosemary hat ihr Cottage sehr geliebt, nur irgendwann konnte sie sich nicht mehr selbst darum kümmern."

„Standet ihr euch nahe?", wollte Annie dann wissen und betrachtete Clay einen Moment eingehend. Er hatte ein hübsches Profil und sein Dreitagebart stach deutlich hervor. Jeff hatte Bärte immer gehasst. *Nur Männer, die sich gehen lassen, rasieren sich nicht,* hatte er einmal gesagt, als sie sich eine Serie angesehen hatten und Annie herausgerutscht war, dass der Darsteller mit seinem Bart gut aussah. Was für ein

192

Schwachsinn, dachte sie bei sich. Wie gut dieser an Clay aussah.

Schnell eiste sie ihren Blick wieder von ihm los und blickte auf den Garten. Eine angenehme Brise umwehte sie und sie schmeckte das Salz in der Luft.

„Ich habe ihr hin und wieder dabei geholfen, das Haus intakt zu halten. Hab ihren Garten gemacht oder ein paar Reparaturen drinnen übernommen. Hin und wieder haben wir einen Kaffee zusammen getrunken, das war's aber auch schon. Also ich würde sagen, nicht sehr nahe. Sie war einfach nur eine nette alte Nachbarin."

Annie nickte verständnisvoll.

Nach einer Weile klopfte Clay sich aufs Knie. „So, dann werde ich mal wieder ..."

„Ist gut und danke für die kleine Erfrischung. Und liebe Grüße an deinen Hund. Mir tut die Sache mit Balou noch immer sehr leid."

Clay winkte ab. „Kein Ding. Balou kann gut vergessen. Ich übrigens auch."

Eine kleine Pause entstand, während er sie kurz ansah, als hoffte er, dass sie seine Entschuldigung wirklich angenommen hatte.

„Dann sind wir schon zu dritt", entgegnete Annie dann mit einem ehrlichen Lächeln und sie meinte zu erkennen, wie sich Erleichterung in Clays Gesicht breitmachte. „Einen schönen Abend noch."

„Dir auch!", rief sie ihm nach, als er sich bereits auf den Weg in den hinteren Garten gemacht hatte.

Auf der anderen Seite angekommen wurde er von seinem übermütigen Hund begrüßt und die beiden verschwanden im Haus. Annie blickte ihm noch einen

Moment nach und bemerkte dann erstaunt, dass sie die ganze Zeit ein leichtes Lächeln auf den Lippen gehabt hatte.

23

„Und? Haben Sie das Haus schon abreißen lassen?"

Annie zuckte zusammen, als sie die schrille Stimme ihrer derzeitigen Vermieterin hinter sich hörte. Sie war gerade dabei, sich einen Toast zuzubereiten und bereute es, dass sie es überhaupt gewagt hatte, sich ein längeres Frühstück zu gönnen. Doch Mrs McNeill musste hinter ihrem Tresen gelauert haben und war ihr nun in den Frühstücksraum gefolgt.

Annie zwang sich zu einem Lächeln. „Nein, das Cottage steht noch und macht reichlich Fortschritte."

Die alte Frau stellte sich vor sie an den Tisch und stützte sich mit einer Hand auf dem leeren Stuhl vor ihr ab. Kopfschüttelnd stemmte sie ihre andere Faust in die Hüften. „Kann ich mir kaum vorstellen, bei der alten Bruchbude."

„Dann kommen Sie doch einfach mal vorbei und machen sich ein eigenes Bild", schlug Annie durchaus herausfordernd vor.

„Vielleicht werde ich das", stimmte Mrs McNeill nachdenklich zu und starrte zwischen zwei schmalen Augen an die Decke. „Immerhin muss ich ja wissen, was es hier im Dorf so zu berichten gibt. Ich sag es

Ihnen, die Gäste sind ziemlich gierig darauf, den Dorftratsch zu erfahren."

Annie war sich ziemlich sicher, dass es eher andersherum war, sagte aber nichts.

„Und wie lange glauben Sie, bleiben Sie noch hier?"

„Meinen Sie hier in Shanty Coast oder bei Ihnen?" Annie war sich nicht sicher, ob sie die Antwort hören wollte und steckte sich ihr Frühstück in großen Stücken in den Mund, um möglichst schnell hier wegzukommen.

„Ich meine hier bei mir. Immerhin sind Sie schon eine ganze Weile hier."

Annie blickte erschrocken drein. „Oh, brauchen Sie etwa mein Zimmer? Belege ich es schon zu lange?"

Mrs McNeill lachte laut auf, wobei ihre Oberweite ordentlich mitwippte. „Ach, von wegen! Ich bin froh, dass überhaupt ein Zimmer so lange belegt ist. Wenn die Gäste sich dann auch noch so anständig benehmen wie Sie ..."

Annie fühlte sich geschmeichelt und schaffte es endlich, ein ehrliches Lächeln zustande zu bringen.

„Haben Sie denn sonst nicht so freundliche Gäste?"

„Wenn ich doch überhaupt mal welche hätte. Ich sag Ihnen, der Tourismus ist stark eingebrochen in den letzten Jahren. Man munkelt ja, dass hier ein Hotel in Shanty Coast gebaut werden soll, aber wollen Sie meine Meinung hören?"

Annie nickte.

„Was wir brauchen, ist kein schickes Nobelhotel, sondern mehr Anlaufpunkte, die den Tourismus ohne Hotel herlockt. Die alte Kegelbahn zum Beispiel. Fällt beim bloßen Anblick fast auseinander. Warum investiert man nicht da rein und päppelt das alte Ding wieder auf? Dann, vor Jahren, hatten wir ein nettes Tanzlokal um die Ecke. Raten Sie mal: Hat dicht gemacht. Warum renoviert man das nicht einfach und lockt so ein paar Menschen an? Wir haben einen traumhaften Strand, eine wunderschöne Promenade, eine unglaubliche Landschaft. Die arme Laura kämpft sich jetzt mit dem Mittagstisch durch. Wir brauchen mehr Werbung für Shanty Coast, ein paar Renovierungen hier und dort, dann würde das hier wieder alles laufen. Aber nein, man spricht von einem Nobelhotel. Und dann? Dann kommen die ganzen Schnösel hierher, spielen Golf und verschmutzen den Strand mit ihren teuren Coffee-To-Go-Bechern." Mrs McNeill schüttelte traurig den Kopf und richtete sich ihre Brille. „Wenn Sie mich fragen, könnte der Bürgermeister sich weitaus mehr für sein Dorf einsetzen, aber der sieht nur das Geld, das ihm winkt, wenn sie hier wirklich so einen Klotz hin bauen sollten. Na ja, hoffen wir mal, dass es wirklich nur Gemunkel ist", seufzte sie dann und machte Anstalten zu gehen.

Annie blickte ihr bedauernd hinterher. Bisher hatte sie geglaubt, dass die alte Frau lediglich hier in Shanty Coast war, um zu zetern und zu meckern. Aber dass ihr der Ort hier so viel bedeutete und sie sich solche Sorgen darum machte, berührte sie. Mit hängenden Schultern beendete sie schließlich ihr Frühstück, packte ihre Sachen und verabschiedete sich kurze Zeit später von ihrer Gastgeberin, die gerade fluchend über dem Computer hing und irgendetwas nicht zu verstehen schien.

Als wäre Annie nicht am Morgen schon genug überrascht worden, kam es diesbezüglich noch dicker.

Gerade fuhr sie mit ihrem Auto vor das Cottage, da entdeckte sie Clay in ihrem Garten. Er war dabei, den Rasen zu mähen und bemerkte Annie zunächst gar nicht. Mit offenem Mund stieg sie aus dem Auto und erlaubte sich einen Moment, ihn dabei zu betrachten. Er trug lediglich ein schwarzes T-Shirt und seine kräftigen Oberarme traten dadurch stark hervor. Auf der Nase hatte er eine Sonnenbrille und hin und wieder wischte er sich mit dem Handgelenk über die Stirn. Schon beeindruckend, dachte Annie bei sich und schüttelte hastig den Kopf. Dann überquerte sie die Straße und öffnete das Gartentor, durch das sie wie gewohnt stolperte. Doch dieses Mal nicht, weil es schwer zu öffnen war. Im Gegenteil: Es ließ sich einwandfrei aufmachen.

In dem Moment wandte Clay sich um und entdeckte sie, wie sie gerade wieder Halt fand. Auf seinen Lippen zeichnete sich ein belustigtes Grinsen ab und er schaltete den Rasenmäher aus.

„Guten Morgen, das ist ja eine Überraschung!", rief sie und schaute sich staunend um. Der Garten war schon jetzt kaum wiederzuerkennen. Über Dreiviertel des Dschungels war inzwischen zu einem Garten geworden. Annie traute ihren Augen kaum. „Wahnsinn, das sieht ja schon richtig gut aus! Und das Gartentor. Ist das etwa dein Werk?"

Clay stützte sich leicht auf dem Griff des Mähers ab und zuckte mit den Achseln. „Ach, keine große Sache. Ich muss meinen Garten ebenfalls mähen und dachte, dann mache ich das Stück hier gleich mit. Eigentlich sollte es heute noch regnen, aber gerade sieht es nicht danach aus. Und das Tor, na ja, ich konnte einfach nicht mehr mitansehen, wie du dir beinahe den Hals brichst, sobald du das Grundstück betrittst. Sieh es als eine Art Friedensangebot.“

„Das ist wirklich nett, vielen Dank.“ Annie konnte noch immer nicht glauben, was sie da sah.

„Möchtest du vielleicht einen Kaffee? Das ist immer das Erste, was ich hier morgens mache“, erklärte sie und marschierte zur Eingangstür.

„Sicher, warum nicht? Ich mache das kleine Stück hier noch fertig und komme dann nach.“ Er wandte sich wieder ab und machte sich an die Arbeit.

Drinnen angekommen blickte Annie verstohlen aus dem Küchenfenster, während sie den Kaffee kochte. Dass Clay ihr tatsächlich den Rasen mähte, daran hätte sie im Traum nicht gedacht. Lächelnd stand sie noch einen Moment da, überlegte kurz und zog schließlich ihr Smartphone hervor. Kurzerhand machte sie ein Foto von ihm. Sie wusste nicht genau warum, aber es passte einfach. Sie wollte so viele Erinnerungen an dieses Projekt sammeln wie nur möglich und irgendwie war Clay nun ein Teil davon. Ihre Zweifel, dass sie seinetwegen das Feld räumen und wieder nach London gehen müsste, waren auf einmal wie weggeblasen. Einen Moment noch beobachtete Annie ihn dabei, wie er aus dem Albtraum von Garten einen ansehnlichen Ort machte.

Etwa eine halbe Stunde später stapfte er ins Haus.

Annie war gerade dabei, die abgeschliffenen Küchenfronten vom Staub zu befreien, um sie anschließend mit Kreidefarben zu streichen, da spürte sie ihn dicht neben sich. Sie wandte sich zu ihm um.

Er nickte anerkennend, als er ihre Arbeit betrachtete. „Sieht gut aus."

„Danke." Sie spürte eine gewisse Verlegenheit in sich aufsteigen und machte sich daran, ihm einen Kaffee einzuschenken. „Ich habe vor, die Fronten mit lindgrüner Kreidefarbe zu streichen. Ich finde, die alten Deckenbalken passen super zu der Farbe", erklärte sie.

Wieder nickte Clay zustimmend. „Kann ich mir gut vorstellen."

Er nahm dankend den heißen Becher entgegen, den sie ihm reichte und schaute sich um. „Hast wirklich schon viel geschafft." Dann marschierte er herüber ins Wohnzimmer, in dem sich weder Teppich noch Tapeten oder das alte Sofa befanden. Das hatte Annie schon vor gut einer Woche allein hinausbefördert, wie sie sich stolz erinnerte.

„Die Räume sind ja kaum noch wiederzuerkennen."

„Na ja, es steht noch einiges an Arbeit an. Eigentlich geht es ja jetzt ans tatsächliche Renovieren. Ich bin nicht sicher, ob ich das Wohnzimmer streichen möchte oder lieber tapezieren."

„Du wirst schon das Richtige tun", meinte er dann, blickte sie an und lächelte leicht.

Sie lehnte an der Wand zum Wohnzimmer, einen heißen Becher in der Hand und erwiderte sein Lächeln. Ihre Blicke trafen sich für eine Weile, bis Annie es schaffte, sich davon zu lösen. Sie räusperte sich. „Möchtest du die Räume oben noch sehen?"

„Sicher."

Sie zeigte ihm ihre Fortschritte, erklärte ihre Vorstellungen von der Einrichtung und erhielt einige nützliche Tipps, die sie sich unbedingt merken wollte.

Insgeheim war sie dankbar, dass ihr jemand sagte, worauf sie achten musste.

Wieder unten angekommen stellte Clay seinen Becher auf dem Küchentresen ab und reckte sich kurz. Dabei erhaschte Annie einen Blick auf den unteren Teil seines Bauches und erkannte eine feine Haarlinie, die in den Bund seiner Jeans führte. Sie errötete und drehte sich weg. Sie beeilte sich, die Becher in der Spüle mit Wasser zu füllen und auszuwaschen.

Clay lehnte sich währenddessen an den Tresen neben ihr und verschränkte die Arme vor der Brust. „Da hast du aber noch einiges vor dir. Wenn du möchtest, kann ich dir hin und wieder zur Hand gehen.“

Annie blickte auf. „Wirklich? Das wäre echt wunderbar. Ich meine … ich kann jede helfende Hand gut gebrauchen.“

„Kein Problem. Ich komme nach der Arbeit einfach rüber.“

„Aber wenn du schon einen ganzen Arbeitstag hinter dir hast, musst du nicht extra …“

„Kein Thema“, winkte er ab. „Heute habe ich frei und morgen ist Wochenende. Ich würde jetzt also noch den hinteren Gartenteil bearbeiten und morgen kannst du mir dann sagen, wobei du Hilfe brauchst.“

„Tausend dank, ehrlich.“

Clay lächelte kurz, ehe er die Küche verließ und Annie blickte ihm nach. Dabei bemerkte sie leider zu spät, dass das Wasser noch immer in die Spüle lief und nun im Begriff war, überzuschwappen.

„Huch!“, rief sie erschrocken und drehte den Hahn hastig zu. Gott sei Dank hatte Clay davon nichts

mitbekommen, denn er war schon wieder draußen und
ließ den Rasenmäher anspringen.

24

Ich kann das Cottage sehen!

Wisst ihr was? Endlich kann ich das Haus sehen, wenn ich vor dem Gartentor (das wohlbemerkt wieder heil ist) stehe. Und ihr werdet niemals erraten, wer sich daran zu schaffen gemacht hat: mein Nachbar! Ja, unglaublich! Noch mehr aus allen Wolken gefallen bin ich, als er sich für sein Verhalten in der letzten Zeit entschuldigt hat.
Jedenfalls ist der Garten jetzt wunderschön. Und auch wenn es noch etwas dauert, bis ich draußen anfangen kann Ordnung ins Chaos zu bringen, so freue ich mich tierisch auf diese Zeit. Aber nun möchte ich euch erstmal die Fortschritte aus der Küche zeigen ...

Annie hatte das Gefühl, dass der Frühling konsequent in den Sommer überging, denn es war heute, entgegen der Ansage ihrer Wetter App, unnatürlich warm. Clay war gerade damit fertig geworden, den hinteren Garten zu mähen und nahm nun dankbar ein Sandwich entgegen, das Annie auf der hinteren Terrasse, die inzwischen von allem Grünspan befreit war, auf einem kleinen Hocker abgestellt hatte. Dazu reichte sie ihm eine Flasche Wasser, die er beinahe in einem Zug leerte.

„Verdammt, ist das warm heute." Erschöpft ließ er sich auf einen Klapphocker sinken, den Annie dort platziert hatte.

„Man merkt, dass es Sommer wird. In London, habe ich das Gefühl, bekommt man von diesem Wetterumschwung gar nichts mit. Es wird langsam etwas wärmer und irgendwann haben wir Sommer. Hier ist es so, als ob es auf einen Schlag heiß ist", stellte Annie fest und setzte sich auf einen wackeligen Küchenstuhl, den sie noch vorhatte zu neuem Leben zu erwecken.

„Ist schon ein anderes Leben hier als in London, oder?"

Annie nickte bestätigend. „Oh ja, das ist kein Vergleich. Hier ist es immer so ruhig und irgendwie harmonisch. Keine Hektik, keine Menschen, die einen auf der Straße anrempeln. Es ist, als ob hier die Uhren anders ticken."

„Genauso wie die Leute", ergänzte Clay.

„Ja, von denen fangen wir besser nicht an."

Annie blickte auf ihre Finger und ihre Gedanken glitten zu Jeff. Immer wieder fragte sie sich, ob er überhaupt bemerkt hatte, dass sie nicht mehr in London war. Wann immer sie mit Joyce telefonierte, mieden sie das Thema in stillschweigender Übereinkunft.

„Schlechte Erfahrungen in London gemacht?"

Achselzuckend schaute Annie in den frisch gemähten Garten. „Kann man so sagen."

Als er nicht weiter darauf einging, sah sie ihn an. „Und du? Hast du auch schon mal schlechte Erfahrungen hier mit den Menschen gemacht?"

Er antwortete nicht, blickte nur starr geradeaus. Erst dachte Annie, dass sie mit ihrer Frage womöglich eine Grenze überschritten hatte, doch dann schüttelte Clay den Kopf. „Ich hatte mal eine Freundin. Aber die ist von einem Tag auf den anderen wegen eines Jobs abgehauen.“ Er zuckte mit den Schultern, als wäre es keine große Sache, doch Annie wusste, dass da weitaus mehr hinter steckte. Immerhin kannte sie das Thema Job nur zu gut. Schließlich hatte Jeff sie ebenfalls wegen der Arbeit sitzenlassen.

„Was war das für ein Job?“, fragte sie dann und biss in ihr Gurkensandwich.

„Sie war Journalistin. Hat für so ein Modemagazin gearbeitet und hatte nur ihre Arbeit im Kopf. Von morgens bis abends drehte sich alles nur um dieses Thema. Und wenn sie frei hatte, dann war sie ständig auf Instagram und allen möglichen sozialen Netzwerken unterwegs, um ja nicht den Anschluss in Sachen Modetrends zu verpassen. Sie hat nie verstanden, warum es mich so gestört hat und dann, eines Tages, erklärte sie mir, dass sie in einem großen Magazin in Liverpool eine Stelle bekommen hätte. Ich wusste nicht einmal, dass sie sich dort beworben hatte.“ Er schnaubte abschätzig und schüttelte den Kopf.

„Das klingt fürchterlich“, fand Annie ehrlich und spürte gleichzeitig einen Stich in ihrem Herzen. Schließlich kannte sie die Tatsache, dass man von heute auf morgen einfach so sitzengelassen werden konnte.

„Du kannst dir daher sicherlich denken, wie sehr ich soziale Medien hasse“, fügte er dann an. „Bei Britney war das so, dass sie jede freie Minute gepostet und gescrollt hat, was andere gerade tun und gar nicht gemerkt hat, wie sehr das unsere Beziehung zerstört."

Annie schluckte. Jetzt erklärte sich auch, warum Clay sie immer so argwöhnisch gemustert hatte, wann immer sie ihr Smartphone in der Hand gehalten hatte. Nervös verschwieg sie die Tatsache, dass sie selbst dabei war, einen eigenen Blog und eine gute Social Media Präsenz aufzubauen. Räuspernd schob sie sich das letzte Stück ihres Sandwiches in den Mund. „Das tut mir wirklich leid zu hören."

„Na ja, ist ja auch schon eine Weile her", sagte er dann und erhob sich von seinem Hocker. „Also, was kann ich als Nächstes tun?"

Annies Augen wurden riesig. „Um Gottes Willen, du hast bereits genug getan. Wirklich, das ist absolut nicht nötig. Ich bin dir schon jetzt so dankbar, dass ich das Grundstück endlich einmal richtig sehen kann." Sie erhob sich ebenfalls und zuckte unschuldig mit den Schultern. „Und um ehrlich zu sein, hatte ich mir heute überlegt, einfach mal früher Feierabend zu machen. Ich wollte mir mal ein bisschen die Gegend ansehen."

Clay legte den Kopf schief und schaute sie verwirrt an. „Soll das bedeuten, dass du seit Wochen hier bist und noch nichts von der Umgebung gesehen hast?"

„Nun ja, ich war so sehr mit der Arbeit am Haus beschäftigt, dass für alles andere keine Zeit blieb."

Er schüttelte den Kopf, als könnte er gar nicht fassen, was Annie ihm gerade offenbart hatte. „Okay, gut. Fahr am besten zu deinem B&B, zieh dir ein paar feste Schuhe an, sofern du welche hast, und in einer halben Stunde treffen wir uns wieder hier."

Annie war völlig perplex und schaute Clay nur fragend an. „Was hast du vor?"

„Dir die Gegend zeigen." Er blickte ihr in die Augen, als wäre das das Normalste der Welt. Nebenbei schnappte er sich sein Hemd, das über dem Geländer zum Garten hing, und zog es sich über.

„Oh, okay. Aber du musst wirklich nicht ..."

„Keine Widerrede. Es ist ja fast schon ein Skandal, dass du hier wohnst und nichts weiter gesehen hast als dieses Cottage, das B&B und den Pub."

Und dich, wenn du im Garten mit deinem Hund spielst, dachte Annie schmunzelnd.

„Den Baumarkt kenne ich inzwischen auch."

Clay atmete aus, als wäre sie ein hoffnungsloser Fall. „Also ... in einer halben Stunde." Dann wandte er sich um, trat die zwei Stufen der Veranda hinunter und marschierte zum Tor, das in seinen Garten führte.

Nun, wo der Dschungel sich nun aufgelöst hatte, erkannte auch Annie endlich den Durchgang. Sie stand mit einem breiten Lächeln im Gesicht da und war völlig überrascht. Wo war der Clay geblieben, der sie anfangs noch so hartnäckig ignoriert hatte? Der sie angesehen hatte, als wäre sie ein Eindringling in diesem wunderschönen Küstendorf. Hatte sie vor wenigen Tagen noch gedacht, dass die beiden wohl niemals auf einen Nenner kommen würden, saßen sie nun gemeinsam in diesem Cottage und er erzählte ihr von seiner Exfreundin, die ihm das Herz gebrochen hatte. Kopfschüttelnd starrte Annie auf das Nachbargrundstück, ehe sie sich besann und sich auf den Weg ins B&B machte.

25

Eine halbe Stunde später traf Annie pünktlich wieder beim Cottage ein und entdeckte Clay, der vor dem Gartentor bereits auf sie wartete. Ihr Herz machte einen aufgeregten Satz, als sie sah, dass Balou neben ihm saß und fröhlich mit dem Schwanz wedelte. Sie erwischte sich dabei, wie sie Clay einen Moment zu lange musterte, doch sah er in seinem schwarzen T-Shirt und den lässigen Jeans einfach zu gut aus. Balou erhob sich ungeduldig, als er Annie erblickte und sie war dankbar für die Ablenkung.

„Hey, Balou!", begrüßte sie den Hund und wuschelte ihn mit beiden Händen den Kopf. Dieser bellte fröhlich auf, als sie sich an Clay wandte. „Also, ich bin bereit."

„Gut", er nickte in Richtung seines Transporters. „Dann kann's losgehen. Komm, Balou." Er schnalzte kurz mit der Zunge und der Hund folgte ihm gehorsam. Annie beobachtete, wie er ihn auf die Rückbank seines Autos dirigierte und setzte sich anschließend auf den Beifahrersitz. So dicht neben Clay zu sitzen, machte sie ganz nervös und sie spürte, dass ihr Herz ungewöhnlich schnell schlug.

„Verrätst du mir, wohin es geht?“, wollte sie schließlich wissen, erntete jedoch lediglich ein Kopfschütteln. „Lass dich einfach überraschen.“

„Ich bin nicht sonderlich gut darin, mich überraschen zu lassen, aber nachdem ich das Cottage gesehen habe und in welchem Zustand es war, als ich hier ankam, kann mich irgendwie nichts mehr schocken.“

Clay lachte leise. „Kann ich mir gut vorstellen. Hat dir deine Freundin nicht gesagt, wie es um das Haus steht?“

„Na ja ...“ Annie schaute bei der Erinnerung lächelnd aus dem Fenster. „Sagen wir mal so, sie hat nicht alles erwähnt. Um ehrlich zu sein gar nichts.“

Wieder lachte Clay. „War sicherlich auch besser so, sonst hättest du womöglich gleich Nein gesagt.“

„Vermutlich, ja. Im Nachhinein war es auf jeden Fall die richtige Entscheidung.“

„Trotzdem kann ich es immer noch nicht fassen, dass du dich hier noch nicht umgesehen hast.“

„Als ich angereist bin, bin ich durch Briggham durchgefahren und fand es dort total schön. Vielleicht sollte ich mir diese Gegend auch einmal anschauen.“

Er nickte bestätigend und lenkte den Wagen um eine Kurve. Sie fuhren an ein paar kleinen Häuschen vorbei, die Annie staunend betrachtete.

„Briggham ist der zweitschönste Ort nach Shanty Coast. Aber fang am besten damit an, die schöne Landschaft hier zu genießen.“

„Bist du oft in Briggham?“

Er schüttelte den Kopf und rieb sich fahrig das Kinn. „Nicht mehr, seitdem ...“

Vorsichtig schaute Annie ihn von der Seite an. „Seitdem du dich von deiner Freundin getrennt hast?“

Nickend presste er die Lippen aufeinander. „Sie hat früher dort gewohnt und ich war häufig bei ihr. Das halbe Jahr, bevor wir uns getrennt haben, ist sie dann zu mir gezogen.“

„Das war sicherlich nicht leicht für dich.“

Achselzuckend schaute er auf die Straße, die nun immer grüner und landschaftlich schöner wurde. „Es war nicht schön. Nicht wenn man merkt, wie unterschiedlich die Vorstellungen einer Beziehung sein können.“

Annie schnaubte und nickte wissend. Wie recht Clay doch hatte. „Besser, man merkt es etwas später, als wenn es ganz zu spät ist“, pflichtete sie ihm bei.

Plötzlich spürte sie einen Stupser gegen ihren linken Ellenbogen und fuhr überrascht herum. Sie schaute geradewegs in Balous große Augen, als wollte er ihr sagen, dass alles gut werden würde.

„Balou scheint dich echt zu mögen“, bestätigte Clay lächelnd.

Annie streichelte dem Hund kurz den Kopf. „Ich mag ihn auch. Er ist echt eine Schönheit.“

„Hast du Haustiere?“

Sie schüttelte den Kopf. Sie hatte immer welche gewollt, doch hatte sie sich kein Haustier anschaffen können, da Jeff immer wieder betont hatte, wie allergisch er doch auf alle Tierarten dieser Welt wäre. Seine Art, ihr zu sagen, dass er keine Haustiere wollte.

„Nein, leider nicht. Aber ich hätte gerne einen Hund. Oder eine Katze. Hauptsache jemanden, der auf einen wartet, wenn man nach Hause kommt.“

Vielleicht eines Tages ja zumindest ein Goldfisch, dachte sie frustriert. Aber womöglich würde sie sich, sobald sie eine eigene Wohnung hatte, tatsächlich eine

Katze anschaffen. Sie hielt inne. Der Gedanke an das, was sie zu Hause erwartete, sobald sie wieder in London war, war einfach zu traurig. Immerhin hatte sie noch nicht einmal eine Wohnung.

„Also im Cottage warten genug Tierchen auf dich", erwähnte Clay beiläufig und Annie bemerkte, wie sich seine Mundwinkel scherzhaft verzogen.

„Na, vielen lieben Dank. Und ich hatte schon die Hoffnung, dass ich keinen Kammerjäger mehr brauche."

„Ach, der kleine Marder in deinem Dach ist ja noch harmlos. Es könnte schlimmer sein."

Annie schaffte es kaum, ihren Blick von ihm abzuwenden und nickte knapp. „Ja, es könnte wirklich schlimmer sein", murmelte sie und genoss den Rest der Fahrt über den Blick aus dem Seitenfenster.

Die Gegend wurde bewaldeter und schließlich bogen sie in einen gekiesten Weg ein, der zu einem Parkplatz in einer Waldlichtung führte. Annie schaute sich gespannt um.

„Wo bringst du mich denn bloß hin? Und jetzt sag nicht wieder, dass ich mich überraschen lassen soll." Sie deutete mit dem Finger auf ihn und verlor sich beinahe in Clays Schmunzeln.

Er ließ Balou aus dem Auto springen und schloss die Tür hinter ihm. „Du wolltest was von Shanty Coast sehen und ich zeige dir die schönste Ecke."

Er marschierte zum Kofferraum seines Transporters und zog einen schwer aussehenden Rucksack hervor.

„Und die schönste Ecke ist hier?" Sie schaute sich um und entdeckte nichts als Bäume und einen kleinen Trampelpfad, der in den Wald führte.

„Nein, nicht hier. Komm einfach mit." Er zwinkerte ihr knapp zu und pfiff kurz, sodass Balou, der die Umgebung genauestens beschnüffelte, sofort hinter ihm her trabte.

Annie folgte ihm und hatte erst Mühe, Schritt zu halten, doch schon nach einer Weile gewöhnte sie sich an die Geschwindigkeit. Sie sprachen nicht viel, sondern lauschten den Geräuschen, die sie umgaben. Vögel zwitscherten, irgendwo über ihnen raschelte es, als würde ein Eichhörnchen ihnen heimlich folgen. Ein leichter Wind säuselte durch die Baumkronen und die waldige Luft ließ Annie innerlich zur Ruhe kommen. Als der Weg an Höhe gewann, kam sie ganz schön ins Schnauben. Clay blieb kurz darauf stehen, wandte sich zu ihr um und zog überrascht eine Braue in die Höhe. „Bist du schon außer Atem?"

Sie hob resigniert die Hände. „Ich muss zugeben, ich bin nicht gerade in bester sportlicher Verfassung." Sie rang noch einmal nach Luft, ehe sie nickte. „Wir können weiter."

Doch Clay nahm seinen Rucksack ab, wühlte darin herum und reichte ihr eine Flasche Wasser. „Du solltest was trinken."

„Vielen Dank." Annie griff erleichtert nach der Flasche und trank einige große Schlucke. „Das habe ich gebraucht."

Dann zog sie sich ihre leichte Sommerjacke aus und verschnaufte noch einen Augenblick. Sie wickelte sie sich um die Hüften und bedeutete Clay, dass sie weitergehen konnten.

Sie stiegen den Berg immer weiter auf und sie glaubte aus der Ferne ein sanftes Rauschen zu hören. Zudem veränderte sich allmählich die Luft und sie meinte, etwas Salz darin ausmachen zu können. Clay lief inzwischen etwas langsamer und sie war dankbar dafür, dass er nicht mehr das Tempo von vorhin drauf hatte.

„Und? Kannst du noch?“, rief er ihr über die Schulter hinweg zu.

Ihr entging nicht die gewisse Ironie, die in seiner Stimme mitschwang.

„Alles bestens“, gab sie angestrengt zurück und achtete darauf, gleichmäßig zu atmen. Vor Clay zusammenzubrechen, war das Letzte, was sie wollte.

Als sie die letzten Meter geschafft hatten, erkannte Annie, wie sich die Bäume lichteten und sie den Gipfel des Berges erreicht hatten. Clay war bereits oben angekommen und hielt ihr seine Hand entgegen, um ihr den Rest zu erleichtern.

Schnaubend zog sie sich das letzte Stückchen hoch und rang japsend nach Luft. „Meine Güte, ich hätte nicht gedacht, dass ich so untrainiert bin.“

„Wenn du diesen Weg öfter gehst, dann bist du ihn irgendwann gewohnt.“

Balou kam zu ihr und drückte sich gegen ihre Beine, als wollte er sie loben, wie gut sie den Weg gemeistert hatte. Oder vielleicht auch, um sie zu stützen.

Als sie sich wieder aufraffte, wurde ihr bewusst, dass sie noch immer Clays Hand hielt und daher lockerte sie schließlich den Griff. Entschuldigend lächelte sie und wieder klopfte ihr Herz viel zu schnell. Dieses Mal war sie sich sicher, dass es nichts mit ihrer körperlichen Anstrengung zu tun hatte.

Als sie sich umschaute, nahm sie endlich ihre Umgebung wahr. Sie standen mitten auf einer Klippe und schauten auf das Meer. Den Wald im Rücken und das Wasser vor ihrer Nase ließen den Eindruck aufkommen, als täte sich die ganze Welt vor ihr auf.

„Wow“, staunte sie leise und ging ein paar Schritte vorwärts.

Auf dem Berg, auf dem sie sich befanden, stand eine alte Picknickbank, die ihre besten Tage schon längst hinter sich hatte.

Annie ging an ihr vorbei und stellte sich so nahe wie möglich an die Klippe. Ein ordentlicher Wind erfasste sie, ließ ihre Haare aufwirbeln und sie auch ein wenig frösteln. Doch das interessierte sie nicht. Sie spürte die leichte Kälte auf ihrem Körper, das Salz auf ihren Lippen und die unendliche Freiheit, die sie in diesem Moment wahrnahm. Sie schloss ihre Augen und sog die Seeluft tief in ihre Lungen ein. Sie ließ alles Erlebte ganz weit hinter sich. Hier oben gab es keinen Jeff. Es gab auch keine Gedanken an das, was auf sie in London wartete: nämlich nichts. All das war ihr in diesem Moment völlig egal. Dabei bemerkte sie gar nicht, wie Clay sich dicht hinter sie stellte. Erst als er sich leise hinter ihr räusperte, öffnete sie wieder die Augen.

„Es ist wahnsinnig schön hier.“ Sie strahlte über das ganze Gesicht und genoss den Anblick auf das blaue Wasser, das unter ihr leichte Wellen schlug und sich an der Felswand brach. Irgendwo in der Nähe kreischten Möwen und Annie hatte das Gefühl, als würde sich etwas in ihr lösen. Eine Anspannung, die sie tagein, tagaus in sich trug und die ihr die Luft zum Atmen genommen hatte. Jetzt, hier oben auf der Klippe, zusammen mit Clay, glaubte sie das erste Mal seit Langem richtig atmen zu können.

„Wenn man das erste Mal hier oben ist, kann einen das ganz schön überwältigen“, bestätigte Clay leise und Annie wusste, dass er den Anblick ebenfalls tief in sich einsog.

„Es ist unglaublich. Ich wusste ja, dass Shanty Coast ein schöner Ort ist, aber das hier …“ Sie fand keine passenden Worte für die Schönheit, die sich vor ihr entfaltete.

Clay entfernte sich von ihr und stellte seinen Rucksack auf dem Picknicktisch ab. Sie folgte ihm und setzte sich auf die Bank, den Blick immer noch auf das Meer gerichtet.

„Danke.“

„Wofür?“ fragte Clay, der in seinem Rucksack nach einer Flasche Wasser wühlte.

„Danke, dass du mich hergebracht hast. Der Anblick ist einfach wunderschön.“

„Du wolltest was von der Gegend sehen“, erinnerte er Annie und setzte sich neben sie. Er trank ein paar Schlucke aus seiner Flasche und sie tat es ihm gleich.

„Bist du oft hier?“, fragte sie.

„Ja, ich komme oft her, wenn ich eine Auszeit brauche. Von der Arbeit zum Beispiel.“

„Oder von deiner nervigen Nachbarin.“ Sie stieß ihn kichernd in die Seite.

„Ich war ein ziemlicher Arsch, oder?“

„Das *ziemlich* kannst du weglassen.“

Er schaute in die Ferne. „Tut mir leid, wenn ich so schroff zu dir war. Ich bin einfach nicht so gut darin, Kontakte zu knüpfen oder Small Talk zu führen.“

„Na ja", lächelte Annie, „du bist ja wenigstens lernfähig. Und du kannst immerhin mit einem Rasenmäher umgehen."

Lachend schüttelte Clay den Kopf. „Ich hatte zu Beginn einen ganz falschen Eindruck von dir. Ich hätte nicht so vorschnell urteilen sollen. Nur ... als du da standest, immer mit deinem Smartphone zugange, da dachte ich ..."

„Ich habe dich an deine Ex erinnert, schon klar." Sie schluckte bei dem Gedanken daran, was er wohl sagen würde, wenn er wüsste, wie ähnlich sie und seine Ex sich in Wirklichkeit waren. Sie überlegte, wie sie ihm erzählen sollte, dass sie ähnliche Interessen verfolgte und wischte sich nervös über die Beine.

„Du hast ja nicht ganz unrecht", begann sie und bemerkte im Augenwinkel, wie Clay sie mit einem fragenden Blick bedachte.

„Ich arbeite nicht nur am Haus, sondern auch an einem Blog. Ich möchte die Renovierung des Cottages dokumentieren und bin daher ebenfalls auf den sozialen Medien unterwegs. Ist aber an sich keine große Sache. Ich habe nur ein paar Follower und wenige Klickzahlen. Aber ich mache wenigstens ein paar Menschen glücklich, indem ich ihnen bei solchen Projekten helfe und Tipps gebe. Dafür brauchte ich auch damals deinen Internetzugang."

Annie wusste, dass sie nicht ganz so ehrlich war, wie sie es hätte sein sollen. Schließlich wuchsen ihr Blog und ihr Instagram-Account kontinuierlich an. Manchmal war sie selbst ziemlich überrascht über den Anstieg. Doch sie wollte das Clay nicht unter die Nase reiben. Zu groß war ihre Sorge, dass er womöglich doch seine Ex in ihr sehen würde. Obwohl es ihr eigentlich egal sein konnte, aber das war es nicht.

Clay sagte einen Moment lang nichts und Annie befürchtete, dass sie es sich mit ihm verscherzt hatte.

„Na ja, solange du über etwas Sinnvolles schreibst ... So ein kleiner Blog nebenbei ist ja nichts Verwerfliches. Also, warum nicht?"

Überrascht zog sie eine Braue in die Höhe. „Wow, ich hätte nun wirklich eine andere Reaktion erwartet."

„Hältst du mich für so hinterwäldlerisch?"

Annie tat, als würde sie überlegen, lächelte aber dabei. „Hm, anfangs schon. Jedenfalls als du mir deinen Internetzugang nicht geben wolltest."

Clay schnaufte kurz. „Das war vielleicht nicht meine Sternstunde."

„Ich verzeihe dir", sagte Annie großmütig und brachte Clay damit erneut zum Lachen.

„Da bin ich froh. Sonst würde ich nicht wissen, mit wem ich das ganze Zeug hier essen soll." Er kramte in seinem Rucksack und zog eine große Dose hervor. Als er sie öffnete, erblickte Annie Weintrauben, vier Scones und Shortbread Fingers.

„Greif zu."

Das ließ sie sich nicht zweimal sagen, denn inzwischen spürte sie ihren knurrenden Magen.

Sie aßen schweigend, genossen die Geräusche der Natur um sich herum und blickten auf das offene Meer. Niemals hätte Annie sich so einen Moment bei ihrer Ankunft in Shanty Coast erträumt. Und schon gar nicht, dass sie ebendiesen mit Clay erleben würde.

Nachdem sie eine gute Stunde dort verbracht hatten, begann sie allmählich zu frösteln und zog sich ihre Jacke über.

Clay schaute kurz in den Himmel. „Es wird bald dunkel. Wir sollten uns auf den Rückweg machen."

Balou, der sich dicht neben Annie gelegt hatte, schaute auf, als wollte er protestieren.

„Ist vielleicht besser", stimmte sie zu und so machten sie sich auf den Rückweg.

Zurück im Auto spürte Annie eine leichte Wehmut in sich aufsteigen, denn irgendwie wollte sie nicht, dass die Zeit mit Clay schon wieder vorbei war. Doch andererseits spürte sie eine tiefe Dankbarkeit und Ausgeglichenheit in sich, dass sie die Welt hätte umarmen können.

Als sie beim Cottage ankamen und aus dem Auto stiegen, flitzte Balou direkt in Clays Garten. Doch dieser blieb noch einen Moment am Auto stehen und lehnte sich gegen die Fahrertür. Dabei verschränkte er seine Arme vor der Brust. Annie konnte ihren Blick kaum von ihm loseisen. Sein Shirt spannte sich leicht an seinen Oberarmen.

„Hat es dir gefallen?"

Annie riss ihren Blick von seinem Oberkörper los und schaute ihn an. „Es war unglaublich. Noch einmal, vielen Dank für diesen Ausflug." Sie strich sich ein paar Haare hinter die Ohren und da war es wieder ... ihr verräterisches Herz, das viel zu schnell pochte.

„Keine Ursache." Er nickte in Richtung des Cottages. „Und wenn du Hilfe brauchst, sag gerne Bescheid."

„Ich brauche dein WLAN", scherzte Annie.

„Der Empfang ist schwach“, entgegnete er ernst, doch dann verzogen sich seine Lippen zu einem schiefen Lächeln.

Annie lachte und einen Moment lang schauten sie sich an. Fieberhaft überlegte sie, wie sie die Verabschiedung nun einleiten sollte. Mit einer Umarmung vielleicht? Doch sie trat einen kleinen Schritt zurück, während er mit verschränkten Armen dastand und sie anschaute.

„Also dann … wir sehen uns.“ Sie winkte lässig und ging ein paar Schritte rückwärts.

„Wir sehen uns“, antwortete Clay schließlich, löste seine verschränkten Arme und griff nach seinem Rucksack. Anschließend schloss er seinen Transporter ab und folgte seinem Hund.

Annie ging zu ihrem Auto und zuckte etwas peinlich berührt zusammen, als die Tür lautstark quietschte. Himmel, sie musste dringend in die Werkstatt damit. Sie ließ sich auf den Sitz fallen und brauchte einen kurzen Moment, um ihren Herzschlag und das Kribbeln in ihrem Bauch wieder zu entschleunigen.

26

„Schön hast du es hier." Annie blickte sich in Lauras kleiner Wohnung um, die sich direkt über dem *Shanty Cove* befand. Sie war nicht groß, sondern bestand vielmehr aus einem großen Wohnraum mit offener Küche, einer niedlichen Sofaecke und einem Esstisch, an dem vier Personen Platz fanden. Alles war mit viel Liebe eingerichtet und obwohl die Wände aus dunklem Holz den Raum klein wirken ließen, waren die hellen Möbel ein netter Kontrast dazu.

„Danke", entgegnete diese und schenkte Annie ein Glas Wasser ein, während sie in der Küche herumwerkelte. Dabei wischte sie sich gelegentlich die Hände an ihrer grauen Jogginghose ab, als wäre sie im selben Arbeitsmodus wie hinter der Bar. „Ich fühle mich total wohl in dieser kleinen Wohnung. Auch wenn sie nicht groß ist, hat sie alles, was ich brauche. Als ich die Bar gekauft habe, habe ich mich sofort in diese vier Wände verliebt. Vor allem das dunkle Holz hatte es mir angetan, weil ich unbedingt meine weißen Möbel aus meiner alten Wohnung hier unterbringen wollte."

„Du hast einen tollen Geschmack", pflichtete Annie ihr bei, während sie sich von der Couch aus umsah.

220

„Danke. Aber vor allem freue ich mich, dass du Zeit hattest."

„Wenn ich abends auf der Baustelle fertig bin, habe ich ja auch nicht viel zu tun", erklärte sie und ließ sich auf der cremefarbenen Couch nieder.

Es waren zwei Tage vergangen, seit Annie den traumhaften Ausflug mit Clay unternommen hatte und am Morgen hatte Laura ihr eine Nachricht geschickt, ob sie nicht Lust hätte, sich am Abend mit ihr zu treffen.

Laura setzte sich mit zwei Gläsern Wasser zu ihr auf die Couch und grinste breit. „Also, so wie ich das gehört habe, hast du ganz schön viel um die Ohren ... abseits der Baustelle, meine ich." Ihr vielsagendes Grinsen verriet Annie, dass sie irgendetwas wusste, was ihr scheinbar entgangen war.

„Was meinst du?", fragte sie daher.

Laura enthüllte eine Reihe weißer Zähne. „Ach, nun tu doch nicht so nichtsahnend."

Sie zuckte entschuldigend mit den Schultern. „Ich weiß wirklich nicht, was du meinst."

„Du warst nicht zufällig mit deinem hübschen Nachbarn unterwegs?"

Annie fielen beinahe die Augen aus den Höhlen. „Woher weißt du das denn?"

Laura schürzte die Lippen. „Das ist ein kleines Dorf und hier kennt jeder jeden. Und wenn Clay mit einer Frau unterwegs ist, dann macht diese Neuigkeit natürlich die Runde."

Erschöpft ließ Annie sich auf dem Sofa zurücksinken. „Gut, dann weißt du ja bereits alles und ich habe nichts weiter zu erzählen."

„So ein Quatsch!", rief sie laut und lehnte sich gespannt vor. „Raus mit der Sprache: Was habt ihr zwei getrieben?"

„Ach, das weißt du nicht?" Herausfordernd blickte Annie ihrer Freundin in die Augen.

Die öffnete daraufhin nur ungläubig den Mund. „Erzähl mir alles! Ihr habt doch nicht etwa ..."

„Was? Nein!" Annie lachte ungläubig. „Also was denkst du denn von mir? Clay hat mir im Haus geholfen und danach hat er mir angeboten, mir ein bisschen die Gegend zu zeigen. Mehr nicht."

„Hm."

„Was, hm?"

„Nichts." Laura blickte sich in ihrem Wohnzimmer um, als säße sie zum ersten Mal hier und wickelte sich verlegen eine Haarsträhne um den Zeigefinger.

„Raus mit der Sprache!", forderte Annie und richtete sich wieder auf. „Du willst mir doch irgendwas sagen."

Laura hob unschuldig die Hände. „Ich möchte gar nichts sagen. Ich finde es nur interessant, wie er um dich buhlt."

„Um mich buhlt?" Annie lachte schallend. „Wir sind nur ein bisschen wandern gegangen. Er hat mir einen schönen Platz gezeigt, oben auf den Klippen."

„Oh."

„Was, oh?"

„Nichts."

„Laura!"

Laura atmete resigniert aus. „Schon gut, schon gut. Es ist nur, dass das der Platz war, den er immer mit Britney besucht hat."

„Ja und?"

„Du musst wissen, dass die beiden ein echt tolles Paar waren. Und Clay war bis über beide Ohren in sie verliebt. Dort oben ist er immer nur mit ihr hingegangen und dort hat er ihr auch einen Antrag gemacht." Lauras Stimme wurde immer leiser und Annie machte große Augen.

„Deshalb ist das eigentlich so ein besonderer Ort und es wundert mich, dass er dich dort hingeschleppt hat."

„Ich bin selbst gelaufen", warf Annie knapp ein. „Also waren sie verlobt?" Sie wusste kaum, wie sie diese Information aufnehmen sollte.

„Nicht wirklich. Sie hat abgelehnt. Einen Tag später hat sie ihm gesagt, dass sie einen neuen Job in Liverpool hat und ist einfach abgehauen." Laura senkte den Blick und nestelte nachdenklich an ihren Fingern. „Es war eine echt schlimme Zeit für Clay. Ich meine, ich kannte Britney ganz gut, haben ab und zu einen Kaffee miteinander getrunken und sie schien mir immer aufrichtig verliebt in ihn gewesen zu sein. Aber sie liebte eben auch ihren Job."

„Das kenne ich irgendwoher", rutschte es Annie heraus.

Laura legte den Kopf schief. „War die Trennung von deinem Freund sehr schlimm für dich?"

Achselzuckend schaute Annie an ihrer Freundin vorbei. „Schon, ja. Ich habe ernsthaft geglaubt, dass Jeff mich liebt. Aber der Job war wichtiger. Inzwischen komme ich ganz gut damit klar. Das Cottage lenkt mich ab."

„Und Clay", warf Laura hilfsbereit ein.

„Ja, indem er mir die Gegend zeigt und mir im Haus hilft. Nicht mehr und nicht weniger."

Laura antwortete nicht, sondern grinste nur wieder amüsiert.

„Ich glaube, wir sollten das Thema wechseln", schlug Annie dann vor, konnte sich ein Lächeln aber kaum verkneifen.

Doch die Neuigkeiten über Clay ließen sie nicht in Ruhe. Er hatte seiner Exfreundin einen Antrag gemacht und einen Korb kassiert? Zudem auf diesem wundervollen Platz, den er ihr gezeigt hatte? Warum führte er sie bloß an diesen Ort, an dem er eine solche Enttäuschung erfahren hatte?

Gott sei Dank lenkte Laura sie von ihren Gedanken ab, indem sie ihr von ihren Plänen im Pub erzählte. Sie hatte vor, den Außenbereich weiter auszubauen und drinnen etwas zu renovieren. Die Farbe von den Wänden blätterte bereits ab und überhaupt könnten die alten Möbel eine Generalüberholung gebrauchen.

„Wenn du Hilfe brauchst, dann helfe ich dir. Aber bitte erst, wenn ich mit dem Cottage fertig bin", lachte Annie.

„Ich komme drauf zurück. Vor allem, wenn das bedeutet, dass du dadurch länger hierbleibst."

Annie senkte den Blick auf ihr Wasserglas in den Händen. „Tja, ich fürchte, dass ich irgendwann wieder zurück muss. Sobald ich mit dem Haus fertig bin, werde ich mir einen Job suchen müssen und wieder zurück nach London gehen."

„Das wäre wirklich schade." Laura schaute aufrichtig betroffen. „Aber bis dahin fließt noch eine Menge Wasser den Fluss entlang oder wie sagt man so schön? Vielleicht bricht dein Blog bis dahin ja sämtliche Rekorde und du kannst bequem davon leben und hierbleiben."

Annie gefiel die Vorstellung, doch sah sie das Ganze realistisch. „Erst einmal freue ich mich über die paar Leser, die ich habe. Alles andere wird sich zeigen. Außerdem habe ich noch eine ganze Menge im Haus zu tun. So schnell wirst du mich also nicht los."

In der Nacht schlief Annie eher ruhelos. So sehr sie sich wünschte, in einen tiefen Schlaf zu fallen, sie wälzte sich von einer Seite auf die andere. Immer wieder wanderten ihre Gedanken zu dem Gespräch zurück, das sie mit Laura über Clay geführt hatte. Jetzt verstand sie diese tiefe Traurigkeit in seinem Blick, wann immer er mit den Gedanken abgedriftet war. Aber die Frage blieb: Warum hatte er sie dann bloß an einen solch intimen Ort gebracht? Niemals wäre sie bereit gewesen, einer anderen Person diese Gegend zu zeigen, wenn sie solche schmerzhaften Erinnerungen dort erlebt hätte. Ob womöglich doch etwas an Lauras Idee mit dem Buhlen dran war?

27

Aus Alt mach Neu!

Es geht voran, Leute! Ich freue mich total, dass ich euch heute ein paar tolle Fortschritte zeigen kann. Der Klempner hat einfach ganze Arbeit geleistet und die Badezimmer sind nun einsatzbereit. Somit erzähle ich euch beim nächsten Mal, was ich mit den alten Wandfliesen vorhabe – seid gespannt!
Aber jetzt werfen wir bitte alle einmal einen kurzen Blick auf den Garten: Ist er nicht traumhaft schön? Ich sag euch, wenn ich nicht so einen fähigen Gärtner alias Dachdecker alias Nachbarn kennengelernt hätte, sähe der Garten noch immer aus wie ein Dschungel – oder hätte mich schon längst überwuchert. Ach, und zudem hat sich mein fähiger Nachbar auch noch als guter Reiseführer für romantische Plätze direkt an der Küste entpuppt. Irgendwie schlummern in ihm einige ungeahnte Talente ...
Sagt mal, wie findet ihr die Küche? Ist kaum noch wiederzuerkennen, oder? Dann will ich euch mal nicht länger auf die Folter spannen und euch zeigen, wie ich bei

Eine helle Klingel ertönte über Annies Kopf, als sie interessiert in das kleine Café *Shanty Dream* eintrat, von dem John ihr vor einer Weile erzählt hatte. Seitdem hatte sie sich immer wieder vorgenommen, dorthin zu gehen und heute war der Tag gekommen, an dem sie es endlich schaffte. Sie hatte den Tag damit verbracht, das Schlafzimmer neu zu tapezieren und sich darauf gefreut, dass dieser Raum schon in einigen Tagen bewohnbar sein würde. Dann auch würde ihr Umzug ins Cottage stattfinden. Die Bäder waren, dank Carl, inzwischen so weit hergestellt, dass man sie benutzen konnte, ohne Gefahr zu laufen, das Cottage zu fluten, auch wenn die Renovierung darin noch einige Zeit in Anspruch nehmen würde. Die Küche hatte sie inzwischen komplett abgeschliffen, das Holz bearbeitet und gestrichen, sodass die Fronten beinahe wie neu wirkten. Jetzt hingen alle Türen wieder fest in den Angeln und ließen sich problemlos öffnen und schließen. Die Arbeitsfläche hatte sie ebenfalls von Unebenheiten befreit und mit Öl behandelt, sodass diese in neuem Glanz erstrahlte. Auch der Fußboden konnte sich sehen lassen und war nun endlich frisch versiegelt. Der Rest war Dekorationssache, für die sie noch Zeit hätte, sobald sie im Haus wohnte. Wenn das Schlafzimmer fertig wäre, würde sie sich um ein paar Möbel kümmern und es beziehen. Der Gedanke daran machte sie kribbelig, denn einen Raum zu betreten, den sie ganz alleine hergerichtet hatte, war das eine. Darin am Morgen zu erwachen, etwas ganz anderes.

„Was kann ich dir Gutes tun?", fragte eine fröhliche junge Frau hinter dem Tresen und riss Annie aus ihren Gedanken.

„Hallo, ich hätte gerne einen Earl Grey zum Mitnehmen, bitte."

„Kein Problem." Die blonde Frau wirbelte sofort hinter dem Tresen umher.

Annie vermutete, dass es sich bei ihr um Ava handelte, von der John gesprochen und mit der er auch getanzt hatte. Manchmal hatte sie Schwierigkeiten, sich die Namen der drei Frauen zu merken. Außerdem erinnerte sie sich an den Blick, mit dem John Ava angesehen hatte, als er ihr erklärt hatte, dass sie im Café arbeitete. Annie lächelte bei der Erinnerung. Schließlich vermutete sie, dass er womöglich verknallt in sie war.

„Du bist neu hier, oder?" Die blonde Frau schaute Annie neugierig an, während die Maschine hinter ihr ratterte und den Tee in den Becher füllte.

„Sozusagen. Ich renoviere das alte Rosemary-Cottage", erklärte Annie.

Sie erntete ein strahlendes Lächeln. „Ich habe davon gehört. Es ist so schön, dass sich jemand darum kümmert. So ein süßes kleines Haus."

„Tja, wir werden sehen, wie es am Ende wird."

„Bestimmt traumhaft", pflichtete sie Annie bei. „Ich bin übrigens Ava."

Aha! Also hatte sie richtiggelegen.

„Schön, dich kennenzulernen", erwiderte Annie. „Ich heiße ..."

„Annie", fiel Ava ihr ins Wort und grinste entschuldigend. „Tut mir leid, aber ich bekomme hier hinter dem Tresen einiges mit."

Annie lachte. Hatte John ihr nicht damals erzählt, dass die drei Cafébesitzerinnen bekannt für ihre Vorliebe für Klatsch und Tratsch waren? Das bestätigte sich in diesem Moment und sie fragte sich, ob Ava inzwischen auch wusste, dass Clay ihr das Dorf *genauer gezeigt* hatte. Sie hob beschwichtigend die Hand. „Schon gut. Ich habe mich mittlerweile daran gewöhnt, dass solche Informationen im Dorf schneller die Runde machen als in der Stadt."

Ava reichte ihr einen heißen Becher über den Tresen. „Woher kommst du?"

„Aus London." Annie nahm den Becher dankend entgegen und suchte nach ihrem Portemonnaie.

„Lass stecken", sagte Ava eilig und Annie schaute fragend auf.

„Geht aufs Haus. Sagen wir ... ein kleines Willkommensgeschenk."

„Oh, vielen lieben Dank."

Ava winkte ab. „Kein Ding, Hauptsache, du kommst wieder und trinkst in Zukunft deinen Tee hier." Sie kicherte verschwörerisch.

„Das nennt man Kundenakquise", scherzte Annie.

„Hat es funktioniert?"

Annie nickte. „Auf jeden Fall, ich komme wieder. Vielen lieben Dank nochmal."

„Bis zum nächsten Mal", trällerte Ava fröhlich verstummte aber, als die Türglocke ertönte.

Fragend wandte Annie sich um und erblickte John, der das Café betrat und plötzlich genauso rot im Gesicht wurde wie seine Haarfarbe.

„Hey, Annie. Schön, dich zu sehen." Sein Blick kreuzte kurz den von Ava und ging dann wieder zu ihr.

„Freut mich ebenfalls. Du hast mir das Café ja schließlich auch empfohlen."

Er kratzte sich verlegen im Nacken. „Habe ich das? Ach ja, na klar, habe ich."

„Hey, John", hörte Annie dann Avas zaghafte Stimme und hatte das Gefühl, dass deren Tonlage um ein paar Nuancen höher war als noch kurz zuvor.

„Naaa gut", sagte Annie daraufhin und blickte zwischen den beiden hin und her. „Ich mache mich dann mal wieder auf den Weg." Sie verkniff sich ein Lächeln und bedankte sich noch einmal für den Gratistee.

Draußen angekommen versuchte sie noch einen Blick ins Café zu erhaschen und beobachtete, wie John und Ava sich über den Tresen hinweg unterhielten. Sie schmunzelte. Die beiden schienen ordentlich ineinander verknallt zu sein. Ob das allerdings ein Geheimnis bleiben sollte, konnte Annie nicht sagen. Wenn ja, dann waren beide miserabel darin, ihre Gefühle füreinander zu verbergen.

„Ich kann es kaum glauben, was du schon alles geschafft hast", flötete Joyce aufgeregt ins Telefon. „Die Bilder, die du mir geschickt hast, sehen unglaublich aus. Nicht mehr lange und du kannst wirklich dort einziehen."

Annie spürte einen gewissen Stolz in sich aufkeimen. „Ja, nun dauert es tatsächlich nicht mehr lange. Nur noch ein paar Tage und das Schlafzimmer müsste bezugsfertig sein. Den Rest erledige ich dann, wenn ich im Haus wohne."

„Wie sieht es mit dem Geld aus?"

„Bislang passt alles, nur da wären jetzt die Kosten für die Elektrogeräte. Das Haus braucht einen neuen Kühlschrank, einen Backofen und einen Herd“, erklärte Annie, während sie sich die Notizen besah, die sie vor sich auf dem Tisch im B&B ausgebreitet hatte. „Und wenn ich dort einziehen soll, auch ein paar Möbel, wie ein Bett oder einen Kleiderschrank.“

„Das ist kein Problem. Sag mir einfach, wie viel du brauchst und dann überweise ich dir das Geld.“

„Super!“

„Noch etwas?“, fragte Joyce, doch Annie schüttelte den Kopf. „Nein, das wäre erstmal das Wichtigste.“

„Schau doch ruhig schon nach einer Couch und überhaupt nach einer passenden Inneneinrichtung, jedenfalls wenn noch genügend Geld dafür übrig ist. Ich denke, dass es sich gut vermieten lassen wird, wenn ich es möbliert inseriere.“

„Wird gemacht.“ Annie freute sich jetzt schon auf die Inneneinrichtung, denn sie hatte bereits alles genauestens vor Augen.

„Gut, dann kommen wir jetzt zum spannenden Teil: Wie läuft es zwischen dir und deinem Nachbarn?“

Annie konnte sich lebhaft vorstellen, wie Joyce gebannt auf alle Neuigkeiten lauerte und seufzte. „So wie es eben läuft. Er geht mir ein bisschen zur Hand.“ Mehr würde sie ihrer neugierigen Freundin nicht preisgeben.

„Uhhhh“, machte Joyce und Annie schüttelte den Kopf.

„Du bist schlimm, weißt du das?“

„Warum? Ich möchte doch nur wissen, wer sich da um mein Haus kümmert.“

„Von wegen", lachte Annie in den Hörer. „Du willst nur den neuesten Klatsch und Tratsch von mir hören."

„Ist das so schlimm?"

Sie überlegte kurz. „Ja, denn ich muss dich dahingehend leider enttäuschen. Es gibt keinen."

„Und warum glaube ich dir dann nicht?"

„Weil dir ohne mich langweilig ist und du jetzt danach trachtest, irgendwelche Geschichten über mein Liebesleben zu hören."

„Verdammt", murrte Joyce. „Du kennst mich einfach zu gut."

Annie lachte. „Wie auch immer. Ich muss jetzt leider auflegen. Ich wollte heute Abend noch einmal ins Haus und noch ein letztes Mal die eine Wand im Schlafzimmer streichen. Die Tapete ist inzwischen dran und jetzt wollte ich noch ein zartes Rosé gegenüber von der Tapete streichen, damit das über Nacht schon einmal antrocknen kann."

„Klingt wunderbar. Ich bin gespannt. Schick mir unbedingt Bilder!"

„Mach ich, bis dann!"

28

Ich habe die rosarote Brille aufgesetzt

Habe ich euch eigentlich schon mal erzählt, dass ich Rosa liebe? Vor allem der dunkle Roséton hat es mir angetan. Am liebsten würde ich im Moment einfach alles rosa streichen (ich weiß wirklich nicht, was gerade mit mir los ist. Aber in letzter Zeit klopft mein Herz merkwürdigerweise immer ein bisschen schneller, sobald meine Blicke im Garten zur anderen Seite wandern), trotzdem, ich muss mich mit der Farbe zurückhalten, denn das dürfte dann doch schon ein bisschen abschreckend wirken. Daher habe ich mich im Schlafzimmer darauf beschränkt, eine Tapete mit Rosendruck zu nehmen und die gegenüberliegende Wand in einem sanften Roséton zu streichen. Was sagt ihr zum Ergebnis?

Der Abend zeigte sich so schön wie der Morgen. Annie blickte voller Stolz auf die frisch gestrichene Wand und schob sich einige Haare aus dem Gesicht. Sie atmete laut aus und freute sich, dass sich endlich Leben in diesem Haus zeigte. Sie packte schließlich ihre Sachen zusammen und setzte sich mit einer Flasche Wasser auf die hintere Terrasse. Dort angekommen genoss sie die inzwischen leicht abgekühlte Luft und sog den Duft nach Salz, Garten und Meer tief in sich ein. Wie schön der Anblick war. Auch wenn der Rasen ordentlich Pflege brauchte, Annie konnte sich lebhaft vorstellen, wie traumhaft er noch werden konnte. Wie vielleicht eines Tages Kinder in diesem Garten tobten. Sie lächelte bei dem Gedanken, wurde jedoch auch gleichermaßen traurig, wenn sie an ihre Abreise in wenigen Monaten dachte. Die Hälfte hatte sie bald geschafft und mit jedem Tag fiel es ihr schwerer, sich vor Augen zu halten, dass eigentlich London auf sie wartete. Sie würde all das hier ziemlich vermissen. Die Renovierung war ihr inzwischen ins Blut übergegangen, füllte ihren Alltag aus. Sie hatte außerdem tatsächlich große Erfolge mit ihrem Blog. Auf Insta hatte sie zahlreiche Follower dazugewonnen und am Abend hatte sie gut damit zu tun, auf einzelne Nachrichten zu antworten. Sie liebte das Dorf, die Menschen hier, die sie so offenherzig empfangen hatten. Der eine oder andere auf seine eigene Art und Weise – aber auch mit solchen, bei denen es etwas schwieriger gewesen war, spürte sie Verbundenheit. Selbst Mrs McNeill, die alles und jeden verteufelte, hatte Annie mittlerweile liebgewonnen. Und dann war da noch Clay. Der Mann, der ihr Herz auf seltsame Weise höherschlagen ließ, wogegen sie sich einfach nicht wehren konnte. Und ja, wenn sie tief in sich hineinhorchte, dann war da ein schönes Gefühl, das sie verspürte, sobald sie an ihn dachte oder ihn sah.

Kopfschüttelnd lächelte sie vor sich hin. Wahnsinn, wie sehr sich ihr Leben in den letzten Wochen verändert hatte. An Jeff dachte sie kaum noch. Es interessierte sie auch nicht, was auf ihrer ehemaligen Arbeit passierte. Sie lebte endlich im Hier und Jetzt. Und ausgerechnet jetzt zog sie gedankenverloren ihr Smartphone hervor und entdeckte zwei verpasste anonyme Anrufe. Annie überlegte einen Moment. Bei lediglich einem hätte sie sich nichts weitergedacht. Vielleicht jemand, der sich verwählt hatte. Bei zweien jedoch wurde sie unruhig. Da schien jemand etwas von ihr zu wollen. Und das Gefühl, nicht zu wissen wer, wurmte sie. Zumal es eine Person sein konnte, mit der sie nicht rechnete. War es womöglich Jeff? Aber warum sollte er sie mit unterdrückter Nummer anrufen?

Ihre Eltern? Denen war es durchaus zuzutrauen, dass sie einfach die falsche Einstellung im Telefon vorgenommen hatten. Na ja, dachte sie, vielleicht würde es der- oder diejenige ja später noch einmal versuchen und sie würde merken, dass nichts weiter dahintersteckte außer einem Werbeanruf vielleicht.

Noch etwas in Gedanken erblickte sie plötzlich einen schwarzen Wirbelwind, der sich durch die offene Gartenpforte zwängte. Vermutlich hatte Clay sie offen gelassen. Balou kam rasend auf sie zu und warf sie beinahe um. Laut lachend rief Annie: „Balou! Was machst du denn hier?"

Der Hund kuschelte sich mit all seiner Energie an sie, machte sich von ihr los, suchte im Garten nach einem Stock und kam direkt wieder zu ihr. Die verpassten Anrufe waren sofort wieder vergessen.

Annie freute sich über den spontanen Besuch und erhob sich von der Stufe, auf der sie gesessen hatte. „Du möchtest spielen? Dabei hatte ich doch einen anstrengenden Arbeitstag", lachte sie und schaute Balou an, der sie mit großen Augen anstarrte und den Kopf schieflegte.

„Darauf nimmt er leider keine Rücksicht", hörte sie dann von Weitem eine tiefe Stimme.

Ihr Herz machte einen Sprung. Clay stand in der Gartenpforte, mit verschränkten Armen an das Holz gelehnt, und beobachtete die beiden mit amüsiertem Blick.

„Das merke ich schon. Aber bei seinem Blick kann man ihm einfach nicht widerstehen."

„Den hat er von seinem Herrchen."

Annie schaute Clay überrascht an. „War das gerade ein Scherz? Du kannst scherzen?"

Er schmunzelte und setzte sich in Bewegung. „Ja, manchmal kann ich auch humorvoll sein."

Balou raste zu ihm und drückte sich fest an seine Beine.

„Na, Kumpel? Bist du einfach abgehauen und belästigst die Nachbarn?"

Annie kicherte. „Er ist jedenfalls sehr schonungslos in seiner Begrüßung. Hat er das etwa auch von seinem Herrchen?"

Clay schaute sie an und lachte. „Er hat nur die guten Seiten von mir."

Eine frische Brise umwehte Annie und sie zog ihren leichten Cardigan enger um sich.

„Du arbeitest lange heute", stellte Clay fest und kam mit langsamen Schritten auf sie zu. Dabei hatte er die Hände in seiner Jeans vergraben.

Allein diese Geste reichte schon, um Annies Knie weich werden zu lassen. Sie nickte bemüht locker und deutete mit dem Kopf hinter sich. „Ich habe noch eine

Wand im Schlafzimmer gestrichen, damit sie über Nacht schon mal trocknen kann."

„Sehr vorbildlich."

Sie schwiegen einen Moment und beobachteten Balou, der durch den Garten tobte, als wollte er alle überschüssige Power vor dem Schlafengehen loswerden.

Kurz darauf räusperte sich Clay und zeigte mit dem Daumen hinter sich. „Ich wollte mir gerade einen Wein aufmachen. Hast du Lust auf ein Glas?"

In Annie keimte eine gewisse Nervosität auf und doch freute sie sich insgeheim über die Einladung. Also nickte sie.

„Ja, warum nicht? Ich schließe eben nur noch alles ab."

„Gut, dann sehe ich dich gleich", verabschiedete er sich und verschwand gemeinsam mit Balou in seinem Garten.

Nur wenige Minuten und einen prüfenden Blick in den Badezimmerspiegel später klopfte Annie an die Haustür von Clays Cottage. Als er die Tür öffnete und sie hineinbat, platzte sie beinahe vor lauter Neugierde. Sie war gespannt, wie es bei ihm aussah und wie er wohnte.

Als sie im Flur stand, erkannte sie, dass der Schnitt des Hauses ganz ähnlich war wie der vom Rosemary-Cottage. Zudem war es schön eingerichtet, mit dunklen Möbeln und vielen Grüntönen. Sie musste zugeben, dass es zwar an Dekoration mangelte, aber doch gemütlich wirkte. Im Flur befand sich eine offensichtlich selbstgebaute Garderobe, denn das Holz wirkte wie frisch aus dem Wald geholt und liebevoll bearbeitet.

Balou legte sich vor sie auf dem Boden, bereit, gestreichelt zu werden, doch Clay bedeutete ihm mit einem Schnalzen, dass er in sein Körbchen gehen sollte. Langsam trottete der Hund in das rechts gelegene Wohnzimmer, nicht aber ohne seinem Herrchen einen traurigen Blick zuzuwerfen.

Annie sah ihm nach. „Jetzt ist er unglücklich."

„Das kann der ab. Außerdem kommt er in drei Minuten eh wieder an. Er hat nur eine Gehorsamkeitsspanne von kurzer Zeit." Er bog in den Raum links ab. „Komm, wir gehen in die Küche."

„Du hast es sehr schön hier", bemerkte Annie, während sie sich neugierig umsah.

Die Küche war ebenfalls dunkel gehalten, mit Möbeln aus Mahagoniholz und dunklen Grüntönen, doch hellen Akzenten wie großen weißen Vasen und Regalen. Sie ließen die Küche heimelig wirken.

Sie setzte sich auf einen Barhocker an die Kücheninsel, die in den Raum ragte, und bekam ein Glas Weißwein über den Tresen geschoben.

„Vielen Dank."

Clay hielt ihr sein Glas prostend entgegen und sie stießen miteinander an.

„Und was glaubst du, wie lange du drüben noch brauchen wirst?"

Annie zuckte mit den Schultern. „Ich denke, dass ich inzwischen die Hälfte der Zeit um habe und rechne damit, dass ich in maximal drei Monaten fertig bin."

„Und was geschieht dann mit dem Haus?"

„Meine Freundin möchte es vermieten", erklärte Annie und trank einen Schluck. Der Wein schmeckte fruchtig und süß, ganz wie sie es mochte.

„Und ...“, setzte Clay an, „... was wirst du dann tun?“

Annie spielte mit dem Stiel ihres Glases und spürte wieder dieses dumpfe Gefühl, das sie immer überkam, wenn sie daran dachte, nach Hause zu müssen. „Ich werde wieder nach London gehen, schätze ich. Meine Arbeit ist dann getan.“

„Du solltest dein eigenes Unternehmen gründen.

Annies Hausrenovierungen oder so“, schlug er vor, schmunzelte aber hinter seinem Glas.

Lachend schüttelte sie den Kopf. „Ich glaube, ich brauche danach erst einmal eine Renovierungspause.“

„Das ist sehr schade“, sagte Clay. Seine Stimme war eindringlich.

Annie blickte auf und bemerkte, wie er sie direkt ansah. Verlegen lächelte sie und versteckte ihre Unsicherheit, indem sie einen Schluck trank.

„Und bei dir? Hast du viel auf der Arbeit zu tun?“

Clay kam um den Tresen herum zu ihr und setzte sich auf den Hocker neben sie. „Zu tun gibt es immer was. Ich bin ja nicht nur hier im Dorf unterwegs, sondern auch viel außerhalb.“

„Hast du deine Firma selbst gegründet?“

Er nickte, während er trank und dann sein Glas vor sich abstellte. „Nach der Ausbildung, etwa eine halbe Stunde von hier entfernt, habe ich noch eine Weile im Ausbildungsbetrieb gearbeitet und irgendwann hatte mein Dad mich auf die Idee gebracht, eine eigene Dachdeckerei zu gründen. Unsere hier im Dorf hatte den Betrieb eingestellt. Anfangs wollte ich nicht, weil mir einfach alle finanziellen Mittel fehlten. Ich hatte mir gerade das Haus hier gekauft und mein Dad mir eine kleine Finanzspritze gegeben, die ich ihm schnell wieder zurückzahlen konnte."

„Was ist dein Dad von Beruf?", wollte Annie interessiert wissen.

„Er ist Rechtsanwalt."

Annies Augen wurden riesig. „Okay ... das ist ja ein ziemlicher Kontrast zu deinem Job."

Clay nickte bestätigend, lächelte aber. „Mein Dad ist super. Er hat mich immer in meinen Entscheidungen unterstützt und nie hinterfragt, warum ich kein Interesse an Jura hatte."

„Und deine Mum?"

Einen Moment lang geriet er ins Stocken, zuckte dann aber mit den Schultern. „Sie ist, als ich noch klein war, abgehauen. Daher kenne ich sie kaum."

„Oh, das tut mir leid."

Clay winkte ab. „Kein Ding. Ich kenne sie fast gar nicht und mein Dad hat super für mich gesorgt."

„Lebt er auch hier in Shanty Coast?"

„Nein", antwortete er und schaute vor sich auf das Glas. „Er hat vor einigen Jahren einen guten Job in einer renommierten Kanzlei angeboten bekommen. Aber er wohnt nicht weit von hier. Etwa eine Stunde entfernt."

„So wie bei meinen Eltern", erklärte Annie.

„Habt ihr einen guten Kontakt?"

Sie kicherte. „Wenn sie nicht gerade denken, dass ich ein Drogenproblem habe, dann ja."

Clay lachte auf. „Das glauben sie nicht wirklich."

„Nein, nein." Sie hob beschwichtigend die Hände. „Sie sind einfach immer nur sehr besorgt um mich."

„Einzelkind?"

„Japp."

Er nickte wissend. „Wahnsinn, jetzt habe ich in zehn Minuten mehr über dich herausgefunden als in den vergangenen drei Monaten."

Herausfordernd schaute Annie ihn an. „Du hast dir ja auch nicht gerade die größte Mühe gegeben, mich kennenzulernen."

„Das versuche ich jetzt nachzuholen." Wieder schaute er sie direkt an.

Ihre Blicke trafen sich. Annie spürte ein Glühen in ihren Wangen und schluckte schwer. Im Flirten war sie eine echte Niete. Wann immer sie einen Mann kennengelernt hatte, musste dieser ganze Arbeit leisten, während sie nur stotternd und rot dasaß und ihn anstarrte, als hätten er ihr gerade offenbart, dass die Welt eigentlich eine Scheibe ist.

Auf Clays Lippen stahl sich ein Lächeln und seine Augen wanderten zu Annies Mund. Sie spürte, wie er ihr ein Stückchen näherkam und auch sie bewegte sich automatisch in seine Richtung. Nur eine Sekunde später streiften seine Lippen ihre und Annie sog seinen Duft tief in sich ein. Seine Nähe ließ ihr Herz verrücktspielen. Bereitwillig öffnete sie leicht ihren Mund. Er ließ sich darauf ein und so zog er sie vom Hocker näher an sich heran. Er küsste sie zärtlich, strich mit einer Hand an ihrer Wange entlang bis in ihren Nacken. Annie stöhnte leicht, als seine Zunge ihre traf und sie den Wein in seinem Mund schmeckte. Der Kuss wurde stürmischer und auf ihrem Arm machte sich eine Gänsehaut breit. Ein Prickeln durchfuhr sie und sie drückte sich näher an ihn. Seine linke Hand wanderte an ihrem Rücken entlang zu ihrem Steiß und auch ihm entwich ein Seufzer, als hätte er seit Ewigkeiten nur auf diesen Kuss gewartet.

Als sie sich langsam wieder voneinander lösten, schaute Clay Annie noch eine Weile an, als überlegte er, ob er sie noch einmal küssen sollte, doch sie wich vorsichtig einen Schritt zurück. Ihre Lippen vibrierten und sie wollte diesen wundervollen prickelnden Moment nicht zerstören. Schüchtern schob sie sich ihre Haare hinter die Ohren und ließ sich langsam auf den Hocker sinken. Dabei hielt Clay ihre Hände und strich behutsam mit seinem Daumen über ihre Handinnenflächen.

„Das kam überraschend", rutschte es Annie plötzlich heraus.

„Das war auch so nicht geplant", entgegnete Clay und rieb sich den Nacken.

Sie kicherte über seine schüchterne Reaktion und Clay stieg leise mit ein.

„Schieben wir es auf den Wein?" Als sich ihre Hände voneinander lösten, griff sie langsam nach dem Stiel ihres Glases und spielte daran herum.

Clay zuckte mit den Achseln. „Eigentlich bin ich ziemlich klar bei Verstand."

Annie schwieg, unsicher, was sie sagen sollte.

„Schieben wir es darauf, dass ich im Küssen besser bin als im Small Talk", fügte er hinzu.

Lachend setzte Annie ihr Glas an die Lippen. „Das kannst du laut sagen." Sie trank den Rest des Weines aus und schob sich mit ihrem Hocker ein Stückchen vom Tresen weg. „Ich glaube, ich sollte mich jetzt auf den Heimweg machen."

„Ich hoffe, ich habe dich nicht verschreckt?" Clays schiefes Lächeln ließ die Schmetterlinge in ihrem

Bauch Purzelbäume schlagen und sie schüttelte den Kopf. „Nein, das hast du nicht. Ganz bestimmt nicht. Aber ich muss morgen früh hoch."

„Was steht für morgen an?"

„Ich muss mich um einen Herd, einen Kühlschrank und einen neuen Backofen kümmern."

„Wenn du möchtest, dann kann ich dir dabei helfen", bot Clay an und drehte sich auf dem Hocker in ihre Richtung.

Sie überlegte einen Moment. Am liebsten hätte sie laut Ja gerufen, aber schließlich hatte er schon genug für sie getan. Immerhin war er ihr auf der Baustelle so fleißig zur Hand gegangen und hatte nun auch noch ihre Lippen zum Vibrieren gebracht. Mehr konnte sie nun wirklich nicht von ihm verlangen. Also hob sie abwehrend die Hände.

„Du hast mir schon so viel geholfen, Clay. Das ist nicht nötig. Außerdem hast du mit deiner Firma selbst viel zu tun."

„Schon vergessen, dass ich der Boss von dem Laden bin?"

Annie schmunzelte. „Nein, aber du kannst mir nicht ständig helfen. Das kann ich einfach nicht annehmen."

„Keine Widerrede. Die Sachen, die du kaufen musst, sind viel zu schwer für dich und irgendjemand muss sie dir ja auch anschließen."

Resigniert hob sie die Hände. „Also schön, du gibst ja doch nicht auf. Dann morgen um zehn?"

Clay nickte und erhob sich, während sie vom Hocker glitt und sich ihre Kleidung zurechtrückte. Dann ging sie, auf leicht wackeligen Beinen, zur Haustür. Dort angekommen lehnte Clay sich gegen den Türrahmen und presste nachdenklich die Lippen aufeinander.

Annie schaute ihn fragend an. „Was ist?“

„Ach nichts, ich habe mich nur gerade gefragt, ob es wirklich so gut ist, wenn ich dir so viel drüben helfe.“

Annie stockte einen Moment. „Oh, ähm … du musst nicht … also …“

Achselzuckend stand er da und winkte ab. „Doch, ich möchte dir ja helfen, umso schneller wirst du fertig sein. Aber dann wirst du wieder gehen.“

Einen Moment lang starrte sie ihn mit großen Augen an, dann schluckte sie. „Na ja, mein Zuhause ist nun mal in London.“

Aber stimmte das überhaupt? Schließlich hatte sie derzeit gar keins.

Auch im Bett, nachdem Annie sich von Clay mit einem „Schlaf gut und danke für den Wein“ verabschiedet hatte, dachte sie noch immer darüber nach. Was zog sie eigentlich nach London zurück? Bis auf Joyce hatte sie dort niemanden mehr. Vielleicht war es an der Zeit, darüber nachzudenken, was sie nach den Renovierungsarbeiten mit ihrem Leben anfangen sollte. Schließlich standen ihr alle Türen offen.

29

„Und du wolltest mich nicht dabeihaben", schnaufte Clay, als er sich auf den Fahrersitz fallen ließ, während Annie sich den Schweiß von der Stirn rieb.

„Im Nachhinein bin ich sehr dankbar, dass du dich so aufgedrängt hast." Sie lachte und keuchte leicht. Sie hatten sich pünktlich um zehn am Cottage getroffen und waren mit Clays Transporter zum Elektroshop, ein Dorf weiter, gefahren. Sie musste zugeben, dass sie vorher keine Idee gehabt hatte, wie sie die schweren Geräte transportieren sollte und war froh, dass sich dieses Problem von allein gelöst hatte. Clay hatte ganze Arbeit geleistet und war ihr eine Riesenhilfe gewesen. Nicht nur bei der Beratung, sondern auch beim Schleppen und Verfrachten.

„Gut, dann lass uns die Teile mal zum Cottage fahren." Über den Kuss hatten sie beide kein Wort mehr verloren. Wann immer Annie daran dachte, wie gut sich seine Lippen auf ihren angefühlt hatten, wurde ihr ganz kribbelig im Bauch. Aber nicht nur der Kuss hatte ihr die Sinne vernebelt, sondern auch seine Worte danach. Er wollte nicht, dass sie wieder nach London ging. Irgendetwas passierte da zwischen ihnen und Annie genoss jede Sekunde davon. Als sie nach Shanty Coast gekommen war, war sie auf ein großes Abenteuer eingestellt gewesen. Dass sie jetzt ein weiteres mit einem Mann erleben könnte, stellte ihre Gefühlswelt ganz schön auf den Kopf.

„Worüber denkst du nach?", durchbrach Clay die angenehme Stille, die sich zwischen ihnen breitgemacht hatte.

„Ach, ich gehe nur die nächsten Arbeitsschritte im Haus durch", log Annie und schaute wieder aus dem Fenster, um die malerische Küstenkulisse neben ihr auf sich wirken zu lassen.

„Du bist richtig vernarrt in dieses Projekt, kann das sein?"

„Es hilft mir."

„Das glaube ich. Mir hat die Arbeit auch gutgetan, um mich von Britney abzulenken."

Annie schwieg. Der Schmerz, den ihm Britney zugefügt hatte, musste sehr tief in ihm sitzen. Kein Wunder, immerhin hatte er andere Pläne mit ihr gehabt. Sie konnte ihn nur allzu gut verstehen.

Am Cottage angekommen begann es ein wenig zu nieseln. Der Himmel war am Morgen schon wolkenverhangen gewesen. Jetzt hievten sie gemeinsam, so schnell sie konnten, die Gerätschaften hinein. Bevor der Regen schließlich losbrach, hatten sie alles ins Haus befördern können. Clay machte sich direkt daran, den Backofen samt Herd anzuschließen. Annie stand währenddessen im Türrahmen zur Küche und machte ein Foto. Als er aufblickte, schaute er sie fragend an. „Was tust du da?"

„Ich dokumentiere nur die Renovierung dieses Hauses."

„Und ich bin Teil dieser Doku?"

„Na ja, immerhin kann ich durch dich hier nun endlich etwas zu Essen machen und meine Lebensmittel verstauen."

„Das heißt, du wirst bald hier einziehen?"

Annie nickte. „Sobald das Schlafzimmer oben bezugsfertig ist. Ich brauche nur noch ein paar Möbel, Gardinen, Gardinenstangen …"

„Und meinen Transporter", schloss Clay, der sich vom Boden erhob und sein Werk betrachtete. „So, du kannst jetzt kochen."

„Herzlichen Dank." Annie bestaunte die halbfertige Küche. Wenn sie daran dachte, wie diese noch vor einigen Wochen ausgesehen hatte, konnte sie kaum glauben, was sie bis jetzt schon alles geschafft hatte. Die Küche war inzwischen so schön anzusehen und wohnlich, auch wenn noch die Hälfte fehlte.

„Du kannst stolz auf dich sein", hörte sie Clay plötzlich neben sich. Sie war so in Gedanken gewesen, dass sie nicht mitbekommen hatte, wie er sich neben sie gestellt hatte.

Sie steckte ihr Smartphone zurück in ihre Hosentasche und nickte. „Das bin ich auch. Aber ohne dich wäre ich noch nicht so weit wie jetzt."

Sie schaute zu ihm auf. Ein Kribbeln breitete sich in ihrem Bauch aus, als er ihren Blick erwiderte. Kurz darauf legte er seinen Finger unter ihr Kinn und zog sie näher an sich heran. Als seine Lippen auf ihre trafen, waren sie weniger zögerlich als noch am Vorabend. Der Kuss war viel intensiver und fordernder, als hätten sie die anfängliche Grenze überschritten. Annie legte ihre Hände auf seine Brust, die sich muskulös und stark anfühlte. Darunter spürte sie seinen schnellen Herzschlag. Sie stöhnte leise, als seine Zunge den Weg in ihren Mund fand und hatte Mühe, sich auf den Beinen zu halten. Clay legte seine Hand an ihren unteren Rücken, um sie noch ein Stück dichter an sich zu ziehen. Ihr wurde heiß und kalt, als seine Finger noch ein Stückchen weiter nach unten zu ihrem Po wanderten und dort ruhten. Einen Moment später lösten sie sich atemlos voneinander. Annie schaute Clay so eindringlich an, als wollte sie sichergehen, dass dieser Moment eben wirklich geschehen war. Sie trat einen kleinen Schritt zurück und räusperte sich.

„Gehört das zum Küchenmaschinen-Einbau-Service?"

Clay lachte auf. „Diesen Service biete ich nur einmalig an."

„Dann bin ich ja beruhigt."

„Also, wann willst du die Möbel holen?"

Annie überlegte kurz. Je früher sie das Schlafzimmer einrichtete, desto eher konnte sie einziehen und die Kosten für das B&B einsparen. Und umso eher würde sie noch dichter an Clay sein. Also lächelte sie. „Wann immer du Zeit hast."

30

Fleißige Handwerker bei der Arbeit

Ich bin mit meinem Handwerker alias Nachbarn inzwischen sehr zufrieden. Nicht nur dass er sich gut mit Dächern und Gärten auskennt, nein, er ist auch besonders gut darin, Hand anzulegen ... zugegeben, ein bisschen werde ich gerade rot, während ich diese Zeilen tippe. Daher wechsle ich lieber mal schnell das Thema. Wollt ihr mal sehen, wie toll die ersten Möbel aussehen? Es sind zwar nur das Schlafzimmer, die Küche und das untere Badezimmer bewohnbar, aber immerhin. Mit ein paar Möbeln sieht es gleich ganz anders aus. Wirklich, ihr Lieben, der Aufbau-Service hat es in der Tat in sich (ups, jetzt fange ich schon wieder mit dem Schwärmen an) ...

„Wundert mich ja, dass sie bis zum Schluss durchgehalten haben", schrillte Mrs McNeills Stimme in Annies Ohren. Sie stand direkt vor dem Tresen, hinter dem die alte Dame saß und den Kopf über die Rechnung hielt.

„Nun ja, es war zwar eine Menge zu tun, aber nicht aussichtslos. Außerdem bin ich ja noch nicht fertig, sondern beziehe nur drei Räume“, erklärte sie.

„Wie ich gesagt habe: Sie hätten es direkt abreißen lassen sollen.“

„Dann hätte ich sicherlich noch ein bisschen länger gebraucht.“

Annie lächelte entschuldigend und hoffte, dass die Rechnung nicht allzu hoch ausfallen würde. Aber wie sie am Morgen noch überprüft hatte, sollte sie noch mehr als genug vom Budget übrighaben. Schließlich hatte sie das meiste selbst gemacht und in der letzten Zeit war Clays Hilfe so wertvoll gewesen, dass sie einige Handwerker nicht mehr brauchte. Einzig Carl war jemand, auf den sie nicht verzichten konnte und wollte. Immerhin hatte er bisher alles zu ihrer vollsten Zufriedenheit erledigt. Jetzt fehlten nur noch Kleinigkeiten im oberen Badezimmer, die er in der kommenden Woche abschließen wollte.

„Nun, wie auch immer. Ich werde es mir in der nächsten Zeit sicherlich mal anschauen kommen“, kündigte Mrs McNeill an.

Annie hoffte insgeheim, dass dieser Tag nicht kommen würde, schluckte unbehaglich und schwieg.

Kurz darauf schob ihr ihre Gastgeberin einen Zettel entgegen, auf dem die Summe für ihren Aufenthalt aufgeführt war. Sie atmete erleichtert auf, denn es war gar nicht so viel wie erwartet. Als hätte die alte Dame Annies Gedanken gelesen, setzte sie zu einer Erklärung an.

„Sie haben hier nur geschlafen und das Frühstück eingenommen. Weder mittags noch abends haben Sie hier gegessen und auch sonst keine Serviceleistungen in Anspruch genommen – bis auf die Waschmaschine im Keller. Daher habe ich den Anteil für die Essenspauschale wieder rausgenommen."

„Das ist sehr großzügig von Ihnen, vielen lieben Dank." Annie wurde ganz warm ums Herz. Irgendwie schaffte diese Frau es immer wieder aufs Neue, sie zu überraschen.

Mrs McNeill winkte ab und schüttelte den Kopf. „Ach, dafür nicht. Ich bin ja froh, dass ich überhaupt einen Gast im Haus hatte."

„Ich bin mir sicher, Sie werden noch viele Gäste beherbergen", sprach Annie ihr gut zu, wusste aber auch, dass es nicht gut um das B&B stand.

Mrs McNeill lachte resigniert auf. „Sehen Sie sich doch nur mal um. Niemand kommt her, weil es ja nichts im Dorf gibt, weshalb man hier Urlaub machen sollte. Aber was rege ich mich darüber noch auf? Nicht mehr lange und dann mache ich den Laden hier wohl oder übel zu."

Annie verzog traurig das Gesicht. „Das wäre wirklich sehr schade. Hoffentlich muss es nicht so weit kommen." Und das meinte sie von ganzem Herzen so. Schließlich hatte sie die vergangenen drei Monate hier verbracht und … ja, irgendwie war es für Annie wie ein Zuhause gewesen.

„Wir werden sehen. Vielleicht finde ich ja eines Tages einen geeigneten Nachfolger, der aus diesem Kasten ein bisschen was rausholen kann."

„Das hoffe ich sehr."

Nachdem Annie bezahlt und sich von Mrs McNeill verabschiedet hatte, verließ sie das B&B mit gemischten Gefühlen. Sie freute sich einerseits, dass nun das Cottage und somit ein neuer Abschnitt auf sie wartete, aber ihr tat die alte Frau auch ziemlich leid. Während ihres gesamten Aufenthaltes hatte sie nur wenige Gäste kommen und gehen sehen und wenn, dann waren sie meistens nur für eine Nacht geblieben, da sie auf der Durchreise waren. Annie war sich sicher: Mit ein bisschen Liebe und einem guten Konzept würde das B&B sicherlich wieder mehr Gäste anlocken. Doch sie konnte sich darüber nicht den Kopf zerbrechen, schließlich wartete das Cottage auf sie. Und Clay.

„Sieht ja richtig nett aus hier." Annie wandte sich um und entdeckte Clay im Türrahmen zum Schlafzimmer, während sie das Bett mit frischer Wäsche bezog.

„Ja, es nimmt allmählich Form an." Sie strich die Bettdecke glatt und bewunderte ihr Werk. Sie hatte sich für ein schwarz metallenes Bettgestell entschieden, das nun in der Mitte des Raumes stand. Die Sonne schien durch das Fenster und beschien die neue Bettwäsche mit Rosendruck, die sie im B&B noch einmal frisch gewaschen hatte. Bald würde sie dann auch im Cottage waschen können. Carl hatte ihr versprochen, dass er ihr in drei Tagen die Waschmaschine im Badezimmer anschließen würde.

Die cremefarbenen Vorhänge wehten leicht durch die Brise, die durch das offene Fenster strömte, und verstreuten einen süßlichen, frischen Duft, der sich mit dem der Wandfarbe und den restlichen Renovierungsmaterialien vermischte. Auch der weiße Kleiderschrank, der rechts vom Bett an der Wand aufgestellt worden war, duftete ganz neu nach Eichenholz.

„Wie weit bist du unten?", fragte Annie und zupfte noch immer die Bettwäsche zurecht.

„Hm, vielleicht solltest du mal mitkommen."

Verwirrt schaute sie auf. Irgendetwas an Clays Stimme stimmte nicht.

„Was ist passiert?"

„Komm am besten einfach eben mit." Er zuckte entschuldigend mit den Schultern und ließ sie ratlos zurück.

Sie folgte ihm schließlich die Treppe hinunter und schaute sich um, konnte jedoch nichts Ungewöhnliches entdecken. Dann ging sie in die Küche. Vor Schreck blieb ihr beinahe das Herz stehen.

Sie blickte in ein strahlendes Gesicht und in ihr so vertraute Augen.

„Joyce?"

Ihre beste Freundin stand mitten in der Küche und grinste bis über beide Ohren. Dann eilten sie stürmisch aufeinander zu und nahmen sich ganz fest in die Arme. Eine Träne der Freude löste sich aus Annies Augen und sie schniefte: „Was machst du denn hier?"

Sie ließen voneinander ab. Sie musterte Joyce von oben bis unten. „Du siehst toll aus!"

Die lachte herzhaft und schob sich ihre geglätteten blonden Haare hinter die Ohren. „Und du erst. Sieh dich nur an. Und sieh dir dieses Haus an. Annie, das ist großartig!"

„Und was treibt dich hierher?"

„Na ja ...", begann sie und breitete die Arme aus, „... ich muss doch sehen, was der Baufortschritt macht."

„Wie du siehst, läuft es ganz gut", bestätigte Annie.

„Und außerdem ...", Joyce senkte ihre Stimme, während ihre Augen zu Clay wanderten, der den beiden ihre Ruhe ließ und am neuen Küchentisch schraubte, „... muss ich wissen, was meine beste Freundin hier so treibt. Beziehungsweise mit wem", setzte sie noch flüsternd hinzu.

Annie machte große Augen, während ihre Wangen zu glühen begannen. „Joyce!"

Entschuldigend hob sie die Hände. „Ist ja gut, ist ja gut. Ich stelle besser keine Fragen. Ich habe schon meine Antworten, vielen Dank." Sie zwinkerte Annie schelmisch zu und erntete dafür lediglich ein Kopfschütteln.

„Also, soll ich dir den Rest zeigen?"

„Natürlich."

Die beiden wanderten durch das Cottage. Dabei zeigte sie ihrer besten Freundin jeden Winkel des Hauses und war besonders stolz auf das inzwischen fertige Schlafzimmer, in dem Annie die erste Nacht verbringen würde.

„Das ist ja ein Traum!", staunte Joyce, als sie sich in dem kleinen Raum mit Schrägdach umblickte. Dann besahen sie sich noch die anderen Zimmer – das kleine Badezimmer und das noch mit Kartons befüllte Gästezimmer.

„Schau dir mal die alte Nähmaschine an." Annie deutete auf das Ende des Raumes.

Sie bemerkte, wie Joyce ins Stocken geriet. Sie wischte achtsam mit den Fingern über die glatte metallene Oberfläche und lächelte vor sich hin. „Die alte

Singer gehörte meiner Tante. Sie hatte früher immer daran gesessen und mir Röcke genäht. Sie waren ultrahässlich, aber ich habe sie trotzdem geliebt."

Annie schmunzelte bei der Vorstellung, dass ihre Freundin als Kind Röcke tragen musste, die ihr eigentlich nicht gefielen.

„Du kannst sie ja mit nach Hause nehmen", schlug Annie vor, doch Joyce schüttelte energisch den Kopf. „Nein, sie gehört hierher, ins Cottage. Wenn ich das Haus vermiete, dann soll sie hier irgendwo zu Dekorationszwecken herumstehen, benutzt oder auf dem Dachboden eingelagert werden. Aber seit ich denken kann, steht diese Maschine hier. Sie hat nichts in London zu suchen, sondern gehört nach Shanty Coast."

„Das ist ein schöner Gedanke", pflichtete Annie ihr bei und deutete auf die Kartons, die noch im Raum gestapelt waren. „Möchtest du dir die alle ansehen?"

Joyce überlegte einen Moment. „Würdest du mir dabei helfen?"

„Natürlich."

Etwa eine Stunde später hatten die beiden Frauen sich die einzelnen Kartons angesehen und so viel gelacht wie schon lange nicht mehr. Tante Rosemary hatte ein extremes Faible für kitschige Tischdecken, Topfdeckel und Vorhänge gehabt – Kitsch im Überfluss. Zahlreiches Nähzubehör, ein paar Fotos von Verwandten, die Joyce nicht kannte, und Unterlagen, die sie nicht mehr brauchten. Im Prinzip hatten sie nichts Interessantes finden können und Joyce entschied sich, die Kartons mitzunehmen und einige der Sachen zu spenden und zu verschenken. Um die Entsorgung der Unterlagen würde sie sich ebenfalls kümmern.

Als sie alles in Joyces Auto verfrachtet hatten, ließen sie sich draußen auf der hinteren Terrasse nieder. Clay hatte sich derweil im Hintergrund aufgehalten, Annie jedoch immer wieder Blicke zugeworfen, die ihr Herz hatten höherschlagen lassen.

Jetzt saßen die beiden Freundinnen nebeneinander und schauten auf den ruhigen Garten vor sich.

„Ich bin stolz auf dich, Annie."

„Danke, das bedeutet mir viel. Ich muss sagen, dass mich dieses Haus irgendwie ... gerettet hat. Erst dachte ich, dass ich einen Riesenfehler begehe ... aber jetzt? Ich kann mir kaum vorstellen, was ich machen soll, wenn ich hier fertig bin."

„Wusstest du, dass Jeff mich auf deinen Blog angesprochen hat?"

Annie fuhr herum und ihr Magen zog sich schmerzlich zusammen. „Jeff? Er hat meinen Blog gesehen?" Sie blickte sich kurz um, dass Clay sie nicht hören konnte.

„So ziemlich alle aus dem Team haben ihn gesehen. Du bist inzwischen ziemlich erfolgreich damit."

„Ziemlich erfolgreich?", wiederholte Annie. „Ich habe einige Follower und eine feste Leserschaft, das ist alles."

„Das ist alles, was in Jeffs Leben zählt. Follower und Leser. Du kannst dir vorstellen, dass er versucht hat, mich darüber auszuquetschen."

„Und?", hakte Annie vorsichtig nach, nicht sicher, ob sie hören wollte, was Joyce zu erzählen hatte. „Was hat er gesagt?"

„Ich habe ihm natürlich nichts gesagt. Nur, dass du endlich deinen Traum leben kannst." Sie lächelte frech.

Annie grinste. „Ich kann mir lebhaft vorstellen, wie du ihm das unter die Nase gerieben hast."

„Der soll bloß nicht denken, dass ich zwischen euch vermitteln werde."

Annie atmete einige Male ein und wieder aus. Jeff war Geschichte. Aber waren die anonymen Anrufe womöglich doch von ihm gewesen? Selbst wenn, es sollte sie nicht mehr interessieren, was er machte oder ob er nach ihr fragte. Und doch tat es noch immer weh.

Wieder schaute sie über ihre Schulter nach hinten und entdeckte Clay, wie er einen der sechs Stühle zusammenschraubte und von dem Gespräch scheinbar nichts mitbekam.

Joyce folgte ihrem Blick und schmunzelte. „Der hat's dir ganz schön angetan, oder?"

„Pssst!", machte Annie, musste sich aber ein Lachen verkneifen. „Na ja, ein bisschen vielleicht."

„Er ist sehr nett. Als er mich reingelassen hat und ich ihm erklärt habe, wer ich bin, da war er irgendwie ganz schön verlegen."

„Clay und verlegen? Das ist mir neu."

„Nein, ehrlich. Ich gönne es euch von Herzen, wenn sich da was entwickeln sollte." Joyce legte Annie ihre Hand aufs Knie und drückte es kurz. „Du hast es verdient, jemanden zu finden, der dich wirklich liebt."

„So weit würde ich jetzt aber noch nicht gehen", stammelte Annie und bemerkte, wie ihr erneut ganz heiß wurde. „Er hilft mir einfach sehr viel und ja ... er gibt mir ein gutes Gefühl."

„Und das ist das Wichtigste", pflichtete Joyce ihr bei und lehnte sich etwas zurück. Sie seufzte laut, als die Sonne ihr ins Gesicht schien und sie die Augen dabei schloss. „Ich wusste gar nicht mehr, wie schön es hier eigentlich ist."

„Oh ja, das ist es."

Sie schwiegen einen Moment, ließen die leicht sommerliche Luft, die sich zum Abend hin langsam abkühlte, auf sich wirken und genossen die Gegenwart der jeweils anderen. Jeff verbannte Annie nach ganz hinten in ihr Innerstes.

„Wann musst du wieder los?", wollte sie nach einer Weile wissen.

„Leider schon wieder heute Abend." Joyce machte ein trauriges Gesicht. „Morgen früh habe ich einen wichtigen Termin und du kennst ja Jeff, wenn man spontan Urlaub nehmen möchte ..."

Annie seufzte. „Ja, das kenne ich nur zu gut."

Sie erinnerte sich daran, wie er sich jedes Mal aufgeregt hatte, wann immer jemand bei ihm Urlaub beantragt hatte. *Haben nichts als Urlaub im Sinn, die Leute*, hatte er einmal geschimpft, während Annie nur den Kopf geschüttelt hatte. Eigentlich hatte diese Geste damals ihm gegolten, doch er hatte offensichtlich gedacht, dass Annie ihm recht gab und über die faulen Mitmenschen den Kopf schüttelte.

„Manchmal denke ich, wäre es für mich auch an der Zeit, mal was Neues zu machen."

„Was schwebt dir vor?"

Schulterzuckend blickte Joyce in den Garten. „Ich weiß auch nicht ... mal irgendwas, was nicht mit dem Tippen auf dem Rechner und Mode zu tun hat. Die ganze Online- und Modewelt ist mir einfach zu oberflächlich geworden, verstehst du, was ich meine? Ich sehe dich hier in diesem süßen Dorf und merke, wie glücklich du bist. Wie du einfach aus diesem

Großstadtleben ausbrechen konntest, nun hier bist und das machst, was du liebst."

„Nur wusste ich das vorher auch nicht. Erst als ich mich in die Arbeit gestürzt habe. Außerdem hatte ich ja nicht wirklich eine Wahl, oder?" Sie stieß Joyce in die Seite und lachte.

„Du könntest ja auch einfach hierbleiben", schlug diese dann vor.

Annie hielt inne. „Ich denke nicht, dass das geht. Immerhin habe ich doch meine Sachen und alles in London. Ich werde mir wieder einen Job suchen müssen, denn von dem Blog allein kann ich nicht leben."

„Da würden sich schon Wege finden", versicherte ihr Joyce und schaute auf ihre Armbanduhr. „Tja, aber ich fürchte, dass ich mich langsam auf den Weg machen muss."

„Es ist toll, dass du hier warst."

„Ich komme bestimmt nochmal wieder." Sie standen auf und marschierten langsam, als wäre der Gang schmerzhaft für alle Beteiligten, zu Joyces Auto. Dort angekommen verfielen sie noch in eine lange und feste Umarmung und konnten sich nicht gegen die Tränen wehren, die sie beide übermannten.

„Deine Freundin ist sehr nett", stellte Clay fest, als sie später am Abend am neu aufgebauten Küchentisch saßen und ein Glas Wein zu dem Gurkensandwich tranken, das Annie kurz zuvor zubereitet hatte. Wohlbemerkt in der neuen Küche.

„Ja", antwortete sie und plötzlich überkam sie Traurigkeit. „Schade nur, dass sie schon wieder losmusste."

„Na ja, ihr seht euch ja bald wieder“, tröstete er sie, doch sein Ton hatte sich etwas verändert. Er wirkte nachdenklich und schaute sie an. „Wirst du wirklich wieder zurückgehen?“

In letzter Zeit kam diese Frage überraschend oft auf und inzwischen war sich Annie gar nicht mehr so sicher.

„Ich ... ich werde einfach mal sehen, was die Zeit bringt“, antwortete sie, war sich jedoch selbst nicht sicher, was sie eigentlich wollte.

„Dann bin ich gespannt“, antwortete Clay. „Jedenfalls habe ich mir etwas überlegt.“

„Was?“

Um seinen Mund herum zeichnete sich ein leichtes Lächeln ab.

Annie spürte Neugierde in sich aufkeimen. „Sag schon, was hast du dir überlegt? Etwa in welcher Farbe das Wohnzimmer gestrichen werden könnte? Ich überlege schon die ganze Zeit, aber ich komme einfach nicht drauf, was ...“

Er schüttelte den Kopf, als wäre sie ein hoffnungsloser Fall.

Sie hielt inne. „Was ist?“

„Nichts, nur zur Abwechslung habe ich mal nicht ans Arbeiten gedacht. Und du solltest das auch mal lassen. Also, was hältst du davon, wenn du morgen die Finger vom Haus lässt und mit mir den Tag verbringst?“

Annie bekam große Augen und ihr Magen schlug Purzelbäume. „Okay, und was hast du vor?“

„Du kannst dich wirklich nicht überraschen lassen, oder?“

Sie schüttelte den Kopf. „Nein, aber sicherlich wirst du es mir auch nicht verraten, habe ich recht?“

Er nickte und trank einen Schluck. Dabei nahm er seinen Blick nicht von ihr. „Da musst du dich jetzt schon ein bisschen gedulden. Sei einfach morgen früh um neun Uhr fertig, pack dir eine Jacke ein und ein bisschen was zu essen.“

„Hm, gehen wir wieder wandern?“

„Mit dir lahmen Ente? Niemals.“

„Hey!“, rief Annie und kniff ihm in die Seite.

Lachend schob Clay seinen Stuhl zurück und erhob sich. Dann nahm er sie bei den Händen und zog sie auf ihre Beine. Langsam kam er ihr näher, bis seine Lippen ganz dicht an ihren waren. Ihr Herz klopfte bis zum Hals und sie spürte dieses aufregende Prickeln, das in seiner Gegenwart inzwischen zu einer bekannten Empfindung geworden war. Sie machte sich bereit für einen weiteren unvergesslichen Kuss, doch dieses Mal kam es anders. Seine Lippen berührten ihre nicht, sondern er sagte nur: „Ich habe morgen etwas viel Besseres mit dir vor ...“

Dann ließ er von ihr ab, schnappte sich seine Sachen vom Tisch und zwinkerte ihr schelmisch zu. „Ich wünsche dir eine schöne erste Nacht im Rosemary-Cottage.“

Etwas irritiert, jedoch mit einem Lächeln der Vorfreude, ließ er sie zurück.

31

Die erste Nacht im Cottage war merkwürdig. Zu Beginn des Abends hatte Annie sich zunächst etwas unbehaglich gefühlt und jedes noch so kleine Geräusch zu orten versucht. Sie hatte sich ins Bett gelegt und gelauscht, was um sie herum passierte. Doch ihre Nervosität flachte immer weiter ab, je mehr sie sich auf die Geräusche vor ihrem Fenster konzentrierte. Hier und da kreischte eine Möwe und manchmal dachte sie, dass sie sogar das Rauschen des Meeres hören konnte. Außerdem musste sie immer wieder an den bevorstehenden Tag mit Clay denken. Was hatte er nur mit ihr vor? Ganz egal was, sie freute sich wahnsinnig. Umso leichter fiel ihr das Einschlafen. Bis zum nächsten Morgen hatte sie so fest geschlafen, dass sie hochschreckte, als der Wecker sie zum Aufstehen ermahnte. Erst hatte sie eine Weile gebraucht, um zu realisieren, wo sie eigentlich war. Aber als die Sonne durch das Fenster schien und sie sich im Schlafzimmer umblickte, stahl sich ein Lächeln auf ihre Lippen. Wie schön das Zimmer war und all das hatte sie geschaffen.

Sie tapste zu ihrem Koffer und wühlte ein paar Sachen hervor, die sie in den nächsten Tagen unbedingt im Schrank einsortieren musste. Nachdem sie sich im Badezimmer im unteren Stockwerk zurechtgemacht hatte, hatte sie ihre Sachen gepackt, wie Clay es ihr gesagt hatte. Jetzt blickte sie auf ihre Uhr und erkannte, dass sie noch eine halbe Stunde Zeit hatte. Da ihr Kühlschrank noch nicht viel hergab, machte sie sich auf den Weg ins Dorf, um ihnen beiden aus dem Café ein leckeres Frühstück zu organisieren.

Kurz vor dem *Shanty Dream* traf sie auf Laura, die sie überrascht anblinzelte. „Annie? Du bist aber früh unterwegs.“

„Früh? Es ist halb neun. Normalerweise bin ich schon seit etwa zwei Stunden wach.“

Laura machte große Augen und schüttelte den Kopf. „Unglaublich, dass du so ein früher Vogel bist. Aber na ja, das ist wohl ungewohnt für jemanden wie mich, der bis Mitternacht hinter einem Tresen steht. Genau wie gestern Abend und ausgerechnet heute hat meine Mum Geburtstag und mich gebeten, ihre Geburtstagstorte abzuholen.“

„Sie ist dir bestimmt dankbar, dass du das so aufopferungsvoll übernommen hast“, scherzte Annie und bestaunte den großen Karton in Lauras Händen.

„Oh, du solltest meine Mum kennenlernen. Das war nämlich keine Bitte.“ Sie schüttelte energisch mit dem Kopf, um eine Haarsträhne aus dem Gesicht zu bekommen, die ihr der Wind aus den zusammengebundenen Haaren gelöst hatte. „Aber na ja ... was genau treibst du eigentlich hier?“

Annie trat etwas nervös von einem Fuß auf den anderen und blickte zum Café. „Ich besorge mir nur ein Frühstück.“

„Hm, und wieso wirkt deine Stimme dabei so merkwürdig? Frühstückst du womöglich nicht allein?“

„Wie kommst du denn darauf?“ Annie versuchte ihre Röte im Gesicht zu vertuschen, was ihr beim besten Willen nicht gelang.

Lauras Grinsen wurde immer breiter. „Du hast vergessen, dass das hier nur ein kleines Dorf ist. Hier weiß jeder besser über dich Bescheid als du selbst.“

Annie atmete seufzend aus. „Also schön, ich verbringe heute den Tag mit Clay.“

„Ich wusste es!“, jubelte Laura und ließ dabei fast den Karton aus den Händen fallen. „Huch! O Gott, wenn der kaputtgeht, bin ich einen Kopf kürzer. Ich sag dir, meine Mum kann ganz schön zur Furie werden, wenn ihr Geburtstag versaut wird. Oder ihr Nageltermin oder Ostern. Oder ihr Teppich im Wohnzimmer … Aber egal, erzähl mir alles.“

„Um ehrlich zu sein weiß ich nicht, was wir heute machen. Es ist eine Überraschung und ich besorge nur eine Kleinigkeit zu essen.“

Laura zog anzüglich eine Braue in die Höhe. „Da meint es aber jemand ernst mit dir. Clay unternimmt nie irgendwas mit irgendwelchen Frauen.“

„Ich bin ja auch nicht irgendeine“, konterte Annie und erntete ein entsetztes Gesicht.

„Oh nein, so wollte ich das auch nicht sagen, entschuldige bitte.“ Lauras Gesichtsfarbe glich der eines Krebses.

Annie lachte auf. „Das war ja auch nur ein Scherz.“

„Also gut, du Scherzkeks, ich muss jetzt leider weiter, aber du wirst nicht umhinkommen, es mir zu erzählen, wie euer Tag heute gelaufen ist, hörst du?“

„Wenn ich dich das nächste Mal besuche, erzähle ich dir, was wir gemacht haben. Aber vermutlich wirst du es schon von jemand anderem hören.“

Entschuldigend zuckte Laura mit den Schultern. „Nun ja, die Leute hier reden halt gerne. Am liebsten über andere. Und ihr seid eben ein attraktives Thema. Gerade weil jeder weiß, wie schwer er mit der Trennung zu kämpfen hatte. Und kaum ist da diese hübsche Neue in Shanty Coast, sieht man ihn wieder lachen, tanzen und außerhalb seiner Arbeit auf den Straßen. Das muss wirklich was heißen.“

Annie starrte Laura eine Weile an, als würde sie nicht recht glauben, was sie ihr eben gesagt hatte und doch erfüllte es sie mit einer Wärme, die sich in ihrer Brust ausbreitete.

„Wir werden sehen. Jedenfalls wünsche ich dir erst einmal einen schönen Tag mit deiner Mum.“

„Ach, wenn es doch nur so wäre. Es wird nur leider kein Tag zu zweit sein, sondern mit etwa vierzig weiteren Personen. Und auch nicht hier, sondern in Clansington, circa eine Stunde von hier entfernt. Mum hat nicht sonderlich viel übrig für das Dorf, in dem ich lebe.“

„Das tut mir leid.“

„Muss es nicht. Sie ist schwierig, aber immer noch meine Mum. Sie schätzt es eben eher, sich mit der gehobenen Klasse abzugeben. Eine Kneipenfrau wie ich sieht neben einer Top-Immobilienmaklerin eben fehl am Platze aus.“

Annie erkannte die Traurigkeit in Lauras Gesicht und hätte sie am liebsten getröstet, doch diese machte

Anstalten zu gehen. „Also ... ich wünsche dir ganz viel Spaß."

„Ich dir auch, danke."

Annie blickte Laura noch einen Moment nach, als diese mit leicht hängenden Schultern die Promenade entlanglief. Sie konnte sich gar nicht vorstellen, wie es sein musste, ein so schwieriges Verhältnis mit seinen Eltern zu haben oder nicht von ihnen wertgeschätzt zu werden. Augenblicklich war sie dankbar für die Familie, die sie hatte und machte sich im Geiste die Notiz, sich ganz dringend wieder zu Hause zu melden.

„Verrätst du mir jetzt, wo es hingeht?"

Clay rollte mit den Augen, während er am Steuer saß und das Auto in Richtung Hafen dirigierte. „Du wirst es bald erfahren. Du hast mir ja auch nicht verraten, was du da in der Tüte hast." Er deutete mit dem Kopf auf die weiße Tüte auf ihrem Schoß, die sie am Morgen im Café mit lecker duftenden Scones hatte füllen lassen.

„Quit pro quo", sagte sie nur.

Clay zuckte gleichgültig mit den Schultern. „Also ich kann mich gedulden. Im Gegensatz zu dir. Ich glaube, Balou möchte es dringender wissen, was du da hast."

Annie lachte und schaute zur Rückbank, auf der der schwarze Hund lag und den Blick nicht von Annie nahm. Sofort wedelte er mit dem Schwanz.

„Tut mir leid, mein Hübscher. Aber ich glaube, wir alle müssen uns hier heute überraschen lassen."

Kurz darauf bog Clay in Richtung Hafen ab, wo er auf einen kleinen Schotterparkplatz zusteuerte. Sie bemerkte die vielen Boote, die ruhig vor sich hinschaukelten. Dann warf sie Clay einen fragenden Blick zu. „Fahren wir etwa mit einem Boot?"

„Wenn du Boot fahren magst?"

„Machst du Witze? Ich wollte sowas schon immer mal machen!"

Sie stieg aus dem Wagen und staunte bei dem Anblick der ganzen Segelboote und Motorboote, die sich aneinanderreihten.

„Bist du etwa noch nie Boot gefahren?", rief Clay ihr zu, während er Balou aus dem Auto springen ließ.

„Nein, bisher noch nicht."

„O Gott, du bist wirklich ein Stadtkind. Na dann wird es höchste Zeit."

Er bedeutete ihr mit einem Kopfnicken, wo es langging und Annie folgte ihm aufgeregt. In ihrer Handtasche spürte sie ein leichtes Vibrieren. Sie warf einen kurzen Blick auf ihr Telefon. Da war sie schon wieder, die anonyme Nummer, die sie anrief. Kurz überlegte sie ranzugehen, dann hätte sie endlich Gewissheit, doch da legte er oder sie schon wieder auf.

„Alles in Ordnung?", fragte Clay, der stehen geblieben war und auf sie wartete.

Sie blickte überrascht auf. „Was? Äh … ja, alles gut. Nur immer diese Werbeanrufe", faselte sie und machte eine wegwerfende Handbewegung.

Sie schaltete ihr Handy auf stumm und verstaute es wieder tief in ihrer Tasche. Es war auch sicherlich nur ein Werbeanruf, redete sie sich innerlich ein.

Sie passierten schließlich den Eingang zum Steg, den Clay mit einer Chipkarte öffnete. Annie atmete gierig die frische Seeluft ein und verdrängte alle unangenehmen Gefühle in sich. Diesen Moment wollte sie genießen! Balou lief fröhlich hinter ihnen her und huschte plötzlich, als wüsste er genau, wo es langging, an ihnen vorbei und blieb kurzerhand direkt vor einem niedlichen Sportboot stehen.

„Ist das dein eigenes Boot?", wollte Annie von Clay wissen, als dieser ebenfalls stehen blieb und nach einem Schlüssel in seiner Tasche suchte.

„Nein, es gehört einem Freund von mir, der mich aber oft damit fahren lässt."

„Das ist aber lieb von ihm."

Annie konnte es kaum erwarten, das Boot zu betreten. Es war kein großes, nicht so wie die anderen ringsherum, aber es hatte eine kleine Kajüte, die man nach unten begehen konnte.

Clay machte einen großen Schritt, um auf das Boot zu kommen und reichte ihr anschließend die Hand, um ihr ebenfalls herüber zu helfen. Sie hechtete hinüber und er zog sie ein Stück an sich. Dabei legte er ihr eine Hand auf den Rücken und hielt sie fest. Seinen Blick nahm er nicht von ihr und ein schiefes Lächeln breitete sich auf seinen Lippen aus. „Bereit?"

Annie nickte eifrig. „Und wie!"

„Also schön, Balou komm!"

Mit einem Satz war der schwarze Hund auf dem Boot und marschierte geradewegs in Richtung Steuer.

Zuerst betraten sie einen kleinen Bereich, in dem sich ein Tisch mit einer gemütlich aussehenden Sitzgruppe befand.

„Das ist das Achterschiff. So nennt man diesen Bereich eines Bootes", erklärte Clay, als er Annies staunende Augen sah und lachte. „Dass du noch nie auf einem Boot warst ..."

„Tja, es gibt immer ein erstes Mal, oder?", entgegnete sie und ließ ihre Tasche auf die Sitzbank fallen.

„Na dann komm, ich zeige dir den Rest. Obwohl es gar nicht so viel zu zeigen gibt. Das Boot ist nicht sonderlich groß, bietet aber genug Platz, um drauf zu schlafen."

Er deutete mit einer Hand in Richtung Kabine. Dann schloss er sie auf und machte Annie den Weg frei, damit sie sich umsehen konnte. Die zwei kleinen Stufen nach unten ging sie gebeugt, um sich nicht den Kopf zu stoßen, und schaute auf eine große Liegefläche, auf der ein paar Zierkissen lagen.

„Sieht gemütlich aus. Übernachtest du hier manchmal?", wollte sie dann wissen und verließ die Kabine wieder.

Clay nickte. „Das habe ich zweimal gemacht. Kurz nach der Trennung. Ich ... brauchte ein bisschen Ruhe. Etwas Zeit für mich."

„Das kann ich gut verstehen", pflichtete sie ihm bei und folgte ihm, als er um das Cockpit herumging, nahe am Rand vorbei, und ihr die Sonnenliege auf dem Vorderdeck zeigte.

„Es ist toll! Vielen Dank, dass du mich mit hergenommen hast", strahlte Annie.

„Bedank dich nicht zu früh. Noch weißt du nicht, ob du seefest bist."

Sie machten sich auf den Weg zur Sitzgruppe.

„Ich bin ziemlich abgebrüht, was Vergnügungsparks angeht. Das bisschen Wellengang werde ich schon aushalten."

„Wir werden sehen."

Nur wenige Minuten später beorderte Clay das Boot langsam aus dem Hafen und Annie beobachtete ihn von der Sitzgruppe aus dabei. Neben ihr hatte sich Balou auf der Bank lang ausgestreckt und ließ die herrlichen Sonnenstrahlen auf sich scheinen.

Clay kurvte das Boot an einer Anreihung von Yachten und Segelbooten vorbei und dann fuhren sie hinaus aufs Meer. Annie genoss jeden Augenblick davon, legte den Kopf in den Nacken und spürte die frische Brise, die sie umwehte. Der Duft von Meer und Salz war so überwältigend, dass sie gar nicht aufhören konnte, tiefe Atemzüge zu nehmen. Plötzlich nahm das Boot Geschwindigkeit auf und Annie lachte, als sie zurück in den Sitz gedrückt wurde. Als sie zu Balou blickte, ließ dieser sich kaum etwas anmerken, hob gelegentlich die Schnauze in die Höhe, als wollte er prüfen, ob sie noch auf dem Meer waren. Instinktiv legte Annie ihm eine Hand aufs Fell und hielt sich dicht an ihn. Sie liebte den Blick auf das funkelte Wasser und die Landschaft entlang der Küste, genoss die Sonnenstrahlen auf ihrer Haut und das Wissen, dass Clay ganz in ihrer Nähe war. Sie liebte in diesem Moment einfach alles. Ihr Leben. So wie es in diesem Augenblick war.

Etwa zwanzig Minuten später hielt Clay das Boot an und sie schaukelten mitten auf dem Meer. Dann kam er zu ihr und setzte sich neben sie. „Und? Wie findest du es? Bist du schon seekrank?“

Sie erkannte den Schalk in seinen Augen und schüttelte den Kopf. „Da muss ich dich leider enttäuschen. Das Mädchen aus der Großstadt ist sehr robust.“

„Okay, Großstadtmädchen. Dann zeig mir doch mal, wie robust du wirklich bist. Komm." Er hielt ihr eine Hand entgegen.

Annie schaute ihn verdutzt an, erhob sich aber.

Clay drängte sie ans Steuer und sie lachte ungläubig auf. „Soll ich dieses Ding etwa fahren? Nein, kommt nicht infrage, das kann ich doch gar nicht. Außerdem habe ich keinen Führerschein!"

„Wo kein Richter, da kein Kläger, oder?", gab Clay nur gelassen von sich und schob sie vor das Steuer. „Du musst nur lenken, den Rest mache ich", raunte er dicht hinter ihr, als er sie von hinten mit seinen Armen umschloss.

Annie genoss diese Nähe und schloss für einen Moment die Augen.

Dann startete er das Boot und führte ihre Hände ans Lenkrad. „Keine Sorge, dir passiert nichts."

Sie glaubte ihm. Sie hätte ihm in diesem Moment einfach alles geglaubt.

Nur wenige Minuten später peitschten sie über das Meer und sie strahlte vor lauter Glück. Clay stand noch immer hinter ihr, bereit, jederzeit einzuschreiten. Hin und wieder gab er ihr einen Kuss auf ihren Nacken und manchmal ertappte Annie sich dabei, wie sie für wenige Sekunden die Augen schloss.

Sie fuhren einige Minuten lang. Sie liebte das Gefühl von Freiheit und wenn sie tief in sich hineinhörte, war die Nähe zu Clay noch aufregender als die Tatsache, das erste Mal im Leben ein Boot zu steuern.

Als sie irgendwann anhielten, bekam Annie ihr Lächeln kaum aus dem Gesicht. Sie drehte sich zu Clay um, der noch immer dicht bei ihr war und strahlte ihn an. „Das war unglaublich."

„Finde ich auch." Seine Augen funkelten und sein Lächeln wurde immer breiter. Dann machte er einen Schritt zurück und klatschte in die Hände. „Jetzt brauche ich aber dringend ein Frühstück."

Gemeinsam setzten sie sich auf die Sitzecke, wo Balou schon sehnsüchtig auf sie wartete. Annie griff unter sich nach der Tasche, die sie dort vor der Abfahrt verstaut hatte.

Clay schaute neugierig zu, was sie aufdeckte und lächelte anerkennend. „Du bist ja bestens vorbereitet. Da kann meine Tasche mit ein paar Keksen leider nicht mithalten."

„Du hast dich das letzte Mal ums Essen gekümmert, heute bin ich dran."

Sie drapierte ein paar Scones und eine kleine Schale mit Clotted Cream auf dem Tisch und schenkte ihnen frischen Kaffee aus der Thermoskanne in zwei Becher ein. „Ich finde es spannend, dass du Kaffeetrinker bist."

Clay zuckte mit den Schultern. „Irgendwie ist diese englische Tradition des Teetrinkens an mir vorbeigegangen."

„An mir auch", gab sie zu. „Außerdem habe ich eine Schwäche für Cappuccino. Dafür liebe ich Scones über alles."

„Und schon habe ich wieder etwas über dich gelernt."

Sie grinste und schob ihm einen Becher Kaffee entgegen.

Eine Zeit lang aßen sie schweigend. Annie konnte den Blick nicht von der Landschaft nehmen.

„Es ist wunderschön hier."

„Vielleicht solltest du einfach bleiben.“

Sie schaute auf und erkannte den Ernst in Clays Gesicht. „Du meinst, hier auf dem Boot? Na, weg kann ich ja auch gerade nicht.“ Sie versuchte die aufkeimende Nervosität in sich mit einem Scherz zu ersticken, doch das gelang ihr nur schlecht.

„Du weißt, was ich meine. Du könntest in Shanty Coast bleiben.“

Seufzend ließ Annie sich zurücksinken und schaute wieder aufs Meer. „Theoretisch könnte ich. Aber ...“

„Aber?“

Sie schüttelte gedankenverloren den Kopf. „Ich weiß auch nicht ... Schließlich ist alles, was ich habe in London.“

„Dafür gibt es Umzugstransporter“, schlug er trocken vor und sie wusste, dass er recht hatte. Es wäre nicht schwer, einfach alle Zelte in London abzubrechen. Zumal es dort einfach nichts mehr für sie gab, bis auf Joyce natürlich. Aber es wäre schwer für sie, sich von allem, was sie kannte einfach so zu trennen. „So meine ich das nicht. Es geht nicht nur um die Sachen.“

„Um was dann? Deinen Job? Du hast doch keinen.“

Wieder nickte sie und ihr Magen zog sich bei dem Gedanken an ihren ehemaligen Job schmerzhaft zusammen. „Nein, einen Job habe ich da nicht mehr.“

„Dann ist es eine Überlegung wert.“

Sie schwiegen einen Moment. Annie ließ Clays Worte kurz auf sich wirken. „Ja, vielleicht ist es das ...“

Sie biss nachdenklich von ihrem Scone ab und trank ihren Kaffee. Er hatte recht: Es war eine Überlegung wert und der Gedanke geisterte nicht das erste Mal in ihrem Kopf herum. Aber sie wollte nicht jetzt darüber nachdenken. Nicht jetzt, wo er gerade aufstand und sie an ihrer Hand mit sich zog. „Komm, wir gehen aufs Sonnendeck.“

Gemeinsam ließen sie sich an Deck des Bootes nieder und Annie fühlte sich plötzlich völlig frei. Das Gespräch mit Clay, der es scheinbar ganz gut fände, wenn sie dableiben würde, ließ sie einfach nicht los. Schließlich sprach das ja nur für die beiden. Und dann waren da diese unendliche Weite, dieser Blick aufs Meer mit den kreischenden Möwen ... als würden diese sie ebenfalls überreden wollen, hier in Shanty Coast zu bleiben.

Sie ließen sich auf dem Sonnendeck nieder und Annie streckte ihre Beine weit von sich. Sie war froh, dass sie sich am Morgen für eine kurze Hose entschieden hatte, denn die Sonne hatte inzwischen ordentlich Kraft.

Clay legte sich daneben und seufzte genüsslich. „Sowas hast du in London nicht.“

Sie schaute ihn an. Ihr gefiel der Anblick, wie er dalag, einen Arm übers Gesicht gelegt, ein Bein angewinkelt. Sein schwarzes T-Shirt ließ wieder kaum Raum für Fantasie und sie erwischte sich dabei, wie sie sich vorstellte, wie es wohl unterhalb seines Shirts aussah.

„Nein, sowas habe ich in London nicht“, pflichtete sie ihm leise bei.

Als sie sich ebenfalls hinlegte, spürte sie plötzlich seine Hand an ihrem Bauch entlangwandern. Kurz darauf wandte er sich zu ihr, umfasste vorsichtig ihr Kinn und legte seine Lippen auf ihre. Anfangs küssten sie sich zärtlich, doch schon kurz darauf wurde es wilder. Seine Hand schob sich unter ihr Shirt und sofort begann die Stelle, an der er sie berührte, ordentlich zu prickeln. Als hätte er Annies unausgesprochene Frage, wie es wohl unterhalb seines Shirts aussah gehört, zog er sich mit gekonnten Griffen seines aus. Mit bloßem Oberkörper beugte er sich über sie und Annie erkundete ihn gebannt, als wäre er eine kostbare Trophäe. Seine Brust fühlte sich fest an und sie genoss es, mit ihren Fingern an seinen definierten Muskeln entlangzufahren. Als sie genug gesehen hatte, zog sie ihn schließlich an sich und küsste ihn voller Leidenschaft. Doch es passierte nicht viel mehr, was Annie im ersten Moment störte. Und doch war sie erleichtert darüber. Sie wollte nichts überstürzen, denn das, was sie hatten, wollte sie genießen und so zog sie sich ganz langsam zurück.

Clay verstand und sie erkannte sogar ein gewisses Verständnis bei ihm. Er legte sich dicht neben sie und bedeutete ihr, sich zu ihm zu legen. Sie kuschelte sich ganz dicht an ihn, genoss die Hitze, die sein Körper ausstrahlte und fuhr mit einem leichten Lächeln auf den Lippen mit den Fingern über seinen Oberkörper.

Ja, dachte sie verträumt, vielleicht würde sie wirklich bleiben ...

„Der Tag war einfach atemberaubend." Clay hatte das Boot zurück in den Hafen manövriert und half Annie, wieder auf den Steg zu gelangen. Als sie ihm dabei beinahe in die Arme fiel, hielt er sie ganz fest und küsste sie so leidenschaftlich, wie er es auf dem Boot getan hatte. Ihre Knie wurden weich und hätte er sie nicht so fest im Griff gehabt, wäre sie sicherlich einfach zu Boden gegangen. Sie schmeckte ihn noch einmal, ließ das Gefühl seiner Lippen auf ihren tief in sich wirken, ehe sie sich voneinander lösten.

„Könnte ich mich dran gewöhnen“, raunte Clay und gab ihr einen letzten Kuss auf die Stirn.

„Hm“, stimmte Annie ihm mit geschlossenen Augen und einem seligen Lächeln im Gesicht zu.

Als sie sich in Richtung Auto aufmachten, spürte sie immer wieder Balou ganz nahe bei sich, als wollte er ebenfalls sagen, dass sie nicht mehr weggehen sollte.

In Momenten wie diesen war sie sich sicher, dass sie das auch nicht mehr tun würde.

32

Der Ausflug hatte am späten Nachmittag sein Ende genommen und Clay musste noch einmal auf die Baustelle, auf der seine Männer ihn dringend brauchten. Er setzte Annie am Haus ab und küsste sie zum Abschied auf den Mund, als wäre es das Selbstverständlichste überhaupt. Sie strahlte über das ganze Gesicht und musste immer wieder den Kopf schütteln, als könnte sie nicht glauben, was für eine traumhafte Wendung ihr Leben genommen hatte. Und ebenso konnte sie nicht fassen, was sie sah, als sie nach Stunden auf ihr Smartphone blickte.

Vier Anrufe in Abwesenheit und allesamt stammten sie von derselben Nummer! Dieses Mal nicht unterdrückt. Ihr Herz klopfte ihr bis zum Hals. Sie spürte eine gewisse Übelkeit in sich aufsteigen. Es war tatsächlich Jeff gewesen. Jeff hatte die ganze Zeit versucht, sie anzurufen!

Als sie dastand, völlig überfordert mit der Situation, klingelte ihr Telefon erneut. Er rief schon wieder an!

Erst wollte sie nicht abnehmen, besann sich aber, dass es auch etwas ganz Profanes sein konnte. Möglicherweise hatte sie wichtige Post bekommen, die natürlich noch in ihrem alten Briefkasten für sie lag. Oder etwas mit der abgeschlossenen Gebäudeversicherung musste geklärt werden. Immerhin hatte sie überstürzt die Stadt verlassen und sämtliche Formalitäten, sie und Jeff betreffend, von sich gestoßen. Also schob sie mit ihrem Daumen das grüne Anruficon beiseite und hob mit zitternden Fingern das Smartphone an ihr Ohr.

„Jeff?"

„Annie, Schatz!"

Sie kniff die Augen zusammen und holte tief Luft. Seine Stimme zu hören war wie ein Schlag in die Magengrube. Und dass er sie noch immer Schatz nannte, verstärkte diesen umso mehr. Als hätte er seinen eigenen Fehler bemerkt, räusperte er sich und hielt seinen überschwänglichen Ton eine Oktave tiefer. „Entschuldige, ich ... das war wohl Gewohnheit."

„Welche Gewohnheit? Wir hatten seit Monaten keinen Kontakt", rief sie ihm in Erinnerung und war dankbar über die Entschlossenheit in ihrer Stimme.

„Du hast natürlich recht. Dumm von mir."

„Was willst du, Jeff?", fragte sie ungeduldig und blickte sich um, ob sie auch niemand hörte. Sie stand noch immer mitten im Garten und machte sich jetzt rasch auf den Weg ins Cottage.

„Ich habe gute Neuigkeiten für dich und natürlich wollte ich auch hören, wie es dir so geht."

„Bestens", presste sie hervor und schloss die Tür auf. Als sie im Haus war, war sie froh, in den sicheren vier Wänden zu sein. „Und was sind das für Neuigkeiten?"

Sie konnte sich lebhaft vorstellen, wie Jeff in seinem Büro saß, seine Beine übereinandergelegt auf den

Schreibtisch gebettet, und sich fühlte, als gehörte ihm die Welt. In diesem Moment hasste sie ihn mehr als je zuvor.

„Ich habe deinen Blog gesehen, Annie.“

Kurz schloss sie die Augen. „Und?“

„Und? Hast du mal gesehen, wie erfolgreich du inzwischen damit bist?“

„Und deshalb rufst du an, um mir das mitzuteilen? Vielen Dank, aber ich bin durchaus in der Lage, selbst zu analysieren, wie mein Blog läuft.“ Zähneknirschend ging sie in die Küche, um sich auf einen der Küchenstühle zu setzen. Ihre Beine waren zu wackelig, als dass sie sie noch tragen konnten.

„Der Grund, warum ich anrufe, ist folgender: Ich habe einen dummen Fehler gemacht, als ich dich habe gehen lassen.“

„Arbeitstechnisch oder beziehungstechnisch?“

Kurz herrschte Stille.

„Mit beidem selbstverständlich.“ Er seufzte. „Annie, bitte lass mich kurz erklären ...“

„Brauchst du nicht, Jeff. Du hast mir alles schon deutlich genug erklärt. Also, warum rufst du permanent an? Und das auch noch mit unterdrückter Nummer? Warst du das etwa die ganze Zeit?“

„Nun ja ...“, druckste er, „... ich wusste nicht, ob du rangehen würdest, wenn du meine Nummer siehst und ... jedenfalls möchte ich dir einen Vorschlag machen. Oder vielmehr ein Angebot.“

Annie rieb sich müde die Augen und schnaubte. Natürlich rief er wegen der Arbeit an. Wie hatte sie auch nur eine Sekunde glauben können, dass er sie zurückhaben wollte?

„Und das lautet? Wobei ... eigentlich interessiert es mich gar nicht, Jeff."

„Annie, bitte. Hör es dir nur einmal an, okay? Also, ich habe mir Folgendes überlegt: Du wirst ja bald mit dem Haus, das du, nebenbei bemerkt, toll hingekriegt hast, fertig sein."

„Gut erkannt", pflichtete sie ihm kühl bei. Doch sie bemerkte, wie Nervosität in ihr aufkeimte und fragte sich, was um alles in der Welt er denn nun von ihr wollte.

„Jedenfalls ... um es kurz zu machen: Du fehlst uns, Annie. Die Zahlen sind seit deinem Weggang ziemlich eingebrochen und die Leser wünschen sich ihre Annie wieder zurück."

„Diese besagten Leser sind geblieben. Bei mir."

Jeff schwieg einen Moment und Annie freute sich, dass diese Erkenntnis ihn ganz offenbar getroffen hatte.

„Und genau das ist der Grund, weshalb ich anrufe. Ich habe ein großartiges Angebot für dich."

Annie schnaubte genervt und erhob sich vom Küchenstuhl. „Nun rück schon raus mit der Sprache, Jeff. Ich habe genug zu tun. Wenn du meinen Blog verfolgt hättest, wüsstest du, dass ich mit den Fußböden noch nicht fertig bin ..."

„Und bald hast du noch mehr Arbeit, wenn du möchtest", warf er ein und sie hörte sein Grinsen bis durch das Telefon.

„Wie meinst du das?" Sie erhob sich langsam vom Stuhl und lief in der Küche auf und ab.

„Also, was hältst du davon, wenn du regelmäßig Häuser renovieren würdest und das alles auf deinem Blog dokumentieren könntest?"

Sie blieb mitten in der Küche stehen und stutzte. „Und wie sollte das gehen?"

„Ganz einfach, du renovierst alte Häuser, die die Redaktion aufkauft. Du kannst darüber in deinem Blog berichten und auf Instagram natürlich auch."

„Und weiter?", hakte Annie ungeduldig nach, da sie dieses Gespräch am liebsten ganz schnell beenden wollte. Und doch war da ein Funken Neugierde in ihr.

„Das Ganze würde natürlich über die Redaktion laufen. Dein Blog und dein Kanal würden an uns übergehen und du wärst wieder eingestellt."

Annie lachte ungläubig auf. „Und warum sollte ich sowas tun? Nachdem du mich hochkant rausgeworfen hast?"

„Weil du bisher sicherlich kein Geld mit deinem Blog verdienst, richtig?"

Annie stockte. Das stimmte leider. Jeff hatte genau ins Schwarze getroffen.

„Annie, hör dir meinen Vorschlag einmal ausführlich an, in Ordnung? Und wenn du dann nicht willst, dann hörst du nie wieder von mir. Jedenfalls bezüglich der Arbeit", setzte Jeff noch hinzu.

Sie seufzte und lehnte sich an den Küchentresen. „Also gut, schieß los."

„Schön. Also, es ist eigentlich ganz simpel. Wie schon gesagt könntest du über die Renovierungen der Häuser berichten. Wir stellen selbstverständlich das komplette Material und übernehmen alle Kosten. Und wenn es außerhalb von London sein sollte, dann übernehmen wir auch deine Unterkunft und alles, was du brauchst. Du könntest so gesehen von überall aus arbeiten. Klingt das nicht wundervoll? Deine Bezahlung wäre dein altes Gehalt und noch einmal dreißig Prozent mehr, du übernähmest zudem die Leitung für deine Sparte und bekommst Mitarbeiter unterstellt, die dir zur Hand gehen. Immerhin brauchst du einige helfende Hände, die für die Videos auf deinem Kanal zuständig sind, regelmäßig posten, wenn du in deine Arbeit vertieft bist, und und und.“

Annie konnte kaum glauben, was Jeff ihr da gerade erzählte. Sie würde endlich Geld mit ihrem eigenen Blog verdienen können und hätte die alleinige Entscheidungsgewalt. Die hätte sie doch, oder?

„Und der Blog würde allein mir gehören?“, fragte sie daher.

Jeff räusperte sich kurz und augenblicklich wusste sie, dass es einen Haken gab.

„Nun ja … also die Bedingung wäre, dass dein Blog auf unsere Seite umzieht. Du würdest wieder für uns schreiben und die Rechte deines Blogs und deiner Inhalte lägen bei uns.“

Annies Schultern sackten nach unten und sie atmete hörbar aus. „Also eigentlich möchte ich nicht …“

„Denk einfach nur mal drüber nach“, unterbrach Jeff sie hastig. „Schließlich winkt dir ein saftiges Gehalt, du wärst frei in deiner Entscheidung über die Inhalte, natürlich wärst du das. Du könntest deine handwerkliche Arbeit machen, die du schon immer so geliebt hast und zudem noch schreiben. Von wo aus du willst.“

Auch von hier aus, setzte Annie gedanklich hinzu und schaute aus dem Fenster. Ihr Blick fiel auf den Vorhof von Clays Haus. Sie könnte in seiner Nähe bleiben, wenn sie Häuser oder Wohnungen renovierte. Vorausgesetzt, die Gebäude befanden sich in der Nähe, aber da gab es bestimmt einige.

„Du suchst die Häuser aus und wir kümmern uns um den Rest", erklärte Jeff weiter, als wüsste er, wie sehr es in Annies Kopf zu rattern begann.

„Was macht ihr anschließend mit den Häusern oder Wohnungen?"

„Weiterverkaufen. Vielleicht auch vermieten – an Mitarbeiter von außerhalb womöglich. Keine Ahnung, was die da oben vorhaben. Wichtig ist nur, dass du deinen Traum erfüllen könntest."

Die da oben, schoss es Annie durch den Kopf und sie fühlte sich ein paar Monate in Jeffs Büro zurückversetzt.

Du weißt, dass die da oben letzten Endes das letzte Wort haben. Am längeren Hebel sitzen. Die Entscheider sind ...

Gott, wie hatte sie sich erniedrigt und vor den Kopf gestoßen gefühlt. Von ihrem eigenen Freund! Und jetzt telefonierte sie mit ihm und spürte, wie sehr er sie wieder versuchte einzuwickeln.

Entschlossen schüttelte sie den Kopf. „Nein."

„Bitte was?"

„Ich sagte nein. Jeff, ich kann das nicht. Du kannst nicht einfach hier anrufen, nach allem, was passiert ist, und dir meine Sachen unter den Nagel reißen. Ich habe mir hier in Shanty Coast ein neues Leben aufgebaut!"

Sie zuckte zusammen, als ihr klar wurde, dass sie ihm gesagt hatte, wo sie war – wenn er es nicht ohnehin schon herausgefunden hatte. Im Blog hatte sie den Standort des Hauses jedenfalls nie erwähnt.

„Und dort könntest du auch bleiben", beschwichtigte er sie. Annie hielt inne.

Er nutzte die Pause und holte tief Luft. „Wie ich schon sagte, du könntest von überall aus tätig sein. Nichts würde sich ändern. Nur dass du für uns arbeitest und gutes Geld verdienst. Die meiste Arbeit kannst du remote erledigen, aber es wäre nett, wenn du ab und zu mal vorbeikommen könntest. Vielleicht einmal für zwei oder drei Tage im Monat? Könntest du damit leben?"

Annie nickte nachdenklich, besann sich allerdings, dass sie auf keinen Fall zusagen wollte. Jedenfalls nicht, solange sie nicht in Ruhe darüber nachgedacht hatte.

„Also Jeff, ich weiß nicht ... ich ..."

„Schlaf in Ruhe darüber, okay? Denk bitte über mein Angebot nach. Und wenn es am Geld liegt, dann ließe sich auch sicherlich da noch was machen. Und zwischen uns ..."

„Würde sich nichts ändern", unterbrach sie ihn eindringlich. Sie merkte, wie er stockte, scheinbar überfordert damit, dass Annie ihn inzwischen so abbügeln konnte.

„Natürlich nicht", bestätigte er kleinlaut, was ihr ein gewisses Gefühl von Überlegenheit vermittelte.

„Also gut, lass mich darüber schlafen. Ich kann und möchte dir jetzt noch keine Antwort geben."

„Ist gut, ist gut. Ich will dich auch auf keinen Fall drängen, Annie Sch... Annie."

Sie atmete einmal tief durch und nickte schließlich. „Gut, dann melde ich mich, sollte ich Interesse haben."

„Das würde mich sehr freuen, wirklich."

„Mach's gut", sagte sie dann ohne einen Hauch von Höflichkeit und legte auf.

Mit zitternden Fingern ließ sie das Telefon auf den Tresen gleiten und stützte sich mit beiden Händen darauf ab. Was bitte war hier gerade passiert? Wie konnte Jeff es nur immer wieder schaffen, ihr Leben so sehr durcheinanderzuwirbeln, wo sie glaubte, dass gerade alles gut war wie es war.

Eine Weile irrte sie durch das Haus, ließ sich das Gespräch immer wieder durch den Kopf gehen und schüttelte schließlich ratlos den Kopf. Dann, als sie die Stille nicht mehr aushielt, suchte sie ihre Sachen zusammen und verließ fluchtartig das Cottage.

33

„Also wenn du mich fragst, möchte ich gerade nicht in deiner Haut stecken." Joyces Stimme am Telefon hatte Annie ein wenig beruhigen können, nachdem sie ihr alles haarklein erzählt hatte. Annie seufzte hoffnungslos und schaute auf das offene Meer hinaus. Sie hatte sich auf die Mauer gegenüber vom *Shanty Dream* gesetzt, welche die Promenade vom Meer trennte, und beobachtete die Möwen und die leichten Wellen, die sich unter ihren Füßen brachen.

„Joyce, was soll ich nur machen? Immerhin könnte ich mein Geld mit dem verdienen, was ich liebe. Ich könnte tolle Projekte dokumentieren und vielleicht sogar …"

„Vielleicht sogar was?", hakte ihre beste Freundin nach, als sie nicht weitersprach.

„Vielleicht sogar hierbleiben."

„In Shanty Coast?"

„Ja."

„Lass mich raten: Es liegt an Clay, habe ich recht?" Joyces Tonlage wurde schrill und Annie erkannte die Freude darin.

Schließlich nickte sie und blickte sich kurz um. Die Promenade lag seelenruhig da. Nur vereinzelt schlenderten ein paar Spaziergänger gemütlich die Straße entlang und genossen die letzten Sonnenstrahlen des Tages.

„Ja, mag sein", gestand sie schließlich ein.

„Oh Annie! Das freut mich so für euch."

„Joyce, wir sind noch ganz am Anfang. Alles nach und nach", erklärte sie mit einem Lächeln und kurz war das Gespräch mit Jeff vergessen. „Wir haben beide ein schlimmes Beziehungsende hinter uns und sind einfach ein bisschen vorsichtig. Aber die Vorstellung, dass ich womöglich bleiben könnte und ein geregeltes Einkommen hätte, ist schon verlockend."

„Tja, Jeff weiß eben, wie man Leute für sich gewinnt", knurrte Joyce. „Aber in diesem Fall muss ich dir recht geben. Es hört sich wirklich gut an. Und die Rechte an deinem Blog?"

„Die würden an die Redaktion übergehen", gab sie leise zu. „Und genau das ist der Punkt, der mich stutzig macht."

„Na ja, die sind nicht doof und wollen alles in trockenen Tüchern haben."

„Was würdest du an meiner Stelle tun?", wollte Annie verzweifelt wissen. Wenn sie Wert auf eine Meinung legte, dann auf die von Joyce.

Am anderen Ende der Leitung wurde es kurz still. „Ich weiß nicht. Allein aus dem Grund, dass Jeff da mit drinsteckt, würde ich sagen, dass du bloß die Finger davonlassen sollst. Andererseits klingt das Angebot schon verlockend. Allein das Geld wäre ein Punkt, bei dem ich sofort Ja sagen würde. Und dann die Sache, dass du endlich das machen könntest, wovon du schon immer geträumt hast. Der einzige fade Beigeschmack ist nur, dass du wieder mit einem Bein in der Redaktion steckst."

Annie nickte zustimmend und beobachtete, wie eine Möwe sich auf dem Wasser niederließ und gemütlich vor sich hintrieb. Der Anblick war so atemberaubend. Alles hier in diesem Fischerdorf war atemberaubend: die Landschaft, die Menschen und die Wärme, mit der sie hier empfangen worden war – abgesehen von Mrs McNeill und Clay, den sie am liebsten zum Teufel gejagt hätte.

Und jetzt? Alles hatte sich geändert. Sie spürte, wie sie ihr Herz immer mehr an Clay verlor. Dass sie bleiben wollte. Wie sehr der Gedanke an London sie abschreckte. Und jetzt hatte sie die Möglichkeit, ihr altes Leben mit ihrem neuen zu verbinden. Zu ihren Gunsten.

„Um auf deine Frage zurückzukommen", sprach Joyce weiter, „ich glaube fast, dass ich es machen würde. Wenn du wirklich dort oben bleibst, dann siehst du Jeff ohnehin kaum. Lediglich zwei oder drei Tage im Monat, wie du eben erzählt hast, und dann kann es sein, dass er nicht einmal da ist, sondern in Meetings steckt und so weiter. Und vor allem: Wir wären wieder Kolleginnen!"

Annie lachte auf. „Das stimmt, das ist der wichtigste Punkt."

„Nein, ernsthaft: Denk bitte in Ruhe darüber nach."

„Ich tue seit etwa zwei Stunden nichts anderes. Und weißt du, was das Schlimmste ist?"

„Na?"

„Ich würde Clay gegenüber zugeben müssen, dass ich doch viel mehr mit sozialen Medien und der Arbeit zu tun habe, als ich bisher habe durchblicken lassen. Schließlich war das der Grund, weshalb es mit ihm und seiner Ex nicht geklappt hat."

„Du bist aber nicht seine Ex."

Wieder nickte Annie. „Nein, das bin ich nicht, aber ..."

„Kein Aber. Du bist nicht wie seine Exfreundin und würdest ihn nicht von heute auf morgen wegen eines Jobs verlassen. Erzähl ihm einfach von deinen Plänen, sofern du Jeffs Angebot annimmst, und dann hast du ein reines Gewissen. Vielleicht solltest du auch so ehrlich mit ihm sein und ihm erzählen, wer oder was Jeff ist. Also dein Ex und ein Arsch."

„Ja, das werde ich morgen als Allererstes machen."

„Schlaf bitte eine Nacht darüber und entscheide ganz in Ruhe. Bloß nichts überstürzen."

Annie lächelte dankbar. „Werde ich nicht. Ich danke dir, Joyce."

„Dafür bin ich ja da. Ich bin eben der Kopf von uns beiden."

„Hey!", rief sie lachend in den Hörer.

„War ein Witz. Oder auch nicht. Ich wünsche dir eine ruhige Nacht. Schlaf gut, ja?"

„Du auch. Danke."

Als sie aufgelegt hatte, blieb Annie noch eine Weile so sitzen. Sie ließ die untergehende Sonne auf sich wirken, atmete die frische Seeluft tief in ihre Lungen ein und schloss kurz die Augen. Das Wellenrauschen, der Gesang der Möwen, das Stimmengemurmel der Menschen ... all das war wie eine Meditation für sie geworden. Wenn man dann noch die Schmetterlinge in ihrem Bauch dazuzählte, dann war es eigentlich perfekt so, wie es war. Sie könnte ihr Leben vor allem so weiterführen. Und wenn sie merkte, dass die Arbeit ihr so nicht mehr passte, dann würde sie es einfach beenden können. Sie würde auch anderweitig ihr Geld verdienen können. Sie hoffte nur, dass es so weit nicht würde kommen müssen. Schließlich hing sie an ihrem Blog und liebte es, wie die Leser sie darin bestätigten.

Tief in ihrem Inneren, so wusste sie, hatte sie längst eine Entscheidung getroffen. Am wichtigsten war es nur, dass sie Clay davon erzählte, damit es zwischen ihnen keine Unklarheiten gab.

Am nächsten Morgen rollte Annie sich mit gemischten Gefühlen aus dem Bett. Sie wollte ihn unbedingt erwischen und ihn fragen, ob er im Laufe des Tages Zeit für sie hätte, weil sie etwas mit ihm besprechen musste. Also huschte sie unter die Dusche, machte sich für den Tag zurecht und verließ das Haus.

Clays Transporter stand auf seinem gewohnten Platz, was bedeutete, dass er vermutlich noch nicht zur Arbeit gefahren war. Gerade als sie sein Grundstück betrat und an seiner Haustür klopfen wollte, sprang sie auf und Clay starrte sie überrascht an.

„Annie, was machst du denn so früh hier?"

„Ich freue mich auch, dich zu sehen", antwortete sie scherzend. Ihr Blick glitt auf die Reisetasche in seiner Hand.

„Musst du weg?"

„Ja, ich ..." Clay schob sich durch die Tür und wartete, dass Balou ihm folgte. Dieser kam nur eine Sekunde später angerannt und stürzte sich hechelnd auf Annie, die ihn lachend begrüßte.

„Hallo, mein Hübscher." Dann richtete sie sich wieder auf und schaute Clay fragend an.

„Mein Dad hat mich gestern spät am Abend angerufen. Er hatte einen Unfall."

Annie hielt sich eine Hand aufs Herz. „O mein Gott, ich hoffe es ist nichts Schlimmes passiert?"

Clay winkte ab. „Nein, eigentlich nicht. Er ist die Treppe hinabgestürzt und hat sich den Fuß gebrochen. Ich wollte ihn einfach ein oder zwei Tage unterstützen und schauen, wie es ihm geht."

„Okay, verständlich. Dann hab eine gute Fahrt, ja?" Sie trat einen Schritt beiseite.

Clay blieb vor ihr stehen. „Danke, aber wolltest du etwas Bestimmtes?"

Annie überlegte einen Moment, schüttelte dann aber den Kopf. Dies war nicht der richtige Augenblick, um mit ihm über die Sache mit ihrer Arbeit und dem Angebot von Jeff zu sprechen. „Nein, schon gut. Das kann warten."

„Okay, ich ruf dich an, in Ordnung?" Er musterte ihre Lippen und drückte ihr dann einen leidenschaftlichen Kuss auf.

Annie legte ihre Hände an Clays Gesicht. Er ließ er seine Tasche auf den Boden fallen und zog sie dicht an sich. Dabei drückte er sein Unterleib so fest gegen sie, dass sie spüren konnte, dass er am liebsten andere Dinge mit ihr getan hätte.

„Wenn ich zurück bin, dann verbringen wir beide einen schönen Abend miteinander, okay?"

Sie nickte und trat einen Schritt zurück. Dann würde sie es ihm eben dann sagen. Sie würde sich nur ein paar Stunden gedulden müssen.

„So machen wir das." Sie lächelte und küsste ihn erneut auf den Mund.

Einen Moment blickte sie Clay noch hinterher, als er mit seinem Hund in den Transporter stieg und davonfuhr. Sie trat nachdenklich von einem Bein auf das andere und fühlte sich auf einmal sehr einsam. Sie wusste, dass es daran lag, dass er weg war. Es war eine Leere, die sich in ihr breitmachte und sie völlig einnahm.

Annie biss sich unbehaglich auf die Lippe, auf der noch immer der Geschmack von Clay haftete. Sie vermisste ihn jetzt schon. Wenn das nicht ein eindeutiges Zeichen dafür war, dass sie bis über beide Ohren in Clay Dalton verknallt war, dann wusste sie auch nicht. Wie ferngesteuert wandte sie sich um und lief mit schnellen Schritten zum Cottage zurück. Sie wusste genau, was sie jetzt tun musste. Im Haus angekommen suchte sie nach ihrem Telefon und wählte Jeffs Nummer.

34

„Ein mutiger Schritt von dir, das muss ich schon sagen.“ Laura hatte sich über den Bartresen gelehnt und hielt einen Becher Tee in den Händen. Sie hatte zwar einen ernsten Ton an den Tag gelegt, nachdem Annie ihr von der ganzen Sache mit Jeff erzählt hatte, aber ihr Strahlen bekam sie kaum mehr aus dem Gesicht. „Das bedeutet aber, dass du wirklich hierbleibst? Das finde ich super!“

Annie lächelte und schaute auf ihren Kaffee vor sich. „Ich weiß, das ist alles ganz schön viel, aber es fühlt sich richtig an. Ich möchte nicht mehr zurück und das Angebot von meinem Ex … ich mag es kaum aussprechen, aber ich denke, dass es das Richtige war. Ich kann von hier aus arbeiten und werde in der Umgebung nach Häusern und Projekten Ausschau halten. So muss ich nicht weit fahren und kann mir hier etwas suchen.“

„Zieh doch gleich bei Clay ein“, gurrte Laura und wackelte anzüglich mit den Brauen.

„Das werde ich garantiert nicht tun“, erklärte Annie mit Nachdruck, musste aber ebenfalls grinsen.

„Also ein Geheimnis scheint ihr aus eurer Beziehung ja ohnehin nicht mehr zu machen.“

„Was möchtest du mir damit sagen?" Skeptisch verengte sie die Augen.

„Hab ich dir nicht schon erklärt, dass das hier ein kleines Dorf ist?"

Sie lachte. „Ja, und hier weiß jeder besser über mich Bescheid als ich selbst."

„Ganz genau. In diesem Fall bin ich es gewesen, die euch knutschend am Hafen gesehen hat."

Annie machte ein erschrockenes Gesicht. „Du hast *was?*"

Achselzuckend richtete Laura sich auf und schob sich ihre Haare hinter die Ohren. „Ich war gerade in der Nähe, um frischen Fisch zu kaufen. Da habe ich euch gesehen. Und ihr saht echt süß zusammen aus."

Annie versteckte ihr Gesicht in den Händen und spürte die Hitze in ihren Wangen. „O Mann, dass es mich nochmal so sehr erwischt, hätte ich wirklich nicht gedacht, als ich nach Shanty Coast gekommen bin."

„Tja, hier ist eben alles möglich."

„Dessen werde ich mir immer mehr bewusst", strahlte sie schließlich. „Jedenfalls muss ich jetzt nur noch Clay von meinen Plänen erzählen."

„Er wird sich sicher freuen", redete Laura ihr gut zu.

„Ich hoffe nur, dass er in mir nicht plötzlich seine Exfreundin sieht. Schließlich habe ich ihm nicht gesagt, wie ähnlich sich unsere Arbeit eigentlich ist. Und um ehrlich zu sein, habe ich meine Reichweite und meinen Blog in der letzten Zeit ziemlich heruntergespielt", gab Annie zu, erntete aber ein zuversichtliches Lächeln von Laura.

„Das wird schon. Sag es ihm einfach so, wie du es mir eben gesagt hast. Das wird er schon verstehen.“
„Ich hoffe es.“

Annie war gerade ins Cottage zurückgekehrt, als ihr Handy eine Mail ankündigte. Sie zuckte leicht zusammen, als sie den Absender las: Jeff. Er hatte ihr den Vertrag geschickt, den sie online unterschreiben sollte.

Sie schnappte sich ein Glas Wasser und setzte sich nach draußen, um ihn noch einmal in Ruhe zu lesen. Sie kannte die Inhalte noch aus ihrem alten Vertrag, nur war dieser jetzt um die Aspekte mit ihrem Blog ergänzt.

Einen Moment zögerte sie. Sollte sie die Rechte an ihrem Blog wirklich einfach so abgeben? Auch wenn ihr nicht wohl dabei war, es würde ja weiterhin ihrer bleiben.

Dann schaute sie zu Clays Garten herüber und eine Wärme erfüllte sie. Ja, es war genau das Richtige. Sie würde bleiben, auch wenn der Preis etwas höher war.

Etwa eine halbe Stunde später klingelte es an der Tür. Auch wenn man es kaum als Klingeln, sondern vielmehr als Krach machen bezeichnen konnte. Sie öffnete die Tür und Carl stand mit breitem Lächeln vor ihr. Es war inzwischen schon so normal, dass er in ihrem Haus arbeitete, dass sie ihn hineinbat und er sich direkt an die Arbeit machte, während sie ihm Tee kochte. Wenig später schrieb sie John, um ihn zu fragen, ob er ihr die Baulampen entfernen und die richtigen, die sie sich in der vergangenen Woche gekauft hatte, anzubringen. Er antwortete nur wenige Minuten danach mit einem klaren Ja. Und so verabredeten sie einen Termin für die kommende Woche.

Am Abend klingelte ihr Smartphone, als sie gerade erschöpft ins Bett fallen wollte. Erst dachte Annie, dass es Jeff sein könnte, der noch ein paar Dinge mit ihr besprechen wollte, doch als sie sah, dass es Clay war, lächelte sie.

„Hey", versuchte sie so wach wie nur möglich zu wirken, „mit deinem Anruf hätte ich so spät gar nicht mehr gerechnet."

„Es ist halb neun", antwortete Clay, als wäre das eine Uhrzeit, in der man unmöglich schon schlafen gehen konnte.

„Und ich habe den Tag über hart gearbeitet", erzählte Annie.

Kurz kam in ihr der Gedanke auf, Clay alles über ihren Job in ihrer alten Firma zu erzählen. Allerdings wollte sie lieber die Reaktion in seinem Gesicht sehen, wenn sie ihm mitteilte, dass sie in Shanty Coast bleiben würde, also behielt sie diese Information vorerst für sich.

„Hast du einiges schaffen können?" Clay klang etwas erschöpft, das konnte sie hören und sie vermutete, dass es seinem Vater womöglich schlechter ging als ursprünglich angenommen. „Tatsächlich habe ich inzwischen das Wohnzimmer neu gestrichen. Alles in einem netten cremefarbenen Ton. Der Fußboden ist ebenfalls fertig, sodass ich allmählich mit dem Einrichten beginnen kann. Morgen kommen die Gardinenstangen und die Fußleisten dran", erzählte sie stolz und ließ sich mit dem Rücken gegen das Kopfende des Bettes sinken. Die weiche Matratze gab leicht unter ihrem müden Körper nach und sie seufzte genüsslich.

„Das hört sich sehr gut an. Ich bin gespannt, wie es aussieht, wenn ich wiederkomme."

„Wann wirst du wieder hier sein? Und wie geht es deinem Vater?"

Kurz wurde es still, dann räusperte sich Clay. „Es geht ihm den Umständen entsprechend gut. Meiner Meinung nach viel zu gut. Er hat zwar ein gebrochenes Bein, aber herumkommandieren kann er mich wie ein Schwerkranker."

Annie konnte ein unterschwelliges Lachen aus seiner Beschwerde heraushören und war sich sicher, dass es weniger schlimm war, als es sich anhörte. „Vielleicht genießt er einfach mal den Luxus, bedient zu werden."

„Und wie er das tut. Na ja, mal sehen, wie lange ich bleibe. Wir nutzen die gemeinsame Zeit einfach ein bisschen und dann komme ich wieder. Balou findet es jedenfalls super hier. Endlich jemand, der ihn vierundzwanzig Stunden am Tag krault."

Annie lachte bei dem Gedanken an den verschmusten Hund. „Sei nicht so streng mit deinem Papa, ja?"

„Du kennst ihn nicht. Wenn er möchte, ist er lammfromm, aber lass ihn einmal krank sein, dann möchte ihn niemand freiwillig in seiner Nähe haben. Er hasst es, wenn er nicht arbeiten kann und wird dann ungenießbar. Aber vielleicht, wenn du magst ... kannst du ihn ja bald mal kennenlernen." Clays Stimme wurde immer leiser.

Annie strahlte bis übers ganze Gesicht. „Du willst mich also deinem Vater vorstellen?"

Wieder kurze Stille.

„Warum denn nicht? Wenn du auch willst …“

Annie nickte heftig und schüttelte gleichzeitig den Kopf, als könnte sie das Ganze kaum glauben. „Ich würde ihn unheimlich gerne kennenlernen.“

„Das freut mich. Dann … bis bald und hab eine schöne Nacht.“

„Du auch. Bis bald.“

Nachdem sie aufgelegt hatte, starrte sie noch lange Zeit auf ihr Handy. Konnte das wirklich alles wahr sein? Hatte sie so viel Glück auf einmal verdient? Einen Neuanfang in einem wunderschönen Dorf an der Küste, einen Mann als Nachbarn, den sie erst nicht verstanden hatte und jetzt am liebsten immer um sich haben wollte? Einen Job, den sie einst so geliebt, kurz verloren und jetzt wiederbekommen hatte? Ihr ganzes Leben hatte eine so unglaubliche Wendung genommen, dass sie vor lauter Freude und Aufregung über alles, was noch kommen würde, kaum einschlafen konnte.

35

Es war ein für das Cottage ungewöhnlicher Lärm, der durch das Haus hallte, als Annie aufschreckte und sich suchend umschaute. Verschiedene Stimmen, die durcheinanderredeten, das Schlagen von Autotüren und laute Anweisungen von einer dunklen männlichen Stimme waren zu vernehmen. Kurz überlegte sie, ob sie womöglich irgendwo einen Fernseher hatte laufen lassen, doch fiel ihr im selben Augenblick ein, dass sie noch gar keinen im Haus hatte. Vorsichtig ließ sie sich aus dem Bett gleiten und schlich zum Fenster, das in den Vorgarten zeigte. Sie traute ihren Augen kaum, als sie die Vorhänge ein Stückchen zur Seite zog. Drei Männer und zwei Frauen standen vor dem Cottage und waren im Begriff, den Vorgarten zu betreten. Sie hatten schwere Taschen dabei und eine Ausrüstung, die Annie nur zu gut kannte. Das Kamerateam von Jeff! Und als wäre sie nicht schon verwirrt genug, erkannte sie außerdem, dass Jeff in seinem Wagen vorfuhr und aus dem Auto stieg.

Erschrocken und mit wild klopfendem Herzen wich sie zurück und schaute sich hastig um. Sie kramte ihre Sachen zusammen, zog sich eilig an, wobei sie fast mit einem Bein in ihrer Jeans stecken blieb, und hastete zum Badezimmer. Dort angekommen klatschte sie sich etwas Wasser ins Gesicht und richtete sich, so gut es ging die Haare. Ja selbst die Zähne putzte sie in Sekundenschnelle, denn sie wollte unmöglich im Schlafanzug draußen vor die Kameraleute treten, die sie womöglich filmten.

Nach nur drei Minuten im Badezimmer stürmte sie aus dem Cottage und lief dabei fast Jeff in die Arme, der sie mit einem schiefen Lächeln ansah, als würde er sie zum ersten Mal so richtig sehen.

„Annie!" Er strahlte.

Am liebsten hätte sie ihm das Strahlen aus dem Gesicht gewischt.

„Jeff! Was zum Geier machst du hier?"

Er schaute sie an, als wäre sie von einem anderen Stern. „Na arbeiten."

Ungläubig trat sie aus dem Cottage und zog die Tür hinter sich zu. Er hatte zwar ihren Vorgarten betreten, aber ihr eigentliches Reich würde er nicht zu sehen bekommen. Sie eilte an ihm vorbei in Richtung des Kamerateams, das seine Gerätschaften gerade geschäftig platzierte und aufs Haus richtete.

„Das könnt ihr gleich wieder einpacken. Ohne meine Einwilligung wird hier gar nichts gefilmt!"

Sie schaute sich zu Jeff um, der ihr gefolgt war und charmant, wie er nun mal war, lachte.

„Ach Annie, das gehört doch jetzt alles zu deinem Job. Die Leser wollen doch mehr sehen als nur deine paar Instagram-Fotos. Wir haben die Möglichkeit, hier eine richtige Story draus zu machen. Lass dir doch helfen, indem du das Kamerateam die Arbeit machen lässt."

Annie blinzelte mehrere Male, als könnte sie noch immer nicht fassen, dass ihr Exfreund nach all der Zeit direkt vor ihr stand.

„Das heißt aber nicht, dass ihr hier einfach so unangemeldet aufkreuzen und meinen Vorgarten ruinieren könnt." Sie machte eine ausladende Geste und bemerkte erst einen Moment zu spät, dass das Areal derzeit noch wenig hergab außer einem gemähten Rasen und ein paar vertrockneten Büschen und Sträuchern.

Jeff folgte ihrem Blick und verzog etwas den Mund. „Das beste Material für Vorher- und Nachheraufnahmen. Glaub mir, Annie, das wird großartig. Deine Fans werden es lieben. Und wenn sie erstmal gesehen haben, was du drinnen alles geschafft hast …"

„Meine Leser wissen bereits, was ich drinnen geschafft habe", rief sie ihm murrend in Erinnerung und schaute zum Haus, das auf einmal wie beschmutzt wirkte.

Jeff stellte sich ganz dicht neben sie und legte ihr einen Arm um die Schulter. Annie zuckte zusammen, ließ ihn aber einen kurzen Moment gewähren, da sie sich im selben Augenblick so kraftlos fühlte.

„Du hast den Vertrag gestern unterschrieben, Annie-Schat… Annie. Dazu gehört eben nun mal auch, dass du deinen Blog und deine Projekte mit uns teilen musst. Keine Sorge, wir sind in ein paar Stunden wieder verschwunden und bereiten das Material so weit auf, dass du damit arbeiten kannst."

„Aber du hättest mich vorher informieren können", hielt sie dagegen und machte sich aus seinem Arm los.

Während sie einen Schritt zurücktrat, bemerkte sie im Augenwinkel, dass sich etwas verändert hatte. Sie stand jetzt nicht nur Jeff gegenüber, sondern auch Clay, der sie fassungslos von seinem Grundstück aus beobachtete. Annies Herz machte einen Satz.

„O nein ...", flüsterte sie und schüttelte den Kopf, um ihm zu verstehen zu geben, dass sie selbst nicht wusste, was hier vor sich ging. Doch in diesem Moment, in dem sie auf ihn zugehen wollte, wich er einen Schritt zurück.

„Clay", sagte sie vorsichtig und verließ ihren Vorhof, nur um mit dem nächsten Schritt seinen zu betreten. Doch Clay war bereits auf den Weg in sein Haus.

„Annie-Schatz!", hörte sie Jeff hinter sich rufen und krümmte sich beinahe, als ihr bewusst wurde, dass ihr Ex immer noch da war und was Clay jetzt von ihr denken musste. Sicherlich hatte er die Szene mit ihm völlig falsch interpretiert.

„Clay, warte!", rief sie, doch er hatte die Haustür schon aufgeschlossen, Annie nur voller Abscheu angesehen und war anschließend mit Balou im Haus verschwunden.

Annie klopfte hämmernd gegen die Tür. „Clay, bitte! Lass mich das erklären. Ich weiß selbst nicht, was hier gerade passiert ist und ..."

In diesem Augenblick öffnete sich die Tür und Clay schaute sie ausdruckslos an. Ihr lief es eiskalt den Rücken herunter und sie wusste sofort, dass sie alles kaputt gemacht hatte.

„Bitte, darf ich es dir erklären?", versuchte sie erneut.

„Was denn?", schnaubte Clay und lehnte sich gegen den Türrahmen.

„Ich wusste nicht, dass Jeff hier auftaucht und so einen Medienrummel veranstaltet", stammelte sie aufgebracht und wusste kaum, wo sie ihre Erklärung anfangen sollte.

„Jeff. Ist das dein Ex?"

„Ja, aber …"

„Und er nennt dich Annie-Schatz?" Ungläubig verengte Clay die Augen.

Annie nickte seufzend. „Er ist mein Ex, aber eben auch mein Boss. Ich habe gestern den Vertrag unterschrieben, dass ich wieder in seiner Firma arbeite. Aber das habe ich nur getan, um hierzubleiben", beeilte sie sich zu sagen, als sie erkannte, dass Clay sie anstarrte, als ergebe ihre Geschichte keinen Sinn.

„Du willst für ihn in London arbeiten, aber hier bleiben?"

„Ja, ich weiß, das hört sich verwirrend an, aber …", sie suchte nach den richtigen Worten, „wir haben uns geeinigt, dass ich von überall aus arbeiten kann."

„Und dieser Medienrummel hier?" Clay deutete mit dem Kopf auf das Kcamerateam, das ihnen ganz ungeniert zuhörte und auf Jeff, der das ganze Schauspiel mit verschränkten Armen und abschätzigem Lächeln verfolgte, als wäre es eine billige Daily Soap.

„Ich wusste nicht, dass er vorhatte herzukommen. Er hat meinen Blog übernommen und …"

„Weißt du was?" Er hob resigniert die Hände und schüttelte den Kopf. „Das ist mir alles zu viel, weißt du? Ich frage mich nur, wann du mir sagen wolltest, dass du *größere Pläne* hast? Sieh dir das doch mal an. Kaum bin ich eine Nacht weg, veranstaltest du hier so einen Zirkus für ein paar Klicks und Follower. Dann erfahre ich, dass du einen Vertrag unterschrieben hast, um wieder für deinen Ex zu arbeiten. Nein danke, Annie, aber das ist mir einfach zu viel. An so etwas habe ich kein Interesse. Ich dachte, das wüsstest du."

„Aber Clay, ich habe das hier für *uns* gemacht", versuchte Annie weiterhin zu erklären und klang derart verzweifelt, dass sie am liebsten in Tränen ausgebrochen wäre. „Ich wollte es dir vorgestern sagen, aber der Zeitpunkt war einfach nicht der Richtige."

„Ich sage dir, wann ein guter Zeitpunkt gewesen wäre: gleich zu Beginn, als ich dir von Britney erzählt habe. Da hätte es meiner Ansicht nach gut gepasst, mir zu sagen, dass du das Haus da drüben nur renovierst, um ein kleines Social Media Sternchen zu werden. Weißt du was, Annie? Lass einfach gut sein. Viel Spaß mit deinem Ex, der, nebenbei bemerkt, ziemlich vertraut mit dir umgeht, und deinem neuen Job."

„Clay, bitte ...", flehte Annie, doch da schlug er ihr die Tür vor der Nase zu.

Mit klopfendem Herzen starrte sie ungläubig auf das dunkelblaue Holz und spürte, wie heiße Tränen in ihr aufstiegen. Sie überlegte kurz, erneut an die Tür zu klopfen, wusste aber, dass es keinen Sinn ergeben würde. Clay hatte sie nicht nur aus seinem Haus ausgesperrt, sondern auch aus seinem Leben.

Nachdem sie noch eine Weile die vage Hoffnung hatte, dass er doch wieder aus dem Haus käme, ging sie zu ihrem Cottage zurück und funkelte Jeff wütend an. „Zufrieden?"

Der zuckte entschuldigend die Schultern. „Es tut mir leid, wenn das da ... zwischen euch ... wohl doch nicht so passt. Berufsrisiko. Du kennst es ja."

Annie spürte eine aufkeimende Wut in sich. Am liebsten wäre sie Jeff an die Gurgel gegangen. Berufsrisiko.

Ja, das kannte sie nur zu gut und jetzt hatte sie der Job wieder einmal um eine Beziehung gebracht. Eine, die gerade im Begriff war aufzublühen. Und wieder einmal hatte Jeff alles kaputt gemacht!

„Du solltest jetzt besser verschwinden", presste sie hervor und versuchte ihre Tränen so gut es ging zurückzuhalten. Nicht nur, dass er das ganze Drama um sie und Clay mitangesehen hatte, er sollte nicht auch noch sehen, wie sie weinte.

„Wir machen nur noch ein paar Aufnahmen und dann verspreche ich dir, sind wir verschwunden."

Erst überlegte Annie, ob sie ihm womöglich doch noch ihre Faust für sein ganzes Dasein ins Gesicht rammen sollte, wusste aber, dass es verschwendete Energie sein würde. Er hatte das Recht, dieses Haus zu begutachten und zu filmen. Das alles gehörte jetzt ihm. Einschließlich ihr selbst. Resigniert ließ sie die Schultern hängen.

„Die Tür ist offen. Seht zu, dass ihr keinen Dreck macht." Mehr sagte sie nicht, wandte sich um und verließ mit eiligen Schritten das Grundstück.

36

Annie war umhergeirrt und hatte auch nach zwei Stunden frischer, salziger Meeresluft keinen klareren Kopf. Es fühlte sich an, als würde sich eine dunkle Masse in ihrem Kopf befinden, die keinen Raum mehr für einen klaren Gedanken ließ. Sie hatte sich an den Strand gesetzt, der Gott sei Dank lediglich von ein paar Spaziergängern und wenigen Schwimmern genutzt wurde. Etwas abseits von dem Geschehen der anderen saß sie nahe am Wasser, die Beine dicht an ihren Oberkörper gezogen und schaute starr auf die kleinen seichten Wellen, die ihre Füße jedoch nicht erreichten. In etwa so fühlte es sich für sie mit ihrem Glück an. Es schien immer so nahe an sie heranzukommen, nur um sich kurz davor wieder zurückzuziehen. Sie legte ihren Kopf auf den Knien ab und weinte. Ihre Tränen waren seit ein paar Minuten zum Stillstand gekommen, aber das Schluchzen wollte einfach nicht aufhören. Immer wieder dachte sie an Clay ... wie er sie angesehen hatte. Voller Abscheu, als wäre sie nicht besser als seine Exfreundin, die ihn von heute auf morgen verlassen hatte. Und im Grunde war sie das ja auch nicht, denn ihre Arbeit hatte alles kaputtgemacht. Genauer gesagt ihr

Wunsch, unbedingt den Job anzunehmen, den sie sich so sehr gewünscht hatte. Auch wenn die Intention dahinter eine andere war: nahe bei Clay zu sein. Wie dumm sie gewesen war, nicht nach einer Alternative zu schauen, sondern sich von Jeff einwickeln zu lassen. Sie überlegte, wie diese ganze Szene vor dem Cottage auf Clay gewirkt haben musste. Ja, sie konnte ihn sogar verstehen. Der Medienrummel im Vorgarten, Jeff, der seinen Arm um sie gelegt hatte, als wären sie immer noch ein Paar. Und das alles in der Zeit, in der er nur kurz mal nicht da gewesen war. Dabei hatte Annie gewusst, wie sehr er diese Art von Arbeit hasste, der sie nachging.

Sie wischte sich über die verweinten Augen und schüttelte den Kopf. Wie sollte sie das mit Clay nur wieder richten? Sie könnte es ihm erklären, wenn er sie nur ließe. Doch so, wie er sie angesehen hatte, wusste sie, er würde ihr nicht zuhören. Er konnte stur sein, das hatte sie in den vergangenen Monaten gelernt. Aber auch liebevoll, romantisch und lustig. Er hatte sie berührt wie kein anderer Mann jemals zuvor und verdammt, ja: Sie hatte sich in ihn verliebt. Schon lange hatte sie es insgeheim gewusst, aber jetzt, wo diese Endgültigkeit seines Entschlusses in seinen Augen zu sehen gewesen war, da war es ihr erst so richtig bewusst geworden. Sie liebte ihn. Sie durfte ihn einfach nicht verlieren!

Entschlossen stand sie auf, klopfte sich den Sand von den Beinen und machte sich auf den Weg zurück. Sie hoffte nur, dass Jeff sich endlich verzogen hatte und Clay zu Hause war, damit sie ihm noch einmal alles von Anfang an schildern konnte.

Der Vorgarten des Cottages war leer. Niemand war da, der mit einer Kamera auf das Haus deutete oder Fotos davon machte, als wäre es ein Relikt aus dem fünfzehnten Jahrhundert. Es war auch kein Jeff zu sehen, der zufrieden dastand und sich über die bevorstehenden Klickzahlen freute, weil er mal wieder den richtigen Riecher gehabt hatte. Die Autos standen auch nicht mehr am Seitenstreifen.

Annie atmete erleichtert auf. Doch ihre Erleichterung erhielt im selben Moment einen Dämpfer, als sie erkannte, dass Clays Transporter ebenfalls verschwunden war. Er war nicht zu Hause. Auch wenn es offensichtlich war, sie versuchte es dennoch und klopfte an seine Haustür. Wie zu erwarten regte sich nichts. Kurz überlegte sie, ob sie ihn anrufen sollte. Aus einem Impuls heraus angelte sie nach ihrem Handy und wählte seine Nummer. Ihr Herz bebte vor Hoffnung, dass er abnahm und sich auf ein Gespräch mit ihr einließ. Aber nichts geschah. Er nahm nicht ab. Natürlich nicht.

Hilflos schaute Annie sich um und entschied, sich ins Cottage zurückzuziehen. Gerade war das ihr sicherster Hafen, in dem sie sich am wohlsten fühlte. Doch als sie das kleine Häuschen betrat, fühlte sich auch das nicht mehr ganz so heimisch an. Sie wusste, dass Jeff hier gewesen war, ihre Arbeit gesehen und bewertet hatte. Sie stellte sich vor, wie er von Raum zu Raum gewandert war und sich angesehen, was sie in den letzten Monaten so mühevoll geschaffen hatte. Frei von ihm, außerhalb seines Lebens. Er hatte womöglich den Küchentresen berührt, sich mit den Händen auf dem Küchentisch abgestützt, vielleicht sogar auf einem der Stühle gesessen, denn einer stand nicht mehr so da, wie Annie ihn am Abend zuvor hinterlassen hatte.

Sie ging in den Eingangsbereich zurück und schaute in das obere Stockwerk. Ihr schwebte vor Augen, wie er die Treppe nach oben marschiert war, die Hand auf dem Geländer, das Annie noch nicht bearbeitet hatte, und genau darüber die Nase rümpfte. Wie er sich das fertige Schlafzimmer angesehen hatte. Das Bett begutachtet hatte, in dem sie seit ein paar Nächten schlief. Durch seine bloße Anwesenheit fühlte es sich an, als hätte er alles das beschmutzt, was sie selbst geschaffen hatte. Nicht nur dieses Cottage, sondern ihre ganze

Arbeit, ihren Blog, ihre Entwicklung.

Abrupt machte Annie kehrt, lief in die Küche, riss das Küchenfenster weit auf und tat das gleiche im Wohnzimmer. Sie eilte von Raum zu Raum und öffnete überall die Fenster, wie sie es schon bei ihrer Ankunft getan hatte, um alles Negative herauszulassen. Sie brauchte dringend neue Luft in diesem Haus. Sie wollte nichts einatmen, was noch irgendwie mit Jeff behaftet war. Als sie fertig war, ließ sie sich erschöpft auf dem Bett nieder und wählte die Nummer ihrer besten Freundin. Sie brauchte jetzt dringend eine Stimme, die ihr Halt gab.

„Hey Ann, na, was gibt es? Ist das Haus fertig?", trällerte Joyce in den Hörer.

Annie atmete beim Klang ihrer Stimme erleichtert auf.

„Hallo, Joyce", presste sie hervor und bemerkte sofort das Stocken in deren Atmung. „Annie? Was ist los?"

„Ich habe Mist gebaut", seufzte sie und rieb sich müde die Augen.

„Hast du das Haus versehentlich in Brand gesetzt? Also ich bin gut versichert und ...“

„Nein“, lachte Annie freudlos auf, „glaub mir, darüber wäre ich gerade weniger traurig. Es ist viel schlimmer. Ich habe Mist gebaut, indem ich mich entschieden habe, wieder für Jeff zu arbeiten.“

„O nein, was ist passiert?“

Annie atmete ein paarmal tief durch, um die aufkeimenden Tränen zu verdrängen und erzählte Joyce alles, was am Morgen passiert war. Von Jeffs Auftauchen mit seinem Team, von Clays Anschuldigungen, dass sie nicht besser sei als seine Ex. Dass sie es grundlegend vermasselt hatte, indem sie ihn nicht früher über ihr Leben, über ihren Job aufgeklärt hatte. Dass sie nun mal auch so war wie Britney und ihre Arbeit liebte.

„Ihr seht das alles viel zu überreizt“, sagte Joyce irgendwann, als Annie geendet hatte. „Meine Güte, du tust nun mal etwas Ähnliches wie diese Britney, das macht dich aber nicht zum selben Menschen. Du würdest Clay doch nicht einfach so wegen der Arbeit sitzenlassen.“

„Das weiß er ja nicht. Er hat es mich ja auch nicht einmal richtig erklären lassen. Ach Joyce, ich hätte einfach von Anfang an offen zu ihm sein müssen. Als wir darüber gesprochen haben, habe ich das Ganze so runtergespielt und er hat es nicht einmal schlimm gefunden, was ich tue. Und dann ist er eine Nacht weg, kommt nach Hause und sieht das Kamerateam, mich und Jeff und muss sich sofort an die Zeit mit Britney erinnert haben.“

Joyce seufzte. „Vermutlich.“

Einen Moment schwiegen sie.

Annie starrte vor sich auf das Fenster. Die Sonne schien hinein, lachte und machte ihr einmal mehr deutlich, was sie alles hätte haben können. Aber ohne Clay würde sie nicht hierbleiben. Sie würde nicht ertragen, hier zu leben und ihn ständig sehen zu müssen.

„Sprich einfach nochmal mit ihm und erkläre ihm alles ganz in Ruhe", riet ihre Freundin wenig später.

Annie nickte nachdenklich und hoffte, dass er mit sich reden lassen würde.

„Und was wirst du jetzt mit Jeff machen?", wollte Joyce dann vorsichtig wissen.

„Ich weiß es nicht. Wenn Clay mir verzeiht, dann würde ich ihm sagen, dass er sich seinen Blog sonst wohin schieben soll und ich fange noch einmal ganz von vorne an. Aber es hat sich einfach so richtig angefühlt, weißt du? Ich dachte, dass ich beides haben könnte. Einen sicheren Job, der mir Spaß macht und den ich sogar von hier aus machen könnte, nur um bei Clay zu sein. Und jetzt? Plötzlich steht Jeff hier und zeigt mir, wie viel Macht er wieder über mich und meine Arbeit hat."

„Jeff ist ein Idiot. Aber lass dir dadurch deine Arbeit nicht kaputtmachen. Es sind immer noch dein Blog, deine Arbeit, dein Wissen, was du dort hineingesteckt hast."

„Es fühlt sich nur nicht mehr so an."

„Auf dem Papier vielleicht nicht, aber im Herzen schon."

Nickend legte Annie sich rücklings aufs Bett und starrte die Decke an. Die Stimme ihrer besten Freundin zu hören, war Balsam für ihre kleine traurige Seele.

„Es wird alles gut werden, Annie! Ganz sicher.“
Sie hoffte inständig, dass Joyce recht behielt.

37

Das Schlagen einer Autotür ließ Annie hochschrecken. Sie hatte etwa eine Stunde nach dem Telefonat mit Joyce noch immer auf dem Bett gelegen und war in ihre Gedanken versunken gewesen. Schnell richtete sie sich auf und lief zum Fenster.

Clay war gerade vorgefahren und hatte seinen Transporter geparkt.

Annie rannte die Treppe hinunter und stürmte aus dem Haus. Sie blickte in den Nachbargarten und sah, wie er mit gesenktem Kopf zu seiner Haustür ging.

„Clay!", rief Annie.

Er schaute kurz auf, blickte sie an und sein Mund bewegte sich, als wollte er irgendetwas sagen, doch er schwieg.

Annie trat näher an den Zaun heran. „Können wir bitte reden?"

„Ich wüsste nicht, worüber", antwortete er knapp und setzte seinen Weg fort.

„Ich weiß, wie das Ganze für dich ausgesehen haben muss. Aber es ist gar nicht so, wie du denkst. Ja, ich habe gestern einen Vertrag unterschrieben, dass ich wieder für Jeff arbeite, aber nur, damit ich hierbleiben kann. Ich wollte nicht gehen."

Clay blieb auf Augenhöhe stehen. Kurz dachte Annie, er würde endlich verstehen und nachgeben, doch dann verengten sich seine Augen.

„Es geht doch nicht nur um das, was heute Morgen passiert ist. Es geht darum, dass du nicht ehrlich warst, beziehungsweise nicht mit offenen Karten gespielt hast. Du hast einen kleinen Blog? Das sah mir vorhin ein bisschen anders aus. Weißt du, damals wusste ich auch nichts von dem unterschriebenen Arbeitsvertrag von Britney und von einem Tag auf den anderen war sie weg. Einen Tag, nachdem ich ihr einen verdammten Antrag gemacht hatte!"

Annie zuckte zusammen. Jetzt hatte er es das erste Mal ausgesprochen und der Schmerz in seinen Augen war so deutlich, dass Annie ihn beinahe selbst spüren konnte.

„Aber ich ..."

„Und du hast ebenfalls einen Vertrag unterschrieben und ... nein, es geht einfach nicht, Annie." Er rieb sich müde die Augen und schüttelte den Kopf.

„Ich hatte Angst, dass du mich deswegen verurteilen würdest", gab sie schlussendlich zu und kurz wirkte es, als würde Clay sie verstehen.

„Und danach? Es hätte so viele Möglichkeiten gegeben, zu erzählen, was du machst. Ja, vielleicht hätte ich dich im ersten Moment verurteilt. Aber ich wusste, dass du anders bist und hätte es verstanden. Dann habt ihr eben den gleichen Werdegang, den gleichen Job. Na und? Damit wäre ich gut zurechtgekommen, denn ich wusste, dass du aus ganz anderem Holz geschnitzt bist.

Aber jetzt? Jetzt stehe ich wieder an einem Punkt, an dem ich mich frage, ob ich der Person vor mir vertrauen kann."

„Das kannst du!", sagte Annie eindringlich und hatte das Gefühl, dass er nachgeben würde. Dass sie ihn erreicht hatte.

Aber kurz darauf schüttelte er kaum merklich mit dem Kopf. „Das habe ich schon mal gedacht und es hat viel zu viel in mir zerstört. Dich jetzt, mit allem, was dazugehört in mein Leben zu lassen, nur um am Ende doch wieder enttäuscht zu werden, würde mir den Rest geben. Mir ist das alles zu viel Ballast. Und dann ist da noch dein Ex, der dir scheinbar sehr vertraut ist ... ich beende es lieber jetzt, bevor es zu spät ist, Annie."

Seine Stimme klang schmerzverzerrt und das zerriss Annie innerlich. Wie konnte sie ihn nur überzeugen, dass sie ihn niemals so verletzen würde?

„Clay, bitte nicht", flüsterte sie und schüttelte den Kopf. „Das mit Jeff ist ein Missverständnis. Ich würde dich niemals enttäuschen."

„Das hast du bereits", presste er schließlich hervor und machte sich auf den Weg ins Haus.

„Bitte, Clay", rief Annie ihm nach.

Er wandte sich zu ihr um. In seinen Augen lag eine tiefe Traurigkeit und sie sehnte sich danach, ihn zu berühren. Ihm zu sagen, dass alles gut werden würde, doch sie wusste, dass all ihre Worte nichts bringen würden.

„Leb wohl, Annie."

38

Dunkle Wolken überm Cottage

Seit ich hier am Cottage arbeite, dachte ich immer, dass sich alles irgendwie reparieren lassen wird. Und so war es ja auch. Kaputte Möbel, Wände, Leitungen ... doch was ich jetzt gelernt habe ist, dass das nicht für gebrochene Herzen gilt. Ich kann noch so viel Arbeit und Liebe hineinstecken, ein Bruch bleibt leider ein Bruch.

Ich wünschte, ich könnte euch nun zeigen, wie ich ebendieses gebrochene Herz wieder auf Vordermann bringen kann – ein bisschen Spachtelmasse hier, ein wenig neue Farbe da ... doch dieses Mal habe ich leider keine schönen Vorher-Nachher-Fotos für euch ...

Als Annie diese Zeilen getippt hatte, waren bereits ein paar Tage vergangen. Tage, an denen sie weinend aufgewacht und abends ebenso eingeschlafen war. Tage, an denen sie, anstatt zu arbeiten, aus dem Fenster gestarrt und beobachtet hatte, wie Clay seinen Transporter belud und mit Balou davonfuhr. Tage, an denen sie abends sah, wie er nach Hause kam und im Haus verschwand. Wie er sein Leben so weiterlebte, wie sie ihn kennengelernt hatte. Es gab Momente, da hoffte sie, dass er nicht durch sein Gartentor trat, sondern durch ihres. Dass er fragte, ob er ihr helfen könne oder sich mit einer Flasche Bier neben sie setzte und einfach nur schwieg. Dass er sie zu traumhaften Orten entführte und sie in seine Welt einlud. Ihr die Gegend zeigte und an seinem Leben teilhaben ließ. Aber nichts dergleichen passierte. Tagein, tagaus fuhr er einfach zur Arbeit und kam nach Hause. Ohne einen Blick auf ihren Garten oder auf das Haus zu werfen. Es war, als hätte es diese Verbindung zwischen ihnen nie gegeben und er wäre einfach nur ein unbekannter Nachbar.

Die Zwischenzeit nutzte Annie für Arbeiten am Haus, wenn auch weniger enthusiastisch als noch vor ein paar Tagen. John hatte ihr dabei geholfen, Licht ins Cottage zu bringen und Carl hatte sich inzwischen ebenfalls freundlich von ihr verabschiedet. Die Fortschritte im Haus nahmen zu und die Leute gingen allmählich wieder. Selbst der unangemeldete Besuch von Mrs McNeill hatte Annie kaum von ihrem Kummer ablenken können.

„Sieht ja doch ganz gut aus, was Sie aus dem alten Kasten gemacht haben", hatte sie anerkennend gestaunt, als sie sich das Cottage mit Argusaugen angesehen hatte.

„Und Kopf hoch, junge Dame! Kein Mann ist es wert, ihn so tief hängen zu lassen", hatte sie ihr beim Abschied zugezwinkert und dabei sogar mitfühlend gelächelt. Annie war erst erstaunt gewesen, woher die alte Frau über sie und Clay Bescheid wusste, doch dann besann sie sich, dass es ohnehin alle im Dorf wussten.

So gingen schließlich Wochen ins Land. Wochen, in denen das Cottage mehr und mehr Gestalt annahm, während in Annie immer mehr zerbrach. Das alles hier würde bald ein Ende haben. Die Geschichte zwischen Annie und Clay hatte längst ihr Ende genommen. Auch mit dem Cottage würde es bald schon vorbei sein. Es gab nur noch wenige Handgriffe zu tun und Annie musste sich allmählich mit ihrer Heimreise auseinandersetzen. Schließlich wartete die Arbeit auf sie. Die Freiheit, die sie vor wenigen Wochen noch verspürt hatte, war wie weggeblasen.

39

„Das alles ist ganz großer Mist, wenn du mich fragst.“ Laura schaute Annie an und schüttelte fassungslos den Kopf. „Wie konnte das alles nur so gründlich in die Hose gehen?“

Schulterzuckend schaute Annie auf ihr Feierabendbier, das sie gemeinsam mit Laura draußen auf der Terrasse trank. Sie hatten sich auf die Stufen gesetzt, wie es für Annie schon zur Gewohnheit geworden war, und blickten auf den Garten, der dringend wieder gemäht werden musste.

„Ich habe ihn verletzt und jetzt muss ich die Konsequenzen tragen.“ Mehr sagte Annie dazu nicht. Sie hatte es inzwischen aufgegeben, sich immer wieder zu fragen, wie das alles so hatte schieflaufen können. Es war so wie es war.

Clay ließ nach wie vor nicht mehr mit sich reden. Wann immer sie versucht hatte, ihn anzusprechen, es hatte nicht funktioniert. Er hatte sein Talent, ihr aus dem Weg zu gehen, inzwischen so sehr perfektioniert, dass an ihn einfach kein Herankommen mehr war. Ihr Ziel war es nun, das Cottage fertig zu bekommen und anschließend dem traumhaften Küstendorf Lebewohl zu sagen. Lebe wohl, Annie. Clays letzte Worte.

Laura atmete traurig aus. „Ich hatte so gehofft, dass du bleiben würdest. Es schien so perfekt mit euch zu laufen und du hast dich toll eingelebt. Die Leute hier mögen dich und irgendwie gehörst du schon dazu. Du kannst nicht einfach gehen."

Annie lächelte dankbar, denn sie hatte sich mit Shanty Coast tatsächlich schon sehr verbunden gefühlt. Verbunden mit den Menschen, mit der Lebensweise, mit der traumhaften Natur. Ja sogar mit dem Dorfklatsch. Aber vielleicht war das alles zu schnell gewesen.

„Du kannst mich jederzeit in London besuchen. Oder wo auch immer ich gerade ein Haus oder eine Wohnung renoviere." Annies Lächeln sollte herzlich wirken, tat es aber nicht.

Laura stieß sie kopfschüttelnd in die Seite. „Das ist doch nicht das Gleiche. Und es ist auch nicht das, was du willst."

„Nein. Aber es ist immer noch besser, als im Londoner Büro zu sitzen. Ich nutze jetzt einfach das, was mir die Redaktion bieten kann und stürze mich in neue kleine Abenteuer. Mehr bleibt mir nicht übrig."

Laura nickte wissend und trank ihre Flasche aus, die sie anschließend neben sich auf die Stufe stellte. „Trotzdem gefällt es mir nicht."

„Ich kann dich ja besuchen kommen", schlug Annie dann vor, doch die erhoffte Freude bei Laura blieb aus.

Annie stutzte. „Was ist los?"

„Ach nichts. Nicht so wild. Ich will dich nicht auch noch mit meinen Problemen belasten."

Alarmiert wandte Annie sich Laura zu. „Was für Probleme? Du kannst mir das ruhig erzählen, Laura.“

Ihre Freundin seufzte und ließ den Kopf etwas hängen. „Es läuft im Pub einfach nicht so gut. Es gibt Gespräche über ein Hotel mit schicker Bar und das beunruhigt mich.“

Annie erinnerte sich an das Gespräch mit Mrs McNeill. „Sowas Ähnliches habe ich schon gehört. Aber ich dachte, es sind nur Gerüchte.“

„Sind es ja auch. Aber irgendwie habe ich kein gutes Gefühl. Die kommen ja nicht von irgendwo her, sondern es steckt ja schon was dahinter. Warum sonst flüstern die Leute: Hast du schon gehört? Der Bürgermeister hat sich mit Mr XY getroffen. Das ist doch der Besitzer dieser pompösen Hotelkette ... Also wenn du mich fragst, steckt da irgendetwas hinter, was mir und der Bar schaden könnte.“

„Die Leute lieben deinen Pub und nicht irgendein Schickimicki-Hotel, hörst du?“

Laura lächelte matt. „Die Einwohner vielleicht, aber der Tourismus, der ohnehin fehlt und dann in diesem Hotel unterkommt, wird abends sicherlich lieber die perfekt gemixten Getränke trinken, als sich dann ein billiges Bier in einer alten Kneipe zapfen zu lassen.“

Annie schüttelte den Kopf. „Das glaube ich nicht. Und vielleicht ist da ja auch wirklich nichts dran.“

„Das hoffe ich.“

Annie legte ihre Hand auf Lauras Schulter und drückte sie sanft. „Es wird alles gut werden.“

„Ich hoffe, das gilt für uns beide.“

Laura legte ihren Kopf auf Annies Schulter. Gemeinsam beobachteten sie, wie die Sonne allmählich unterging und die letzten Strahlen über den kleinen Garten schickte.

In dieser Nacht schlief Annie unruhig, träumte wirre Dinge, die sie nicht richtig zuordnen konnte, aber auch von Clay. Sie erwachte schweißgebadet, nur um sich dann mit klopfendem Herzen wieder in den Schlaf zurückzufinden und sehr früh aufzustehen. So erging es ihr auch in den darauffolgenden Nächten. Nacht für Nacht. Dafür waren die Tage umso produktiver. Annie stürzte sich geradezu in die Arbeit, tat kaum mehr einen Schritt aus dem Haus, es sei denn, sie brauchte etwas aus dem Baumarkt oder Lebensmittel für den Kühlschrank. Hin und wieder besuchte sie Laura, dann aber auch nur am Tag, weil sie wusste, dass Clay abends womöglich im Pub sein konnte. Sie hatte sich so sehr in ihren Job gestürzt, um möglichst wenig nachdenken zu müssen. Und ihre Arbeit am Cottage zahlte sich aus. Es waren nur noch wenige Handgriffe nötig, um ein wunderschönes Häuschen bezugsfertig vorweisen zu können. Es fehlte nur noch das obere Badezimmer, dessen Fliesen sie in einem sanften Grauton strich. Die Decke verzierte sie mit weißen Stuckleisten und entschied sich für einen dunkelgrünen Duschvorhang, der hervorragend zu den ebenso moosgrünen Fußmatten passte.

Als Annie auch diesen Raum fertig hatte und in der Tür stand, um sich ihr Werk im Ganzen zu betrachten, lächelte sie stolz. Doch es hielt nicht lange, als sie das vertraute Schlagen einer Autotür draußen hörte. Clay kam nach Hause. Sie wagte es inzwischen nicht mehr, aus dem Fenster zu sehen, wann immer sie ihn draußen vermutete. Es würde ihr nur jedes Mal aufs Neue das Herz brechen. Seit ihrem letzten Gespräch traute sie sich kaum rauszugehen. Die Gartenarbeit erledigte sie nur dann, wann Clay bei der Arbeit war. Dann mähte sie den Rasen und kümmerte sich darum, wenn ihr die Luft im Cottage einmal zu stickig vorkam, ein kleines Rosenbeet vor dem Haus anzulegen und den Rest des Gartens sauber zu halten. Hinter dem Cottage hatte sie bereits alle Büsche sorgfältig beschnitten, sodass sie den Garten wie eine kleine grüne Mauer umgaben.

Annie wischte sich über die Stirn, da es draußen inzwischen so warm war, dass die Hitze auch nicht vor dem Cottage Halt machte, also entschied sie sich, kalt zu duschen und sich so unauffällig wie möglich draußen auf die Veranda zu setzen. Von dort aus konnte Clay sie von seinem Haus nicht sehen, daher fühlte sie sich da relativ sicher.

Sie schenkte sich nach dem Duschen ein großes Glas eiskaltes Wasser ein und ließ sich müde seufzend auf der Stufe nieder. Mit einem Schmunzeln schaute sie auf den Garten, der ihr erstaunlich gut gelungen war und wieder tat es ihr in der Seele weh, als sie daran dachte, was sie alles hinter sich lassen würde. Je wohnlicher das Rosemary-Cottage wurde, desto schwerer wurde für sie der Gedanke, sich eines Tages wieder davon trennen zu müssen. Sie zückte ihr Smartphone und machte ein Foto von ihrer jetzigen Aussicht. Es wäre ein schönes Beitragsbild und schloss den ganzen niedlichen hinteren Garten mit ein.

Plötzlich schoss etwas Großes in ihre Richtung. Ehe Annie begreifen konnte, was es war, stieß sie ein schwarzer Hund gegen die Beine. Überrascht schrie sie auf und lachte erleichtert, als sie begriff, dass es Balou war, der sie ungeduldig zum Spielen aufforderte.

„Hey, mein Großer", begrüßte Annie ihn und kraulte ihn ausgiebig hinter den Ohren. Balou hechelte zufrieden.

Sie schaute sich ängstlich um. Wie war er nur hierhergekommen und wo war Clay? Sie wollte ihm nicht begegnen, daher überlegte sie fieberhaft, wie sie den Hund am unauffälligsten wieder rüber manövrieren konnte.

„Es tut mir so leid, aber du musst wieder zu deinem Herrchen", flüsterte sie traurig und drückte den Hund noch einmal ganz fest an sich. Es würde sicherlich das letzte Mal sein. Sie strich ihm über das glatte schwarze Fell und genoss das Stupsen seiner Nase an ihrem Bein, wann immer sie im Begriff war, mit dem Knuddeln aufzuhören. „Jetzt musst du aber wirklich rüber", sagte sie lächelnd und erhob sich von der Terrasse.

„Balou!", hörte sie dann plötzlich Clays dunkle Stimme.

Sie zuckte zusammen. Ihr Herz pochte und sie schaute nervös in seine Richtung. Er stand an der Pforte, die nur ein kleines Stückchen offen stand. Da war er also hergekommen. Annie erinnerte sich daran, dass sie es versehentlich offen gelassen haben musste, als sie die Büsche hinten im Garten beschnitten hatte. Sie hatte es ein Stückchen aufmachen müssen, um besser an den Rhododendron zu kommen, der schon in Clays Garten hinüberwucherte.

Ihre beiden Blicke trafen sich. Am liebsten wäre sie zu ihm gestürmt und hätte ihn ganz dicht an sich gezogen.

Doch niemand machte Anstalten, auch nur irgendetwas zu tun. Clay war der Erste, der den Blickkontakt unterbrach.

„Balou, nun komm schon!"

„Entschuldige, ich hatte den Rhododendron beschnitten und versehentlich das Tor offen gelassen", erklärte Annie so neutral wie möglich.

„Kein Problem, denk einfach das nächste Mal dran, es wieder zu schließen", entgegnete Clay.

Annie sackte in sich zusammen. Er hatte es ebenso neutral wie sie ausgesprochen, dennoch schmerzte es sie, wie sie miteinander umgingen – wie Fremde. Wie zu Beginn, als sie das erste Mal aufeinandergetroffen waren.

Balou machte sich schweren Herzens von Annie los und trottete wieder zu seinem Herrchen, das ungeduldig am Tor auf ihn wartete. Annie beobachtete die beiden einen Moment und hoffte so sehr, dass Clay noch irgendetwas sagen würde. Wenigstens ein *Schönen Abend noch* oder etwas, das ihr das Gefühl geben würde, dass sie womöglich doch noch eine Chance hatte, aber er sagte nichts. Er schloss lediglich das Tor hinter seinem Hund und verschwand so schnell wie er gekommen war.

Annie seufzte und versuchte gegen ihre Tränen anzukämpfen. Sie nahm ihr Glas und ging hinein. Hinter sich schloss sie die Tür ab, so wie sie es jeden Abend tat, und lehnte sich schwer ausatmend dagegen. Nein, hier würde sie sicherlich nicht länger bleiben können.

40

Time to say goodbye

Leb wohl, altes Rosemary-Cottage! Leb wohl, Shanty Coast! Leb wohl ... Oftmals sagen wir Lebewohl, obwohl wir es womöglich gar nicht so meinen und doch steckt so viel Kraft hinter diesen beiden Worten: Leb wohl! Etwas ist zu Ende. Die Zeit ist um. Meine Arbeit ist somit getan und ich lasse weitaus mehr zurück, als nur meine schönen Erinnerungen an die Entstehung dieser traumhaften vier Wände – nämlich einen Teil meines gebrochenen Herzens. Ich bin unglaublich traurig, dass es nun vorbei ist, aber gleichermaßen stolz, dass ich es geschafft habe, diesen Traum hier zu realisieren.

Ihr seid sicherlich genauso gespannt wie ich es zu Anfang war und daher spanne ich euch nicht länger auf die Folter: Hier ist das Rosemary-Cottage in neuem Glanze ...

„Annie, habe ich dir schon gesagt, wie unfassbar stolz ich auf dich bin?" Joyce lief mit großen Augen durch das Cottage und schüttelte immer wieder fassungslos den Kopf.

Es war geschafft. Das Rosemary-Cottage war fertig. Bereit, wieder neues Leben in sich zu beherbergen. Leider nur nicht Annie selbst. Sie stand mit gepackten Koffern im Eingang und beobachtete Joyce, wie sie ihr Werk bestaunte. Und auch sie selbst konnte kaum begreifen, dass die Zeit nun um war. Dass sie es geschafft hatte, das Haus in sechs Monaten und neun Tagen bezugsfertig herzurichten. Alles war liebevoll von ihr renoviert worden. Besonders das Wohnzimmer, das möbliert sicherlich das Traumstück des Hauses werden würde. Allein die sanften Grüntöne, die sie gewählt hatte, um die Wände damit zu streichen und der neu aufbereitete Fußboden, der leicht knarzte, sobald man ihn mit den Füßen berührte. Aber Annies Herz hing an der Küche. Sie war ihr ganzer Stolz. Nicht nur der Küchenbereich mit kleiner Insel, der zu gemütlichen Abenden einlud oder der Esstisch, der rechts von der Kücheninsel stand und mit einem hellgrauen Teppich unterlegt war, nein, hier hatte sie auch viel Zeit mit Clay verbracht. Clay, der ihr geholfen hatte, die elektronischen Geräte anzuschließen, mit ihr den Tisch ins Haus geschleppt und sorgsam aufgebaut hatte. Mit dem sie hier gestanden und sich geküsst hatte. Annie liebte einfach alles in dieser Küche. Nicht nur die wunderbaren Erinnerungen, sondern auch die heimelige Atmosphäre, auch wenn es an Dekorationen wie Pflanzen beispielsweise noch mangelte. Aber es würde niemand hier sein, um sich darum zu kümmern. Und sicherlich würde derjenige, der hier einzog seine eigene Note ins Haus einbringen wollen.

Schweren Herzens wandte Annie den Blick von der Küche ab und folgte Joyce nach oben. Auch hier ging das Staunen weiter und ihre Freundin versuchte alles in sich aufzunehmen. Vor allem aber blieb ihr Blick auf der alten Nähmaschine ihrer Tante haften, die Annie in der kleinen Nische mit dem Fenster zum hinteren Garten platziert hatte. Als wäre dieser Platz nur für dieses Erinnerungsstück gemacht. Das kleine Fenster war von weißen seidigen Vorhängen umrahmt. Auch wenn es eigentlich sinnlos war, das Cottage mit Vorhängen auszustatten, so hatte Annie es nicht lassen können. Sie fand es für so ein kuschliges Haus wichtig, auch auf die kleinen Details Wert zu legen, die einen ganzen Raum komplett wohnlich wirken ließen. Zudem hatte sie versucht, die Vorhänge so schlicht wie möglich auszuwählen, damit die neuen Mieter nicht verschreckt wurden und sie womöglich weiterhin nutzen würden. Auf der dazugehörigen Fensterbank hinter der Nähmaschine stand Annies geliebte antike Uhr.

„Und du willst sie wirklich hierlassen?", fragte Joyce.

Annie nickte. „Ja, sie passt wunderbar hier rein und irgendwie finde ich es schön, wenn eine kleine Note von mir hier im Haus bleiben kann. Ob die neuen Mieter sie nun mögen oder nicht."

Joyce lächelte Annie liebevoll an und legte ihr mitfühlend eine Hand auf die Schulter, ehe sie langsam weiterging.

„Ich liebe ja dieses Schlafzimmer", schwärmte Joyce und drehte sich in dem kleinen Raum einmal um ihre eigene Achse. „Einfach toll!"

„Ich habe mich hier auch sehr wohlgefühlt", bestätigte ihr Annie und dachte an die erste Nacht in diesem Raum. War sie anfangs unruhig gewesen, so hatte schon bald tief und fest geschlafen und es jeden Tag mehr genossen, hier aufzuwachen.

Joyce ging an ihr vorbei und besah sich das Gästezimmer. Den Raum, den Annie am liebsten gar nicht mehr betrat. Hier erinnerte sie zu viel an Clay. Hier hatte es mehr oder weniger begonnen. Immer wieder, sobald sie diesen Raum betrat, hatte sie ihn vor Augen, wie er vor Monaten hier gesessen und sich den Fleck auf dem Fußboden angesehen hatte. Auch wenn es ein großer Raum war, so hatte sie sich hier am wenigsten aufgehalten. Sie hatte die Wände in einem milden Lindgrün gestrichen und dieselben Vorhänge gewählt wie im Nischenfenster im Flur. Die neuen Mieter könnten hier ein traumhaftes Büro einrichten oder das Zimmer für Gäste nutzen. Oder sogar beides. Groß genug war es allemal.

Traurig zog Annie sich zurück. Joyce bemerkte die Stille und die Trauer, die von ihr ausging und folgte ihrer Freundin wieder in den Eingangsbereich, wo Annies gepackte Taschen auf sie warteten.

„Es ist schwer, sich hiervon zu lösen, oder?“

Annie nickte und blickte auf den Boden unter ihren Sneakers. Wie kräftig sie ihn bearbeitet hatte. Tagelang hatte sie darauf gesessen, ihn abgeschliffen, gesaugt, gereinigt und sorgsam mit Grundierung und anschließend mit Lack bearbeitet. Eine Arbeit, die Ewigkeiten gedauert hatte, sich aber nun bezahlt machte. Genauso wie in den anderen Räumen hatte sie den Fußboden lackiert und mit ein paar einzelnen kleinen Teppichen ausgelegt.

„Ich werde noch viele andere Häuser zum Renovieren finden. Es ist, denke ich, nur schwer, weil es das erste

Haus ist", versuchte Annie sich etwas vorzugaukeln, wusste es insgeheim jedoch besser.

Auch Joyce war nicht überzeugt. „Es ist nicht das Haus, habe ich recht?"

Annie schaute an ihrer Freundin vorbei und schüttelte kaum merklich den Kopf. „Es ist besser, wenn ich gehe und das schnell. London wartet auf mich und außerdem noch viel Arbeit."

Joyce nickte und nahm die Schlüssel an sich, die Annie ihr entgegenhielt. „Vielen Dank nochmal für das, was du hier geschaffen hast." Sie zog ihre Freundin an sich und drückte sie ganz fest.

Annie versuchte ihre Tränen zu bändigen, doch dieses Mal gelang es ihr nicht. Sie schluchzte in den Armen ihrer besten Freundin, dankbar, dass sie jetzt wieder bei ihr war, aber auch traurig über all das, was sie hinter sich lassen würde. Allem voran Clay.

„Ich danke dir für diese Chance. Durch dich hätte ich diese wunderbare Zeit hier nicht erlebt", murmelte Annie und löste sich wieder von Joyce, die ihr einzelne Tränen mit dem Daumen aus dem Gesicht wischte.

„Du wirst noch ganz viele tolle Dinge erleben. Vergiss das nicht."

Annie nickte knapp und griff nach ihrem Gepäck. Sie hatte ganz früh am Morgen schon sämtliche Utensilien in ihr Auto verfrachtet, immer darauf bedacht, dass sie nicht auf Clay stieß. Gerade waren sie dabei, den Kofferraum von Joyces Auto zu beladen, da Annie in ihrem keinen Platz mehr hatte, da wandte sie sich aus einem Impuls heraus noch einmal zum Cottage um. Ein Kloß in ihrem Hals machte sich breit, als sie das wunderhübsche kleine Häuschen vor sich sah, wie es strahlte, als wäre es dankbar für Annies Arbeit. Gedanklich rief sie sich den Zustand des Hauses ins Gedächtnis, als sie das erste Mal an dieser Stelle gestanden hatte, kurz davor, das ganze Vorhaben wieder abzubrechen. Sie musste leise lachen, als sie daran dachte, wie sie Joyce am Telefon zur Schnecke gemacht hatte.

Dann glitt ihr Blick vorsichtig nach rechts und da entdeckte sie ihn. Clay, wie er dastand, Balou dicht neben ihm, und gerade die Haustür abschließen wollte. Ihre Blicke trafen sich und in Annie schrie alles danach, zu ihm zu gehen. Noch einmal mit ihm zu reden. Doch nach einem kurzen Moment, in dem sie den Schmerz in seinem Gesicht lesen konnte, wandte er sich seinem Hund zu und bedeutete ihm zu gehen. Er marschierte zu seinem Transporter und beachtete Annie nicht weiter. Schließlich würde sie die letzten Sekunden hier an diesem Ort verbringen.

Ihr Herz bebte noch immer, als Joyce sich neben sie stellte und ihrem Blick folgte. Sie legte ihr einen Arm um die Schulter und drückte sie leicht. „Es tut mir so leid, was passiert ist. Vielleicht könnt ihr ja in ein paar Wochen, wenn ein wenig Zeit vergangen ist, noch einmal reden und …"

Annie schüttelte heftig den Kopf. „Nein. Clay wird nicht mit sich reden lassen. Er ist stur, es hat keinen Sinn."

Sie schwiegen einen Moment, bis Joyce Anstalten machte, zu ihrem Auto zu gehen. „Wollen wir los?"

„Gleich, ich möchte mich nur noch von Laura verabschieden, in Ordnung? Du kannst gerne mitkommen."

Joyces Gesicht erhellte sich. „Oh ja, gerne. Ich bin gespannt, wie sie ist. Du hast mir schon so viel erzählt.

Lass uns eben mit meinem Auto fahren und auf dem Rückweg holen wir deinen hier einfach ab“, schlug sie vor.

„Ich finde es unfassbar, dass du jetzt tatsächlich wieder abreist. Es kommt mir vor, als wärst du bereits Jahre hier gewesen“, seufzte Laura traurig, als sie den beiden Frauen am Tresen jeweils ein Glas Wasser vor die Nase stellte.

„Alles hat mal ein Ende, oder nicht?“, versuchte Annie betont locker zu wirken, doch war sie sich der mitleidigen Blicke von den anderen beiden durchaus bewusst.

„Es hätte ein schöneres Ende haben können“, murmelte Joyce und erhielt ein zustimmendes Nicken von Laura.

„Du freust dich bestimmt, dass sie wieder nach Hause kommt, oder?“

Joyce nickte heftig. „Und ob. Annie hat mir echt gefehlt. Die Kolleginnen aus der Redaktion konnten sie kein Stück ersetzen. Am liebsten hätte ich manchmal meine Sachen genommen und wäre hergekommen.“

„Warum bist du nicht?“ Laura lächelte breit. „Hier in Shanty Coast wärst du gut aufgenommen worden.“

„Das stimmt. Ihr alle wart so unglaublich nett zu mir“, pflichtete Annie ihr bei und lächelte, als sie an Mrs McNeill dachte oder an John, mit dem sie jedes Mal etwas zu lachen gehabt hatte, wann immer sie ihre Abende hier verbracht hatte. „Würdest du John von mir ganz lieb grüßen?“, bat Annie Laura dann.

„Na klar, wenn er nicht gerade mit seiner neuen Freundin Ava beschäftigt ist …“ Laura verzog schelmisch das Gesicht.

Annie machte große Augen. „Also sind sie jetzt ein Paar? Seit wann das denn?“

„Ach, seit ein paar Wochen. Die beiden sind inzwischen unzertrennlich. Aber auch super süß zusammen.“

„Das habe ich gar nicht mitbekommen.“ Annie atmete angespannt aus und trank einen Schluck eiskaltes Wasser. Sie hatte die vergangene Zeit nur in die Renovierung des Hauses gesteckt und versucht, sich in die Arbeit zu vertiefen. Alles andere war wie Nebel an ihr vorbeigezogen.

„Sie haben ja auch lange ein Geheimnis draus g emacht“, beschwichtigte Laura sie.

„Kommst du mich denn hin und wieder mal besuchen?“, wollte sie dann wissen.

Annie blickte auf. „Ja, das mache ich ganz bestimmt.“ Sie wusste aber insgeheim, dass sie eine ganze Weile brauchen würde, um über Clay hinwegzukommen.

Vermutlich wusste das auch Laura, die dazu jedoch nichts weiter sagte. Sie saßen noch eine ganze Weile da, ehe sie sich dem schmerzhaften Abschied widmeten.

Laura zog Annie dicht in ihre Arme. „Ich wünsche dir nur das Allerbeste. Du wirst mit deinem Blog sicherlich super erfolgreich werden. Da glaube ich ganz fest dran.“

„Ich danke dir. Für alles“, fügte Annie hinzu und genoss die Umarmung. Es würde die letzte für eine lange Zeit sein. „Und bitte vergiss nicht, deinen Cousin von mir zu grüßen“, erinnerte Annie sie.

Laura schüttelte den Kopf. „Ganz bestimmt nicht.“

Nachdem sich auch Joyce und Laura voneinander verabschiedet hatten, machten sich die beiden Frauen wieder auf den Weg zu Annies Auto. Dabei ließ sie noch einmal die Landschaft und die Gegend auf sich wirken. Ihre Brust zog sich zusammen, als sie die kleinen aneinandergereihten Häuschen an sich vorbeiziehen sah und die einzelnen Menschen, die das Glück hatten, ihr Leben in diesem süßen Dorf, was sie selbst inzwischen so liebte, leben zu dürfen.

Am Cottage angekommen stieg Annie hastig in ihr Auto. Zu groß war die Angst, sie könnte noch einmal in Clays ausdruckloses Gesicht sehen. Doch bevor sie einstieg, atmete sie mit geschlossenen Augen noch ein letztes Mal die sommerliche Seeluft tief in ihre Lungen ein. Auch das würde sie ein letztes Mal für vermutlich eine sehr lange Zeit tun.

41

„Du arbeitest schon wieder?“

Annie fuhr erschrocken auf, als sie plötzlich Joyce neben sich stehen sah. Sie hatte sich mit einem Kaffee an deren kleinen Esszimmertisch gesetzt und sich konzentriert über ihren Laptop gebeugt.

„Nein, ich suche nach einer Wohnung. Die Wohnungssuche ist in Shanty Coast viel zu kurz gekommen und ich kann nicht ewig hier bei dir bleiben.“

Joyce zog sich einen Stuhl hervor und setzte sich neben Annie. Sie legte ihr eine Hand auf den Arm und schaute sie eindringlich an. „Annie, das eilt nicht und das weißt du auch. Du kannst so lange bleiben, wie du willst, in Ordnung?“

Annie nickte ausdruckslos. „Ja, aber trotzdem. Ich brauche etwas, worauf ich mich konzentrieren kann. Etwas, das mich ablenkt, verstehst du?“

Laura nickte. „Ja, das verstehe ich sehr gut. Aber bitte überstürze es nicht.“

„Mache ich nicht“, versicherte Annie ihr und hatte nur eine Woche später einen Besichtigungstermin für eine kleine Zwei-Zimmer-Wohnung, nicht weit von Joyce entfernt.

Die Zeit in London verging viel schneller als in Shanty Coast. So kam es Annie jedenfalls vor. Kaum war sie wieder zurück gewesen, hatte sie schon eine Woche voller unruhiger Nächte auf Joyces Couch hinter sich gebracht und gerade den Vertrag für die kleine Wohnung unterschrieben. Schon morgen würde sie anfangen, sie herzurichten. Sie besorgte sich gemeinsam mit ihrer besten Freundin ein paar nötige Möbelstücke wie ein Bett, ein kleines Sofa und alles, was sie zum Wohnen brauchte und platzierte es mit weitaus weniger Liebe, als sie es im Cottage getan hatte.

Wenige Tage später begutachtete Joyce die Einrichtung. Sie blickte sich erstaunt um.

„Ich will dir ja wirklich nicht zu nahetreten, aber fühlst du dich hier tatsächlich wohl? Du hast ja nicht einmal Vorhänge vor den Fenstern.“

Schulterzuckend deutete Annie mit einem Nicken auf das Wohnzimmerfenster, das vom dritten Stock direkt auf ein Hochhaus zeigte. „Aber Jalousien. Außerdem … wer sieht mich denn hier? Da drüben ist ein Büro, das nur ein paar Stunden am Tag von irgendeiner Agentur genutzt wird.“

Joyce schnaubte. „Aber du liebst Vorhänge und diese ganzen farbenfrohen Details. Du hast ein ganzes Haus renoviert und da so viel Liebe reingesteckt, da schaffst du es nicht, eine Zwei-Zimmer-Wohnung hübsch einzurichten?“

„Ich habe eine Yuccapalme neben der Haustür“, erklärte Annie beiläufig und fuhr fort, an einem abschließenden Blogartikel zu arbeiten, der das Ende des Rosemary-Cottage beschrieb.

„Es ist ja ohnehin nur eine Wohnung, die ich brauche, wenn ich nicht gerade irgendwo in der Umgebung herumkurve und Häuser renoviere", fügte sie hinzu.

Joyce sagte nichts weiter zum Zustand, der in der Wohnung herrschte und setzte sich neben Annie auf die Couch. Ein paar Tage würde sie ihre Freundin noch in ihrem Herzschmerz trauern lassen, aber dann würde sie ihr gehörig in den Hintern treten.

„Und du willst morgen wirklich ins Büro kommen?", hakte sie vorsichtig nach und zog ein Bein unter ihren Schoß.

Annie nickte geistesabwesend. „Ja, ich denke, es kann nicht schaden, wieder in meinen Alltag zurückzufinden."

„Okay, aber wenn du merkst, dass es nicht geht, dann ..."

„Dann komme ich zu dir und heule mich aus", unterbrach sie ihre Freundin mit einem scherzhaften Grinsen. Doch Joyce wusste, dass Annie tief in ihrem Innern tieftraurig und alles andere als so tough war, wie sie sich gab.

Der Gang zum Büro war in etwa so schwer wie durch meterhohen Schnee zu wandern. Annie war früher oft mit ihren Eltern im Winterurlaub in den Bergen gewesen und daher kannte sie das Gefühl, wenn etwas Schweres an ihren Beinen haftete, nur zu gut. Jeder Schritt fühlte sich schwer an, als müsste sie ihre ganze Kraft sammeln, um voranzukommen. Und je näher sie dem Gebäude kam, in dem sich die Redaktion befand, in der sie wieder arbeitete, desto mehr verstärkte sich die Schwere in ihren Gliedern und desto tiefer sank ihr

Herz. Sie hatte Jeff seit dem Vorfall im Vorgarten nicht mehr gesehen oder gesprochen und sie wusste auch nicht, ob sie ihn heute überhaupt zu Gesicht bekommen würde – hoffentlich nicht.

Als sie durch den Eingangsbereich in Richtung Fahrstühle marschierte, fühlte sich einfach alles falsch an.

Falsch, dass sie hier war und nicht bei Clay.

Falsch, dass sie wieder hier war, obwohl sie nicht hergehörte. Und erst die Blicke, die sie zugeworfen bekam, als sie ihre Etage erreichte und versuchte, so locker und selbstbewusst wie nur möglich zu ihrem alten Schreibtisch zu gehen. Die meisten ihrer Kollegen begrüßten sie, als wäre nie etwas gewesen, gaben sich aber keine Mühe, ihre Neugier zu verbergen. Lediglich Joyce, die schon auf sie an ihrem Schreibtisch wartete, war eine Wohltat für Annies Seele. Ein sicherer Hafen inmitten dieser stürmischen Wellen in Form von nach Tratsch heischenden Kollegen.

„Hey", begrüßte Joyce sie und machte ihren Platz frei. „Ich habe dir von der IT schon ein bisschen was auf dem Rechner einrichten lassen. Du kennst ja die ganzen Programme."

Joyce versuchte die Situation so normal wie nur möglich herunterzuspielen, aber beide Frauen wussten ganz genau, wie perfide das alles hier war. Sicherlich würde es sich die nächsten Tage über bessern, sprach sich Annie im Geiste Mut zu, konnte es aber selbst kaum glauben. Diese Worte hatte sie sich schon in aller Frühe zugeflüstert, als sie in die schwarze Röhrenjeans und die gelbe Bluse geschlüpft war. Als sie sich die Haare zu einem festen Knoten gebunden und anschließend im Spiegel betrachtet hatte. Wie falsch sie sich in der Kleidung vorkam, versuchte sie zu verdrängen. Es würde sicherlich alles besser werden und bald schon könnte sie die Businesskleidung gegen ihre geliebten Sneaker und mit Farbe verschmierte Jeanshosen austauschen, die locker an ihren Beinen saßen und sie nicht einschnürten wie eine Salami.

„Ich danke dir." Annie stellte ihre Tasche ab und setzte sich vorsichtig, als könnte der Stuhl anfangen zu brennen. Sie atmete tief durch.

Joyce lehnte sich gegen den Schreibtisch und bedachte ihre Freundin mit einem traurigen Lächeln. „Wie geht's dir?"

„Willst du eine ehrliche Antwort?" Annie lachte sarkastisch auf und blickte sich um.

Ein paar ihrer Kollegen, mit denen sie sonst immer so einen guten Umgang gehabt hatte, wirkten distanziert. Als wäre es eine Straftat, mit ihr auf irgendeine Art und Weise Blickkontakt aufzunehmen.

„Das Ganze fühlt sich einfach nicht richtig an, aber was soll ich machen? Es ist nun mal so wie es ist und sicherlich wird sich bald alles eingespielt haben. Immerhin habe ich meinen eigenen Blog, das ist doch toll, nicht wahr? Und ich muss noch meinen Abschlussartikel schreiben, womit ich in der nächsten Zeit ganz gut beschäftigt sein werde. Mal sehen, was danach kommt."

Joyce nickte und drückte Annie sachte die Schulter. „Es wird alles gut werden. Ich glaube ja immer, dass die Dinge so kommen müssen, damit danach im Leben etwas viel Besseres passiert. Auch wenn es manchmal erst schwierig ist, etwas Gutes geschieht ja doch."

„Ich kann nur hoffen, dass du recht hast."

„Habe ich. Ich habe immer recht, weißt du doch", scherzte Joyce und begab sich kurz darauf zu ihrem Platz.

Eine Weile starrte Annie auf ihren Rechner, als wäre sie eine Praktikantin, die bisher noch nicht einen Handgriff in diesem Laden gemacht hatte und alles neu erlernen musste. Doch dann fasste sie sich ein Herz und begann die ersten Zeilen für ihren Blogartikel zu tippen.

„Sieh an, sieh an, da ist sie ja, unsere Starbloggerin", ertönte plötzlich eine tiefe Stimme hinter Annie, sodass sie mit einem leisen Schrei aufschreckte.

Sie drehte sich hastig um, blickte direkt in Jeffs Augen und wusste in derselben Sekunde, dass nun alle Blicke auf sie gerichtet waren. Wie Scheinwerfer auf den Bühnenstar.

„Hallo, Jeffrey", begrüßte Annie ihren Exfreund kühl.

„Und? Bist du bereits fleißig?" Er lehnte sich ein Stückchen vor, um auf ihren Bildschirm zu blicken, doch Annie versperrte ihm die Sicht. „Ich habe gerade erst angefangen und werde wohl noch ..."

„Ich möchte den Artikel noch heute Abend Probe lesen", fiel er ihr ins Wort und verschränkte die Arme vor der Brust. Der Anzug spannte leicht an seinen Schultern und Annie bemerkte einmal mehr, wie lächerlich er in seinen dämlichen Anzügen aussah. Augenblicklich vermisste sie die vertrauten Holzfällerhemden von Clay.

„Heute Abend schon? Jeff, du weißt, dass das eine ganze Menge Arbeit ist, oder? Das ist nicht mal eben so an einem Tag geschrieben."

Er legte den Kopf schief und seine Wangen färbten sich rot. Auch er musste bemerkt haben, wie die anderen Leute um sie herum interessiert zu ihnen schauten.

„Dann solltest du dich besser ranhalten."

Sie lieferten sich ein Blickduell, bei dem Annie nicht nachgab. Schließlich knickte Jeff ein und lockerte die Arme vor der Brust.

„Gut, morgen Abend, in Ordnung? Morgen Abend ist die Deadline."

Annie nickte knapp. Am liebsten hätte sie weiter gefeilscht, aber er war nun mal ihr Chef.

„Morgen Abend kannst du ihn lesen", erwiderte sie daher. „Wenn du mich dann bitte entschuldigst ... ich habe einen Artikel zu schreiben." Sie versuchte so zuckersüß wie nur möglich zu lächeln und wusste insgeheim voller Stolz, dass sie diesen kleinen, unausgesprochenen Kampf gewonnen hatte.

Jeff rückte seine Krawatte zurecht und strich sich durch sein Haar. Diese Geste kannte Annie nur zu gut: Er tat es, wann immer er angespannt war. Um seine Nervosität zu überspielen, schaute er auf seine Armbanduhr.

„Gut, ich habe ohnehin einen wichtigen Termin. Bis morgen Abend also. Schick mir deinen Artikel per Mail." Dann schoss er an ihr vorbei und Annie atmete erleichtert aus.

Als sie sich umblickte, rissen alle rasch ihre Köpfe in Richtung Bildschirm und taten so, als hätte es diese spannende Szene zwischen ihr und Jeff nicht gegeben. Gott, wie sehr sie sich wünschte, dass sie niemals auf Jeffs Idee eingegangen wäre. Dass sie ihm niemals die Chance gegeben hätte, dass er das Sagen über sie hatte.

Sie hatte es doch alles nur wegen Clay getan! Weil sie dachte, dass es das Richtige wäre, um bei ihm zu bleiben, ihren Blog finanziert zu bekommen und in ein gemeinsames Leben mit Clay in Shanty Coast durchzustarten. Sie vermisste ihn so sehr, dass es sie schmerzte, und sie wünschte sich im Augenblick nichts sehnlicher, als wieder bei ihm zu sein. Auf dem Boot, nur sie beide und Balou. Ja, selbst diesen wunderbaren Hund vermisste sie schmerzhaft. Wenn Clay doch nur mit sich reden ließe. Sie hatte schon oft an ihrem Smartphone gehangen, den Finger kurz davor, seinen Namen anzuklicken und ihn anzurufen. Aber sie hatte gewusst, dass das alles nichts bringen würde. Er würde nicht abnehmen. Ebenso wenig wie er mit sich reden ließ.

Seufzend legte Annie erneut die Finger auf die Tastatur, doch als sie gerade ihren Satz beenden wollte, war da etwas, das sie nicht weiterschreiben ließ. Eine Idee, die erst ganz unscheinbar im hintersten Teil ihres Gehirns umherwaberte, aber immer mehr Gestalt annahm. Sie hielt inne und begann dieser leisen Stimme in ihren Ohren zu lauschen. Nach nur wenigen Minuten, die sie auf die ersten Sätze ihres Artikels blickte, hatte diese Idee in ihr eine Dimension angenommen, die sie nicht ignorieren konnte. Und plötzlich war da ein Plan, den sie durchziehen würde. Auch wenn es sie wieder alles kosten könnte, was sie derzeit noch hatte.

42

„Du musst mir unbedingt helfen, Laura!" Annie lief in ihrem Wohnzimmer auf und ab und hatte ihr Smartphone fest an ihr Ohr gepresst.

„Ich bin aber nicht sicher, ob ich das schaffe. Ich meine, du kennst ihn und weißt, wie stur er sein kann", erklärte ihre Freundin und Annie konnte hören, wie es im Hintergrund klimperte. Sie stellte sich vor, wie sie in Shanty Coast gerade in der Bar stand, Gläser aus dem Geschirrspüler räumte und in die Schränke sortierte.

„Wenn er sich querstellt, dann ist es nicht deine Schuld, okay? Dann hast du dein Bestes gegeben", versicherte ihr Annie, blickte kurz aus dem Fenster und ließ sich anschließend stöhnend auf ihr Sofa sinken. Es war bereits später Nachmittag und das Treiben ging auf den Straßen erst so richtig los. Die Menschen trafen sich zum Feierabendgetränk in den Bars und sie wäre am liebsten meilenweit davon entfernt gewesen. Seit ihrem Aufenthalt in Shanty Coast war ihr das Großstadtleben zu viel geworden. Daher war sie dankbar, dass sie drei Stockwerke über diesem Trubel wohnte, damit sie so wenig wie möglich davon mitbekam.

„Ich kann es versuchen. Also erkläre mir bitte noch einmal ganz genau, was du vorhast, ja? Ich will es nicht vermasseln.“

„Das wirst du ganz sicher nicht“, sprach Annie ihr mit einem Lächeln Mut zu und stellte sich vor, wie Laura nervös auf und ab tigerte, um Annies Plan genau zu verfolgen. „Also, ich schreibe heute meinen Abschlussartikel. Normalerweise würde ich genau darauf eingehen, was und wie ich die letzten Handgriffe gemacht habe. Eben eine Anleitung für die Aufbereitung des Fußbodens und ein Gesamtresümee meiner Arbeit an dem Cottage. Jedenfalls erwartet das mein Chef.“

„Du meinst diesen Arsch?“

„Ja.“ Annie kicherte über die Direktheit ihrer Freundin.

„Jedenfalls habe ich vor, einen Artikel über mich und Clay zu schreiben. Also wie eine kleine Liebesgeschichte. Ich will ihm darüber mitteilen, wie sehr ich ihn vermisse. Dass ich es ohne ihn niemals so hinbekommen hätte und wie leid mir das alles tut.“ Sie hielt einen Moment inne und biss sich auf die Unterlippe, als Laura nichts sagte. „Ist das eine blöde Idee?“

„Ganz ehrlich?“

„Ja.“

„Ich finde es total süß!“

„Wirklich?“, hakte Annie voller Hoffnung nach.

„Auf jeden Fall. Aber erklär mir bitte noch einmal genau, was meine Aufgabe ist.“

„Du musst dafür sorgen, dass Clay es liest.“

„Und wie mache ich das?“, wollte Laura wissen.

Annie bemerkte die Unsicherheit in ihrer Stimme. Sie überlegte kurz. Was war die beste Methode, um Clay diesen Artikel zu zeigen? Sollte sie es ihm geheimnisvoll untermogeln oder vielleicht direkt unter die Nase halten und ihn auffordern, den Artikel zu lesen? Bis dahin hatte Annie ihren Plan nicht durchdacht.

Sie seufzte. „Um ehrlich zu sein, weiß ich es auch nicht. Er muss es einfach lesen."

„Ich lasse mir was einfallen, in Ordnung?"

Annie nickte. „Okay. Ich danke dir, Laura."

„Danke mir erst, wenn ich meine Aufgabe erfüllt habe", scherzte sie.

Annie musste lachen. „Nein im Ernst, ich danke dir jetzt schon. Vermutlich ist das eine komplett blöde Idee, aber die einzige Möglichkeit, Clay irgendwie noch zu erreichen."

„Und was glaubst du, wie wird dein Chef reagieren?"

„Ganz ehrlich? Das ist mir total egal."

„Gute Einstellung!", jubelte Laura und Annie wünschte sich in diesem Moment nichts sehnlicher als bei ihr in der Bar zu sein.

„Also, gib mir ein Zeichen, wenn du den Artikel online gestellt hast, ja?"

Annie lächelte dankbar und atmete erleichtert aus. „Das mache ich. Ich melde mich, sobald ich fertig bin."

Am Abend hatte sie das Gefühl, dass ihre Finger kurz davor waren abzufallen, so schnell hatte sie getippt und wieder alles gelöscht, neu getippt, wieder gelöscht und schließlich den finalen Satz unter ihren allerletzten Artikel über das Rosemary-Cottage geschrieben. Es war etwa zwanzig Uhr, als sie nach ihrem Smartphone griff und Laura die Nachricht schrieb:

Der Artikel ist online.

Nur wenige Sekunden später erhielt sie eine Antwort.

Alles klar, ich begebe mich auf Mission ‚Annie liebt Clay'

Annie entfloh ein Lachen, als sie die Nachricht las. Sie hätte vor lauter Aufregung jedoch am liebsten laut geschrien. Ihre Hände zitterten und sie schenkte sich ein großes Glas Weißwein ein, um die Wartezeit ein wenig angenehmer zu machen. Immer wieder las sie diesen Beitrag, um sicherzugehen, dass sie auch nichts Falsches geschrieben hatte. Etwas, das Clay verletzen oder das er falsch verstehen könnte. Aber nein, sie war zufrieden. Es waren die Worte, die sie ihm mitteilen wollte.

Ich habe mein Herz in Shanty Coast verloren ...

Als ich nach Shanty Coast kam, hätte ich niemals im Leben gedacht, dass sich für mich eine ganz neue Geschichte schreibt. Nun leider mit einem traurigen Ende. Erst dachte ich, dass ich mich in das traumhaft süße Cottage verliebt habe und auch in das wunderschöne Dorf. Aber mein Herz hat angefangen, für jemand ganz anderen zu schlagen. Könnt ihr euch noch an meinen Nachbarn alias Dachdecker alias Gärtner alias mürrischen Typ erinnern? Der Mann, mit dem ich hitzige Streitereien geführt habe, nur um irgendwann mit ihm im Pub zu tanzen? Der Mann, der plötzlich im Garten stand, meinen Zaun repariert und den Rasen zu dem gemacht hat, was er jetzt ist? Dieser talentierte Mann hat sich nicht nur in das kleine Cottage und in dessen Garten geschlichen, sondern vielmehr auch in mein Herz. Was anfangs noch wie eine höllische Nachbarschaft aussah, wurde heimlich zu einer süßen Liebesgeschichte. Wobei heimlich nicht so wirklich stimmt, denn im Dorf wusste irgendwie jeder über uns Bescheid – nur wir beide nicht. Zumindest am Anfang. Doch aus dem Anfang wurde mehr. Ein Mittelteil, der sich zu einem Höhepunkt hochgespielt hat – bis ich schließlich dachte, dass wir auf das Happy End zurasen.

Worauf ich hinaus möchte: Ich habe es vermasselt. Ich habe nicht geahnt, wie sehr ich mit meiner Idee, meinen Traumjob mit einem zuckersüßen Happy End zu verbinden, alles kaputtmache. Und jetzt? Jetzt liegt das Glück irgendwo zwischen den Scherben, die ich mit der Mülldeponie habe abtransportieren lassen. Und wofür? Für einen Job, für den ich überhaupt nicht mehr so brenne wie noch vor einen paar Wochen. Von dem ich noch dachte, dass er mein Leben ist. Mit einem falschen Mann, einer falschen Vorstellung meiner eigenen Zukunft. Das neue Kapitel namens Shanty Coast, hatte allerdings eine viel schönere Story für mich bereitgestellt. Dafür verantwortlich ist Clay. Er hat mir die Augen geöffnet – im wahrsten Sinne des Wortes. Er hat mir Orte gezeigt, von denen ich niemals zu träumen gewagt hätte und sich mir gegenüber geöffnet, wo ich mich verschlossen habe, wo ich einfach nicht ganz ehrlich war. Wie dumm ich gewesen bin. Wie viel Wichtigeres es doch gibt als die Arbeit. Und wenn mir mein Job jetzt doch noch etwas Gutes bringen soll, dann die

Möglichkeit, dir, lieber Clay, zu sagen, wie sehr es mir leidtut und wie sehr ich dich vermisse – die Abende auf der Veranda, die heimlichen Blicke, die ich dir über den Gartenzaun hinweg zugeworfen habe. Aber damit das hier nicht nur eine Liebesgeschichte bleibt, sondern ein Beitrag zum Cottage wird, habe ich hier ein paar Einblicke, wie unfassbar toll dieser Mann an dem Häuschen mitgewirkt hat. Ich zeige es euch auf ein paar Fotos – das Einzige, das mir neben den Erinnerungen an ihn noch geblieben ist ...

Im Minutentakt aktualisierte sie die Seite, auf der ihr Artikel zu lesen war. Beinahe blieb ihr der Wein im Hals stecken, als sie die ersten Kommentare unter dem Beitrag las:

Wahnsinn! Was ist das für ein süßer Abschluss? Annie, du hast mein Herz berührt und sicherlich auch das von Clay!

Annie! Wie kannst du denn sowas Tolles raushauen? Du hast nicht nur ein Traumhaus geschaffen, sondern auch eine richtig schöne Liebesgeschichte. Viel Glück euch beiden!

Clay! Also, wenn du ihr da keinen Antrag machst, dann tust du mir echt leid.

Annie, ich verfolge deinen Blog schon seit dem ersten Tag, aber dass du so einen wunderschönen Abschluss schreibst, damit hätte ich ja niemals gerechnet!

Fassungslos und mit Tränen der Freude in den Augen las Annie all die Kommentare, die ihre Follower schrieben. Es gab noch viele weitere, in denen ihr mitgeteilt wurde, dass ihr und Clay eine traumhafte Zukunft bevorstand. Sie wünschte sich von Herzen, dass sie recht behielten.

Etwa zwei quälend lange Stunden später klingelte Annies Telefon. Es war Laura. Als sie drangehen wollte, war Annie so hektisch, dass es ihr beinahe aus den Händen fiel. Hastig fing sie es auf und drückte sich das Gerät fest ans Ohr. „Laura?"

„Hi, Annie." Lauras Tonfall besagte alles und all die Aufregung, all die Hoffnung, die Annie in den vergangenen Minuten gespürt hatte, war wie weggeblasen. Sie lehnte sich auf ihrer Couch zurück und starrte vor sich auf die farblose Wand. „Ich nehme an, dass du keine guten Nachrichten für mich hast."

Kurz herrschte Schweigen am anderen Ende der Leitung. „Es tut mir leid, Annie, aber leider nein. Nachdem der Artikel online ging, bin ich sofort mit meinem Tablet zu ihm gefahren. Anfangs war er überrascht, als ich meinte, dass ich hier einen Artikel habe, bei dem es um ihn geht."

Laura klang atemlos und Annie konnte sich bestens vorstellen, wie sehr sie sich für sie ins Zeug gelegt haben musste.

„Als er dann die ersten Zeilen gelesen und gemerkt hat, dass es dein Artikel war, hat er komplett abgeblockt. Er meinte, dass es ein netter Versuch sei, er aber mit dem Thema abgeschlossen hätte", endete sie ihre Erzählung und seufzte traurig.

Annie sagte gar nichts. Sie versuchte lediglich, gegen diesen großen Kloß im Hals anzugehen und hoffte, dass sie nicht sofort wieder in Tränen ausbrechen würde.

„Annie?“

Sie schwieg.

„Es tut mir ehrlich leid!“

„Es ist alles gut, wirklich. Ich bin dir unendlich dankbar, dass du dir überhaupt die Mühe gemacht hast. Mach dir bitte keine Gedanken“, beschwichtige Annie ihre Freundin und versuchte dabei stark zu bleiben. Sie wollte nicht weinen. Nicht am Telefon zumindest.

„Wenn ich noch irgendetwas für dich tun kann, dann sag mir bitte jederzeit Bescheid, ja?“

Annie nickte mit zusammengepressten Lippen. „Mach ich.“

„Bis bald“, verabschiedete sich Laura voller Mitleid und legte auf.

Annie ließ ihr Telefon neben sich aufs Sofa sinken und legte ihren Kopf auf die Lehne hinter sich. Eine ganze Weile saß sie still da und ließ ihren Tränen stumm freien Lauf. All die Arbeit war umsonst gewesen. Immer wieder hielt sie sich das Bild vor Augen, wie Clay Laura das Tablet wiedergegeben hatte und nichts von Annie hatte wissen wollte. Sie rollte sich schließlich auf der Couch zusammen und zog sich eine Decke über. Für heute wollte sie weder irgendeinen Kommentar lesen noch sonst irgendetwas hören. Sie wollte nur ihre Augen schließen und hoffen, dass dieser Schmerz in ihr bald ein Ende nehmen würde.

43

Mit wackeligen Beinen betrat Annie am nächsten Morgen das Büro. Die Blicke, die ihr schon wieder zugeworfen wurden, ignorierte sie dabei konsequent. Sie war viel mehr damit beschäftigt, hoch erhobenen Hauptes zu ihrem Platz zu marschieren und sich nicht anmerken zu lassen, dass sie gestern Abend einen Artikel online gestellt hatte, der weder abgesegnet gewesen war noch in irgendeiner Weise zum Redaktionsstil passte. Zudem war sie sich der immensen Reichweite des Beitrags vollkommen bewusst. Am Morgen hatte sie gesehen, dass sie mehrere hundert Kommentare unter ihrem Post auf Instagram sowie unter dem Blog erhalten hatte. Beinahe alle sprachen für sie und ihre kleine Liebeserklärung an Clay, der davon gar nichts gelesen hatte.

So selbstbewusst wie nur möglich ließ sich Annie auf ihrem Platz nieder. Vom Weiten sah sie, wie Joyce auf sie zu eilte. Sie lächelte, schien aber noch keine Ahnung zu haben, was vergangenen Abend geschehen war. Gerade als sie ihr Lächeln erwidern wollte, erkannte sie, dass Joyce wie angewurzelt stehen blieb und sich in Zeitlupe umdrehte, nur um den Rückzug anzutreten.

Sie musste sich gar nicht umdrehen, um herauszufinden, was Joyce so verschreckt hatte, da spürte sie ganz nahe an ihrem Ohr plötzlich eine männliche Präsenz.

„In mein Büro. Sofort!" Es war Jeff, der ihr die Worte so leise wie möglich zuflüsterte, dabei jedoch sehr bedrohlich klang.

Er stürmte voran und Annie glättete noch einmal gekonnt ihren Rock, bevor sie hinter ihm her marschierte. Die Köpfe ihrer Kollegen drehten sich kollektiv um, aber niemand sagte etwas. Sie folgte Jeff mit großzügigem Abstand und war darauf bedacht, nicht denselben Fahrstuhl zu nehmen wie er.

„Hey, Annie", rief auf einmal eine Stimme neben ihr und sie schaute in die Augen ihrer Kollegin Louisa. Sie stand etwa zwei Meter von ihr entfernt, ein paar Akten fest an ihre Brust gepresst und hielt einen Daumen nach oben. „Wahnsinnsartikel!"

Annie nickte ihr mit einem zögerlichen Lächeln entgegen und als ihr kurz darauf Herold, ebenfalls ein Kollege mit schütterem Haar und um die vierzig, eine Hand auf die Schulter legte und anerkennend nickte, musste sie schließlich grinsen.

„Das, was du da gestern Abend geschrieben hast, war der Hammer!"

„Danke dir", entgegnete Annie, aber das Pling des Fahrstuhls machte ihr deutlich, dass sie in wenigen Minuten von ihrem Chef das Gegenteil hören würde.

Sie fühlte sich ein halbes Jahr zurückversetzt. Zum Gang des Büros ihres heutigen Exfreundes ... die Aufregung, die sie verspürt hatte, je näher sie ihm gekommen war. Ein großer Unterschied war allerdings die Art von Aufregung. Es war kein freudiges Kribbeln in ihrem

Bauch, sondern eher ein Mix aus Frust, Trauer, Gleichgültigkeit und Neugierde vor dem, was gleich auf sie zukommen würde.

Als sie seine Tür erreichte, atmete sie ein paarmal tief durch und trat so selbstbewusst wie nur möglich ein.

Jeff saß hinter seinem Schreibtisch, den Blick starr auf seinen Laptop vor sich gerichtet. Er schaute nicht einmal auf, als sie hineinkam und ein gekünsteltes Lächeln aufsetzte. „Jeff, du wolltest mich sprechen?"

So theatralisch wie nur möglich drehte er seinen Laptop in Annies Richtung, sodass sie auf den Bildschirm schauen konnte. Sie erkannte sofort, was dort zu sehen war. Es war ihr Artikel, den sie für Clay geschrieben hatte. Kurz machte ihr Herz einen Satz, doch sie versuchte sich nichts anmerken zu lassen.

Jeff stützte seine Ellenbogen auf den Schreibtisch und faltete seine Hände wie zum Gebet vor seinem Gesicht. „Kannst du mir das bitte einmal erklären? Was ist das, Annie?"

Sie trat einen Schritt vor, tat so, als müsste sie erst einmal lesen, was da stand und zuckte dann mit den Schultern. „Das ist ein Artikel. Mein Artikel."

„Und kannst du mir auch erklären, was genau da drinsteht?" Jeffs Stimme war ruhig und bedacht. Doch Annie konnte die Bedrohung darin bestens heraushören. Immerhin kannte sie Jeff ziemlich gut. Er war kurz davor, zu platzen.

„Das ist mein Abschlussartikel über das Rosemary-Cottage."

Verärgert schoss er von seinem Stuhl hoch, knallte beide Handflächen auf seinen Tisch und ließ Annie zusammenzucken. „Das ist eine verdammte Liebesschnulze!“

Er stürmte um seinen Platz herum. Annie trat instinktiv einen Schritt zurück. Ihr Herz hämmerte. Doch neben seinem Laptop blieb er stehen und zeigte darauf, als wüsste sie nicht, worüber sie eigentlich gerade sprachen.

„Du hast diesen Artikel dafür benutzt, um eine kitschige Liebesgeschichte zu schreiben und nicht einen abschließenden Bericht über das Haus! Willst du mich eigentlich für blöd verkaufen? Was hast du dir nur dabei gedacht?“, spie Jeff die Wörter aus.

Annie wusste gar nicht, was sie empfinden sollte. Einerseits hätte sie am liebsten über Jeffs Theatralik gelacht, andererseits hätte sie am liebsten geweint, dass Clay diesen Artikel nie gelesen hatte.

„Wenn du meine Blogbeiträge schon vorher gelesen hättest, Jeff, dann wüsstest du, dass ich meinen eigenen Stil habe und ...“

„Eigener Stil? Da ist gar nichts von deinem Stil zu lesen! Du hast die Redaktion dafür benutzt, einen Kerl zu beeindrucken. Weißt du eigentlich, was du im Verlag damit für Schaden hättest anrichten können? Ich meine dieser Typ da ...“, er deutete mit einem vernichtenden Blick auf seinen Laptop, „... könnte uns verdammt nochmal verklagen!“

„Das wird er nicht“, entgegnete Annie ruhig, „er hat ihn nicht gelesen.“

„Und das wird er auch nicht mehr, da ich ihn heute Morgen gleich offline genommen habe!“ Jeff fuhr sich aufgebracht durch seine makellosen Haare.

Annie fragte sich, was sie jemals an diesem Mann geliebt hatte. Diese dämlichen Anzüge, die ohnehin alle gleich aussahen? Die überteuerten Schuhe, in denen sich seine Nasenhaare widerspiegeln konnten? Seine aalglatte Frisur? Sein selbstsicheres bis überhebliches Auftreten? Seine Liebe zu seinem Job? Bei Letzterem zuckte sie kaum merklich zusammen. Schließlich war sie in diesem Punkt nicht anders gewesen.

„Das ist ziemlich schade", begann sie knapp und deutete mit einem Kopfnicken auf den Artikel, „denn die Leser schienen den Beitrag gerne zu lesen. Die Kommentare sprechen für sich."

Jeff fielen beinahe die Augen aus den Höhlen. „Du bist dir keiner Schuld bewusst, richtig?"

„Um ehrlich zu sein, nein. Du wolltest einen Artikel über die Zeit und den Abschluss des Hauses und ich habe ihn geschrieben."

„Dabei geht es nur gar nicht um dieses beschissene Haus, sondern um diesen Clay!", rief er ihr in Erinnerung.

Annie hatte allmählich das Gefühl, dass das der eigentliche Punkt war, der ihn störte. „Wenn ich diesen Artikel über dich geschrieben hätte, wärst du sicherlich nicht so wütend, habe ich recht?" Sie verschränkte die Arme vor der Brust und schaute ihn direkt an.

Er geriet einen Moment lang ins Stocken und räusperte sich. „Natürlich wäre ich wütend. Das ist nämlich nicht die Vereinbarung gewesen. Wenn die da oben sehen, was du hier für ein Theater abziehst, dann frag dich mal, auf wessen Kappe das geht."

Annie lachte freudlos auf. Da war er wieder, Jeffs Egoismus. „Du kannst dir sicher sein, dass mir herzlich egal ist, was *die da oben* denken, Jeff. Und keine Sorge, ich nehme die Verantwortung für die vielen Klickzahlen, die gute Reichweite und die vielen lobenden Kommentare gerne auf mich."

Einen Moment lang schauten die beiden sich lauernd an. Annie hielt seinem Blick so lange stand, bis Jeff schließlich als Erster wegsah. In ihr machte sich ein

Gefühl des Triumphes breit. Immerhin wusste sie genau, was sie hier tat. Es war ihr letzter Artikel gewesen, den sie je für diese Redaktion geschrieben hatte. Und es würde auch das letzte Mal sein, dass sie hier in Jeffs Büro stand.

Er ging langsam und seufzend, als wäre Annie ein hoffnungsloser Fall, um seinen Schreibtisch herum und ließ sich müde in seinen Sessel sinken. Dabei rieb er sich mit Daumen und Zeigefinger über die Augen. Offensichtlich schien ihm dieses Gespräch sehr lästig zu sein.

„Du kannst deine Sachen nehmen und gehen, Annie."

Sie nickte wissend. Nichts anderes hätte sie sowieso getan. Sie hatte gewusst, dass sie nicht mehr lange bleiben würde. Schon als sie gestern die Idee mit dem Artikel gehabt hatte, wusste sie, dass das ihr letzter sein würde.

„Dein Blog bleibt allerdings in den Händen der Redaktion. Das weißt du ja", rief er ihr noch einmal in Erinnerung.

Annie bemühte sich, so gleichgültig wie nur möglich zu nicken. „Selbstverständlich. Ich hoffe, ihr findet jemanden, der die Leser mit neuen tollen Projekten begeistern wird." Sie warf ihm noch einmal einen

scharfen Blick zu und kehrte ihm dann den Rücken.
„Leb wohl, Jeff."

44

Der Fahrstuhl fuhr Annie bis ins Erdgeschoss, wo sie zielstrebig hinaustrat. Ihre Tasche hatte sie in Lichtgeschwindigkeit von ihrem Platz geschnappt und war erhobenen Hauptes an ihren Kollegen vorbeigerauscht.

Unten angekommen atmete sie das erste Mal tief ein und schloss einen Augenblick lang ihre Augen. Sie hatte dieses Szenario kommen sehen. Hatte gewusst, dass es so enden würde, aber jetzt, wo es soweit war und sie endgültig alles verloren hatte, fühlte sie nichts als eine merkwürdige Leere in sich.

In ihrer Tasche klingelte ihr Handy und sie zog es hervor. Es war Laura. Eigentlich hätte Annie am liebsten mit Joyce gesprochen, die heute gerade einen Außentermin wahrnehmen musste, doch auch Lauras Stimme zu hören, würde ihre Anspannung ein wenig senken.

„Hey, Laura", sprach Annie betont fröhlich und schlenderte gedankenverloren an eine große Glasfront, durch die man den künstlich angelegten Garten des Gebäudes bestaunen konnte.

„Hallo, Annie. Wie geht es dir? Bist du bei der Arbeit?" Laura klang besorgt.

„Kann man so sagen. Jedenfalls noch. Aber wie du dir sicherlich vorstellen kannst, habe ich soeben meinen Job verloren." Sie lachte freudlos.

„Das tut mir leid", entgegnete ihre Freundin mitfühlend. „War dein Boss, also dieser Jeff, sehr wütend?"

Annie nickte. „Oh ja, das war er. Aber weißt du, was das Schöne ist? Es ist mir plötzlich so egal gewesen. Ich wusste, worauf ich mich mit diesem Artikel einlasse und wäre ohnehin nicht länger hiergeblieben. Das alles war ein großer Fehler."

„So würde ich das nicht sagen. Immerhin weißt du jetzt, was dir wirklich wichtig ist."

Kurz dachte Annie darüber nach. Sie wusste, was ihr wichtig war, ja, aber es spielte keine Rolle mehr. Tränen traten in ihre Augen, als sie an Clay dachte. Dieser Artikel war ihre letzte Hoffnung gewesen.

„Das stimmt", pflichtete sie Laura bei, „aber leider bringt mir das alles jetzt auch nichts mehr. Ich habe Clay verloren, meinen Blog, den ich mir so mühsam aufgebaut hatte, einfach alles. Der ganze Artikel ist umsonst gewesen."

„Nein, war er nicht."

Annie erstarrte, als sie plötzlich eine tiefe Stimme hinter sich hörte. Erschrocken fuhr sie herum. Ihr Herz setzte einen Schlag lang aus, als sie erkannte, wen sie da vor sich hatte.

„Clay", hauchte sie und schüttelte fassungslos den Kopf.

Er stand ihr direkt gegenüber, blickte sie ernst an und hatte die Hände tief in seinen Jeans vergraben.

„Annie? Bist du noch dran? Wieso sagst du Clay?", hörte sie Lauras Stimme aus dem Smartphone.

„Laura?", fragte Annie leise. „Kann ich dich später zurückrufen?"

„Ja, natürlich. Ist alles in Ordnung?"

„Ja. Ich melde mich. Bis dann", sagte sie leise und ließ das Handy langsam sinken. Dabei ließ sie Clay nicht aus den Augen. „Was machst du hier?"

Er zuckte mit den Achseln und schaute sich neugierig um. „Ich dachte, ich schaue mir mal an, wo du arbeitest."

„Du meinst wohl: wo ich mal gearbeitet *habe*. Gerade habe ich meinen Job verloren. Ein zweites Mal. Langsam wird es zu einem Running Gag", faselte sie nervös.

Clays Mundwinkel zuckte.

Als niemand etwas sagte, verlagerte Annie ihr Gewicht von einem Bein auf das andere und verschränkte die Arme nervös vor ihrer Brust. „Clay, was machst du hier?"

Kurz schaute er auf den Fußboden, als suchte er nach den richtigen Worten. Dann aber blickte er sie eindringlich an. „Ich habe deinen Artikel gelesen."

Annie machte große Augen. „Aber Laura hat mir erzählt, dass du nicht ..."

„Im ersten Moment wollte ich auch nichts davon hören. Aber auch ich bin in gewisser Weise neugierig", erklärte er verlegen. „Ich habe ihn mir später am Abend doch angesehen."

„Und?" Annie war sich nicht sicher, ob sie die Antwort wirklich hören wollte.

Er schnaubte. „Ich hätte dich als eine bessere Fotografin eingeschätzt. Also meine Schokoladenseite hast du bei den Bildern nicht gerade getroffen."

Annie entwich ein Lachen und auch Clay musste grinsen, ehe er sich den Nacken rieb und tief durchatmete. „Nein, im Ernst. Das hast du toll geschrieben. Ich habe mich oft geschmeichelt gefühlt. Auch wenn die halbe Welt nun denkt, dass ich mürrisch bin ...“

„So viele Leser waren es nun auch nicht, aber danke.“ Sie lächelte resigniert und schaute auf ihre Schuhe.

„Nicht nur das“, redete er weiter. „Ich habe gemerkt, wie falsch ich reagiert habe. Ich hätte dir besser zuhören sollen.“

„Clay, ich wollte nie, dass es so weit kommt. Ich hatte keine Ahnung, dass Jeff kommen und alles an sich reißen würde. Dass er so ein Medienspektakel auffährt. Was ich eigentlich bezwecken wollte, war in Shanty Coast zu bleiben. Bei dir zu bleiben“, fügte sie leise hinzu.

Er nickte. „Ich weiß. Ich habe dir von Anfang an geglaubt. Nur das Problem war, dass ich das Gefühl hatte, als hätte ich das Gleiche schon einmal erlebt. Die Zeit damals war echt schmerzhaft gewesen und ich wollte so etwas einfach nicht noch einmal durchmachen.“

„Niemals hätte ich dich so enttäuschen wollen. Wirklich nicht, Clay. Als ich den Vertrag unterschrieben hatte, fühlte sich das alles so richtig an. Als wäre das der ultimative Plan. Aber ich hätte damit rechnen müssen, dass Jeff nur zu seinem Vorteil handelt.“

„Ihm hat der Artikel sicherlich nicht gefallen, richtig?“ Clay lächelte schadenfroh.

„Oh, er war ziemlich sauer.“

Einen Moment lang herrschte wieder Schweigen. Annies Gedanken kreisten. Die Tatsache, dass Clay plötzlich vor ihr stand, brachte sie komplett aus dem

Gleichgewicht und sie wusste nicht, worauf seine Anwesenheit abzielte. Hatten sie womöglich doch noch
eine Chance?

„Was hältst du davon, wenn wir zu mir gehen? Irgendwie fühle ich mich hier nicht mehr so wohl“,
schlug sie schließlich vor und machte eine ausladende
Geste, die das gesamte Foyer miteinschloss.

„Gute Idee. Ich mag den Laden hier nicht besonders“,
entgegnete Clay, bevor sie sich gemeinsam auf den Weg
zu Annies Wohnung machten.

„Ich würde ja gerne sagen, dass du es hier schön hast,
aber das wäre gelogen“, war das Erste, was Clay heraus-
rutschte, nachdem er Annie in die Wohnung gefolgt
war und sich flüchtig umgesehen hatte.

„Es fehlt hier und da noch ein bisschen an Deko“, erklärte sie gleichgültig und schloss die Tür hinter sich.

„Es fehlt an Liebe in dieser Wohnung, wenn du mich
fragst. Das ist ja gar kein Vergleich zum Cottage.“ Er
schaute sie an, als hätte er in diesem Moment verstanden, wie schlecht es ihr wirklich ging.

Schulterzuckend ging sie in die kleine Küche. „Es ist
eben nicht das Rosemary-Cottage. Aber irgendwann
wird es sicherlich wohnlicher. Ich habe ja jetzt genug
Zeit zum Renovieren. Magst du einen Kaffee?“

„Gern.“

Kurz darauf kam Annie mit zwei Bechern zurück ins
Wohnzimmer. Clay blickte aus dem Fenster. „Eine herrliche Aussicht auf eine Mauer, das muss ich schon sagen.“

Annie musste lachen und stellte den Kaffee auf dem Couchtisch ab. „Ist ja schon gut, ich habe verstanden. Die Wohnung ist grausam.“

„Ist sie.“

„Wie hast du mich eigentlich in der Redaktion gefunden?“, wollte sie dann wissen und ließ sich auf das Sofa sinken, damit ihre zitternden Beine Halt fanden.

„Ich bin kein Hinterwäldler, Annie, und ich weiß, was ein Impressum ist.“

Beeindruckt zog sie die Brauen in die Höhe. „Das hätte ich dir gar nicht zugetraut.“

Sie lächelten sich an, unsicher, was sie sagen sollten. Plötzlich klingelte es an der Haustür und Annie schoss von der Couch hoch.

„Das ist sicher der Postbote“, faselte sie.

Als sie die Tür öffnete, schaute sie direkt in Joyces fragendes Gesicht.

„Joy…“

„Annie! Was zum Geier hast du denn da gemacht? Ich habe es heute von Louisa erfahren, was du geschrieben hast. Du musst mir alles erzählen!“ Sie stürmte an ihrer Freundin vorbei ins Wohnzimmer. „Huch!“

Sie wandte sich fragend an Annie und blickte dann wieder zu Clay, der sich in der Zwischenzeit auf die Couch gesetzt hatte. „O mein Gott, entschuldigt bitte. Ich wusste nicht, dass du Besuch hast.“

Annie lächelte beschwichtigend. „Ist schon gut.“

Sie trat zu den beiden ins Wohnzimmer und ein peinliches Schweigen breitete sich aus, bis Joyce schließlich das Wort ergriff.

„Ich kann gerne später wiederkommen. Sicherlich habt ihr viel zu besprechen.“

Annie erkannte ihre Neugierde deutlich und musste sich ein Lachen verkneifen.

„Kein Problem", schaltete sich Clay ein und erhob sich von der Couch. „Wir waren hier eigentlich auch schon fertig."

Annie klappte kurz der Mund auf. Das war's also. Clays Auftauchen war kaum mehr als ein Abschiedsgespräch gewesen. Unsicher nickte sie und senkte den Blick. Versuchte so gelassen wie sie nur konnte zu reagieren. Sie würde nicht heulen. Nicht schon wieder. Und schon gar nicht vor ihm. Insgeheim konnte sie sich glücklich schätzen, dass sie überhaupt einen so liebevollen Abschied hinbekommen hatten.

„Wir haben das Meiste besprochen und den Rest können wir dann auch in Shanty Coast klären", sprach er kurz darauf weiter. Sein Blick wurde sanft, als er Annie direkt ansah.

„Wie bitte was?", fragte Joyce an Annies Stelle und blickte zwischen den beiden hin und her. „Du gehst wieder zurück?"

„Also davon weiß ich selbst noch nichts", gab Annie verwirrt zu.

Clay lachte. „Na ja, schau dich doch mal um. Das alles hier schreit doch geradezu danach, hier wieder auszuziehen, oder etwa nicht?"

Annies Herz begann wild zu klopfen. Fragte er sie gerade ernsthaft, ob sie mit ihm kommen wollte?

„Aber ich kann doch nicht einfach hier weggehen. Nach allem, was passiert ist", stammelte sie.

Joyces Verwirrung wich einem breiten Lächeln. „Theoretisch kannst du das. Ich meine ... so wie ich es in der

Redaktion gehört habe, hast du eben deinen Job verloren.“

„Ja, aber einfach so alles hinter mir lassen und wieder zurückgehen? Wo soll ich denn dort bleiben?“

Clays Mundwinkel zuckte. „Es gibt mehrere Möglichkeiten.“ Sein Blick glitt zu Joyce, die sofort zu verstehen schien.

Sie schaute in Annies Richtung, griff in ihre Handtasche und zog einen Schlüsselbund hervor, den sie Annie zuwarf.

Diese fing ihn auf und erkannte sofort, dass es der Schlüssel zum Cottage war. Hastig schüttelte sie mit dem Kopf.

„Nein, Joyce. Ich kann doch nicht einfach im Cottage einziehen!“

„Ja warum denn nicht? Es steht frei und ich brauche Mieter. Du suchst eine Wohnung und kannst dort wohnen. Ganz einfach.“

Annie schaute von Joyce zu Clay, der zustimmend nickte.

„Aber ich habe keinen Job, mit dem ich die Miete überhaupt zahlen könnte“, erklärte sie, sichtlich überfordert mit der Situation.

„Also da mache ich mir wirklich keine Gedanken. Du wirst sicherlich was finden. Außerdem bist du talentiert und kannst gut Artikel schreiben.“

„Tja“, schnaubte Annie, „nur dass die Rechte meines Blogs nicht mehr bei mir liegen.“

„Aber du kannst noch einmal von vorne anfangen“, riet Joyce ihr und schaute sie eindringlich an.

Annie wusste, dass ihre Freundin nicht nur den Blog meinte. Sie erkannte die Botschaft dahinter: Sie sollte komplett neu anfangen.

„Manchmal ist ein Neuanfang nicht die schlechteste Idee", schaltete Clay sich ein und trat auf sie zu. Er legte ihr seine Hand unter das Kinn, so wie er es im Cottage schon einmal getan hatte, kurz bevor sie sich geküsst hatten. „Also ich wäre für einen Neuanfang mehr als bereit", sprach er leise.

Annies Knie wurden bei seiner Berührung weich. Sie sog seinen Duft tief ein und schloss kurz ihre Augen, um diesen Moment in sich aufzunehmen. Sie konnte das alles noch immer kaum glauben.

Schließlich legte er seine Lippen ganz vorsichtig auf ihre und küsste sie ganz sanft. Annie seufzte unter seinem Kuss, der zwar nur kurz war, aber alles, was zwischen ihnen passiert war ausradierte und zu einem Neuanfang einlud. Als er sich von ihr löste und sie abwartend ansah, nickte Annie schließlich.

„Ich wäre auch bereit."

Sie umschloss die Schlüssel in ihrer Hand so fest, als würde sie ihre Entscheidung damit noch einmal bekräftigen.

„Dann sollten wir jetzt packen", sagte er leise, ehe er sie noch einmal küsste.

Epilog

„Wie läuft es mit deinem Blog?" Ava schaute Annie fragend an, während die gerade dabei war, einen Schwarztee aufzusetzen. Mit viel Liebe drückte sie anschließend einen Deckel auf den To-Go-Becher und reichte ihn John über den Tresen hinweg. Dieser schaute sie ebenfalls interessiert an.

„Ganz gut", erzählte sie und lehnte sich hinter dem Tresen des *Shanty Dream* zurück. „Jedenfalls sind die wenigen Instagram-Beiträge zu meinen neuesten DIY-Möbeln gut angekommen. Leben kann ich davon aber nicht."

„Und das ist auch gut so, denn sonst würde mir hier im Café wirklich eine Kraft fehlen. Seitdem Isla und Grace wegen der neuen Zweigstelle in Briggham mit der Neueröffnung beschäftigt sind, komme ich hier kaum hinterher." Ava wirkte müde, aber stolz auf das, was sie und ihre beiden Freundinnen gemeinsam erreicht hatten.

Eine zweite Geschäftsstelle in Briggham hatte sich durch einen glücklichen Zufall ergeben. Avas Mutter hatte ihren kleinen Nähladen aus Altersgründen schließen müssen und den Frauen angeboten, das

Geschäft durch ein Café zu ersetzen. Und da Ava unbedingt in Shanty Coast bleiben wollte – die Gründe waren offensichtlich – hatte sie angeboten, hierzubleiben, während die beiden Frauen nach Briggham pendelten. Annie war das nur gelegen gekommen, denn kurz nachdem sie nach Shanty Coast zurückgekehrt und in das Cottage gezogen war, hatte sie sich um einen neuen Job gekümmert. Wie dankbar sie gewesen war, als Laura ihr den Tipp gegeben hatte, dass Ava dringend jemanden für eine Teilzeitstelle suchte, konnte sie kaum in Worte fassen. Zudem hatte sie Laura angeboten, ihr hin und wieder im Pub zu helfen. Und da diese dem Pub unbedingt einen neuen Feinschliff verpassen wollte, kam Annie genau zur richtigen Zeit.

„Ava hat recht. Außerdem könnte ich sie ohne dich jetzt nicht zu einem Date ausführen", schaltete John sich ein und bedachte seine Freundin mit einem breiten Grinsen.

Die wickelte in diesem Moment ihre Schürze ab und legte Annie einen Arm auf die Schulter. „Und du bist sicher, dass ich dich mit dem Café schon allein lassen kann?"

Annie nickte lächelnd. „Natürlich. Das bekomme ich schon hin, mach du dir mal keine Sorgen und lieber einen schönen Tag."

Ava lächelte dankbar, drückte sie kurz an sich und griff nach Johns Hand.

„Wir sehen uns!", rief John ihr noch über die Schulter hinweg zu.

Annie blieb allein im Café zurück. Um sich die Zeit zu vertreiben, begann sie den Tresen zu säubern. Plötzlich klingelte die Eingangsglocke. Als sie aufschaute, strahlte sie über das gesamte Gesicht.

„Laura! Wie schön, dich zu sehen."

„Das kann ich nur zurückgeben. Es ist immer noch ein bisschen ungewohnt, dich hier im Café hinter dem Tresen zu sehen. Aber auch schön." Sie trat an den Tresen heran und fuhr sich beiläufig durch die Haare. „Machst du mir einen Cappuccino?"

„Natürlich."

Während die heiße Flüssigkeit in den Becher lief, wandte sie sich zu Laura um. „Erzählst du mir nun endlich von deinen Renovierungsplänen?"

„Die zeige ich dir heute Abend, wenn du vorbeikommst." Laura wirkte überglücklich. In den vergangenen Tagen hatte sich nämlich herausgestellt, dass es kein teures Nobelhotel in Shanty Coast geben sollte. Der Besitzer hatte sich glücklicherweise einen anderen Standort ein paar Städte weiter dafür ausgesucht, was ganz in Lauras Sinne war. Immerhin hatte sie nun keinen Konkurrenzkampf auszufechten und konnte sich ganz auf ihren kleinen Pub konzentrieren.

„Nun spann mich bitte nicht so auf die Folter", flehte Annie und war wahnsinnig aufgeregt, dass sie als Einrichtungsberaterin für die Bar ihrer Freundin herhalten durfte. Das Ganze bot unheimlich guten Stoff für ihren kleinen Blog, den sie sich über die vergangenen drei Wochen, die sie nun hier war, nebenbei aufgebaut hatte. Ihr Blog beschränkte sich zudem auf kleine Instagram-Videos und Bilder, auf denen sie Anleitungen für kleine DIY-Projekte im Haus und im Garten zeigte. Der Pub würde eine kleine Zwischenserie werden.

Laura lachte auf. „Dich kann man wirklich nicht gut überraschen, habe ich recht?"

Annie schaute sie stutzig an. „Woher weißt du das denn?"

„Clay hat es mir erzählt."

„Großartig, er gehört also auch zu den Tratschtanten des Dorfes, ja?"

Laura nickte. „Apropos ... wo steckt dein Traummann überhaupt?"

„Bei der Arbeit", entgegnete Annie etwas verwundert über diese Frage.

„Hm, und warum steht er dann draußen mit einem Strauß Blumen in der Hand und wartet auf dich?"

Ihre Augen wurden riesig. „Bitte was?"

Sie schielte an Laura vorbei aus dem Schaufenster. Da entdeckte sie ihn, wie er mit einem Strauß weißer Rosen dastand, sein unwiderstehliches Lächeln im Gesicht, und sie abwartend ansah. Hinter ihm schimmerte das Meer in der Sommersonne. In diesem Moment wirkte die Szene wie aus einem Modemagazin.

„Aber ich kann doch jetzt hier nicht weg. Ich habe mit Ava abgemacht, dass ich ..."

„Mit Ava ist alles besprochen", fiel Laura ihr ins Wort und schritt um den Tresen herum. „Schon vergessen? Ich bin eine Barfrau, ich komme auch mit einem Café klar." Sie zog Annie am Ärmel und löste nebenbei deren Schürze. „Die solltest du ausziehen."

„Ihr seid ja verrückt!", rief Annie überrascht und bekam ihr Strahlen kaum noch aus dem Gesicht.

„Du bist es, wenn du nicht augenblicklich zu ihm gehst." Laura schob sie Richtung Tür und nahm sie in den Arm. „Ich wünsche dir ganz viel Spaß bei was auch immer.“

Kopfschüttelnd, als könnte sie nicht verstehen, wie sie so viel Glück haben konnte, schaute sie Laura an. „Vielen lieben Dank!“

„Ja ja ja, und nun los!“

Draußen angekommen schaute Annie erst Clay und dann den Strauß Blumen an. „Musst du nicht arbeiten?“

„Schon vergessen, dass mir der Laden gehört?“

„Was machst du hier?“

„Meine Freundin zu einer kleinen Bootstour einladen.“ Sein schiefes Lächeln brachte Annies Herz zum Schmelzen.

„Wirklich?“

„Ja, und jetzt hör auf, lauter Fragen zu stellen“, lachte er und zog sie für einen innigen Kuss an sich.

Sie schmeckte Kaffee auf seinen Lippen und sog seinen Duft tief in sich ein. Noch immer konnte sie ihr Glück kaum fassen, das beinahe in den Scherben des Cottages verloren gegangen wäre. Jetzt hatte sie es wieder. Hatte *ihn* wieder.

Als sie sich langsam voneinander lösten, schwebte sie bereits im siebten Himmel. Nicht nur dass sie nebeneinander wohnten und sich dadurch beinahe täglich sahen, jetzt überraschte er sie auch noch mit einer spontanen Bootstour. Irgendwie kam ihr dieser Umstand seltsam vertraut vor. Nur dass sie jetzt ein Paar waren.

„Gehen wir, ich kann es kaum erwarten, wieder Boot zu fahren.“ Sie zog Clay an der Hand mit sich. „Und ich kann es kaum erwarten, wieder mit dir auf dem Sonnendeck zu liegen.“

Danksagung

Endlich, endlich darf ich diese Zeilen tippen, womit ich schon beinahe nicht mehr gerechnet hatte. Es gab einige Hürden, die diese Geschichte überwinden musste und umso dankbarer bin ich, dass diese Reihe beim wundervollen dp Digital Publishers Verlag ein Zuhause gefunden hat! Daher gilt an erster Stelle mein Dank an das gesamte wunderbare dp-Team!

Wie immer muss ich mich natürlich bei meinem Mann bedanken, der sich meine Ideen, Zweifel, Klagen und Pläne anhören muss und mich am Ende doch immer darin bestärkt, meinen Weg zu gehen. Tausend dank dir!

Zudem muss ich der lieben Astrid, meiner Lektorin, dafür danken, dass sie meine Geschichten immer in die richtige Richtung schubst und mir die Denkanstöße gibt, die die Stories zu dem machen, was sie am Ende sind. Ich danke dir, liebe Astrid!

Außerdem gilt mein Dank der lieben Anne und Friederike, die sich meinem Werk angenommen und es betreut haben. So viele tolle Ideen und motivierende Nachrichten, haben die Planung für dieses Projekt

gleich noch viel spannender gemacht. Ich danke euch
dafür!

Zu guter Letzt möchte ich euch meinen Dank aussprechen: Ihr lieben Leser und Leserinnen! Dass ihr gemeinsam mit mir nach Shanty Coast gereist seid, ist für mich
das Allergrößte und dafür bin ich euch unendlich
dankbar! Ich freue mich auf weitere Reisen mit euch!